元曲名篇鉴赏

卷一

王斐 主编

吉林出版集团有限责任公司

图书在版编目（CIP）数据

元曲名篇鉴赏 / 王斐主编. -- 长春：吉林出版集团有限责任公司，2011.7
ISBN 978-7-5463-5913-7

Ⅰ．①元… Ⅱ．①王… Ⅲ．①元曲－鉴赏 Ⅳ．①I207.24

中国版本图书馆CIP数据核字(2011)第139228号

元曲名篇鉴赏

主　　编：	王　斐
出 版 人：	周殿富
责任编辑：	耿　宏　冯　雪
书装设计：	张立娟
出版发行：	吉林出版集团有限责任公司
电　　话：	0431-86012613
印　　刷：	三河市文通印刷包装有限公司
开　　本：	850mm×1168mm　1/16
字　　数：	1100千字
印　　张：	64
版　　次：	2011年7月第1版
印　　次：	2011年7月第1次印刷
书　　号：	ISBN 978-7-5463-5913-7
定　　价：	395.00元（古典函套线装 全四册）

如发现印装质量问题，影响阅读，请与印刷厂联系调换。

目 录

第一卷

元好问
〔黄钟〕人月圆　卜居外家东园 … 1
〔仙吕〕后庭花破子（二首）…… 2
　玉树后庭前…………………… 2
　夜夜璧月圆…………………… 2
〔中吕〕喜春来　春宴（四首）… 3
　春盘宜剪三生菜……………… 3
　梅残玉靥香犹在……………… 3
　梅擎残雪芳心奈……………… 3
　携将玉友寻花寨……………… 3
〔双调〕小圣乐　骤雨打新荷 … 4

孙 梁
〔仙吕〕后庭花破子…………… 5
　柳叶黛眉愁…………………… 5

杨 果
〔越调〕小桃红（八首）……… 6
　碧湖湖上采芙蓉……………… 6
　满城烟水月微茫……………… 7
　采莲人和采莲歌……………… 8
　碧湖湖上柳阴阴……………… 9
　玉箫声断凤凰楼……………… 10
　芰花菱叶满秋塘……………… 11
　锦城何处是西湖……………… 11
　采莲湖上棹船回……………… 12
〔越调〕采莲女（三首）……… 13
　采莲湖上采莲娇……………… 13
　采莲人唱采莲词……………… 14
　采莲湖上采莲人……………… 14

〔仙吕〕赏花时………………… 15
　花点苍苔绣不匀……………… 15
〔仙吕〕翠裙腰………………… 16
　莺穿细柳翻金翅……………… 16

刘秉忠
〔南吕〕干荷叶（二首）……… 18
　干荷叶，色苍苍……………… 18
　南高峰，北高峰……………… 18
〔双调〕蟾宫曲（四首）……… 19
　盼和风春雨如膏……………… 19
　炎天地热如烧………………… 19
　梧桐一叶初凋………………… 19
　朔风瑞雪飘飘………………… 20

杜仁杰
〔般涉调〕耍孩儿　庄家不识构阑
………………………………… 21

王和卿
〔仙吕〕醉中天　咏大蝴蝶 …… 23
〔仙吕〕一半儿　题情（四首）
………………………………… 24
　鸦翎般水鬓似刀裁…………… 24
　书来和泪怕开缄……………… 24
　将来书信手拈着……………… 24
　别来宽褪缕金衣……………… 24
〔双调〕拨不断　大鱼 ………… 25

盍志学
〔双调〕蟾宫曲………………… 26
　陶渊明自不合时……………… 26

盍西村
　　〔越调〕小桃红　临川八景（选四）
　　　　……………………………… 27
　　　江岸水灯 ……………………… 27
　　　客船晚烟 ……………………… 27
　　　戍楼残霞 ……………………… 27
　　　市桥月色 ……………………… 27
　　〔越调〕小桃红　临川八景（之八）
　　　　……………………………… 29
　　　荷塘雨声 ……………………… 29
　　〔越调〕小桃红　杂咏（八首选六）
　　　　……………………………… 30
　　　市朝名利少相关 ……………… 30
　　　古今荣辱转头空 ……………… 30
　　　海棠开过到蔷薇 ……………… 30
　　　淡烟微雨锁横塘 ……………… 30
　　　绿杨堤畔蓼花洲 ……………… 30
　　　淡黄杨柳月中疏 ……………… 30
　　〔双调〕快活年 ………………… 33
　　　闲来乘兴访渔樵 ……………… 33
阚志学
　　〔仙吕〕赏花时 ………………… 33
　　　香径泥融燕语喧 ……………… 33
张弘范
　　〔中吕〕喜春来 ………………… 35
　　　金妆宝剑藏龙口 ……………… 35
　　〔越调〕天净沙　梅梢月（二首）
　　　　……………………………… 36
　　　黄昏低映梅枝 ………………… 36
　　　西风落叶长安 ………………… 36
商　挺
　　〔双调〕潘妃曲（十九首选三）
　　　　……………………………… 37
　　　断肠关山传情字 ……………… 37
　　　闷酒将来刚刚咽 ……………… 37
　　　一点青灯人千里 ……………… 37
胡祗遹
　　〔仙吕〕一半儿　四景（之三）… 38

　　　荷盘减翠菊添黄 ……………… 38
　　〔中吕〕阳春曲　春景（三首）
　　　　……………………………… 39
　　　几枝红雪墙头杏 ……………… 39
　　　残花酝酿蜂儿蜜 ……………… 39
　　　一帘红雨桃花谢 ……………… 39
　　〔中吕〕快活三过朝天子　赏春
　　　　……………………………… 40
　　〔双调〕沉醉东风（二首） …… 41
　　　月底花间酒壶 ………………… 41
　　　渔得鱼心满愿足 ……………… 41
严忠济
　　〔越调〕天净沙 ………………… 42
　　　宁可少活十年 ………………… 42
刘　因
　　〔黄钟〕人月圆 ………………… 43
　　　茫茫大块洪炉里 ……………… 43
伯　颜
　　〔中吕〕喜春来 ………………… 44
　　　金鱼玉带罗襕扣 ……………… 44
不忽木
　　〔仙吕〕点绛唇　辞朝 ………… 45
徐　琰
　　〔双调〕沉醉东风 ……………… 48
　　　御食饱清茶漱口 ……………… 48
鲜于枢
　　〔仙吕〕八声甘州 ……………… 49
　　　江天暮雪 ……………………… 49
魏　初
　　〔黄钟〕人月圆　为细君寿 …… 50
王　恽
　　〔正宫〕双鸳鸯　柳圈辞（六首）
　　　　……………………………… 51
　　　暖烟飘 ………………………… 51
　　　野溪边 ………………………… 51
　　　问春工 ………………………… 51
　　　步春溪 ………………………… 52
　　　秉兰芳 ………………………… 52

醉留连 …………………… 52
〔正宫〕黑漆弩　游金山寺 … 53
〔仙吕〕后庭花　晚眺临武堂 … 54
〔越调〕平湖乐（十首选五）… 55
　平湖云锦碧莲秋 …………… 55
　鉴湖秋水碧于蓝 …………… 56
　平阳好处是汾西 …………… 57
　采菱人语隔秋烟 …………… 58
　秋风湖上水增波 …………… 59
〔越调〕平湖乐　乙亥三月七日
　宴湖上赋 …………………… 60
〔越调〕平湖乐　尧庙秋社 … 61

卢　挚
〔黄钟〕节节高　题洞庭鹿角庙壁
　……………………………… 62
〔中吕〕普天乐　湘阳道中 … 63
〔中吕〕喜春来　和则明韵
　（三首选二）………………… 64
　春云巧似山翁帽 …………… 64
　春来南国花如绣 …………… 65
〔双调〕沉醉东风　秋景 …… 66
〔双调〕沉醉东风　闲居（三首）
　……………………………… 67
　雨过分畦种瓜 ……………… 67
　恰离了绿水青山那答 ……… 67
　学邵平坡前种瓜 …………… 67
〔双调〕蟾宫曲
　想人生七十犹稀 …………… 68
〔双调〕蟾宫曲
　沙三伴哥来嗏 ……………… 69
〔双调〕蟾宫曲　咏别（二首）
　……………………………… 70
　离人易水桥东 ……………… 70
　记相逢二八芳华 …………… 70
〔双调〕蟾宫曲　萧娥 ……… 71
〔双调〕蟾宫曲　杨妃 ……… 72
〔双调〕蟾宫曲　金陵怀古 … 73
〔双调〕蟾宫曲　长沙怀古 … 75

〔双调〕蟾宫曲　箕山感怀 … 76
〔双调〕蟾宫曲　寒食新野道中
　……………………………… 77
〔双调〕蟾宫曲　阳翟道中田家即事
　……………………………… 78
〔双调〕蟾宫曲　冬夜宿丞天善利轩
　……………………………… 78
〔双调〕寿阳曲　别珠帘秀 … 80
〔双调〕寿阳曲　夜忆（四首）
　……………………………… 81
　窗间月 ……………………… 81
　灯将残 ……………………… 81
　灯将灭 ……………………… 81
　灯下词 ……………………… 81

赵　岩
〔中吕〕喜春来过普天乐 …… 82
　琉璃殿暖香浮细 …………… 82

陈草庵
〔中吕〕山坡羊　叹世（二十六首选八）
　……………………………… 83
　伏低伏弱 …………………… 83
　青霄有路 …………………… 84
　风波实怕 …………………… 84
　生涯虽旧 …………………… 84
　晨鸡初叫 …………………… 84
　江山如画 …………………… 84
　渊明图醉 …………………… 86
　红尘千丈 …………………… 87

马彦良
〔南吕〕一枝花　春雨 ……… 88

奥敦周卿
〔双调〕蟾宫曲　咏西湖（二首）
　……………………………… 89
　西山雨退云收 ……………… 89
　西湖烟水茫茫 ……………… 89

关汉卿
〔仙吕〕一半儿　题情（四首）
　……………………………… 90

云鬟雾鬓胜堆鸦	90
碧纱窗外青无人	90
银台灯灭篆烟残	91
多情多绪小冤家	91
〔南吕〕四块玉　别情	92
〔南吕〕四块玉　闲适（四首）	93
适意行	93
旧酒投	94
意马收	94
南亩耕	94
〔中吕〕普天乐　崔张十六事	95
普救姻缘	95
西厢寄寓	97
酬和情诗	98
随分好事	99
封书退贼	100
虚意谢诚	101
母亲变卦	102
隔墙听琴	104
开书染病	105
莺花配偶	106
花惜风情	107
张生赴选	108
旅馆梦魂	109
喜得家书	110
远寄寒衣	112
夫妇团圆	113
〔双调〕沉醉东风	114
咫尺的天南地北	114
〔双调〕沉醉东风	115
忧则忧鸾孤凤单	115
〔双调〕碧玉箫（四首）	116
怕见春归	116
盼断归期	117
秋景堪题	118
笑语喧哗	119
〔双调〕大德歌	120

春	120
夏	121
秋	122
冬	123
雪粉华	124
〔南吕〕一枝花	125
赠珠帘秀	125
杭州景	127
不伏老	128

白　朴

〔中吕〕阳春曲　知几（四首）	131
知荣知辱牢缄口	131
今朝有酒今朝醉	131
不因酒困因诗困	131
张良辞汉全身计	131
〔中吕〕阳春曲　题情（六首之四）	133
从来好事天生俭	133
〔越调〕天净沙	134
春	134
夏	135
秋	136
冬	137
〔双调〕驻马听　吹	138
〔双调〕沉醉东风　渔夫	139
〔仙吕〕点绛唇	140
金凤钗分	140

姚　燧

〔中吕〕满庭芳（二首）	141
天风海涛	141
帆收钓浦	142
〔中吕〕普天乐	143
浙江秋	143
〔中吕〕醉高歌　感怀（四首）	144
十年燕月歌声	144
荣枯枕上三更	144
岸边烟柳苍苍	144

十年书剑长吁⋯⋯⋯⋯⋯⋯⋯⋯ 144
〔中吕〕阳春曲⋯⋯⋯⋯⋯⋯⋯ 146
笔头风月时时过⋯⋯⋯⋯⋯⋯ 146
〔越调〕凭阑人（七首选三）⋯ 147
博带峨冠年少郎⋯⋯⋯⋯⋯⋯ 147
马上墙头瞥见他⋯⋯⋯⋯⋯⋯ 147
织就回文停玉梭⋯⋯⋯⋯⋯⋯ 147
〔越调〕凭阑人（七首之七）⋯ 148
两处相思无计留⋯⋯⋯⋯⋯⋯ 148
〔越调〕凭阑人 寄征衣⋯⋯ 149
〔双调〕寿阳曲 咏李白⋯⋯ 150

刘敏中
〔正宫〕黑漆弩 村居遣兴（二首）
⋯⋯⋯⋯⋯⋯⋯⋯⋯⋯⋯⋯⋯ 151
长巾阔领深村住⋯⋯⋯⋯⋯⋯ 151
吾庐却近江鸥住⋯⋯⋯⋯⋯⋯ 151

高文秀
〔南吕〕一枝花 咏惜花春起早
⋯⋯⋯⋯⋯⋯⋯⋯⋯⋯⋯⋯⋯ 152

庾天锡
〔双调〕雁儿落过得胜令（三首）
⋯⋯⋯⋯⋯⋯⋯⋯⋯⋯⋯⋯⋯ 154
韩侯一将坛⋯⋯⋯⋯⋯⋯⋯⋯ 154
荒荒时务艰⋯⋯⋯⋯⋯⋯⋯⋯ 155
从他绿鬓斑⋯⋯⋯⋯⋯⋯⋯⋯ 155
〔商角调〕黄莺儿 别况⋯⋯ 156

马致远
〔仙吕〕青哥儿 十二月（选二）
⋯⋯⋯⋯⋯⋯⋯⋯⋯⋯⋯⋯⋯ 158
二月⋯⋯⋯⋯⋯⋯⋯⋯⋯⋯⋯ 158
八月⋯⋯⋯⋯⋯⋯⋯⋯⋯⋯⋯ 159
〔南吕〕四块玉 恬退（四首）
⋯⋯⋯⋯⋯⋯⋯⋯⋯⋯⋯⋯⋯ 160
绿鬓衰⋯⋯⋯⋯⋯⋯⋯⋯⋯⋯ 160
绿水边⋯⋯⋯⋯⋯⋯⋯⋯⋯⋯ 160
绿竹边⋯⋯⋯⋯⋯⋯⋯⋯⋯⋯ 160
酒旋沽⋯⋯⋯⋯⋯⋯⋯⋯⋯⋯ 160
〔南吕〕四块玉⋯⋯⋯⋯⋯⋯ 162

天台路⋯⋯⋯⋯⋯⋯⋯⋯⋯⋯ 162
紫芝路⋯⋯⋯⋯⋯⋯⋯⋯⋯⋯ 163
浔阳江⋯⋯⋯⋯⋯⋯⋯⋯⋯⋯ 164
马嵬坡⋯⋯⋯⋯⋯⋯⋯⋯⋯⋯ 165
凤凰坡⋯⋯⋯⋯⋯⋯⋯⋯⋯⋯ 166
叹世⋯⋯⋯⋯⋯⋯⋯⋯⋯⋯⋯ 167
〔南吕〕金字经（三首）⋯⋯ 168
絮飞飘白雪⋯⋯⋯⋯⋯⋯⋯⋯ 168
担头担明月⋯⋯⋯⋯⋯⋯⋯⋯ 168
夜来西风里⋯⋯⋯⋯⋯⋯⋯⋯ 168
〔越调〕天净沙 秋思⋯⋯⋯ 169
〔双调〕蟾宫曲 叹世（二首之二）
⋯⋯⋯⋯⋯⋯⋯⋯⋯⋯⋯⋯⋯ 170
咸阳百二山河⋯⋯⋯⋯⋯⋯⋯ 170
〔双调〕清江引 野兴（八首选四）
⋯⋯⋯⋯⋯⋯⋯⋯⋯⋯⋯⋯⋯ 171
绿蓑衣紫罗袍谁是主⋯⋯⋯⋯ 171
山禽晓来窗外啼⋯⋯⋯⋯⋯⋯ 171
天之美禄谁不喜⋯⋯⋯⋯⋯⋯ 171
楚霸王火烧了秦宫室⋯⋯⋯⋯ 171
〔双调〕寿阳曲⋯⋯⋯⋯⋯⋯ 173
山市晴岚⋯⋯⋯⋯⋯⋯⋯⋯⋯ 173
远浦帆归⋯⋯⋯⋯⋯⋯⋯⋯⋯ 174
平沙落雁⋯⋯⋯⋯⋯⋯⋯⋯⋯ 175
潇湘夜雨⋯⋯⋯⋯⋯⋯⋯⋯⋯ 176
烟寺晚钟⋯⋯⋯⋯⋯⋯⋯⋯⋯ 177
渔村夕照⋯⋯⋯⋯⋯⋯⋯⋯⋯ 178
江天暮雪⋯⋯⋯⋯⋯⋯⋯⋯⋯ 179
洞庭秋月⋯⋯⋯⋯⋯⋯⋯⋯⋯ 180
〔双调〕寿阳曲（六首）⋯⋯ 181
一阵风⋯⋯⋯⋯⋯⋯⋯⋯⋯⋯ 181
磨龙墨⋯⋯⋯⋯⋯⋯⋯⋯⋯⋯ 182
心间事⋯⋯⋯⋯⋯⋯⋯⋯⋯⋯ 182
从别后⋯⋯⋯⋯⋯⋯⋯⋯⋯⋯ 183
人初静⋯⋯⋯⋯⋯⋯⋯⋯⋯⋯ 184
因他害⋯⋯⋯⋯⋯⋯⋯⋯⋯⋯ 185
〔双调〕拨不断（五首）⋯⋯ 186
叹寒儒⋯⋯⋯⋯⋯⋯⋯⋯⋯⋯ 186
布衣中⋯⋯⋯⋯⋯⋯⋯⋯⋯⋯ 186

菊花开 …………………………… 186
浙江亭 …………………………… 186
子房鞋 …………………………… 186
〔仙吕〕赏花时 掬水月在手 … 189
〔般涉调〕哨遍 张玉岩草书 … 190
〔般涉调〕耍孩儿 借马 ……… 195
〔双调〕夜行船 秋思 ………… 197

侯克中
　〔正宫〕菩萨蛮 客中寄情 …… 200

赵孟頫
　〔黄钟〕人月圆 ………………… 201
　一枝仙桂香生玉 ………………… 201
　〔仙吕〕后庭花 ………………… 203
　清溪一叶舟 ……………………… 203

阿里耀卿
　〔正宫〕醉太平 ………………… 204
　寒生玉壶 ………………………… 204

吴昌龄
　〔正宫〕端正好 美妓 ………… 205

王实甫
　〔中吕〕十二月过尧民歌 别情
　　………………………………… 207

李寿卿
　〔双调〕寿阳曲 切鲙 ………… 208

滕　斌
　〔中吕〕普天乐（二首） ……… 209
　柳丝柔 …………………………… 209
　仗权豪 …………………………… 210

邓玉宾
　〔正宫〕叨叨令 道情 ………… 211
　〔中吕〕粉蝶儿 ………………… 212
　丫髻环绦 ………………………… 212

王廷秀
　〔中吕〕粉蝶儿 怨别 ………… 215

姚守中
　〔中吕〕粉蝶儿 牛诉冤 ……… 217

王伯成
　〔中吕〕阳春曲 别情 ………… 220

赵明道
　〔越调〕斗鹌鹑 题情 ………… 221

阿里西瑛
　〔双调〕殿前欢 懒云窝（三首）
　　………………………………… 223

冯子振
　〔正宫〕鹦鹉曲 ………………… 224
　山亭逸兴 ………………………… 224
　荣华短梦 ………………………… 226
　农夫渴雨 ………………………… 227
　野渡新晴 ………………………… 228
　渔父 ……………………………… 229
　市朝归兴 ………………………… 230
　赤壁怀古 ………………………… 231
　处士虚名 ………………………… 232
　泣江妇 …………………………… 233
　〔正宫〕鹦鹉曲 感事（二首）
　　………………………………… 235
　黄金难买朱颜住 ………………… 235
　江湖难比山林住 ………………… 236
　〔正宫〕鹦鹉曲 钱塘初夏 …… 237

珠帘秀
　〔双调〕寿阳曲 答卢疏斋 …… 238
　〔正宫〕醉西施 ………………… 239
　检点旧风流 ……………………… 239

第二卷

贯云石
〔正宫〕塞鸿秋　代人作（二首）
　　………………………………… 241
　战西风几点宾鸿至 ………… 241
　起初儿相见十分忺 ………… 242
〔双调〕蟾宫曲　送春 ………… 243
〔双调〕清江引（三首）………… 244
　弃微名去来心快哉 ………… 244
　竞功名有如车下坡 ………… 245
　避风波走入安乐窝 ………… 246
〔双调〕清江引　咏梅（四首选二）
　　………………………………… 247
　南枝夜来先破蕊 …………… 247
　芳心对人娇欲说 …………… 248
〔双调〕清江引　惜别（八首之四）
　　………………………………… 249
　若还与他相见时 …………… 249
〔双调〕清江引　立春 ………… 250
〔双调〕寿阳曲（五首选二）… 251
　鱼吹浪 ……………………… 251
　新秋至 ……………………… 252
〔双调〕殿前欢（九首选三）… 253
　隔帘听 ……………………… 253
　数归期 ……………………… 254
　夜啼乌 ……………………… 254
〔仙吕〕点绛唇　闺愁 ………… 255

贯石屏
〔仙吕〕村里迓鼓　隐逸 ……… 257

鲜于必仁
〔中吕〕普天乐　潇湘八景（选五）
　洞庭秋月 …………………… 259
　平沙落雁 …………………… 259
　远浦帆归 …………………… 259
　山市晴岚 …………………… 259

　渔村落照 …………………… 259
〔双调〕折桂令（三首）………… 262
　诸葛武侯 …………………… 262
　韩吏部 ……………………… 262
　苏学士 ……………………… 262
〔双调〕折桂令　燕山八景（之四）
　　………………………………… 264
　芦沟晓月 …………………… 264

邓玉宾子
〔双调〕雁儿落过得胜令
　闲适（三首之二）…………… 265
　乾坤一转丸 ………………… 265
　万里玉门关 ………………… 265

张养浩
〔双调〕沽美酒兼太平令　叹世
　　………………………………… 266
〔双调〕胡十八（七首）………… 267
　正妙年 ……………………… 267
　从退闲 ……………………… 267
　客可人 ……………………… 268
　试算春 ……………………… 268
　人会合 ……………………… 268
　人笑余 ……………………… 268
　自隐居 ……………………… 268
〔双调〕雁儿落兼得胜令 ……… 270
　云来山更佳 ………………… 270
〔双调〕水仙子 ………………… 271
　中年才过便休官 …………… 271
〔双调〕水仙子　咏江南 ……… 272
〔双调〕落梅引 ………………… 273
　野水明于月 ………………… 273
〔双调〕得胜令　四月一日喜雨
　　………………………………… 274
〔中吕〕喜春来（二首）………… 275

路逢饿殍须亲问 …………… 275
乡村良善全性命 …………… 276
〔中吕〕朱履曲（二首）…… 277
那的是为官荣贵 …………… 277
才上马齐声儿喝道 ………… 278
〔中吕〕普天乐（二首）…… 279
芰荷衣 ……………………… 279
莫刚直 ……………………… 280
〔双调〕折桂令　过金山寺 … 281
〔双调〕折桂令　中秋 ……… 282
〔双调〕折桂令　咏胡琴 …… 283
〔中吕〕朝天曲 ……………… 284
柳堤 ………………………… 284
〔越调〕寨儿令　绰然亭独坐 … 285
〔中吕〕山坡羊 ……………… 286
无官何患 …………………… 286
〔中吕〕山坡羊　骊山怀古
（二首之一）……………… 287
骊山四顾 …………………… 287
〔中吕〕山坡羊　潼关怀古 … 288
〔南吕〕一枝花　咏喜雨 …… 289

白贲
〔正宫〕鹦鹉曲　渔父 ……… 291

赵雍
〔黄钟〕人月圆（二首）…… 292
人生能几浑如梦 …………… 292
相思何日重相见？ ………… 292

李子中
〔仙吕〕赏花时 ……………… 293
情泪流香淡脸桃 …………… 293

石子章
〔仙吕〕八声甘州 …………… 294
天涯羁旅 …………………… 294

狄君厚
〔双调〕夜行船　扬州忆旧 … 296

刘唐卿
〔双调〕蟾宫曲 ……………… 298
博山铜细袅香风 …………… 298

郑光祖
〔正宫〕塞鸿秋 ……………… 299
门前五柳侵江路 …………… 299

郑光祖
〔双调〕蟾宫曲　梦中作
（三首之一）……………… 300
半窗幽梦微茫 ……………… 300

范康
〔仙吕〕寄生草　酒 ………… 301

曾瑞
〔南吕〕四块玉　闺情（三首）
………………………………… 302
髻乱窝 ……………………… 302
孤雁悲 ……………………… 302
簪玉折 ……………………… 302
〔南吕〕四块玉　警世 ……… 303
〔南吕〕骂玉郎过感皇恩采茶歌
闺情 ……………………… 304
〔南吕〕骂玉郎过感皇恩采茶歌
闺中闻杜鹃 ……………… 305
〔中吕〕喜春来　阅世 ……… 306
〔般涉调〕哨遍　羊诉冤 …… 307
〔商调〕集贤宾　宫词 ……… 310

孔文卿
〔南吕〕一枝花　禄山谋反 … 311

沈和
〔仙吕〕赏花时北　潇湘八景 … 313

施惠
〔南吕〕一枝花　咏剑 ……… 316

字罗御史
〔南吕〕一枝花　辞官 ……… 318

睢景臣
〔般涉调〕哨遍　高祖还乡 … 320

周文质
〔正宫〕叨叨令　自叹（二首）
………………………………… 324
筑墙的曾入高宗梦 ………… 324
去年今日题诗处 …………… 324

周文质
　　〔正宫〕叨叨令　悲秋…………… 325
　　〔越调〕小桃红（二首）………… 326
　　　当时罗帕写宫商 ………………… 326
　　　彩笺滴满泪珠儿 ………………… 326
　　〔越调〕寨儿令 …………………… 327
　　　挑短檠 …………………………… 327
　　〔双调〕折桂令　过多景楼 …… 328
　　〔双调〕折桂令　咏蟠梅 …… 329
乔　吉
　　〔南吕〕玉交枝 …………………… 331
　　　溪山一派 ………………………… 331
　　〔中吕〕满庭芳　渔父词
　　　（二十首选一）………………… 332
　　　轻鸥数点 ………………………… 332
　　〔中吕〕山坡羊　寓兴 ………… 333
　　〔越调〕小桃红 …………………… 334
　　　效联珠格 ………………………… 334
　　　孙氏壁间画竹 …………………… 335
　　〔越调〕天净沙　即事（四首之四）
　　　…………………………………… 336
　　　莺莺燕燕春春 …………………… 336
　　〔越调〕凭阑人　金陵道中 …… 337
　　〔越调〕凭阑人　春思 ………… 338
　　〔越调〕凭阑人　小姬 ………… 339
　　〔双调〕沉醉东风　泛湖写景 … 340
　　〔双调〕折桂令　荆溪即事 …… 341
　　〔双调〕折桂令　风雨登虎丘 … 342
　　〔双调〕折桂令　重九后一日游
　　　蓬莱山 …………………………… 343
　　〔双调〕折桂令　毗陵晚眺 …… 344
　　〔双调〕清江引　有感………… 345
　　〔双调〕水仙子　吴江垂虹桥 … 346
　　〔双调〕水仙子　寻梅………… 347
　　〔双调〕水仙子　重观瀑布 …… 348
　　〔双调〕水仙子　咏雪………… 349
　　〔双调〕殿前欢　登凤凰台 …… 350
　　〔双调〕殿前欢　登江山第一楼 … 351
　　〔双调〕卖花声　悟世…………… 353
　　〔双调〕乔牌儿　别情…………… 354
苏彦文
　　〔越调〕斗鹌鹑　冬景…………… 355
刘　致
　　〔中吕〕朝天子　邸万户席上（二首）
　　　…………………………………… 358
　　　柳营 ……………………………… 358
　　　虎韬 ……………………………… 359
　　〔中吕〕山坡羊　侍牧庵先生
　　　西湖夜饮 ………………………… 360
　　〔双调〕殿前欢　道情 ………… 361
刘时中
　　〔正宫〕端正好　上高监司（前套）
　　　…………………………………… 362
　　〔正宫〕端正好　上高监司（后套）
　　　…………………………………… 366
　　〔双调〕新水令　代马诉冤 …… 371
阿鲁威
　　〔双调〕蟾宫曲　旅况（二首）
　　　…………………………………… 374
　　　正春风杨柳依依 ………………… 374
　　　理征衣鞍马匆匆 ………………… 375
　　〔双调〕蟾宫曲　怀友 ………… 376
　　〔双调〕蟾宫曲 …………………… 377
　　　烂羊头谁美封侯 ………………… 377
王元鼎
　　〔正宫〕醉太平　寒食（四首）… 378
　　　珠帘外燕飞 ……………………… 378
　　　声声啼乳鸦 ……………………… 379
　　　辜负了禁烟 ……………………… 380
　　　花飞时雨残 ……………………… 381
　　〔越调〕凭阑人　闺怨（二首之一）
　　　…………………………………… 382
　　　垂柳依依惹暮烟 ………………… 382
虞　集
　　〔双调〕折桂令　席上偶谈蜀汉
　　　事因赋短柱体 …………………… 383

张　雨
　　〔中吕〕喜春来　泰定三年丙寅
　　岁除夜玉山舟中赋………… 384
邓学可
　　〔正宫〕端正好　乐道………… 385
萨都剌
　　〔南吕〕一枝花　妓女蹴鞠…… 387
李　泂
　　〔双调〕夜行船　送友归吴…… 389
薛昂夫
　　〔正宫〕塞鸿秋………………… 390
　　功名万里忙如燕………………… 390
　　〔中吕〕朝天曲（三首）……… 391
　　丙吉……………………………… 391
　　董卓……………………………… 392
　　则天……………………………… 393
　　〔中吕〕山坡羊　咏金叹世…… 394
　　〔中吕〕山坡羊………………… 395
　　大江东去………………………… 395
　　〔中吕〕山坡羊　西湖杂咏
　　　（七首之六）………………… 396
　　携壶堪醉………………………… 396
　　〔双调〕庆东原　西皋亭适兴
　　　（六首之二）………………… 397
　　兴为催租败……………………… 397
　　〔双调〕庆东原　韩信………… 398
　　〔双调〕殿前欢　夏…………… 399
　　〔双调〕殿前欢　冬（二首之二）
　　　……………………………… 400
　　浪淘淘…………………………… 400
　　〔双调〕楚天遥过清江引……… 401
　　花开人正欢……………………… 401
　　〔双调〕楚天遥过清江引（二首）
　　　……………………………… 402
　　屈指数春来……………………… 402
　　有意送春归……………………… 402
　　〔正宫〕端正好　闺怨………… 403

吴弘道
　　〔南吕〕金字经　伤春………… 405
　　〔南吕〕金字经　颂升平……… 406
吴弘道
　　〔南吕〕金字经　咏渊明……… 407
　　〔中吕〕上小楼　钱塘感旧…… 408
赵善庆
　　〔中吕〕普天乐　江头秋行…… 409
　　〔中吕〕普天乐　秋江忆别…… 410
　　〔中吕〕山坡羊　燕子………… 411
　　〔中吕〕山坡羊　长安怀古…… 412
　　〔双调〕沉醉东风　秋日湘阴道中
　　　……………………………… 413
　　〔双调〕沉醉东风　昭君出塞图
　　　……………………………… 414
　　〔双调〕折桂令　湖山堂……… 415
　　〔双调〕落梅风　江楼晚眺…… 416
　　〔双调〕水仙子　仲春湖上…… 417
　　〔双调〕水仙子　渡瓜州……… 418
　　〔双调〕水仙子　客乡秋夜…… 419
马谦斋
　　〔越调〕柳营曲　楚汉遗事…… 420
　　〔越调〕柳营曲　叹世………… 421
　　〔双调〕沉醉东风　自悟（二首之二）
　　　……………………………… 422
　　取富贵青蝇竞血………………… 422
　　〔双调〕水仙子　燕山话别…… 423
　　〔双调〕水仙子　咏竹………… 424
张可久
　　〔黄钟〕人月圆　山中书事…… 425
　　〔双调〕折桂令　九日………… 426
　　〔双调〕折桂令　读史有感
　　　（二首之一）………………… 427
　　剑空弹月下高歌………………… 427
　　〔双调〕折桂令　酸斋学士席上
　　　……………………………… 429
　　〔中吕〕满庭芳　山中杂兴（二首）
　　　……………………………… 430

人生可怜 …………………………… 430
风波几场 …………………………… 431
〔中吕〕满庭芳　送别（二首之二）
　…………………………………… 432
愁春未醒 …………………………… 432
〔中吕〕普天乐　西湖即事 ……… 433
〔越调〕寨儿令　道士王中山操琴
　…………………………………… 434
〔越调〕寨儿令　西湖秋夜 ……… 435
〔双调〕清江引　秋怀 …………… 436
〔中吕〕红绣鞋　天台瀑布寺 …… 437
〔越调〕天净沙　江上 …………… 438
〔双调〕落梅风　湖上 …………… 439
〔双调〕落梅风　春情 …………… 440
〔中吕〕迎仙客　秋夜 …………… 441
〔南吕〕金字经　偕王公实寻梅
　…………………………………… 442
〔中吕〕卖花声　怀古（二首）
　…………………………………… 443
　阿房舞殿翻罗袖 ………………… 443
　美人自刎乌江岸 ………………… 443
〔中吕〕卖花声　客况（三首之三）
　…………………………………… 444
　登楼北望思王粲 ………………… 444
〔中吕〕红绣鞋　西湖雨 ………… 445
〔越调〕天净沙　湖上送别 ……… 446
〔正宫〕醉太平　感怀 …………… 447
〔双调〕落梅风　春晚（二首之二）
　…………………………………… 448
　东风景 …………………………… 448
〔双调〕折桂令　西陵送别 ……… 449
〔越调〕天净沙　春情 …………… 451
〔中吕〕山坡羊　闺思 …………… 452
〔商调〕梧叶儿　早行 …………… 453
〔双调〕沉醉东风　气球 ………… 454
〔双调〕湘妃怨　怀古 …………… 455
〔双调〕湘妃怨　多景楼 ………… 456
〔双调〕燕引雏　别情 …………… 457

〔南吕〕四块玉　客中九日 ……… 458
〔越调〕凭阑人　江夜 …………… 459
〔南吕〕一枝花　湖上归 ………… 460

沈禧
〔南吕〕一枝花　咏雪景 ………… 462

任昱
〔正宫〕小梁州　闲居 …………… 464
〔南吕〕金字经　秋宵宴坐 ……… 465
〔中吕〕上小楼　隐居 …………… 466
〔中吕〕朝天子　村居 …………… 467
〔双调〕沉醉东风　信笔 ………… 468
〔双调〕沉醉东风　会稽怀古 …… 469
〔双调〕清江引　题情（二首之二）
　…………………………………… 470
　南山豆苗荒数亩 ………………… 470
〔双调〕清江引　钱塘怀古 ……… 471

高栻
〔双调〕殿前欢　题小山《苏堤渔唱》
　…………………………………… 472

吴镇
〔南吕〕金字经　梅边 …………… 473

黄公望
〔仙吕〕醉中天　李嵩《髑髅纨扇》
　…………………………………… 474

钱霖
〔双调〕清江引 …………………… 475
　恩情已随纨扇歇 ………………… 475
〔般涉调〕哨遍　看钱奴 ………… 476

徐再思
〔仙吕〕一半儿　病酒 …………… 479
〔仙吕〕一半儿　落花 …………… 480
〔仙吕〕一半儿　春情 …………… 481
〔中吕〕朝天子　西湖 …………… 482
〔中吕〕红绣鞋　雪 ……………… 483
〔中吕〕普天乐　吴江八景
　（之八）　山西夕照 …………… 484
〔中吕〕阳春曲　皇亭晚泊 ……… 485
〔中吕〕阳春曲　闺怨 …………… 486

〔越调〕天净沙　探梅 …………… 487
〔越调〕凭阑人 …………………… 488
　九殿春风鹁鸪楼 ………………… 488
〔双调〕沉醉东风　春情（二首之一）
　………………………………… 489
　一自多才间阔 …………………… 489
〔双调〕蟾宫曲　竹夫人 ………… 490
〔双调〕蟾宫曲　姑苏台 ………… 491
〔双调〕蟾宫曲　春情 …………… 492
〔双调〕清江引　相思 …………… 493
〔双调〕水仙子　夜雨 …………… 494
〔双调〕水仙子　惠山泉 ………… 495

第三卷

蒲道源
〔黄钟〕人月圆　赵君锡再得雄
　………………………………… 497

孙周卿
〔双调〕沉醉东风　宫词（二首）
　………………………………… 498
　双拂黛停分翠羽 ………………… 498
　花月下温柔醉人 ………………… 498
〔双调〕水仙子　山居自乐（四首）
　………………………………… 499
　西风篱菊灿秋花 ………………… 499
　小斋容膝窄如舟 ………………… 499
　功名场上事多般 ………………… 499
　朝吟暮醉两相宜 ………………… 499
〔双调〕水仙子　赠舞女赵杨花
　………………………………… 501

宋聚
〔黄钟〕人月圆　中秋小酌 ……… 502

顾德润
〔南吕〕骂玉郎过感皇恩采茶歌　夏日
　………………………………… 503
〔南吕〕骂玉郎过感皇恩采茶歌
　述怀（二首） ………………… 505
　蛛丝满甑尘生釜 ………………… 505
　人生傀儡棚中过 ………………… 507
〔中吕〕醉高歌过喜春来　宿西湖
　………………………………… 508

〔中吕〕醉高歌过摊破喜春来　旅中
　………………………………… 509

李齐贤
〔黄钟〕人月圆　马嵬效吴彦高
　………………………………… 510

曹德
〔双调〕沉醉东风　村居（三首）
　………………………………… 511
　新分下庭前竹栽 ………………… 511
　茅舍宽如钓舟 …………………… 512
　枫林晚家家步锦 ………………… 513
〔双调〕清江引（二首） ………… 514
　长门柳丝千万结 ………………… 514
　长门柳丝千万缕 ………………… 515
〔双调〕庆东原　江头即事（三首）
　………………………………… 516
　低茅舍 …………………………… 516
　猿休怪 …………………………… 517
　闲乘兴 …………………………… 518

高克礼
〔越调〕黄蔷薇过庆元贞 ………… 519
　燕燕别无甚孝顺 ………………… 519
〔越调〕黄蔷薇过庆元贞 ………… 520
　又不曾看生见长 ………………… 520

陆登善
〔南吕〕一枝花　悔悟 …………… 521

王晔　朱凯
〔双调〕庆东原　黄肇退状 …… 523

〔双调〕折桂令　问苏卿 …………… 524
〔双调〕折桂令　答 ………………… 525
〔双调〕殿前欢　再问 ……………… 526
〔双调〕殿前欢　答 ………………… 527
〔双调〕水仙子　驳 ………………… 528
〔双调〕水仙子　招 ………………… 529
〔双调〕折桂令　问冯魁 …………… 530
〔双调〕水仙子　答 ………………… 531
〔双调〕折桂令　问双渐 …………… 532
〔双调〕水仙子　答 ………………… 533
〔双调〕折桂令　问黄肇 …………… 534
〔双调〕水仙子　答 ………………… 535
〔双调〕折桂令　问苏妈妈 ………… 536
〔双调〕水仙子　答 ………………… 537
〔双调〕水仙子　议拟 ……………… 538

王仲元
〔中吕〕普天乐　赠美人 …………… 539
〔中吕〕普天乐　旅况 ……………… 540
〔中吕〕普天乐　相思 ……………… 541
〔中吕〕普天乐　离情 ……………… 542

高安道
〔仙吕〕赏花时　春情 ……………… 543

大食惟寅
〔双调〕燕引雏　奉寄小山先辈
　……………………………………… 544

亢文苑
〔南吕〕一枝花 ……………………… 545
　琴声动鬼神 ……………………… 545

吕止庵
〔仙吕〕后庭花（二首） …………… 547
　西风黄叶稀　一年音信无 ……… 547
　西风黄叶疏　南楼北雁飞 ……… 548

孙叔顺
〔南吕〕一枝花　休官 ……………… 549

王仲诚
〔中吕〕粉蝶儿 ……………………… 550
　昨宴东楼 ………………………… 550

陈子厚
〔黄钟〕醉花阴　孤另 ……………… 552

真　氏
〔仙吕〕解三酲 ……………………… 553
　奴本是明珠擎掌 ………………… 553

李邦基
〔越调〕斗鹌鹑　寄别 ……………… 554

景元启
〔中吕〕上小楼　客情 ……………… 556
〔双调〕得胜令 ……………………… 557
　一见话相投 ……………………… 557
〔双调〕殿前欢　梅花 ……………… 557

吕侍中
〔正宫〕六么令 ……………………… 558
　华亭江上 ………………………… 558

吕济民
〔双调〕蟾宫曲　楚云 ……………… 560

查德卿
〔仙吕〕寄生草　感叹 ……………… 561
〔仙吕〕寄生草　间别 ……………… 562
〔仙吕〕一半儿　拟美人八咏（之一）
　……………………………………… 563
　春梦 ……………………………… 563
〔仙吕〕一半儿　拟美人八咏（之八）
　……………………………………… 564
　春情 ……………………………… 564
〔越调〕柳营曲　金陵故址 ………… 565

吴西逸
〔越调〕天净沙　闲题（四首选二）
　……………………………………… 566
　长江万里归帆 …………………… 566
　楚云飞满长空 …………………… 567
〔双调〕清江引　秋居 ……………… 568
〔双调〕寿阳曲　四时（四首之三）
　……………………………………… 569
　萦心事 …………………………… 569
〔双调〕雁儿落过得胜令　叹世
　（二首之二）……………………… 570

春花闻杜鹃 …………………… 570
武林隐
　　〔双调〕蟾宫曲　昭君 ………… 571
卫立中
　　〔双调〕殿前欢（二首）………… 572
　　　碧云深 ………………………… 572
　　　懒云窝 ………………………… 572
赵显宏
　　〔中吕〕满庭芳 ………………… 574
　　　渔 ……………………………… 574
　　　樵 ……………………………… 575
　　　耕 ……………………………… 576
　　　牧 ……………………………… 577
唐毅夫
　　〔双调〕殿前欢　大都西山 …… 578
　　〔南吕〕一枝花　怨雪 ………… 579
李爱山
　　〔双调〕寿阳曲　怀古 ………… 580
　　〔中吕〕上小楼　自适（四首）
　　　………………………………… 581
　　　酒酣时乘兴吟 ………………… 581
　　　思古来屈正则 ………………… 581
　　　黑甜浓坦腹眠 ………………… 581
　　　开的眼便是山 ………………… 581
王爱山
　　〔双调〕水仙子　怨别离（十首选五）
　　　………………………………… 583
　　　凤凰台上月儿弯 ……………… 583
　　　凤凰台上月儿偏 ……………… 584
　　　凤凰台上月儿斜 ……………… 585
　　　凤凰台上月儿低 ……………… 586
　　　凤凰台上月儿高 ……………… 587
朱庭玉
　　〔越调〕天净沙　秋 …………… 588
　　〔越调〕天净沙　冬 …………… 589
　　〔南吕〕一枝花　女怨 ………… 590
　　〔大石调〕青杏子　送别 ……… 592
　　〔双调〕行香子　痴迷 ………… 594

李德载
　　〔中吕〕阳春曲　赠茶肆（十首选三）
　　　………………………………… 595
　　　茶烟一缕轻轻飏 ……………… 595
　　　黄金碾畔香尘细 ……………… 596
　　　金芽嫩采枝头露 ……………… 597
程景初
　　〔正宫〕醉太平 ………………… 598
　　　恨绵绵深宫怨女 ……………… 598
孙季昌
　　〔正宫〕端正好　集杂剧名咏情
　　　………………………………… 599
　　〔仙吕〕点绛唇　集赤壁赋 …… 602
秦竹村
　　〔双调〕行香子　知足 ………… 604
李致远
　　〔中吕〕迎仙客　暮春 ………… 606
　　〔中吕〕朝天子　秋夜吟 ……… 607
　　〔中吕〕红绣鞋　晚春 ………… 608
　　〔中吕〕红绣鞋　春闺情 ……… 609
　　〔中吕〕红绣鞋　晚秋 ………… 610
　　〔中吕〕喜春来　秋夜（二首）
　　　………………………………… 611
　　　断云含雨峰千朵 ……………… 611
　　　月将花影移帘幕 ……………… 611
　　〔越调〕小桃红　新柳 ………… 612
　　〔越调〕天净沙　离愁 ………… 613
沙正卿
　　〔越调〕斗鹌鹑　闺情 ………… 614
吕天用
　　〔南吕〕一枝花　秋蝶 ………… 615
王　氏
　　〔中吕〕粉蝶儿　寄情人 ……… 616
张鸣善
　　〔中吕〕普天乐　愁怀 ………… 619
　　〔中吕〕普天乐　嘲西席 ……… 620
　　〔双调〕水仙子　讥时 ………… 621
　　〔双调〕水仙子　题情 ………… 622

失宫调牌名　咏雪 ·········· 623
赵　莹
　　〔正宫〕塞鸿秋　题情 ·········· 624
邦　哲
　　〔双调〕寿阳曲　思旧（三首）
　　　　　　　　　　　　 ·········· 625
　　　初相见 ······················ 625
　　　谁知道 ······················ 625
　　　尔在东 ······················ 625
李伯瞻
　　〔双调〕殿前欢　省悟（七首）
　　　　　　　　　　　　 ·········· 626
　　　去来分，黄花烂熳满东篱 ······ 626
　　　去来分，黄鸡啄黍正秋肥 ······ 626
　　　去来分，青山邀我怪来迟 ······ 626
　　　到闲中，闲中何必问穷通 ······ 626
　　　驾扁舟，云帆百尺洞庭秋 ······ 627
　　　好闲居，百年先过四旬余 ······ 627
　　　醉醺醺，无何乡里好潜身 ······ 627
杨朝英
　　〔中吕〕阳春曲　闺思（二首）
　　　　　　　　　　　　 ·········· 629
　　　浮云薄处朣胧日 ·············· 629
　　　沈腰易瘦衣宽褪 ·············· 629
　　〔双调〕得胜令 ················ 630
　　　日日醉红楼 ·················· 630
　　〔双调〕清江引 ················ 631
　　　秋深最好是枫树叶 ············ 631
　　〔双调〕水仙子 ················ 632
　　　闲时高卧醉时歌 ·············· 632
　　〔双调〕水仙子 ················ 633
　　　雪晴天地一冰壶 ·············· 633
　　〔双调〕水仙子　东湖所见 ······ 634
宋方壶
　　〔仙吕〕一半儿 ················ 635
　　　别时容易见时难 ·············· 635
　　〔中吕〕红绣鞋　客况 ·········· 636
　　〔中吕〕山坡羊　道情（二首之二）
　　　　　　　　　　　　 ·········· 637

　　　青山相待 ···················· 637
　　〔双调〕清江引　托咏 ·········· 638
　　〔双调〕水仙子　居庸关中秋对月
　　　　　　　　　　　　 ·········· 639
　　〔双调〕雁儿落过得胜令　闲居
　　　　　　　　　　　　 ·········· 640
　　〔南吕〕一枝花　蚊虫 ·········· 641
陈德和
　　〔双调〕落梅风　雪中十事（之十）
　　　寒江钓叟 ···················· 643
丘士元
　　〔中吕〕普天乐　秋夜感怀 ······ 644
　　〔双调〕折桂令　相思 ·········· 645
王举之
　　〔南吕〕金字经　春日湖上 ······ 646
　　〔中吕〕红绣鞋　秋日湖上 ······ 647
贾　固
　　〔中吕〕醉高歌过红绣鞋
　　　寄金莺儿 ···················· 648
周德清
　　〔正宫〕塞鸿秋　浔阳即景（二首）
　　　　　　　　　　　　 ·········· 649
　　　长江万里白如练 ·············· 649
　　　灞桥雪拥驴难跨 ·············· 649
　　〔中吕〕朝天子　秋夜客怀 ······ 650
　　〔中吕〕满庭芳　看岳王传 ······ 651
　　〔中吕〕红绣鞋　郊行（三首之二）
　　　　　　　　　　　　 ·········· 652
　　　穿云响一乘山筹 ·············· 652
　　〔中吕〕阳春曲　秋思 ·········· 653
　　〔中吕〕阳春曲　别情 ·········· 654
　　〔双调〕蟾宫曲 ················ 655
　　　倚篷窗无语嗟呀 ·············· 655
班惟志
　　〔南吕〕一枝花　秋夜闻筝 ······ 656
钟嗣成
　　〔正宫〕醉太平 ················ 657
　　　风流贫最好 ·················· 657

〔南吕〕骂玉郎过感皇恩采茶歌
　　四时佳兴（之一）　春 …… 658
〔南吕〕骂玉郎过感皇恩采茶歌
　　四景（之二）　花 …… 660
〔南吕〕骂玉郎过感皇恩采茶歌
　　四情（之二）　欢 …… 661
〔南吕〕骂玉郎过感皇恩采茶歌
　　四别（之一）　叙别 …… 662
〔南吕〕骂玉郎过感皇恩采茶歌
　　四别（之三）　寄别 …… 663
〔双调〕清江引（十首选二） … 664
　秀才饱学一肚皮 …… 664
　凤凰燕雀一处飞 …… 664
〔双调〕凌波仙 …… 665
　菊栽栗里晋渊明 …… 665
〔双调〕凌波仙 …… 666
　灯前抚剑听鸡声 …… 666
〔南吕〕一枝花　自序丑斋 …… 667

邵元长
〔双调〕湘妃曲　赠钟继先 …… 670

周　浩
〔双调〕蟾宫曲　题《录鬼簿》
　…… 671

郝　经
〔双调〕蟾宫曲　题《录鬼簿》
　…… 672

汪元亨
〔正宫〕醉太平　警世（二十首之二）
　…… 673
　憎苍蝇竞血 …… 673
〔双调〕雁儿落过得胜令
　归隐（二十首选二） …… 674
　闲来无妄想 …… 674
　趋炎真面惭 …… 674

孟　昉
〔越调〕天净沙　十二月乐词（九月）
　…… 675

一分儿
〔双调〕沉醉东风 …… 676
　红叶落火龙褪甲 …… 676

刘婆惜
〔双调〕清江引 …… 677
　青青子儿枝上结 …… 677

萧德润
〔双调〕夜行船　秋怀 …… 678

杨维桢
〔双调〕夜行船　吴宫吊古 …… 680

倪　瓒
〔黄钟〕人月圆 …… 682
　伤心莫问前朝事 …… 682
〔越调〕小桃红 …… 683
　陆庄风景又萧条 …… 683
〔越调〕小桃红 …… 684
　一江秋水澹寒烟 …… 684
〔越调〕小桃红 …… 685
　五湖烟水未归身 …… 685
〔双调〕殿前欢 …… 685
　揾啼红 …… 685

夏庭芝
〔中吕〕朝天子　赠王玉英 …… 687

刘庭信
〔双调〕折桂令　忆别（十二首选三）
　…… 688
　想人生最苦离别。三个字细细分开
　…… 688
　想人生最苦离别。赐到阳关 …… 688
　想人生最苦离别。恰才燕侣莺俦
　…… 688

李邦祐
〔双调〕转调淘金令
　思情（四首之一） …… 690
　花衢柳陌 …… 690

邵亨贞
〔越调〕凭阑人　题曹云西翁赠妓小画
　…… 691

梁　寅
　　〔黄钟〕人月圆　春夜 …………… 692
舒頔
　　〔中吕〕朝天子 ………………………… 693
　　　　　学驭 ……………………………… 693
季子安
　　〔中吕〕粉蝶儿　题情 ……………… 694
高　明
　　〔商调〕金络索挂梧桐　咏别 … 696
杨舜臣
　　〔仙吕〕点绛唇　慢马 ……………… 697
汤　式
　　〔南吕〕一枝花　旅中自遣 …… 699
　　〔双调〕湘妃引　旅舍秋怀 …… 701
　　〔中吕〕满庭芳　武林感旧二首
　　　　　（之一）…………………………… 702
　　　　　钱塘故址 ……………………… 702
　　〔双调〕沉醉东风　悼伶女四首
　　　　　………………………………………… 703
　　　　　卜音至伤心万端 ……………… 703
　　　　　铅华树春风甚早 ……………… 703
　　　　　檀板歇声沉鹧鸪 ……………… 703
　　　　　宝镜缺青鸾影孤 ……………… 704
　　〔越调〕柳营曲　听筝 ……………… 705
　　〔中吕〕谒金门　落花二令 …… 706
　　〔中吕〕谒金门　长亭道中 …… 707
　　〔正宫〕醉太平　约游春友不至
　　　　　（二首之一）…………………… 709
　　　　　芳尘滚滚 ……………………… 709
　　〔双调〕庆东原　京口夜泊 …… 710
　　〔越调〕天净沙　小景 ……………… 711
　　〔越调〕天净沙　闲居杂兴 …… 712
　　〔商调〕知秋令　秋夜 ……………… 713
杨讷
　　〔商调〕二郎神　怨别 ……………… 714
兰楚芳
　　〔南吕〕四块玉　风情（四首选二）
　　　　　………………………………………… 716
　　　　　我事事村 ……………………… 716
　　　　　意思儿真 ……………………… 717
　　〔黄钟〕愿成双　春思 ……………… 718
胡用和
　　〔南吕〕一枝花　隐居 ……………… 719
谢应芳
　　〔中吕〕满庭芳（二首）……………… 721
　　　　　神仙有无 ……………………… 721
　　　　　横山翠屏 ……………………… 721
徐晅
　　〔中吕〕满庭芳 ………………………… 723
　　　　　乌纱裹头 ……………………… 723
施耐庵
　　〔双调〕新水令　秋江送别——
　　　　　赠鲁渊、刘亮 ……………… 724
无名氏
　　〔正宫〕塞鸿秋　山行警 …………… 726
　　〔正宫〕塞鸿秋　丹客行 …………… 727
　　〔正宫〕醉太平 ………………………… 728
　　　　　堂堂大元 ……………………… 728
　　〔正宫〕醉太平　讥贪小利者 … 729
　　〔仙吕〕寄生草（二首）……………… 730
　　　　　花影儿来来往往纱窗外 … 730
　　　　　有几句知心话 ……………… 731
　　〔仙吕〕醉中天　咏鞋（十首之二）
　　　　　………………………………………… 732
　　　　　哀告花笺纸 …………………… 732
　　〔中吕〕朝天子　志感（二首）
　　　　　………………………………………… 733
　　　　　不读书有权 …………………… 733
　　　　　不读书最高 …………………… 733
　　〔中吕〕红绣鞋 ………………………… 734
　　　　　孤雁叫教人怎睡 ……………… 734
　　〔大石调〕初生月儿（四首）… 735
　　　　　初生月儿悬太虚 ……………… 735
　　　　　初生月儿一半弯 ……………… 735
　　　　　初生月儿明处少 ……………… 735
　　　　　初生月儿一似弓 ……………… 735

〔大石调〕阳关三叠 …………… 737
渭城朝雨浥轻尘 ……………… 737
〔小石调〕归来乐 ……………… 738
从负郭问桑麻 ………………… 738
〔商调〕梧叶儿 嘲谎人 ……… 739
〔商调〕梧叶儿 题情 ………… 740

〔越调〕天净沙 ………………… 741
平沙细草斑斑 ………………… 741
〔双调〕蟾宫曲 酒 …………… 742
〔双调〕拨不断 ………………… 743
老书生 ………………………… 743

第四卷

关汉卿

《窦娥冤》楔子 ………………… 745
花有重开日 …………………… 745
《窦娥冤》第一折 ……………… 748
行医有斟酌 …………………… 748
《窦娥冤》第二折 ……………… 753
小子太医出身 ………………… 753
《窦娥冤》第三折 ……………… 759
下官监斩官是也 ……………… 759
《窦娥冤》第四折 ……………… 763
独立空堂思黯然 ……………… 763
《救风尘》第一折 ……………… 770
酒肉场中三十载 ……………… 770
《救风尘》第二折 ……………… 776
自家周舍是也 ………………… 776
《救风尘》第三折 ……………… 780
万事分已定 …………………… 780
《救风尘》第四折 ……………… 784
这些时周舍敢待来也 ………… 784
《单刀会》第四折 ……………… 788
欢来不似今朝 ………………… 788
《望江亭》第三折 ……………… 792
小官杨衙内是也 ……………… 792
《鲁斋郎》第二折 ……………… 798
着意栽花花不发 ……………… 798

白 朴

《梧桐雨》第二折 ……………… 802
某安禄山是也 ………………… 802

《墙头马上》第三折 …………… 807
自从少俊去洛阳买花栽子回来
……………………………… 807

杨显之

《潇湘夜雨》第二折 …………… 813
皆言桃李属春官 ……………… 813

马致远

《汉宫秋》楔子 ………………… 818
毡帐秋风迷宿草 ……………… 818
《汉宫秋》第一折 ……………… 821
大块黄金任意挝 ……………… 821
《汉宫秋》第二折 ……………… 825
某呼韩单于 …………………… 825
《汉宫秋》第三折 ……………… 831
妾身王昭君 …………………… 831
《汉宫秋》第四折 ……………… 836
自家汉元帝 …………………… 836

王实甫

《西厢记》第一本第三折 ……… 839
和 诗 ………………………… 839
《西厢记》第二本第四折 ……… 844
听 琴 ………………………… 844
《西厢记》第四本第二折 ……… 849
拷 红 ………………………… 849
《西厢记》第四本第三折 ……… 854
长亭送别 ……………………… 854

李好古

《张生煮海》第三折 …………… 858

小僧乃石佛寺行者 …………… 858
石君宝
　《秋胡戏妻》第二折 …………… 861
　　段段田苗接远村 ……………… 861
　《秋胡戏妻》第三折 …………… 867
　　小官秋胡是也 ………………… 867
　《曲江池》第二折 ……………… 872
　　老夫郑公弼 …………………… 872
纪君祥
　《赵氏孤儿》楔子 ……………… 876
　　人无害虎心 …………………… 876
　《赵氏孤儿》第一折 …………… 879
　　某屠岸贾 ……………………… 879
　《赵氏孤儿》第二折 …………… 885
　　事不关心 ……………………… 885
　《赵氏孤儿》第三折 …………… 890
　　兀的不走了赵氏孤儿也 ……… 890
　《赵氏孤儿》第四折 …………… 895
　　某，屠岸贾 …………………… 895
　《赵氏孤儿》第五折 …………… 902
　　小官乃晋国上卿魏绛是也 …… 902
康进之
　《李逵负荆》第一折 …………… 905
　　涧水潺潺绕寨门 ……………… 905
尚仲贤
　《柳毅传书》第三折 …………… 911
　　吾神乃洞庭老龙是也 ………… 911
郑光祖
　《倩女离魂》第二折 …………… 914
　　欢喜未尽 ……………………… 914
孟汉卿
　《魔合罗》第三折 ……………… 919
　　（诗云）滥官肥马紫丝缰 …… 919
　《魔合罗》第四折 ……………… 925
　　自家张鼎是也 ………………… 925
戴善夫
　《风光好》第三折 ……………… 932
　　小官宋齐丘 …………………… 932
郑廷玉
　《看钱奴》第二折 ……………… 937
　　耕牛无宿料 …………………… 937
李直夫
　《虎头牌》第三折 ……………… 948
　　欢来不似今朝 ………………… 948
秦简夫
　《东堂老》第三折 ……………… 956
　　不成器的看样也 ……………… 956
李文蔚
　《燕青博鱼》第一折 …………… 963
　　耕牛无宿料 …………………… 963
罗贯中
　《风云会》第二折 ……………… 968
　　某，苗光裔是也 ……………… 968
张国宾
　《薛仁贵》第三折 ……………… 973
　　双调豆叶黄 …………………… 973
金仁杰
　《追韩信》第二折 ……………… 977
　　想自家离了淮阴 ……………… 977
朱　凯
　《昊天塔》第四折 ……………… 979
　　积水养鱼终不钓 ……………… 979
高　明
　《琵琶记》第二十出　糟糠自厌
　　………………………………… 985
无名氏
　《渔樵记》第二折 ……………… 990
　　段段田苗接远村 ……………… 990
　《货郎旦》第四折 ……………… 997
　　驿宰官衔也自荣 ……………… 997
　《陈州粜米》第三折 …………… 1004
　　日间不做亏心事 ……………… 1004

〔黄钟〕人月圆

卜居外家①东园

元好问

重冈②已隔红尘③断,村落更年丰。移居要就、窗中远岫④,舍后长松。

十年种木,一年种谷,都付儿童。老夫惟有、醒来明月,醉后清风。

【注释】

①卜居:选择住所。外家:母亲的娘家。　②重冈:重叠的山峦。　③红尘:指繁华纷扰的人世。　④窗中远岫:化用谢朓"窗中列远岫,庭际俯乔林"句。

【赏析】

元好问是金末元初文坛的领军人物,首屈一指的文学家、历史学家。元好问祖上为北魏皇室,之后世代为官。他幼年被过继给任县令的叔父抚养,少年时期过着富足的生活,呼朋引伴,诗酒娱情。中年虽然出仕却历尽离乱之苦,看遍世间百态,尝遍人间冷暖。金朝被蒙古所灭之后,元好问曾被蒙古兵俘虏,作了近五年的阶下之囚。此曲写于蒙古太宗十一年,年已五十的元好问,在历尽磨难后携家回到故乡忻州秀容。而回乡后首先遇到的问题就是选择住处。

曲的上阕提到自己选择居住于外家的原因:重峦叠嶂将纷繁的红尘阻隔于村落之外,而且此时恰逢丰收的好年景。美景如世外桃源,窗外有远山如黛,屋后有巍峨长松。面对如此美景佳境,作者在曲的下阕表达了清闲自在的怡然之情。乔迁新居总要有一番打算,而世俗所谓的"十年种木,一年种谷",关于未来,还是留给年轻人去开拓吧。老夫醒来有明月相陪,酒醉过后有清风相伴,表面看去一派清秀雅致,有看破红尘、不问世事,打算在诗酒中了此余生的意味。但是对于历经离乱生活之后刚刚获得平静的作者来说,显然还有很多话要说,而千言万语好像又说不出来,心事只能诉于明月与清风,这是多么难以言表的孤寂与落寞。细细品味,亡国之初时文人那种酸楚无奈和无所适从的忧愤之情泛泛而出。

〔仙吕〕后庭花破子（二首）

元好问

玉树后庭①前，瑶华②妆镜边。去年花不老，今年月又圆。莫教偏③，和花和月，大家长少年。

夜夜璧月④圆，朝朝琼树⑤新。贵人三阁⑥上，罗衣拂绣茵⑦。后庭人⑧，和花和月，共分今夜春。

【注释】

①玉树：本是传说中的一种仙树，这里指优良树种。后庭：即后宫、后堂，这里指家眷居住的地方。 ②瑶华：本是传说中的一种仙花，这里用以比喻珍贵的妆镜上镶雕的花卉。 ③偏：斜，这里指月缺。 ④璧月：犹如璧玉那样的明朗的圆月。 ⑤琼树：树名，其花可食，传说食之长生。 ⑥三阁：典出宋·周敦颐《六朝事迹·楼台门第四》："陈后主至德二年，于光昭殿前起'临春'、'结绮'、'望仙'三阁，高数十丈，并数十间。其窗牖、户壁、栏槛之类皆以沉檀为之，又饰以玉金，间以珠翠；外施朱帘，内设宝帐。其服玩之属瑰丽皆近古未有。每微风至，香闻数里；朝日初照，光映后庭。其下积石为山，引水为池，植以奇树，杂以花药。后主自居'临春阁'，张丽华居'结绮阁'，龚、孔二贵妃居'望仙阁'，并复道交相往来。"后人用"三阁"写亡国之君穷奢极欲的生活。 ⑦罗衣：纱罗之衣。绣茵：绣花的坐垫。 ⑧后庭人：指自己的眷属。

【赏析】

这两首小令，以花好月圆比喻幸福美满的生活，描述作者在中秋之夜的愉悦心情，抒发自己放达的胸襟和向往的情怀。

第一首小令，描写在生长着玉树的后堂前，在名贵的梳妆镜旁边，去年的花，今年依旧开得那样美好；去年的月，今年依旧那样圆。作者希望永远不要花残月缺，但愿我们都像花和月一样，永远美好，永远年轻。作者看到"花不老"、"月又圆"，热切地期望人间好景常在，希望自己和亲人都能伴随着好花、圆月，永葆青春。作者生活在金末元初那个动乱的时期，这种美好的愿望反映了人们希望过安定生活的思想感情。

同上曲类似，第二首小令表达了作者对富贵荣华如过眼烟云转瞬即逝的感伤。"璧月圆"、"琼树新"，表露了作者希望好景常在的美好愿望。在这良辰美景、花好月圆之夜，作者由"玉树后庭"联想到陈后主与众嫔妃在"三阁"上玩花赏月的情形。"后庭人"，也就是与自己的眷属，伴着好花和圆月，共度这美好的春夜。而引用南唐陈后主的典故，隐喻这美好的月夜，如同亡国之君那穷奢极欲的生活一样，维持不了多久。曲中流露出作者对金朝统治者穷奢极欲，荒废国政，从而导致国破家亡的悲惨结局的感伤，和对人民和平团圆的日子遭到破坏的悲痛。

  这两首小令，抒发了作者"但愿人长久"的美好愿望，其中暗暗透露出作者忧国忧民的思想。

〔中吕〕喜春来

春宴（四首）

元好问

  春盘①宜剪三生菜，春燕②斜簪七宝钗。春风春酝透人怀③。春宴排，齐唱喜春来。

  梅残玉靥④香犹在，柳破金梢眼未开⑤。东风和气满楼台。桃杏折⑥，宜唱喜春来。

  梅擎残雪芳心奈，柳倚东风望眼开。温柔樽俎小楼台。红袖⑦绕，低唱喜春来。

  携将玉友寻花寨，看褪梅妆等杏腮。休随刘阮到天台⑧。仙洞窄，且唱喜春来。

【注释】

  ①春盘：我国古代习俗，于立春这天，将生菜、水果、春饼等装在盘内，馈送亲友，取迎春之意，故称为春盘。 ②春燕：指少女头上戴着的应时的头饰。 ③春酝：春酒。透人怀：形容春风春酒令人陶醉。 ④靥：原指人脸上的酒窝，这里代指面颊。玉靥，脸颊似玉，这里是指梅花好像玉色的面颊。 ⑤眼未开：是说早春时节的柳条初生之叶，好像是人睡眼初张之貌，故又称"柳眼"。 ⑥桃杏折：说的是桃杏花开。折，是裂开欲放的意思。 ⑦红袖：指宴会中的歌女。 ⑧"休随刘阮到天台"一句：刘，西晋诗人刘琨，字越石，曾任并州刺史，招抚流亡，抗击匈奴刘渊和刘聪。阮，西晋诗人阮籍，生在魏晋易代之际，时朝廷斗争激烈，因而佯狂避世。天台，为山名，据《太平广记》记载，刘阮入天台，遇仙女。

【赏析】

  这首曲子下的四首小令，着力描绘了春临大地，一派生机勃勃的景象和人们欢欣喜悦的气氛。

第一首突出了节令的特点，选取了春盘、春燕、春风、春酝这四种春天特有的景象，句句有一个"春"字，紧紧扣住了春宴的主题，把早春的气氛渲染得淋漓尽致。立春之日，度过一寒冬的人们迫不及待地摆上了春盘；少女们在发间插上燕状的饰物，邀友野游。在迎春的欢宴上，春风拂柳，酒香弥散，和着《喜春来》的赞歌，人们脸上洋溢着浓浓的喜悦之情，载歌载舞，作者用明快的语言描绘了一幅令人陶醉的迎春画卷。

第二首写楼台欢宴所见的春景。报春的梅花已经凋谢，但还留有一股淡淡的幽香，柳树在春风中刚抽出嫩芽，好似朦胧的睡眼，似展非展。在明媚的春光中，和煦的春风吹进楼台，作者沐浴在美丽动人的春天里。东风催开桃杏，一个"拆"字，化静为动，把桃杏花写活了，也把整个春天写活了，让人身临其境，仿佛可以看到：在春风的爱拂下，桃花杏花娇羞地绽放，倾吐着芬芳。

第三首具体生动地描绘了春宴的情景。楼台前，几株梅树枝上映着斑斑白点，仔细一看，不是报春的梅花，却是未消融的点点白雪。细长鲜嫩的枝芽迎风微微摆动，婀娜多姿。楼台里，人们围坐在宴席旁言笑盈盈，乐享美酒佳肴。身着轻罗的美妙女子在席间轻歌曼舞，温馨动人，与楼台前随风起舞的新柳交相辉映，令人沉醉在《喜春来》的欢歌之中。

第四首描写了作者宴会后所观之景，触景生情，抒发感慨。宴会欢歌，尚不尽兴，春光大好，自是要携友人赏玩一番。在一片明媚春光中，追逐春天的脚步，挥洒喜悦的心情。红梅已谢，杏花初放，粉红的花瓣仿佛一位托腮沉思的美人，明艳动人。作者不禁感慨，莫要向刘阮二人那样，隐逸于天台山，不然岂不辜负了这大好春光。

这四首小令写得春意盎然、清新动人、不拘一格，在景中寓含了作者直面现实的人生态度，抒发了与元朝统治者相抗争的壮志豪情。

〔双调〕小圣乐

骤雨打新荷

元好问

绿叶阴浓，遍池塘水阁，偏趁①凉多。海榴②初绽，妖艳喷香罗。老燕携雏弄语，有高柳鸣蝉相和。骤雨过，珍珠乱糁，打遍新荷。

人生有几，念良辰美景，一梦初过。穷通③前定，何用苦张罗。命友邀宾玩赏，对芳樽④浅酌低歌。且酩酊⑤，任他两轮日月，来往如梭。

【注释】

①趁：追逐。　②海榴：即石榴，汉代从西域移植过来，故名。　③穷通：困厄与发达。　④芳樽：美好的酒杯，这里指代美酒。　⑤酩酊：大醉的样子。

【赏析】

此曲为元曲中的名篇。据元人陶宗仪《辍耕录》记载，当时著名的歌伎纷纷传唱此曲。此曲调名本为〔小圣乐〕，因曲中"骤雨过，珍珠乱糁，打遍新荷。"几句脍炙人口，故人们又称此曲为《骤雨打新荷》。

这支曲的上阕主要写景，动静相称，声色相比，文功不俗。"绿叶阴浓，遍池塘水阁，偏趁凉多。"点明是初夏时节，池塘亭阁，绿树成荫，构筑了理想的适于憩息的清凉之地。石榴花朵朵乍放，火红似锦，生机益然。紧接着，作者由静入动：乳燕和雏莺呢喃私语，高大的柳树上，蝉儿也不甘寂寞，放声高歌。燕语蝉鸣，两相应和，其乐融融。万物的安适自得，不仅没有破坏宁和的气氛，反而更增添了夏季的恬美。最值得称妙的是，作者接下来描写了突来的一阵暴雨："珍珠乱糁，打遍新荷"。雨点打在刚出水面的荷叶上，宛如珍珠落盘，热闹中透着一份幽静，与"蝉噪林愈静，鸟鸣山更幽"有异曲同工之妙。

曲的下阕由良辰美景转入抒发感慨，人生苦短，穷通有命，应该及时行乐。开头三句"人生有几，念良辰美景，一梦初过。"是在享受了上阕所描绘的佳景之后而抒发的感慨。夏日如此的良辰美景，确实值得不计代价的去"玩赏"、"酩酊"。"穷通前定，何用苦张罗。"两句颇有些宿命论的思想。既然穷困或通达都是上天注定了的，人又何必苦苦挣扎来经营生活。不如邀朋玩赏，浅酌低吟，也才是人生真正的快乐。这里透着一种文人的风雅。

本曲上阕写景，下阕抒情，表达的不仅是作者在人生失意时豁达的思想，而且代表了金末元初大批知识分子怀才不遇、报国无门时的寄情山水、浪荡江湖的情怀。

〔仙吕〕后庭花破子

孙　梁

柳叶黛眉①愁，菱花妆镜羞②。夜夜长门③月，天寒独上楼。水东流。新诗谁寄，相思红叶秋④。

【注释】

①柳叶黛眉：形容女子的眉细长且黑。　②菱花妆镜羞：怕在镜子里瞧见自己的愁容。　③长门：原是汉武帝时陈皇后被黜后居住的地方，后来泛指失宠后妃的居处，也用来比喻思妇怨女的住所。　④相思红叶秋：这里借用了"红叶题诗"的典故，大体上是说唐代一宫女在红叶上题诗，经御沟流出宫禁，为一士子所得。后来宫中遣放宫人，题诗的宫女得嫁此士人。

【赏析】

这是一首描写思妇的小令,作者借用"长门买赋""红叶题诗"两个宫中故事渲染了曲的意境,表现出宫女的愁怨、孤寂、及对爱情的追求。

整首曲子分为三个层次:曲子开头两句描写思妇愁苦的容貌,"柳叶黛眉愁",笔调简练,将思妇心绪不宁、愁眉不展的形象刻画得生动逼真。作者落笔的重点在于女子的眉毛上,以外在的眉毛勾勒出内在的忧愁。"菱花妆镜羞",女子愁情满怀对镜而视,不禁羞云顿起。女儿情、娇媚态,让读者尽收眼底。最使她难耐的是对镜梳妆,所谓"女为悦己者容",此时没有为之妆扮的对象,于是懒于梳妆,尤其是怕见自己愁眉不展、日渐消瘦的面容。三四两句"夜夜长门月,天寒独上楼。",点明了思妇怨望的主题,回应了首句。最感孤独、凄冷的夜晚,独处深宫的女子,寂寞、清凛,只有寒光、冷月相伴。小令借"长门"写哀怨,深切地表现了思妇的愁怨,使得秋夜难眠、独上阁楼、吟诗思夫的女子更加凄楚动人寄予了作者深深的同情。最后三句写女子的寂寞情怀,寄情于流水、红叶。"水东流,新诗谁寄",将思妇内心的哀苦推向了高处,又用一句"相思红叶秋"作结尾,增加了人们对于思妇的同情。"红叶题诗"的典故,在表现女子愁怨、孤独、寂寞情绪的同时,透露出她对未来的美好愿望。

曲子悠沉悱恻、徐缓生动,篇幅虽然不长,却塑造了一个十分鲜明的思妇形象。

〔越调〕小桃红(八首之一)

杨 果

碧湖湖上采芙蓉①,人影随波动,凉露沾衣翠绡重②。月明中,画船不载凌波梦③。都来一段,红幢翠盖④,香尽满城风。

【注释】

①芙蓉:即荷花,又叫芙蕖。 ②凉露沾衣翠绡重:久立船头,露水打湿了采莲女的绸衣,因而变得沉重。翠,青绿色。绡,用生丝织的绸。 ③凌波梦:即凌波曲,唐玄宗梦一女,拜于床前,曰"妾是凌波池中龙女,陛下洞晓钩天之音,乞赐一曲。"于是玄宗于梦中作凌波曲,醒后尽记之。(事见《太真外传》) ④红幢翠盖:幢,旌旗之类。盖,华盖。

【赏析】

本曲歌咏了湖上的自然美景,抒发了对爱情的向往之情。

文章以景开篇,开始便交代了时间地点事件:"碧湖湖上采芙蓉,人影随波动,凉露沾衣翠绡重。"采莲的季节热闹非凡,作者没有直接描写人们采莲的动作,而是借着"人影随波动",引发读者的想象,侧面表现人在莲花丛中穿梭采莲的景象;同时也与下文呼应,暗示月光皎洁,静静地如流水一般倾泻到湖面和荷叶上。夜幕渐重,露水湿了衣裳,变得沉重,让人感到阵阵凉意。"月明中,画船不载凌波梦",沉浸在如此美妙的夜色中,面对如此美丽的采莲姑娘,作者在画船中不禁感叹自己形单影只,无人共赏荷花夜色。孤独寂寞,无处排遣,难以入眠,甚至连在梦中期待凌波仙子的翩然而至都显得那么无望。湖上波光粼粼,荷花随风摆动,采莲人行动匆忙,而作者的一腔心事无处诉说,更加衬托出了作者凄哀的心境。"红幢翠盖,香尽满城风",惆怅徒劳无益,还是将孤单惆怅暂且放下,珍惜眼前美景吧!于是作者又将视线投向了田田的荷叶和娇艳的荷花。晚风习习,清新的空气中弥漫着荷香,满城都笼罩在这种诗情画意当中。

这首小令借景抒情,清新流畅,婉约动人,美景与哀情相衬托,在诗情画意中流淌出绵绵的哀伤。

〔越调〕小桃红(八首之二)

杨 果

满城烟水月微茫,人倚兰舟①唱,常记相逢若耶②上。隔三湘③,碧云望断空惆怅。美人笑道:莲花相似,情短藕丝长。

【注释】

①兰舟:装饰精美的小船,在此指采莲船。 ②若耶:溪名,在浙江绍兴南诸暨县。传说西施曾在此溪中浣纱,故又名浣纱溪。 ③三湘:指湖南。湘江是流经湖南的最大的河流,它有三条大的支流,分别是潇水、蒸水和沅江,这三条支流与湘江合称潇湘、蒸湘和沅湘,总称"三湘"。

【赏析】

这是一首歌咏爱情的小令,写出了采莲女对爱情的忠贞,对情人的思念。

"满城烟水月微茫"描绘了水天一色,月色茫茫之景,渲染了一种柔和的气氛。在苍茫月色的笼罩下,整个城镇变得朦胧,隐约中看到一个美人独倚着兰舟唱着相思之曲。细细听来,采莲女唱的是当年与情人欢聚相互唱和的欢乐情景。如今,两人已被三湘隔断,正所谓"山长水阔知何处,望断天涯也枉然",美人只能独自空叹惆怅。一个"空"字,鲜活地道出了女子与情人分别之后的无奈与寂寥。行文至此,女子心中淡淡的忧愁已弥散到每个人心中。然而,作者突然将笔锋一转,由低沉转入明快。刚才还在为分离怅惘的女子突然莞尔一笑:"莲花相似,情短藕丝长。"她以莲花自比,表示自己的深情像藕丝一般,绵绵不断。这句与《西厢记》中的"系春心情短柳丝长"有异曲同工之妙。以情丝和藕丝作长短之比,表现出了爱情的意义,即使相隔再远,恋人之间的情感也是千丝万缕、难以斩断的。

这首小令的意境颇为独特,月色茫茫,美人倚舟,塑造了一番宁静美好的景致。美人思念远方的情郎,却没有一丝幽怨的氛围,只是浓浓的思念中透着淡淡的惆怅,而最后的莞尔一笑,也将这薄薄的惆怅点破,化入一片豁然开朗之中。而且这首小令颇富民歌轻快、明朗之风,读起来朗朗上口。

〔越调〕小桃红（八首之三）

杨 果

采莲人和采莲歌，柳外兰舟过，不管鸳鸯梦惊破。夜如何①，有人独上江楼卧。伤心莫唱，南朝旧曲②，司马泪痕多③。

【注释】

①夜如何：现在是夜里什么时辰？言夜已深。 ②南朝旧曲：南朝梁武帝萧衍曾作《江南弄》，其中一曲名《采莲曲》，其子简文帝萧纲也作有《采莲曲》；作者由《采莲曲》联想到南朝陈后主的亡国之曲《玉树后庭花》，故曰"莫唱"。 ③司马泪痕多：典出白居易《琵琶行》："座中泣下谁最多？江州司马青衫湿。"司马，州刺史的辅佐官，在唐代实为闲职。唐宪宗元和十年白居易被贬为江州司马。

【赏析】

这首小令将采莲的场景置于夜晚的湖面之上，以热闹衬托冷静，烘托出一种凄哀的气氛。作者哀的并非是采莲女，而是被采莲歌惊动的江楼独卧人，揭示了哀悼金亡的主旨。

夜凉如水，新月如钩。作者听到了采莲女唱起了水乡的《采莲歌》，互相应和，热闹非凡。循着歌声望去，伴着清扬的采莲歌，一艘艘采莲船从岸边的柳树行驶过，惊起了莲叶间休憩的鸳鸯。"不管鸳鸯梦惊破"显示了采莲姑娘们在劳动中的欢快自得。作者在前三句运用了白描的手法，描写了采莲女以及采莲歌的生活情调，这种轻松愉悦的生活，对于独在异乡为异客的作者来说，有着巨大的感染力。

然而之后，小令基调突然由乐转哀，让人猝不及防。然而热闹的采莲曲打扰了作者的清梦，再也难以入睡。"夜如何"三个字极具韵味，此番热闹的夜是属于采莲人的，夜已深，自己的夜又将如何度过呢？这三个字包含了自己无尽的怅惘之情。最后是作者的点睛之笔，由采莲曲联想到陈后主的亡国之音，抒发故国黍离之悲。作者内心深处对金朝的故国情思依然深重，故而闻歌感怀，伤心落泪。

这首小令以采莲女的欢歌笑语反衬作者的孤独悲戚，将采莲曲与南朝旧曲作对比，悲喜互见，哀乐相形，艺术感染力极强，令人扼腕。小令题旨明晰但不直白，耐人寻味。

〔越调〕小桃红（八首之四）

杨 果

碧湖湖上柳阴阴，人影澄波浸，常记年时对花饮。到如今，西风吹断回文锦①。羡他一对，鸳鸯飞去，残梦蓼②花深。

【注释】

①回文锦：东晋前秦才女苏蕙被丈夫窦滔遗弃，织锦为"璇玑图"寄滔，锦上织入八百余字，回旋诵读，可成诗数千首。窦滔感动，终于和好如初。后人因以"回文锦"代指思妇寄给远方夫君的述情之物。　②蓼：植物名，多生于水边。

【赏析】

这首小令由景物入笔，描写了清纯如碧玉的湖水，繁茂阴阴的岸柳，湖波还不时倒映出人影，这是典型的江南景致。作者用"碧湖湖上柳阴阴"，着重一个"湖"字，与"阴阴"二字形成两种婉转低回的意味。"人影澄波浸"呼应了前句的"碧湖"，"人影"不仅更加表现了湖水的清纯，而且完成了由写景转入写人的过渡。人影幢幢，欢声笑语，于是引起了主人公"年时对花饮"的回忆。"花"在诗歌中常常隐喻女子，由此可以看出，主人公是位女子。回忆只一句寥寥带过，"到如今"随即转入无情的现实，"如今"与"年时"形成强烈的对比。"回文锦"则交代了女主人公与之饮酒的对象曾是恋爱关系，而如今已被"西风吹断"则表明两人的关系中断。作者不言主人公情人远去，情爱断绝，而言"西风吹断回文锦"，以典故暗喻，更加渲染出一种讳言莫出的惆怅气氛。于是触景生情，道出了下面的感慨。

"羡他一对，鸳鸯飞去，残梦蓼花深。"，满腔惆怅，一言难尽。看着鸳鸯双飞，而自己当年与情人比翼双飞的愿望早已被雨打风吹去了，一个"羡"字，表明了主人公对爱情和幸福的强烈渴望，同时也显示了主人公对现实命运的绝望。

这首小令由景及人，又由人及景，借湖上美景衬托人物的悲剧命运和凄凉心理，形成强烈的反差，倍添了悲哀之情。而曲中处处克制着对悲哀的抒发，含痛于胸，也因此表现出了一种宛转低回的文风。这种表现手法近于婉约词，而文中使用的多是平直语言，反映了词曲嬗变时期的特点。

〔越调〕小桃红（八首之五）

杨 果

玉箫声断凤凰楼①，憔悴人别后，留得啼痕满罗袖。去来休②，楼前风景浑③依旧。当初只恨，无情烟柳，不解系行舟。

【注释】

①凤凰楼：对女子居楼的美称。　②休：语末助词，无义。　③浑：全然。

【赏析】

　　文学是语言的艺术。文学作品中多化用典故，有些则化用得了然无痕，出神入化。"玉箫声断凤凰楼"一句就是化用了凤凰楼的典故。据《列仙传》记载，春秋时萧史善吹箫，秦穆公的女儿弄玉爱上了他，两人结为夫妇。秦穆公就盖了小楼让女儿居住，名为凤凰楼。夫妇俩整日在楼上吹箫唱和，终于有一天双双骑上凤凰仙去。凤凰楼日后成了闺楼的美称。而开头的"玉箫声断"奠定了一种情场悲剧意味。

　　第二句中凤凰楼的主人公出场了，她满脸憔悴，愁容密布，满袖泪痕，在楼上不安地走来走去，鲜活生动地塑造出一个怨妇形象。作者紧接着交代女主角如此的原因——离别。主人公望穿秋水，但是"楼前风景浑依旧"。"浑依旧"三个字看似轻描淡写，但内容十分残酷。一切如旧，曾经朝夕相处的心上人已经远去，生活全变了一个样。而风景依旧还不断提醒着女主人公追忆往事，重现分手时的那一幕幕，一遍遍撕扯着自己的内心。果然，"楼前风景"勾起了她的恨：不怨自己留不住行人，只恨烟柳系不住行舟。古代诗歌中多见此类作品，如："垂柳只解惹春风，何曾系得行人住。"（晏殊《踏莎行》）、"西城杨柳寻春柔，动离忧，泪难收，犹记多情曾为系归舟"（秦观《江城子》……借物抒情在古代诗曲中极为常见，难怪女主人公要怨恨"无情烟柳"了。"当初只恨"使用了倒装句式，正常文序应是"只恨当初"，倒装的好处就是突出强调了前面的"当初"二字，暗示了女主人公对昔日别离的念念不忘及不舍。

　　全曲的中心主旨皆集中在"人别后"三个字上，通过描绘主人公的外貌、行为举止、所思所想，以及借物抒情，寄托了主人公的离情别恨，行文缠绵悱恻，却又委婉动人。

〔越调〕小桃红（八首之六）

杨 果

茨①花菱叶满秋塘，水调谁家唱？帘卷南楼日初上。采秋香，画船②稳去无风浪。为郎偏爱，莲花颜色，留作镜中妆。

【注释】

①茨：睡莲的一种。　②画船：船的美称，这里指采莲船。

【赏析】

这是首赞美男女之间纯洁爱情的曲子。

全曲以写景起笔，描写了秋天的景致。"茨花菱叶满秋塘"，茨花娇艳，菱叶茂盛，池塘中一片生机勃勃。一片丰收的大好情景，这让忙碌了几个月的人们倍感喜悦，微风送来了采莲姑娘们欢欣愉悦的歌声。只闻其声，却不见其人，这与王昌龄的《采莲曲》："乱入池中看不见，闻歌始觉有人来"有异曲同工之妙。

"帘卷南楼日初上"，美好的季节让人们满怀憧憬。晨曦微露，旭日东升，闺楼上的姑娘卷起了珠帘，阳光洋洋地洒了进来，映在姑娘一片喜悦的娇美面庞上。"采秋香，画船稳去无风浪"，这样美好的一天，相信划船采莲时肯定会顺顺利利，无风无浪。"无风浪"寄予了主人公美好的愿望，实为一语双关，既希望采莲的顺利，也含蓄的祝愿自己的爱情一帆风顺、幸福美满。

"为郎偏爱，莲花颜色，留作镜中妆。"，"女为悦己者容"，女子特意选了情郎喜欢的妆容，对着镜子细细梳妆，热恋中少女的娇羞在两颊晕开。这一小小的细节描写形神具备地描绘出了热恋中的幸福女子的娇羞与美丽，同时也渲染出女子对于甜蜜爱情的幻想。

这首曲子语言清新明快，自然淳朴，写景寄情，表现出一个纯真女子对于甜蜜爱情的憧憬与幻想，情景交融，明快动人。

〔越调〕小桃红（八首之七）

杨 果

锦城何处是西湖，杨柳楼前路？一曲莲歌碧云暮。可怜渠，画船不载离愁去。几番曾过①，鸳鸯汀下，笑煞月儿孤。

【注释】

①几番曾过：指眼前采莲船来来往往。

【赏析】

这首曲子借乐景抒哀情，表达了作者的哀思与愁情。

"锦城何处是西湖，杨柳楼前路？"，意思是说，锦城虽美，但终究不是自己最留恋的地方。明知如此，作者满腔的惆怅无处排解，还是在心里暗自问自己：哪里可以找得到如天堂的西湖，哪里找得到荫荫的杨柳和楼前的小路？那里有作者太多太多的美好回忆，难以割舍。"一曲莲歌碧云暮"，转入了对眼前实景的描写，虚实结合，让人分不清昨日今朝，从前的美好仿佛就发生在现在。

不知不觉，暮色渐渐浓了，云彩的颜色也渐渐深了，空气中传来了女子唱的采莲曲，悠扬又逼近。"可怜渠，画船不载离愁去。"，美好的景物，美妙的歌声也无法排解作者心头浓浓的落寞哀愁。山川载不动太多悲哀，即使哀情都付流水，水流匆匆，带走了采莲船，带走了采莲曲，也还是载不动作者满满当当的忧愁。"抽刀断水水更流"，对往事的回忆还是"才下眉头，却上心头"。

"几番曾过，鸳鸯汀下，笑煞月儿孤。"，眼前的采莲船络绎不绝，鸳鸯汀下，一对对相偎相依，你侬我侬，嘲笑着月亮的孤独寂寥，而今日自己也是形单影只，自怜自哀。往事随流水一去不返，留下的只是沉重的哀伤，自己也只是徒增烦恼。最后这三句由实入虚，时空交错，更加抒发了作者对有情人聚散匆匆，难以长相厮守的哀叹。

这首曲子在表现手法上最大的特点就是虚实结合，开头由虚入实，结尾由实入虚，时空交错，将回忆与眼前实景交织穿插，给读者留下来极大的想象空间，凄凉中营造了一种浪漫气氛。

〔越调〕小桃红（八首之八）

杨 果

采莲湖上棹船①回，风约②湘裙翠③，一曲琵琶数行泪。望君归，芙蓉开尽④无消息。晚凉多少，红鸳白鹭，何处不双飞？

【注释】

①棹船：方言，即划船、撑船。 ②约：相约、邀约。 ③湘裙翠：湘地丝织品制成的翠绿色女裙，此指代少妇。 ④芙蓉开尽：荷花凋谢，是说时序已进入秋季。芙蓉，荷花的别称。

【赏析】

这也是一首写少妇思夫的曲子。情丝缠绵悱恻，为典型的睹物思人。

曲子开头交代主人公去了采莲湖，从而引发读者的好奇心，主人公是去采莲还是约会？下一句"风约湘裙翠"给出了答案——两者都不是。"湘裙翠"交代了主人公是女性，而"风约"湖上，则暗示出主人公可能是出于排遣寂寞或忧愁而去的采莲湖。可曲中偏不说是去排解忧愁，而是说有风相约，拟人化的手法在此用得极妙，给人诗情画意的想象。

"一曲琵琶数行泪"，化用了白居易《琵琶行》里听到琵琶声落泪一事。清冷的秋江上，不知何处飘来一阵琵琶声，哀伤的曲调触动了她的情思，不禁潸然泪下。不同的是，白居易是有感于"同是天涯沦落人"而黯然神伤，曲中女子则是因为盼君君不归而牵挂思念。直到"芙蓉开尽"，夫君还是一点音信也没有，心里的这番哀愁该如何排解？女子的青春年华多么宝贵，怎么能禁得起这样漫长的等待，难道要等到容颜如莲花这般凋谢才能等回丈夫吗？

最后一句"晚凉多少"，既是说自己，也是关心远方的丈夫，如果和心爱的人在一起，晚凉多少心里也是暖的。"凉"字一语双关，既指夜色清冷，也暗指心境的孤独凄凉。"红鸳白鹭，何处不双飞？"是睹物思人，鸳鸯、白鹭都成双成对，更是加深了自己的思念。

这首曲子写得有声有色，情景交融，感情细腻真挚，隽永含蓄，语言清新淳朴。

〔越调〕采莲女（三首之一）

杨 果

采莲湖上采莲娇，新月凌波①小，记得相逢对花酌②。那妖娆③，殢人一笑千金少。羞花闭月，沉鱼落雁，不愀也魂消。

【注释】

①新月：形容女子之眉。凌波：指女子玲珑巧致的脚。 ②酌：饮酒。 ③妖娆：美丽、娇媚。

【赏析】

这首曲子细致地描摹了采莲女的美貌。

曲子开头，作者观察细致入微，运用白描的手法，整体勾勒出采莲女的形象。"采莲湖上采莲娇，新月凌波小"，"新月"形容采莲女眉之细长，为静态描写；"凌波"形容采莲女脚之小巧玲珑，为动态描写。这一静一动，形神兼备，写出了采莲女的绰约风姿。接下来，作者采用追忆的方法，回想当年与美人初次相逢时对花酌饮的美好情景，不禁发出了如此的赞叹："那妖娆，殢人一笑千金少。"作者没有直言女子一笑倾城倾国，而是用具体的"千金"来衡量，使女人的美艳姣容更加形象生动。下面"羞花闭月，沉鱼落雁，不愀也魂消"进一步夸赞了女子的花容月貌，令人销魂。作者将女子美貌置于自然之中，以"花"、"月"、"鱼"、"雁"这四种大自然中的美丽景物作比，避免了作呆板的刻画，更能写出采莲女的美丽、娇媚。

作者将采莲女置于湖上采莲的大背景之中，在动态中描摹，人与自然融为一体，相映成趣，一个清丽脱俗、秀美灵动的采莲女就这样浮现在我们眼前。

〔越调〕采莲女（三首之二）

杨 果

采莲人唱采莲词，洛浦神仙①似，若比莲花更强似。那些儿，多情解怕风流事。淡妆浓抹②，轻颦微笑，端的③胜西施。

【注释】

①洛浦神仙：比喻采莲女的美貌，该典出自曹植《洛神赋》，洛浦神仙即为洛水之神宓妃，人们用她来比喻美女。 ②淡妆浓抹：此处化用苏轼"淡妆浓抹总相宜"的诗句。 ③端的：元代的常用口语，表示惊叹的语气。

【赏析】

这首曲塑造了一个容貌华丽的采莲女的形象。

"采莲人唱采莲词，洛浦神仙似，若比莲花更强似。"，刻画了采莲女美丽的容颜。她轻摇着船儿，轻唱着歌儿，从湖中心翩然而至，如洛神一般美得无与伦比。她长得体态轻盈柔美像受惊后翩翩飞起的鸿雁，身体健美柔曲像腾空嬉戏的游龙；容颜鲜明光彩象秋天盛开的菊花，青春华美繁盛如春天茂密的青松。"那些儿，多情解怕风流事。淡妆浓抹，轻颦微笑，端的胜西施。"，她姿态奇美，明艳高雅，仪容安静，体态娴淑；情态柔顺宽和妩媚，用语言难以形容，浓妆艳抹都能把她衬托得恰到好处，不管是微蹙双眉还是浅然一笑都是风情万种。她明丽耀眼如清澈池水中婷婷玉立的荷花，和名震天下的大美女相比也更胜几分。

这首曲赞美采莲女的美貌，既有正面夸赞，又有侧面烘托，将采莲女的容华刻画得淋漓尽致。文辞明快自然、清丽婉约。文中美若天仙的采莲女引发了无数对美的想象。

〔越调〕采莲女（三首之三）

杨 果

采莲湖上采莲人，闷倚兰舟①问，此去长安路相近。恨刘晨②，自从别后无音信。人间好处，诗筹酒令，不管翠眉颦。

【注释】

①兰舟：船的美称，这里指采莲船。 ②刘晨：典出《太平广记》卷六十一《天台二女》，说的是刘晨等天台遇仙的故事。

【赏析】

这首曲子从采莲女的角度抒发了对心上人既思念又怨恨的复杂心情。

第一句"采莲湖上采莲人，闷倚兰舟问，此去长安路相近"，便交代了地点和人物。虽然采莲女在湖上采着莲，面对碧湖蓝天，莲花朵朵，莲叶田田，可是她却心不在此，而是"闷倚兰舟"。一个"闷"字，渲染出了女主人公怅惘无奈的心绪；而又一个"倚"字，更加烘托出女子惆怅时懒散无力的情态。她无精打采地倚在船头，默默的流水更增添了她的惆怅，她不禁暗自感叹：从这里到长安，果真隔得那么远吗？

下一句"恨刘晨，自别后无音信。"解释了采莲女心中惆怅的原因——她在思念着远在长安的心上人。自从他离开之后，杳无音信，爱恋与思念在漫长的等待中掺杂了愁苦与怨恨。这里引用刘晨的典故也是透着微微的担心，害怕他流连花花世界，贪图享乐而一去不返。

"人间好处，诗筹酒令，不管翠眉颦。"接着上句具体描写采莲女的担心：心上人会不会只顾享受外面世界的精彩，吟诗作对，寻欢作乐而流连忘返了呢？完全忘记了家中苦苦等待他的采莲女。家里的人儿为他茶饭不思、愁眉不展。

这首曲子采用了白描的手法，真实细腻地刻画出采莲女的心理活动。曲的前半部分着重抒发女主人公惆怅寂寞之情，后半部分则是思念不成，由爱入恨，感情起伏变化真切自然。曲中的语言也极具特色，恰如其分地使用了口语，通俗易懂，也直抒胸臆，更真实地表现人物形象，塑造人物性格。

〔仙吕〕赏花时

杨 果

花点苍苔绣不匀，莺唤垂杨语未真，帘幕絮纷纷。日长人困，风暖兽烟①喷。

〔么〕一自檀郎共锦衾，再不曾暗掷金钱卜远人。香脸笑生春。旧时衣褪②，宽放出二三分。

〔赚煞尾〕调养就旧精神，妆点出娇风韵，将息划损苔墙玉笋。拂掉了香冷妆奁宝鉴尘，舒开系东风两叶眉颦。晓妆新，高绾起乌云，再不管暖日朱帘鹊噪频③。从今听鸦鸣不嗔，灯花④谁信？一任教子规声啼破海棠魂。

【注释】

①兽烟：即为兽形的香炉烧出的烟。　②褃：上衣靠腋下的接缝部分。俗称挂肩或腰身。　③鹊噪频：古人迷信以鹊噪为喜兆，鸦鸣为不吉之兆。　④灯花：古人以灯草结花预示远人归来。

【赏析】

这首套数由三支曲子组成，是写盼回丈夫的女子的兴奋喜悦之情。

第一支曲子借景抒情。春天万物复苏，生机盎然，然而女主人公却一点兴致也没有，她心烦气躁，百无聊赖，一心记挂着远方的丈夫。"花点苍苔绣不匀，莺唤垂杨语未真，帘幕絮纷纷。"，翠绿的青苔上点缀着朵朵鲜花，娇艳欲滴，好像是由一双巧手绣在绿缎上随意的刺绣。杨树茂盛，隐隐约约能听见莺语嘤嘤，时隐时现。珠帘外的柳絮漫天飞舞。在这秀色可餐的春日里，主人公却无心欣赏美景。"日长人困，风暖兽烟喷。"，她倦懒无力地看着香炉冒出的烟在空气中扩散，抱怨一天的漫长，写出了女人思念丈夫百无聊赖的闲愁。

第二支曲子〔么〕写丈夫归家后女子的喜悦。"一自檀郎共锦衾，再不曾暗掷金钱卜远人。香脸笑生春。"，丈夫归来后，女子的闲愁疏散，蹙眉欢展，再也不用一个人悄悄掷金钱问卜丈夫的归期。"旧时衣褃，宽放出二三分"，虽然以前的衣服现在由于肥大不合身，但即使曾经"为伊消得人憔悴"，现在良人已归，只剩下满心的欢喜雀跃。

第三支曲子〔赚煞尾〕选取了丈夫回家后女子几个有代表性的动作，将女子的兴奋喜悦之情刻画得淋漓尽致，渲染出有了丈夫陪伴的女人的幸福感。"调养就旧精神，妆点出娇风韵，将息划损苔墙玉笋"，有心爱的人在身边，主人公一改往日的懒散，不再用金钗在墙上边划边计算丈夫的归期。她精心打扮，容光焕发。"拂掉了香冷妆奁宝鉴尘，舒开系东风两叶眉颦。"，她轻轻拂拭尘封已久的梳妆盒，曾经紧蹙的柳叶眉舒展开来。"晓妆新，高绾起乌云，再不管暖日朱帘鹊噪频。"，清晨，主人公欣喜地梳妆打扮，高高地盘起乌云般的发髻，再也不会因为窗外喜鹊的叫声而心烦意乱了。"灯花谁信？一任教子规声啼破海棠魂。"，以前女子总是很难入眠，痴痴盼望灯花闪现，因为那预示着丈夫即将归来。然而现在，安然熟睡的女子就像海棠花一样娇媚动人。

作者这首套数文风直白外露，口语化通俗易懂，节奏明快。

〔仙吕〕翠裙腰

杨　果

莺穿细柳翻金翅，迁上最高枝，海棠零乱飘阶址。堕胭脂，共谁同唱送春词。

〔金盏儿〕减容姿，瘦腰肢，绣床尘满慵针指。眉懒画，粉羞施，憔悴死。无尽闲愁将甚比？恰如梅子雨丝丝①。

〔绿窗愁〕有客持书至，还喜却嗟咨，未委归期约几时，先拆破鸳鸯字②。原来则是卖弄他风流浪子。夸翰墨，显文词，枉用了身心空费了纸。

〔赚尾〕总虚脾，无实事，乔③问候的言辞怎使。复别了花笺重作念，偏自家少负你相思，唱道再展放重读，读罢也无言暗切齿。沉吟了数次，骂你个负心贼堪恨，把一封寄来书都扯做纸条儿。

【注释】

①恰如梅子雨丝丝：用具体生动的梅雨，比作女子那抽象难以捉摸的情绪。　②鸳鸯字：指相思爱恋的文辞。　③乔：假装，虚构。

【赏析】

这首套数描写的是一个痴情女子对心上人的思念盼望以及收到信件之后的愤恨愁怨。

第一支曲子奠定了全曲凄婉哀怨的感情基调：黄莺在细柳间翩翩起舞，飞上了最高的枝头。海棠花在寒风中洒落一地，布满台阶。落红满地，有谁来同情怜惜？作者以落红的香消渲染了一种悲凉意境。

第二支曲子〔金盏儿〕用细腻的笔法勾勒出女子的闲愁。女子饱受相思之苦，形容憔悴，绣花床上布满灰尘也无心打扫，更不用提刺绣了。心上人不在身边，女子无心梳妆画眉，显得憔悴不堪。而此时女子心中绵绵不断的忧愁恰如纷纷不绝的梅雨，真实可感，这些剪不断、理还乱的愁绪与李煜的"问君能有几多愁，恰似一江春水向东流"有异曲同工之妙。

第三支曲子〔绿窗愁〕情节急转直下，入木三分地刻画了女子由收到信时的欢喜雀跃到看完信后愤恨责怪的心理变化。痴情的女子一心等待着心上人，突有一日，客人送来了心上人的书信。女子欣喜地询问客人是否知道心上人的归期，却没有得到答案。女子激动地拆开信件，看是否有消息。然而满怀的热情迎来的却是一场空，那人只是在心中卖弄文采，夸夸其谈，忘记了约定，丝毫未提归期。

〔赚尾〕描绘了女子怨恨和反复思量的复杂心情。女人责怪心上人的无情无义，只在心中说些无关痛痒的问候。虽然心中怨恨，但终究还是重新打开信件，反复思量，终于明白并不是自己的过错，而是那人情浅意寡。再三犹豫，终于痛下决心，恨恨地骂一句"负心贼"，将书信撕个粉碎，于此，一个敢爱敢恨的泼辣女子跃然纸上。

这首套数运用了白描的手法，将女子收信前的相思与收信后的怨恨作了鲜明对比，极具艺术感染力。

〔南吕〕干荷叶（八首之一）

刘秉忠

干荷叶①，色苍苍②，老柄③风摇荡。减了清香，越添黄。都因昨夜一场霜，寂寞在秋江上。

【注释】

①干荷叶：又名〔翠盘秋〕，本是以"干荷叶"起兴的民间小调。或以为其取荷叶干后只剩光杆之意，用为鳏夫之曲。　②苍苍：言色已衰老。　③老柄：衰老的叶柄，即枯柄。

【赏析】

这首曲描写的是秋天干枯的荷叶，寓情于景。

"干荷叶"，无根无蒂，凋零秋江，这三个字极富形象性，让人想起盛衰荣悴的相关景象，所以在元人将这三个字作为男女失偶的隐语。曲子开门见山，"干荷叶，色苍苍，老柄风摇荡。"，描绘出深秋的萧瑟：在萧瑟的秋风中，荷叶干枯，荷花零落，只剩下枯柄凄凉地随风摇摆，烘托出一片凄然之景。

"减了清香，越添黄。"，"减"与"添"相对，昔日的清香一点一点在减弱，枯黄却一点一点在扩大，鲜明地描绘出秋天荷塘的景致。风吹过，已闻不到荷香，枯黄的色彩又增添了几分。"昨夜霜"补充说明了萧索的原因。一场秋霜，落叶缤纷，百草凋零，秋江更加显得落寞。"寂寞在秋江上"，将读者的视线拉向寂寥的远方，同时也把这种萧索的气氛渲染开来。"寂寞"一语双关，既是描写秋江的景致，同时也暗含了作者的心情。曲中情景交融，洋溢着一种浓浓的感伤与惋惜。这种感伤与惋惜不能理解为一种消极的绝望与无奈。因为美好的事物消失而产生的那种留恋、感伤及惋惜，是人类一种再正常不过的情感了。

本曲借用《诗经》以来传统民歌的起兴手法，语言简洁流畅，通俗易懂，句式长短相间，错落有致，极富韵律感。而且字中含情，意蕴深刻，耐人寻味。

〔南吕〕干荷叶（八首之五）

刘秉忠

南高峰，北高峰①，惨淡烟霞洞②。宋高宗③，一场空。吴山④依旧酒旗风，两度江南梦⑤。

【注释】

①南高峰、北高峰：在杭州西湖边上，两峰遥遥相对，称"双峰插云"，为西湖十景之一。　②烟霞洞：在南高峰下的烟霞岭上，为西湖最古的山洞，洞很深。　③宋高宗：即赵构。　④吴山：在西湖东南面，俗称城隍山。　⑤两度江南梦：指五代吴越和南宋王朝都建都杭州又都亡国。

【赏析】

本曲借咏叹杭州之美抒发朝代更替的人世沧桑。

靖康之难后，宋徽宗第九子赵构（宋高宗）仓皇南逃，建都临安（今杭州），是为南宋。然而妄想偏安一隅的他并没有得到丝毫的安宁，此后宋家江山一直处在风雨飘摇之中，直至被元所灭。

杭州的南高峰和北高峰合称为"双峰插云"，为西湖十大美景之一。在南高峰烟霞岭下的烟霞洞也颇负盛名。而这里却是"惨淡烟霞洞"，用"惨淡"来形容双峰和山洞之景，则为全曲奠定了一种悲凉的基调。虽然南宋苟延残喘了百余年，但终究落得个庙毁国灭一场空，只有那西湖边上的南北两座高峰，烟霞岭上的烟霞洞冷冷凄凄地存在着，不曾改变。一代王朝，最终不过是一场空。但人世有代谢，江山却依旧，吴山依然飘扬着酒旗。宋高宗和过去的吴越王都曾在这里做过美梦，但最终还是要醒。这里不禁让人联想到一首诗——《题临安邸》："山外青山楼外楼，西湖歌舞几时休。暖风熏得游人醉，直把杭州作汴州。"

作者借西湖的美景抒发了对历史的感慨，透出世道沧桑、万物皆空的禅意。

〔双调〕蟾宫曲（四首）

刘秉忠

盼和风春雨如膏①。花发南枝，北岸冰销。夭桃②似火，杨柳如烟，穰穰③桑条；初出谷黄莺弄巧，乍衔泥燕子寻巢。宴赏东郊，杜甫游春，散诞逍遥。

炎天地热如烧。散发披襟④，纨扇轻摇。积雪敲冰，沉李浮瓜⑤，不用百尺楼高；避暑凉亭静扫，树阴稠绿波池沼。流水溪桥，右军⑥观鹅，散诞逍遥。

梧桐一叶初凋。菊绽东篱⑦，佳节登高⑧。金风⑨飒飒，寒雁呀呀，促织叨叨；满目黄花衰草，一川红叶飘飘。秋景萧萧，赏菊陶潜，散诞逍遥。

朔风瑞雪飘飘。暖阁红炉⑩，酒泛羊羔⑪。如飞柳絮，似舞蝴蝶，乱剪鹅毛；银砌就楼台殿阁，粉妆成野外荒郊。冬景寂寥，浩然踏雪，散诞逍遥。

【注释】

①"盼和风"句：早在《诗经》中，人们就把春雨称作"膏雨"，加以赞美。如《诗经·曹风·下泉》就有："芃芃黍稷，阴雨膏之。" ②夭桃：指茂盛而艳丽的桃花，语出《诗经·周南·桃夭》："桃之夭夭，灼灼其华。" ③穰穰：兴盛貌，《乐府群珠》："穰穰桑条"作"裊裊柔条"，可参读。 ④散发披襟：散发，指天热而去冠，为在官者退朝家居时的常态。披，是分开之意。 ⑤沉李浮瓜：即吃李吃瓜，因李重瓜轻，水洗时李沉瓜浮，故言。瓜、李，是我国古代知识分子夏日所喜爱的果品。 ⑥右军：指晋朝大书法家王羲之。 ⑦菊绽东篱：从陶渊明诗句"采菊东篱下，悠然见南山"（《饮酒》）化出。 ⑧佳节登高：我国古代每年重阳节（农历九月初九）有登高望远的习俗，佳节登高即指此。 ⑨金风：秋风。《文选》李善注"西方为秋，而主金，故秋风曰金风也。" ⑩暖阁红炉：谓有炉火取暖的小阁。红炉，火旺时炉火通红。 ⑪酒泛羊羔：山西汾县所产的一种酒叫羊羔酒，色白晶莹。

【赏析】

这是一组组曲，表现了在春夏秋冬四个时节中，作者优游闲适的生活以及文雅淡泊的生活情趣。

第一首咏春。开门见山，直抒胸臆，"盼和风春雨如膏"，一个"盼"字，点出了作者对于春天的热切盼望和喜爱之情。接下来，作者描绘了一幅色彩斑斓的春光明媚图：南枝上的花率先开放，河流北岸的冰已经消融，南北对应，巧妙地点出早春的景致特色。桃花灿烂红似火，杨柳新萌的绿意如烟朦胧，桑条也新出嫩芽，百鸟齐鸣，一派热闹的景象。这几句中，作者由远及近，由静入动，绘声绘色地描绘出春临大地的勃勃生机，层次感、画面感极强。最后三句是写欣赏春景的人，作者东郊赏春，以杜甫自比，表现出了逍遥快活的愿景。

第二首咏夏。开头"炎天地热如烧"，一个"烧"字便点出了夏日的酷暑难耐。但接下来作者笔锋一转，写"散发披襟，纨扇轻摇。积雪敲冰，沉李浮瓜，不用百尺楼高；避暑凉亭静扫，树阴稠绿波池沼。"绿荫下，碧波荡漾的池塘是乘凉的最佳去处，营造出了一个"阴"、"绿"、"幽"的环境，传达出丝丝凉意。作者在清净的凉亭里，随意地散发，敞开衣襟，轻摇纨扇，品尝着水果，一派怡然自得。接着，作者以王羲之自比，将自己也提升到文人雅士一列。人与自然的和谐表现了作者现实生活中高雅的情趣。

第三首咏秋。首句一叶落而知天下秋，一句"梧桐一叶初凋"点明秋意。"菊绽东篱"化用陶渊明诗句"采菊东篱下，悠然见南山"，表现了心境的淡雅。"佳节登高"领起下文，写登高的所闻所见："金风"、"寒雁"、"促织娘"，"黄花"、"衰草"、"红叶"，有动有静，有声有色，色彩斑斓，意境开阔。最后"秋景萧萧，赏菊陶潜，散诞逍遥。"，呼应了上文"菊绽东篱",作者自比陶渊明,虽然秋景萧瑟,但心境仍然开阔洒脱。

最后一首咏冬。同样,开头"朔风瑞雪飘飘"点明季节,寒风呼啸,大雪飘飘,而作者却悠然地坐在炉火通红的暖室内饮酒。屋外雪花"如飞柳絮,似舞蝴蝶,乱剪鹅毛",这里连用三个比喻,细致地描绘出漫天飞雪的景致。不久,屋外银装素裹,已如冰雕玉砌般。如此美景,虽然寒冬一片寂寥,作者还是忍不住走出暖室,"浩然踏雪",表现了其高雅的生活情趣。

〔般涉调〕耍孩儿

庄家不识构阑①

杜仁杰

风调雨顺民安乐,都不似俺庄家快活。桑蚕五谷十分收,官司无甚差科。当村许下还心愿,来到城中买些纸火②。正打街头过,见吊个花碌碌纸榜,不似那答儿闹穰穰人多。

〔六煞〕见一个人手撑着椽做的门,高声的叫"请请",道"迟来的满了无处停坐"。说道"前截儿院本《调风月》③,背后么末敷演《刘耍和》④"。高声叫"赶散易得,难得的妆哈⑤"。

〔五〕要了二百钱放过咱,入得门上个木坡,见层层叠叠团圞坐。抬头觑是个钟楼模样,往下觑却是人旋窝。见几个妇女向台儿上坐,又不是迎神赛社,不住的擂鼓筛锣。

〔四〕一个女孩儿转了几遭,不多时引出一伙。中间里一个央人货⑥,裹着枚皂头巾顶门上插一管笔,满脸石灰更着些黑道儿抹。知他待是如何过?浑身上下,则穿领花布直裰。

〔三〕念了会诗共词,说了会赋与歌,无差错。唇天口地无高下,巧语花言记许多。临绝末⑦,道了低头撮脚,爨罢将么拨⑧。

〔二〕一个妆做张太公,他改做小二哥,行行行说向城中过。见个年少的妇女向帘儿下立,那老子用意铺谋待取做老婆。教小二哥相说合,但要的豆谷米麦,问甚布绢纱罗。

〔一〕教太公往前挪不敢往后挪,抬左脚不敢抬右脚,翻来复去由他一个。太公心下实焦燥,把一个皮棒槌⑨则一下打做两半个。我则道脑袋天灵破,则道兴词告状,划地大笑呵呵⑩。

〔尾〕则被一胞尿,爆的我没奈何,刚捱刚忍更待看些儿个,枉被这驴颓笑杀我。

【注释】

①构阑:即勾栏,一作"勾阑"、"构栏"。宋元城市中百戏杂居的主要演出场所。明以后亦指妓院。 ②纸火:即纸钱。 ③《调风月》:元代经常上演的一个剧本。 ④么末:指杂剧。《刘耍和》:据《辍耕录》及《录鬼簿》载,刘耍和是金元间著名的演员,他的故事被改编为杂剧。元代高文秀有《黑旋风敷演刘耍和》杂剧,今已不传。 ⑤妆哈:即装呵,指勾阑里的演出。 ⑥央人货:即为殃人货,犹言害人精。 ⑦临绝末:到了末了。 ⑧爨罢将么拨:爨,也叫爨弄,是宋、金杂剧里一种简短的表演,这里指开场的小演唱,也叫"艳段"。么,即为么末,指杂剧。 ⑨皮棒槌:又叫磕瓜,是副末打诨时用的,槌头用软皮包棉絮做成,打时不会痛。 ⑩划地大笑呵呵:平白地大笑了一场。划地,平白地。

【赏析】

这是一篇独具特色的套数,由七支曲子和一个尾声组成,讲的是一个庄户人家第一次在城里勾栏看戏的情景,颇具戏谑意味。套数,又名"散套",是由同一宫调的若干不同曲牌的曲子按一定的顺序连缀而成,通常一韵到底,且最后都用"煞尾"和"尾声"作结。

首曲讲述了庄稼汉此次进城的原因:风调雨顺,庄稼汉有了好收成。官府也征税不多,庄稼汉觉是神灵庇佑,故进城买香火还愿。经过街市时,看见了花花绿绿的榜文,下面人头攒动,熙熙攘攘。这些都是为庄稼汉入勾栏看戏打下引子。

〔六煞〕写他听到把门的大声吆喝:"来迟了的没处坐",又预报了当天的剧目是:"院本《调风月》"和"么末《刘耍和》",并对剧情做了绘声绘色的渲染。这番广告引起了庄稼汉的好奇,于是花钱进了勾栏。

〔五〕写庄稼汉咬牙花了二百钱进勾栏看戏,只见人们层层围坐在台下,几个女艺人坐在台上。"抬头觑是个钟楼模样"描绘了当时剧场的形状与钟楼相似,"往下觑却是人旋窝"则表现了剧场的生意兴隆。虽然不是乡下在神诞日时迎神出庙,锣鼓喧天的热闹场景也毫不逊色。

〔四〕〔三〕描绘了演出开场前的场景以及演员的表演。用"不识构阑"的庄稼汉的口吻来讲述台上的人物及表演,别开生面。这里讲到了演出开场前的特色活动——爨。爨是一种以滑稽为美的说唱。其间有个丑角,扮相怪异,庄稼汉却以为是个殃人货。那人口齿伶俐,口若悬河,表演了一番诗词歌赋。演罢低头并脚鞠躬致谢,这时杂剧的正场开始了。

〔二〕〔一〕讲的是《调风月》的剧情,是对具体演出情形的描绘。说的是,张太公和小二哥进城,看见一美丽的少妇站在帘下,张太公想娶她做老婆,于是叫小二哥去说合,哪怕要豆谷米麦、布绢纱罗他都舍得。结果小二哥趁此戏弄他,让他看得见,摸不着,只能干着急。于是惹得太公恼怒,用皮棒槌打小二哥,结果棒槌裂成两半。这到了全剧的高潮,也突出了"庄家不识构阑"的题旨。庄稼汉吓得以为太公将小二哥的天灵盖敲碎，以为要惹上官司，没想到看戏的人却因为有趣而哈哈大笑。

〔尾〕写庄稼汉内急本来准备憋着多看一会儿，结果跟着台上人一笑忍不住了，不得已离场。最后骂了句粗话，活脱脱表现了庄户人泼辣的性格特点，为套曲增添了喜剧色彩。

〔仙吕〕醉中天

咏大蝴蝶

王和卿

挣破庄周梦①，两翅架东风。三百座名园，一采一个空。难道风流种②？唬杀③寻芳的蜜蜂。轻轻的飞动，把卖花人扇过桥东。

【注释】

①庄周梦：《庄子·齐物论》载，庄周梦见自己变成了蝴蝶，感到很得意。醒来原是一场梦。　②难道风流种：难道，难以形容之意。风流种，指寻花问柳之辈。　③唬杀：吓坏了。

【赏析】

这是一首咏物小令。据说在中统年间，燕市有一蝴蝶，其大异常，王和卿即为此作一小令。也有说此为讽刺那些猎艳寻芳的浪荡子弟而作。此曲综合运用了想象、夸张、比喻、象征等表现手法，荒诞幽默地写出了一个超级"风流种"所拥有的非凡的神力，语言诙谐风趣、生动幽默。

首句"挣破庄周梦"，巧妙地化用庄周梦蝶的典故，言这只大蝴蝶是从庄周化蝶的迷梦中飞来，"挣"字表现出了蝴蝶的力气之大，为下文铺垫。"两翅架东风"则突出了蝴蝶之大，采花速度之快，三百座名园的鲜花也一采而空。"一采一个空"，两个"一"字相比照，大蝴蝶动作迅捷、干脆利落的形象呼之欲出。"难道风流种？唬杀寻芳的蜜蜂。"二句，用拟人的手法风趣地写出了蜜蜂的心态，让人忍俊不禁。大蝴蝶采花的速度如此之快，吓唬住了常年辛勤采花蜜的蜜蜂。

这样还不满足，蝴蝶还恋着卖花人的担子，随他过了桥东。作者匠心独运，说卖花人过桥，是蝴蝶轻轻飞动，不经间扇过去的。如此力大无穷，可见蝴蝶之大匪夷所思，引发读者对蝴蝶之大进一步的想象。

这首小令想象奇特，气魄雄伟，全曲不论是写大蝴蝶的来历，大蝴蝶采花的本领，还是它离去的神力，都极尽夸张之能事，形象生动。语言活泼通俗，近于日常生活，诙谐幽默。

〔仙吕〕一半儿

题情（四首）

王和卿

鸦翎般水鬓似刀裁①，小颗颗芙蓉花额儿②窄。待不梳妆怕娘左猜③，不免插金钗。一半儿鬅松④一半儿歪。

书来和泪怕开缄，又不归来空再三。这样病儿谁惯耽？越恁瘦岩岩⑤。一半儿增添一半儿减。

将来书信手拈着，灯下孜孜观觑了⑥。两三行字真带草。提起来越心焦，一半儿丝挦⑦一半儿烧。

别来宽褪缕金衣⑧，粉悴烟憔⑨减玉肌。泪点儿只除衫袖知。盼佳期，一半儿才干一半儿湿。

【注释】

①鸦翎：乌鸦尾上的羽毛。水鬓：油亮的鬓发。 ②花额儿：如花的额头。 ③待：打算。左猜：猜疑。 ④鬅松：即蓬松。 ⑤岩岩：形容消瘦的样子。 ⑥孜孜：同"孜孜"，认真、仔细之意。观觑，即仔细地看。 ⑦丝挦：挦，拔或扯的意思。丝挦，扯成丝，撕成片。 ⑧别来宽褪缕金衣：宽褪，因身体消瘦，衣服变得宽大不合体。缕金衣，即金缕衣，指用金色丝线缝制的衣服。 ⑨粉悴烟憔：指容颜憔悴，是说身体瘦损无神气，即使敷脂擦粉也无济于事。烟，即胭。

【赏析】

这四首曲子选取了一天生活中的四个片段，描写了一个待字闺中的女子从早到晚的心境，将她收到远方情人书信后的心理刻画得细腻逼真。

第一首写女子的相思情态，重在刻画少女微妙的心理活动。因思念远方的心上人，女子心神不定，神情疲倦，起床后连梳洗打扮都不想了。可是又怕母亲猜疑追问，勉强插上金钗，可发髻还是一半儿蓬松一半儿歪。这一个小小动作，揭示了在封建礼教束缚下的女子对于爱情痛苦的矛盾心理。此曲妙在对少女恋爱时微妙心理的刻画，而且在描写少女形貌时多用口语，自然质朴，毫不矫揉造作，与少女的单纯心理相和谐。

第二首描绘了少女接到心上人书信时的情态和心理。她含着激动的泪水，急切地想知道信中的内容，但是又害怕拆开，心里非常矛盾。她渴望在心中看到他的归期，可是想到自己一次次的期冀，又一次次的失望，所以害怕看到他又在信中推迟归期。她相思成病，终日无精打采，这样的身子怎么能禁得起遥遥无期的等待呢？她心中的愁苦越来越深，身子越来越消瘦。

第三首描绘了女子在灯下看信的急切心情。她在灯下仔细地看着，只有短短的几行字，还因字迹太潦草看不清，女子越看心里越着急，如今他连来信都如此漫不经心，随便写几个字来敷衍她，她的一腔相思全付了东流，于是她气愤地将来信撕碎烧掉。这寥寥几行字，将女子焦灼、失望以及气愤的种种情态活灵活现地刻画出来。

第四首描绘了入夜后女子的酸楚。女子因思念而日渐消瘦，表达得十分委婉，说成"别来宽褪缕金衣"。而下面则直白地说出自己的愁苦。即使涂脂抹粉也无补自己的憔悴，内心的酸楚无人诉说，只能在夜深人静时偷偷流泪，只有擦拭眼泪的衣袖相伴，愁苦勃然而出。盼望心上人的归期，衣袖上的泪痕未干又添新泪。封建礼教束缚之下的女子爱情很苦，但是热情、真实。

这四首曲子的末句都嵌入了曲牌名"一半儿"，起到了画龙点睛的作用，将感情推向高潮。

〔双调〕拨不断

大 鱼

王和卿

胜神鳌，卷风涛，脊梁上轻负着蓬莱岛①。万里夕阳锦背②高，翻身犹恨东洋小。太公怎钓③？

【注释】

①"胜神鳌"三句：蓬莱岛是古代传说中的三仙岛之一，它在大海中漂浮。天帝为了固定它的位置，派遣十五只巨大的海龟（神鳌）用头顶着这座山。（见《列子·汤问》） ②锦背：锦绣般美丽的脊背。 ③太公怎钓：这里反用姜太公钓鱼的典故，抒发元代知识分子壮志难酬的悲痛之情。

【赏析】

这首小令用奇特的想象，大胆的夸张，描写了一只硕大神奇的鱼，与《咏大蝴蝶》有异曲同工之妙。

神话里能背负起蓬莱仙岛的神鳌力大无穷，令人惊叹，然而作者说这只大鱼要胜于神鳌，力大无穷的神鳌尚需要轮番背负蓬莱岛，而大鱼背负起来却如此轻松，简直匪夷所思。这种震撼直接紧紧抓住了读者的胃口。

接下来的描写更加神奇,大鱼像巨龙一样,在夕阳的照耀下貌似身长万里,只能露出美丽的脊背。这从侧面表现出大鱼的美,它是力与美的结合,是一种雄壮之美。它在广袤的海洋里尚不能自由地翻身,它的硕大更让人叹为观止。

结尾一句"太公怎钓?"言善钓的姜太公对这条大鱼也无计可施。俗语有云:"姜太公钓鱼——愿者上钩。",但是这条在四海九州都无法施展自己力量的大鱼,姜太公要如何引之上钩呢?

作者极力夸大这条大鱼有着深层的寓意,一般认为是象征了当时沦落到社会底层、遭受歧视的知识分子,他们满腹诗书才华,治国经纶,但可惜生不逢时,无处施展,于是他们对现实满腔激愤。这条大鱼有着别样的胸怀与抱负,也寄予了当时地位低下的文人的一种壮志难酬的无奈与解嘲。

〔双调〕蟾宫曲

盍志学

陶渊明自不合时①,采菊东篱②,为赋新诗。独对南山,泛秋香有酒盈卮。一个小颗颗彭泽县儿,五斗米懒折腰肢③。乐以琴诗④,畅会寻思,万古流传,赋归去来辞⑤。

【注释】

①陶渊明自不合时:指陶渊明不愿与世俗社会同流合污,为了诗书事业,宁愿辞官,过着采菊赋诗的生活。 ②采菊东篱:化用陶渊明《饮酒》中"采菊东篱下,悠然见南山"的诗句。 ③"一个小颗颗"二句:《宋书·陶渊明传》载:"为彭泽令,郡遣督邮至,县吏白,应束带见之,潜叹曰:'我不能为五斗米折腰向乡里小人。'即日解印绶去职,赋《归去来》。" ④乐以琴诗:化用《归去来辞》中"乐琴书以消忧"之意。 ⑤赋归去来辞:指陶渊明辞官归田园写下了《归去来辞》这篇流传万古的诗章。

【赏析】

这是一首歌颂魏晋时大诗人陶潜事迹的小令。全曲的布局严谨,前半部分描述陶渊明清高孤傲的事迹和品格,后半部分揭示形成陶潜这种品格的社会根源及意义,前后浑然一体。

曲子开头三句"陶渊明自不合时,采菊东篱,为赋新诗。",总叙陶渊明"不合时"的事迹。陶渊明不愿与世俗社会同流合污,宁愿辞官,过着采菊赋诗的生活。"独对南山"一句,化用陶渊明《饮酒》"采菊东篱下,悠然见南山"的诗意,突出了陶渊明清高孤傲的品格。"泛秋香有酒盈卮"一句,描述陶渊明饮酒的生活,与前面提到的采菊赋诗,体现了陶渊明归隐生活的全部内容。众所周知,陶渊明爱菊、爱酒、爱赋诗,作者巧妙地将三者体现出来，浑然天成。

接下来，"一个小颗颗彭泽县儿，五斗米懒折腰肢。"二句揭示陶渊明辞官的原因。陶渊明不愿与黑暗的官场同流合污，不愿"为五斗米而折腰"，作者将历史事实融入曲中，不仅进一步表现了陶渊明清高孤傲的品格，而且也表明了作者的立场与态度。最后"乐以琴诗，畅会寻思，万古流传，赋归去来辞。"几句，点明了陶渊明高洁的生活情趣，极力歌颂和赞扬了陶渊明辞官归隐的行为。在《归园田居》一诗中，陶渊明明确点出"少无适俗韵，性本爱丘山"，这是陶渊明的真性情，也是辞官归隐的根本原因。在飞出"樊笼"之后，写下了《归去来辞》这篇流芳百世的文章。曲子以陶渊明的诗章作结，使得陶渊明的形象更加光辉夺目，令人赞叹。

这首曲子虽然篇幅短小，但却生动传神地塑造了人物光辉的形象。曲中融入了大量的历史事实和诗句，浑然天成，极富感染力。

〔越调〕小桃红

临川八景（选四）

盍西村

江岸水灯

万家灯火闹①春桥，十里光相照，舞凤翔鸾势绝妙②。可怜③宵，波间涌出蓬莱岛。香烟乱飘④，笙歌喧闹，飞上玉楼腰⑤。

客船晚烟

绿云冉冉锁清湾，香彻东西岸，官课⑥今年九分办。厮追攀，渡头买得新鱼雁⑦。杯盘不干，欢欣无限，忘了大家难。

戍楼残霞

戍楼残照断霞红，只有青山送，梨叶新来带霜重。望归鸿，归鸿也被西风弄。闲愁万种，旧游云梦⑧，回首月明中。

市桥月色

玉龙高卧一天秋⑨，宝镜⑩青光透，星斗阑干雨晴后。绿悠悠，软风吹动玻璃皱。烟波顺流，乾坤如昼，半夜有行舟。

【注释】

①闹：热闹、欢乐。　②舞凤翔鸾势绝妙："凤"与"鸾"指凤形的灯与鸾形的灯。"舞"与"翔"指灯的姿势，即"势"。　③可怜：即可爱之意，指这是个美好的夜晚。　④香烟：指灯火辉煌及焰火，与"笙歌"一起，飘向空中，飞上玉楼。　⑤飞上玉楼腰：这里所谓的"玉楼"，既是江岸上的楼房，也包括水上倒影，是蓬莱岛的一个组成部分。　⑥官课：指公务。　⑦鱼雁：指栖息于江渚的鱼与雁，正是绝好的下酒料。　⑧旧游云梦：旧游，指往日行踪，或旧时交游。云梦，指云梦泽。　⑨玉龙：星名，东方苍龙七宿的统称。高卧：谓其高高挂在天上。　⑩宝镜：指明月。

【赏析】

这组令曲，题为《临川八景》，就是以八首令曲描绘临川风景。这八景分别是：东城春早，西园秋暮，江岸水灯，金堤风柳，客船晚烟，戍楼残霞，市桥月色，莲塘雨声。八首组成了一组有声有色的风土人物组画。

《江岸水灯》描绘了江南元宵佳节的热闹景象。"万家灯火闹春桥，十里光相照，舞凤翔鸾势绝妙。"，由远及近，先写了远望，桥上千千万万家的灯火通明，灿烂辉煌，将整座桥点缀得浮光流彩，接下来将视线拉近到眼前，千形百状的花灯争芳斗艳。一个"闹"字形象地点出了人潮欢闹的场景。"可怜宵，波间涌出蓬莱岛。"，写了灯火在水中的倒影。波光粼粼，岸上灯与水中灯交相辉映，金碧辉煌，让作者眼中不禁出现了蓬莱仙岛的幻影。"香烟乱飘，笙歌喧闹，飞上玉楼腰。"，由写景转入描写人们的活动。焰火与笙歌一起，飘向空中，飞上玉楼，天上人间，一派喜庆的壮观景象。

《客船晚烟》描写了作者在公务闲暇之时在江上游玩宴饮的情景。"绿云冉冉锁清湾，香彻东西岸，官课今年九分办。"，意即今年的公务基本上完成了，所以才有闲暇游玩。水湾江边，绿草浮云，生机盎然，空气中弥漫着花草的清香。一个"彻"字，粉饰了香味的浓郁。"厮追攀，渡头买得新鱼雁。"，诗人漫步江边，几番找寻，才买到了下酒的好材料，高兴地想畅饮一番。"杯盘不干，欢欣无限，忘了大家难。"，宴会上觥筹交错，大家尽情欢饮，暂时将生活中的烦恼抛到九霄云外，尽情地享受这眼前的美景与欢愉。

《戍楼残霞》则借景抒情，情景交融。"戍楼残照断霞红，只有青山送，梨叶新来带霜重。"，作者在深秋的傍晚独自登楼远望，夕阳染红了晚霞，寒霜也随着暮色降临越来越浓重，结在梨树叶上。红霞和白霜色彩对比鲜明，"残"、"断"、"重"则传达出作者落寞寂寥的心境。"望归鸿，归鸿也被西风弄。"，作者本来想看南归的大雁，但是西风作弄，大雁了无踪迹。这里以归鸿传达出作者的思乡心切却又归期遥遥。"闲愁万种，旧游云梦，回首月明中。"作者的乡愁无处排解，只能对着当空的明月，然而"举头望明月，低头思故乡"，作者只能愁上加愁。

《市桥月色》描绘了皎洁的月光下，临安城一派幽静的景象。"玉龙高卧一天秋，宝镜青光透，星斗阑干雨晴后。"，秋天的夜晚，雨过天晴之后，那一轮明月如一面宝镜，发出清凉的光芒，点点星光点缀在空中。"绿悠悠，软风吹动玻璃皱。"，视线由天上转到桥下，微风拂过像玻璃一样的水面，层层涟漪荡漾开来。"烟波顺流，乾坤如昼，半夜有行舟。"再将视线投向远方，万籁俱寂的深夜，在皎洁月光的映照之下，江面像白昼一样清晰。在一片静谧中，一叶小舟划破了深夜的寂静，化静为动，给画面带来了动感。本曲大量运用了比喻的手法，形象生动，恰如其分地描绘出了一幅秋高气爽的夜景图，画面感十足。

〔越调〕小桃红

临川八景（之八）

莲塘雨声

盍西村

忽闻疏雨打新荷，有梦都惊破。头上闲云片时过，泛清波①。兰舟饱载风流货②，诸般小可③。齐声高和，唱彻采莲歌④。

【注释】

①泛清波：描写乘坐的小舟，漂游在清澈见底的荷塘之中。 ②饱载：载满之意。这里可见泛舟的热闹景象。风流货：并非鄙薄之词，指女子的风貌优美。 ③诸般小可：是对女子美貌的赞美。 ④采莲歌：乐府曲名，也叫采莲曲。梁简文帝制〔江南弄〕七曲之三有〔采莲曲〕，后竞相仿作，其歌辞多写采莲之事，兼写男女相爱之情，是流行于南方的民歌。简文帝〔采莲曲〕云："桂楫兰桡浮碧水，江花玉面两相似。莲疏藕折香风起。香风起，白日低，采莲曲，使人迷。"

【赏析】

这首曲子是《临川八景》组曲之一，写的是临川（今江西省东北部）的风物人情，春雨过后，作者泛舟荷塘，高唱《采莲歌》，又有美人相和，表现出了作者的欢乐情怀。

曲子开头"忽闻疏雨打新荷，有梦都惊破。"，直接描写初春时节，一阵骤雨打在新生的荷花上，雨声将作者从睡梦中惊醒。接下来两句写美梦被惊破之后，作者去荷塘泛舟，看到头上蓝天白云，悠哉飘过，心情欢畅不已。"头上闲云片时过"，不仅描写白云的悠闲自得，同时也表现出自己心情的悠闲自得。"泛清波"，是描写作者乘坐的小舟，游荡在清澈见底的荷塘之中，其悠闲自在的心情，可想而知。"兰舟饱载风流货，诸般小可。"两句描写和作者"泛清波"的同游者，并且交待了"泛清波"的目的和悠闲自在的原因。兰舟上满载着女子，容华绝代，风韵优美，船上一派热闹非凡的场景。

曲子的最后两句则具体写出了泛舟时的热闹场景，你唱我和，欢声笑语，不绝于耳。"采莲歌"即梁简文帝制〔江南弄〕七曲中的第三首《采莲曲》："桂楫兰桡浮碧水，江花玉面两相似。莲疏藕折香风起。香风起，白日低，采莲曲，使人迷。"，曲子以采莲和爱情比兴，运用谐音，"莲"即"怜"，就是"爱"；"藕"即"偶"，就是配偶。这群在荷塘清波中荡舟的青年男女们，彼此唱和着《采莲曲》，在这歌声之中，不禁让读者听出他们的心声，也能感受到他们欢乐的心情。

〔越调〕小桃红

杂咏（八首选六）

盍西村

　　市朝名利少相关①，成败经来惯②，莫道无人识真赝③。这其间，急流勇退④谁能辨。一双俊眼⑤，一条好汉，不见富春山⑥。

　　古今荣辱转头空，都是相搬弄⑦，我道虚名不中用。劝英雄，眼前祸患休多种⑧。秦宫汉冢⑨，乌江云梦⑩，依旧起秋风⑪。

　　海棠开过到蔷薇⑫，春色无多味⑬，争奈⑭新来越憔悴。教他谁，小环⑮也似知人意。疏帘卷起，重门不闭，要看燕双飞。

　　淡烟微雨锁横塘⑯，且看无风浪，一叶轻舟任飘荡。芰荷⑰香，渔歌虽美休高唱。些儿⑱晚凉，金沙滩上，多有睡鸳鸯。

　　绿杨堤畔蓼花洲⑲，可爱溪山秀，烟水茫茫晚凉后⑳。捕鱼舟，冲开万顷玻璃皱㉑。乱云不收，残霞妆就，一片洞庭秋。

　　淡黄杨柳月中疏㉒，今古横塘路㉓，为问萧郎㉔在何处。近来书，一帆又下潇湘㉕去。试问别后，软绡红泪㉖，多似露荷珠。

【注释】

　　①市朝：市场和官场。少相关：少去沾惹。　②经来惯：习以为常，司空见惯，不足为奇。　③识真赝：指识别真伪。赝，假的。　④急流勇退：指在官场得意时能功成身退，明哲保身。　⑤俊眼：高明的见识。　⑥富春山：在今浙江桐庐南，风景秀美，一名严陵山。东汉初，高士严光在刘秀（光武帝）即帝位后，改名隐居。后被召入京城，严光不受封而隐居于富春山，其后文学作品中常以代指隐居之地。　⑦"古今荣辱"两句：

意思是，古往今来，所谓荣与辱都是靠不住的，一转头即万事皆空；而且，所谓荣与辱也往往是人为的，是互相搬弄所造成的。 ⑧种：意即埋下，招致。 ⑨秦宫汉冢：秦王朝曾经显赫一时，其所筑阿房宫，"东西五里，南北千步"（《汉书·贾山传》）；规模极为宏大，但项羽一把火就把它烧了；刘邦立汉，艰苦创业，至汉武帝而盛极一时，但汉武帝所留下的茂陵，至今也无非是一片荒冢而已。 ⑩乌江云梦：指西楚霸王项羽，英雄盖世，也落得乌江自刎的下场。 ⑪依旧起秋风：化用李贺《金铜仙人辞汉歌》的诗句："茂陵刘郎秋风客，夜闻马嘶晓无迹。" ⑫海棠开过到蔷薇：由花木变换表明物华推移。海棠、蔷薇，二者均为春天的标志。 ⑬春色无多味：谓花木渐渐凋零，春天也因此而减色。 ⑭争奈：无奈，怎奈。 ⑮小环：指丫头。 ⑯横塘：古堤塘名。三国吴筑于建业（今南京市）城南淮水（今秦淮河）南岸，一称南塘。宋诗人贺铸有小筑在姑苏（今苏州市）门外十余里，地名横塘。歌曲所说当泛指堤塘。 ⑰芰荷：出水的荷，指荷叶或荷花。 ⑱些儿：有一点儿。 ⑲蓼花洲：指水中绿洲。蓼，蓼科中部分植物的泛称，花淡红色或白色，穗状花序或头状花序。 ⑳晚凉后：指傍晚时分。 ㉑玻璃皱：形容清风徐来，微波荡漾之貌。 ㉒淡黄杨柳：指杨柳正吐芽，说明时在初春。月中疏：谓尚未到长条垂岸的时候，显得稀疏，并谓因离人相攀折，使之稀疏。 ㉓横塘路：泛指离人告别的处所。 ㉔萧郎：本为对萧姓男子的称谓，这里泛指女子所恋爱的男子。 ㉕潇浦：因湘水在湖南省零陵县西与潇水汇合，故称，此处泛指湖南一带。 ㉖软绡：绡帕。红泪：多称美女的眼泪为红泪。

【赏析】

盍西村的〔越调·小桃红〕八首，题为《杂咏》，是一组自抒怀抱的歌曲，表达了作者的人生观和价值观。

第一首，以议论入曲，以名利、成败、真假为主要议题，提出对人生的看法。曲子开门见山，直入主题，"市朝名利少相关，成败经来惯，莫道无人识真赝。"三句指出，市场和官场还是少去沾惹为妙；而成功与失败都是司空见惯的事，不足为奇；也不要以为世人都识别不了真伪。中间二句说"急流勇退"，这是作者宣扬的一种处世原则，作者认为要处理好各种问题，必须能够"急流勇退"。最后三句，作者标举严光为英雄好汉，表达了对世俗社会的不满和抗争情绪，寄寓了作者的理想。《后汉书·严光传》说严光"除为谏议大夫，不屈乃耕于富春山，建武十七年（41年）复特征不至。"严光急流勇退，不与统治者合作，是拥有一双慧眼、识时务的英雄好汉。

第二首，以荣与辱为主要议题，以秦皇、汉武、项羽等历史人物为例，提出自己对于荣辱和虚名的见解。开头三句"古今荣辱转头空，都是相搬弄，我道虚名不中用。"，开门见山地指出：古往今来，所谓荣与辱最终都是一场空；而且所谓荣与辱，也往往是人互相搬弄所造成的，所以，作者一针见血地提出：虚名不中用。中间二句，劝谏识时务的英雄豪杰，不要追求虚名，计较眼前的荣与辱，这样会给自己种下祸根。最后三句以历史人物为例证，说明"古今荣辱转头空"这一道理。秦王朝曾经显赫一时，修建气势宏伟的阿房宫，但被项羽一把火烧成了焦土；汉武帝盛极一时，但他所留下的茂陵，而今也成了一片荒冢而已。项羽英雄盖世，到后来在乌江自刎，昔日的雄心也变成一场梦。"依旧起秋风"一句，化用李贺《金铜仙人辞汉歌》云"茂陵刘郎秋风客，夜闻马嘶晓无迹"，说明历史无情，昔日的英雄霸业，最后都成为梦幻。作者以议论入曲，以历史人物的荣辱、兴衰为例，古今为一，表现了作者比较进步的历史眼光。

第三首说春愁，描写女主人公惜花伤春，顾影自怜，春愁无涯，相思无边的苦闷。开篇三句"海棠开过到蔷薇，春色无多味，争奈新来越憔悴。"由花木渐渐凋零，春天逐渐减色，女子自然联想到自己妙龄青春，惜花伤春之情油然而生，于是人越来越憔悴。中间二句转说小丫头似乎能够领悟主人的伤春意绪，从侧面表现女主人公春愁的沉重。结尾三句顺接中间二句，描写小环具体的行动，她将疏帘高高卷起，打开一道道门扉，让主人观看燕子双飞的景象。而这一举动，实际上更加重了主人的伤春相思之情。

第四首，写冒着微雨泛舟，夜宿横塘，展现了怡然自得的情怀。开头三句"淡烟微雨锁横塘，且看无风浪，一叶轻舟任飘荡。"，描写横塘的环境，烟雾缥缈，微雨濛濛，笼罩着横塘，风平浪静，小舟随意在塘中飘荡，字里行间带有一种悠然自得的情绪。中间二句说小舟轻轻飘荡，尽管渔歌非常美妙，但最好不要放声高唱，以免打破这美好的景致。这两句由描写环境转向心境。最后三句进一步解释了不要高唱渔歌的原因：在金沙滩上，有一对对睡鸳鸯，体现了人与自然的和谐统一。这首曲子环境与心境达到了高度的统一，景物和气氛十分和谐，显出了渔翁恬适的心境和对美好生活的向往和追求。

第五首是借描绘傍晚渔舟满载而归，冲破万顷如玻璃般澄碧的水面，赞颂了渔父的生活，抒发了对美好生活的追求和向往。开头两句"绿杨堤畔蓼花洲，可爱溪山秀"，点明地点和环境，第三句"烟水茫茫晚凉后"，点明具体时间是在微凉的秋天的傍晚。在这里，溪山秀丽，绿杨掩映，烟水茫茫，景色十分可爱迷人。由此笔锋一转，"冲开万顷玻璃皱"描写捕鱼船满载而归，展示出一个大场面。一个"冲"字，异常有力，加以"万顷"二字，使平静如镜的水面增添出飞动、壮阔的景象。结尾三句"乱云不收，残霞妆就，一片洞庭秋。"，将镜头拉长，仰望蓝天，乱云未退，残霞犹在，洞庭湖上充满一派诗意的秋色。此曲写景，动静相宜，相得益彰，而在这一幅渔舟秋暮归棹图中，融入了对美好生活的追求，给人以无尽的美的享受。

第六首，模拟女子的口吻，运用铺叙白描和设问自问等修辞手法，抒发对恋人的思念之情和由此产生的思念之苦。开头三句"淡黄杨柳月中疏，今古横塘路，为问萧郎在何处。"，点明时间、地点和环境、人物，指出和恋人离别是在初春的一个月夜，在横塘的路上，两人折柳惜别。古时离人以折柳送别，所以在月光下柳树还未长条垂岸，显得稀疏。"为问"一句集中说现在，女子由路旁的杨柳，联想到远别的恋人，触景生情，不禁问道：别去的萧郎如今究竟在什么地方？中间两句"近来书，一帆又下潇湘去。"，是对于上文的回答，萧郎最近来信说，正扬帆直下潇湘去。最后三句"试问别后，软绡红泪，多似露荷珠。"，又以一个设问，描写女方的相思之苦：泪珠多似荷叶上滚动的露珠，湿透了软绡手绢。此曲用"多似露荷珠"来比喻女子对恋人的相思之情，将无形的相思化为具体可感的形象，生动贴切，在平淡中见情趣。

以上六首组曲，前两首说大道理，表达了不问成败荣辱，无关市朝名利，无愁无怨，无风无浪，安乐过日子的观点；后四首说心境，写男女相思。前后风格略有不同，但六首曲子皆用平白易懂的语言，平铺直叙，无论是描写环境还是衬托心绪，都达到了平淡中见雅趣的艺术境界。

〔双调〕快活年

盍西村

闲来乘兴访渔樵,寻林泉①故交。开怀畅饮两三瓢。只愿身安乐,笑了重还笑,沉醉倒。

【注释】

①林泉,指退隐之地。徐铉《奉和子龙大监》诗有句:"怀恩未遂林泉约,窃位空惭组绶悬。"

【赏析】

这首曲子立意简单,写作者赴林泉寻访故交,开怀畅饮,欢喜异常,让人清楚地感到作者对于世俗社会和官场世界的厌恶和不合作的态度。

曲子开篇三句话描绘了三个画面,一个是"访",一个是"寻",一个是"饮"。作者在公务闲暇之时,乘兴去游赏山水名胜,拜访退隐林泉的老朋友。此处"寻林泉故交",表明曲中主人公的处世态度,不入世俗,不结交权贵,知己好友都是些农民渔夫或者隐居之士,从侧面表现了作者品质的高洁。第三句言相会时的情景:"开怀畅饮两三瓢"。旧相识见面,此时已一个在官场,一个在林泉,身处两个不同世界,彼此间可免除世俗社会中人与人之间的种种戒备,所以得以"开怀畅饮"。一个"瓢"字,既表现相聚时"开怀"的程度,也表现出山林生活的自在与洒脱。

最后三句"只愿身安乐,笑了重还笑,沉醉倒。",表现了故交的生活及心理状况,这也是曲中主人公的心愿。只希望身体安乐,身体安康应笑,心里高兴也应笑,这里连用两个"笑"字,极写其"乐"。"沉醉倒"三个字,刻画出一个沉醉在山水名胜中、沉醉在故交酒杯中的人物形象,生动逼真。

这首曲子语直意清,平白易懂,爽朗明快,"如清风爽籁",颇有韵致。

〔仙吕〕赏花时

阚志学

香径泥融①燕语喧,彩槛风微②蝶影翩,飞絮擘香绵③。娇莺④时啭,惊起绿窗眠。

〔煞尾〕惜花愁,伤春怨,萦系杀⑤多情少年。何处狂游荡玉鞭⑥，谩教人暗卜金钱⑦。空写遍翠涛笺⑧，鱼雁⑨难传。似这般白日黄昏怎过遣，青鸾⑩信远，紫箫声转，画楼中闲杀月明天。

【注释】

①香径泥融：指远处的景象。　②彩槛风微：指近处的景象。槛，窗户下或长廊旁的栏杆。彩槛，指有着颜色的栏杆。　③飞絮擘香绵：谓杨柳絮与各种花香（香绵）沾惹在一起，到处飘落。擘，为分开之意。　④娇：表现黄莺歌声婉转动听，又暗示了多愁女子弱不禁风。　⑤萦系杀：极写牵肠挂肚的相思情状。　⑥袅玉鞭：谓其不停歇地策马扬鞭，不停息地游玩。袅，摇曳貌。　⑦谩教人暗卜金钱：卜，占卜之意。卜金钱，谓以金钱作占卜之具，计算着归期。　⑧翠涛笺：即薛涛笺。唐代女诗人薛涛，长安（今陕西）人。幼时随夫入蜀。后为乐伎。能诗，时称女校书。曾居浣花溪，创制深红小笺写诗，人称"薛涛笺"。　⑨鱼雁：指书信。　⑩青鸾：即青鸟。乃王母娘娘传信使者，此用作传递信息的一般使者。

【赏析】

这是元曲中最短的一首套数，只有一个正曲和一个煞尾，描写了一个处在深闺的女子的愁怨。

第一句"香径泥融燕语喧，彩槛风微蝶影翩"，描绘了春天里热闹的景象，对仗工整。花间的小路上，泥香融融，燕语呢喃；彩色的栏杆边，春风拂过，蝶舞翩翩，一片大好春光。可是这燕蝶的欢乐却反衬出闺中女子的独孤与忧愁。"娇莺时啭，惊起绿窗眠。"，柳絮与各种花香交织在一起，四处飘落，书上的黄莺欢快地鸣唱，将绿纱窗下的女子惊醒。"惊起绿窗眠"承前启后，连接了前面的景物描写，又引出了下文的情感抒发。

接下来〔煞尾〕具体地写女子的忧愁。"惜花愁，伤春怨，萦系杀多情少年。"，这一句点名了女子愁和怨的缘由——牵挂着远方杳无音信的心上人。春天即将逝去，鲜花凋零，惹人怜惜，女子伤春怨春，实际上是对自己的一种自怜自哀，伤感自己的大好青春。"何处狂游袅玉鞭，谩教人暗卜金钱。"，描写形成鲜明的对比，心上人在外策马扬鞭，自由快活，而痴情女子独在闺中，用金钱占卜着他的归期，让人顿生怜惜之心。"空写遍翠涛笺，鱼雁难传。"，写满了相思的情书却无处可寄，此时女子内心的哀怨喷薄而出："似这般白日黄昏怎过遣，青鸾信远，紫箫声转，画楼中闲杀月明天"，整日饱受相思的折磨，这样漫长的白天与黄昏该如何打发？而心上人丝毫没有消息，月明之夜，只听到哀怨的箫声宛转低回，撕扯心扉，自己画楼独处，这样的漫漫长夜又如何挨过？

此曲前部分写景，后部分抒情，情景交融，意蕴和谐，深情款款，惹人怜惜。

〔中吕〕喜春来

张弘范

金妆宝剑藏龙口①,玉带红绒挂虎头②。旌旗影里骤骅骝③。得志秋,喧满凤凰楼④。

【注释】

①金妆宝剑:以金为装饰之剑。龙口:饰以龙纹的剑鞘。宝剑入鞘,故谓"藏龙口"。 ②玉带红绒:玉制腰带上悬着红穗。虎头:即虎头牌,金元时皇帝颁发给大臣以方便行事的虎形令牌,也是一种身份的标志。 ③骤骅骝:纵马驰骋。骤,马疾驰。骅骝,马之美称。传说周穆王八骏中有骅骝一名,后亦泛指骏马。 ④凤凰楼:指宫廷中的楼阁。此泛指官禁与朝廷。

【赏析】

张弘范文武双全,少年得志,二十四岁即任行军总管,战功显赫,为元朝的开国功臣,曾被皇帝赐予"拔都"即"勇士"的美称。这首小令描绘的是得胜归来的场面,声势浩大,情思激昂,可谓是作者的自画像。

"金妆宝剑藏龙口,玉带红绒挂虎头。",开头二句对仗工整,塑造了一位威武的将军形象:手里握着金妆宝剑,腰间佩着玉带红绒,红绒线悬着虎头令牌。宝剑、玉带均是身份高贵的象征,其上再配上龙、虎的装饰,就显得更加威风凛凛。"旌旗影里骤骅骝。"描绘了一个波澜壮阔的场面,狂风大作,战旗飞舞,骏马疾驰。短短21个字,将军那无坚不摧的英雄气概勃然而出,威风凛凛,栩栩如生,一幅高大威猛的英雄形象闪现脑海。"得志秋,喧满凤凰楼。"二句写的是将军的遐想,想象着凯旋归来时满城喧闹的欢跃情景。

这首小令,篇幅甚短窄,仅五句二十九个字,但所展现的场面却如此波澜壮阔,声势宏大。所塑造的人物形象如此形象鲜活,体现了人物高昂的情绪,显得有声有色,令人激动振奋。这首小令前三句绘形,后两句写意,在众多厌世遁世感喟成风的元曲作品中,独树一帜,堪称绝构。

〔越调〕天净沙

梅梢月（二首）

张弘范

　　黄昏低映梅枝，照人两处相思，那的是愁肠断时。弯弯何似，浑如宫样①眉儿。

　　西风落叶长安②，夕阳老雁关山③，今古别离最难。故人何处，玉箫明月空闲。

【注释】

①宫样：指宫妆。　②西风落叶长安：由贾岛《忆江上吴处士》诗句"秋风吹渭水，落叶满长安"化出。　③夕阳老雁关山：化用陈与义《十月》："归鸦落日天机熟，老雁长云行路难"句意。

【赏析】

　　此〔天净沙〕二首，都是写月挂梅梢，抒发离别相思的情绪。
　　第一首小令正面描写梅梢月，以一女子口吻，诉说相思之断肠。开头三句"黄昏低映梅枝，照人两处相思，那的是愁肠断时。"，作者选取了相思的特定时刻——黄昏时刻，月上梅梢，月光下梅枝掩映，疏影横斜触景生情，女子面对梅枝月影，触景生情，思念起远方的恋人，而他此刻也一定处在相思之中，而梅梢头上的明月，同时照见分居两地的离人。第三句直抒胸臆：这正是愁肠欲断的时刻。小令最后两句转入正面描写月，将注意力转移到外部景物上。"弯弯何似，浑如宫样眉儿。"，以问答的形式写月，二句意思是：梅梢月此刻弯弯的样子像什么呢？紧接着答道：犹如宫人的画眉。作者选取相思汇聚的地方——眉，让人想起李清照的"此情无计可消除，才下眉头，却上心头。"，女主人公看到梅梢月，相思汇聚到了弯弯的眉儿，我们也仿佛看到了她内心的情蕴。
　　第二首小令以一男子的角度，写思家念亲，诉说别离相思之苦。开头三句写远方游子的相思之情。"西风落叶长安"与"夕阳老雁关山"二句对仗，上一句化用贾岛《忆江上吴处士》"秋风吹渭水，落叶满长安。"的句意，下一句化用陈与义《十月》"归鸦落日天机熟，老雁长云行路难"的句意，渲染出一个"秋风萧瑟雁南翔"的苍凉氛围，勾起游子的相思愁绪。秋天落叶遍地，老雁尚在关山之遥长途跋涉。游子以老雁自比，暗示自己欲归路遥，而此刻夕阳在山，相思之苦可想而知。第三句"今古别离最难"，明白如话，高度概括了男子的离愁之苦。最后二句"故人何处，玉箫明月空闲。"，一问一答，设问思念之人在何处，然后又自答道：在明月照梅梢的秋夜里，独自倾听悠悠传来的玉箫之声。曲子到此戛然而止，留给读者无限的遐思。

〔双调〕潘妃曲（十九首选三）

商 挺

断肠关山①传情字，无限伤春事，因他憔悴死。只怕傍人问着时。口儿里强推辞，怎瞒得唐裙袿②。

闷酒将来刚刚③咽，欲饮先浇奠，频祝愿。普天下心厮爱早团圆④。谢神天，教俺也频频的勤相见。

一点青灯⑤人千里，锦字⑥凭谁寄，雁来稀。花落东君也憔悴⑦。投至望君回，滴尽多少关山泪。

【注释】

①关山：泛指关隘山川，这里是指恋人远游之地。　②唐裙：一种裙幅较多的长裙。袿，折裥。　③刚刚：勉强之意。　④普天下心厮爱早团圆：厮，指互相。心厮爱，指心心相印，真心相爱。　⑤一点青灯：表明其孤单之情状。　⑥锦字：用锦织成的字。东晋前秦才女苏惠被丈夫窦滔遗弃，织锦为"璇玑图"寄滔，锦上织入八百余字，回旋诵读，可成诗数千首。窦滔感动，终于和好如初。此用以指妻寄夫的书信。　⑦花落东君也憔悴：一方面说春神（东君），言落花使之憔悴；另一方面说自身在相思中衰老。

【赏析】

商挺有〔双调·潘妃曲〕十九首，所写均为闺阁中情事，从四时相思直写到恋人归来，其间种种感情，表现得十分细腻。

第一首原为十九首中的第十一首，描写了一名女子的相思。曲子的前两句感情饱满，蕴藉深沉。"断肠关山传情字"句中，以前两个字领后五个字，点明女子思念的心上人远在天边，想寄相思却不得，令人柔肠寸断。"肠断"、"伤春"、"憔悴死"极言女子的情深意切。但是，她却害怕"傍人问着"，嘴上只能"强推辞"，暗示女子的愁肠无人诉说。可是自己的这般心事怎瞒得过"唐裙袿"？虽然自己在人前强颜欢笑，但是为伊憔悴，衣带渐宽，自己的形销骨立怎瞒得住身上的衣裳。这就使全曲婉转深邃，女子的相思之苦和形容憔悴也就更能抓住读者的心。

第二首是十九首令曲中的第十四首，说的是一名女子借酒解闷，祷祝自己与情人能频频相见。这首小令内容简单，曲的开头直抒胸臆，说自己与相爱的人不能相见，想要借酒浇愁。但是相思情重，难以下咽。于是在独饮之前，先将一杯酒奠在地上，衷心祈祷上苍，希望老天保佑有情人能终成眷属，再也不用受相思之苦的折磨，能与心上人常常见面。这首小令平白如话，动作和语言描写给人留下了一定的想象空间，颇具感染力。

第三首是十九首令曲中的第十六首。写的是游子不归，女子相思难耐，终于鼓起勇气提起纸笔催促心上人早些回来。暗沉的夜里，一盏青灯的微光下，女子满怀希望，给远在千里之外的心上人写信。灯光微弱昏暗，衬得女子心里越发凄凉。"锦字凭谁寄？"这句自问道出了女子心中的郁结所在，相隔太远，传书的雁儿也没有踪影，相思无处寄，更增添了女子的烦恼。"花落东君也憔悴"便是愁闷交加的女子眼中残春的写照，虽然表达的是女子想象中春神的憔悴，事实上却是女子自怜自己在相思中衰老。女子在思念情人却书信难通的境地中伤心徘徊，但是又不放弃对心上人归来的希望，依然"投至望君回"。一个"望"字，流露出女子企盼、疑虑、希望以及失望的复杂心情。

这三首曲子都是思妇诗，分别选取了三个细节，极富表现力，真切地把握住了女子的情感变化，丝丝入扣，扣人心弦。

〔仙吕〕一半儿

四景（之三）

胡祗遹

荷盘减翠菊添黄，枫叶飘红梧干苍。鸳被不禁①昨夜凉。酿②秋光，一半儿西风一半儿霜。

【注释】

①不禁：禁不住，抵挡不住。　②酿：酿造，此指造就。

【赏析】

这组小令在《元人小令辑》中作《四季》，此为其中的第三首，写的是秋。

开头两句，以荷、菊、枫、梧的景象，构成了一幅色彩斑斓却又苍凉的秋景图。"荷盘减翠菊添黄，枫叶飘红梧干苍"，荷丛残败，消减了翠绿的容光，菊花却借着秋风开出金灿灿的黄。枫叶渐渐吐红，而梧桐却越来越苍老。荷与菊，一个"减翠"一个"添黄"，枫树与梧桐，一个"飘红"，一个"干苍"，前后呼应，对比鲜明，在铺陈中错落有致，而且还恰如其分地表现出了秋意渐浓的意象。

第三句由写景转入写人。"鸳被"表明主人公应是一名闺中女子。"不禁昨夜凉"表明她昨晚没有睡好。夜深难眠，是因夜凉，还是有别的缘由，作者的巧妙安排留下了想象的空间，引发读者好奇，同时也增加了秋天的悲凄感。

最后一句"酿秋光，一半儿西风一半儿霜。"，是什么造就了秋天的气象呢？——一半儿是漫天的秋风，一半儿是满地的清霜。"酿"字在这儿用的极为传神，将自然拟人化,将"秋光"的形成延展为渐进的过程,使下面的"西风"与"霜"在"酿"的动态下延展开来,填满在"秋光"的图景里。而且这一延展的过程似乎了暗示了女子的愁苦也是一天天的累积,隐约可以看见她度日如年的愁容,揪人心脾。至于她为什么愁则给读者留下了无限的想象空间。

残荷黄菊,红枫苍梧,无一不是在"西风"与"霜"的作用下形成,而至于"鸳被不禁昨夜凉"就更不用说了。这样整首曲都达到了高度的和谐统一。

〔中吕〕阳春曲

春景(三首)

胡祗遹

几枝红雪墙头杏①,数点青山屋上屏②。一春能得几清明③。三月景,宜醉不宜醒。

残花酝酿蜂儿蜜,细雨调和燕子泥。绿窗春睡觉来迟。谁唤起,窗外晓莺啼。

一帘红雨④桃花谢,十里清阴柳影斜。洛阳花酒一时别⑤。春去也,闲煞旧蜂蝶。

【注释】

①几枝红雪墙头杏:指杏花,俗说杏花"姣容三变",含苞待放时纯红,竞艳争开时淡红,到花落时就变成白色了。 ②屏:指青山之美,如挡风或作蔽障的屏风。古代亦称当门的小墙为"屏"。此两解均通。 ③清明:二十四节气之一。此句意为草木萌发,即使在苦寒的塞外,也应大地回春了。 ④红雨:比喻花落。 ⑤洛阳花酒一时别:自唐宋以来,洛阳便是名人学士荟萃之所,又是有名的"花都"。这里的"洛阳花酒"代表了春天。

【赏析】

这三首小令皆是以春景为题,抒发了作者在阳春三月里的情怀。

第一首曲开篇便妙语连珠。"几枝红雪墙头杏,数点青山屋上屏。",轻盈的红雪点缀在墙头,晶莹剔透。仔细一看,原来是杏花。屋后的远山星星点点,像大自然织就的屏风立在屋后。"几枝"、"数点"都点明了时节正值万物复苏的春天。"一春能得几清明",春天中能有这个这样的好时令,作者不禁感慨:"三月景,宜醉不宜醒"了。三月春光明媚,春景宜人,人生得意须尽欢,还是把握大好时光,把酒言欢,沉醉在大好的春光里。

第二首由描述自然景物转向追寻人的踪迹。"残花酝酿蜂儿蜜,细雨调和燕子泥。",用简洁的笔墨捕捉住了蜂酿蜜、燕衔泥的生动场景,自然传神。"残花"点明是暮春时节,蜂酿蜜、燕衔泥给"残花"和"细雨"带来了生命,静中有动,动中有静。"绿窗春睡觉来迟。谁唤起,窗外晓莺啼。",人沉醉在春景中迟迟未醒,突然听到窗外莺语嘤嘤,惊醒了春梦。这番美好的景致,令人沉醉不愿醒来。

　　第三首写春归时的景色。"一帘红雨桃花谢,十里清阴柳影斜。",借景抒情。"一帘"与"十里"远近相对,"红雨"与"清阴"动静相宜,色彩鲜明。春色再美,终有归去的一天。虽然暮春也景致如画,可惜美景难长久。一句"春去也,闲煞旧蜂蝶。"将惜春之情一语道破。此处作者借蜂蝶的依依不舍,衬托出人对春天的无限留恋。蜂蝶尚且如此,更何况易动情的人呢?这番含蓄的表达,更容易引发读者在感情上的共鸣。

　　这套组曲谱写了春景三部曲,勾勒出红杏、青山、红雨、绿杨等五光十色的旖旎春景,又描写了蜂鸣、莺啼这些大自然美妙的声音,抒发了喜春惜春的情怀。三首曲子语调明快,语言清新,情景交融,自然和谐。

〔中吕〕快活三过朝天子

赏　春

胡祗遹

　　梨花白雪飘,杏艳紫霞消。柳丝舞困小蛮腰。显得东风恶①。

　　野桥,路迢,一弄儿春光闹②。夜来微雨洒芳郊,绿遍江南草。蹇驴山翁③,轻衫乌帽,醉模糊归去好。杖藜头酒铫④,花梢上月高,任拍手儿童笑。

【注释】

　　①恶:既有猛的意思,表示东风劲吹,迎来了万紫千红的春天,如贺铸《谒金门》:"历历短樯沙外泊,东风晚来恶";但更有"恶怜"的意思,即表示痛惜深爱,如黄庭坚《撼庭竹》:"空恁恶怜伊,风日损花枝"。　②一弄儿:犹言所有的,或一味的。春光闹:化用宋祁《玉楼春》"红杏枝头春意闹"的句意。　③蹇驴山翁:典出《晋书》卷四三《山简传》。蹇驴,跛足的驴。《楚辞·七谏·谬谏》:"驾蹇驴而无策兮,又何路之能极。"山翁,即山简,字季伦,晋时人,好酒,《晋书》记载当时的儿歌嘲他"日日倒载归,酩酊无所知"。作者这以山简自喻。　④杖藜:即藜杖,藜茎所作的杖。铫:吊子,一种有柄有流的小烹器。

【赏析】

　　这支曲子题为《赏春》，前四句都是描写春景，后半部分才转入正题，写赏春。

　　曲子开头两句"梨花白雪飘，杏艳紫霞消。"，破题先写梨花与杏花的飘落，梨花带雨，簌簌飘落；杏花怒放，消褪了灿如紫霞的色彩。"柳丝舞困小蛮腰"，写柳枝在春风中婀娜多姿，翩翩起舞，这般诗情画意，令人观赏不尽。"显得东风恶"，总撷前三句，正是由于东风，才使得梨花飘如白雪，杏花红红白白，柳条婀娜起舞，精彩纷呈，描绘出了一幅美丽的春景图。这里，"恶"既显示了东风的强劲，迎来了万紫千红的春天，也显示了作者痛惜和深爱，如此大好春光，都是得益于春风的吹拂。

　　"野桥，路迢，一弄儿春光闹。"，景中出现了人，在明媚的春光中，人穿过一座夜桥，走过长长的道路，到处旖旎的春光。"春光闹"，化用宋祁《玉楼春》"红杏枝头春意闹"的句意，一个"闹"字，意境全出，将春光表现得极为生动蓬勃，色彩鲜明。"夜来微雨洒芳郊，绿遍江南草。"，点明了时间、气候和环境，描绘出了芳草萋萋、杂花吐香的春景，字里行间都隐藏着人的喜悦情怀。到了现在，赏春者的形象才正面显现出来。作者在这里以"蹇驴山翁"自比，表明对世俗社会和宦途生涯的厌恶，表达了对山林隐居生活的向往之情。

　　最后两句"花梢上月高，任拍手儿童笑。"，点明时间，描绘乡村的情景。儿童看到这位骑在一头跛驴上，"轻衫乌帽"，肩头上搭着藜杖，担着酒吊子，醉得东倒西歪的人，怎能不拍手笑！而这位"山翁"却任由他们笑去，毫不在意。

　　这首曲子将春景写得活泼、灿烂，景物栩栩如生。内容层次分明。曲子后半部，作者自比"蹇驴山翁"寓意丰富，耐人寻味。

〔双调〕沉醉东风（二首）

胡祗遹

　　月底花间酒壶①，水边林下茅庐。避虎狼②，盟鸥鹭③，是个识字的渔夫。蓑笠纶竿钓今古，一任他斜风细雨④。

　　渔得鱼心满愿足，樵得樵眼笑眉舒。一个罢了钓竿，一个收了斤斧，林泉下偶然相遇，是两个不识字渔樵士大夫⑤。他两个笑加加的谈今论古。

【注释】

　　①月底花间酒壶：此句用李白《月下独酌》的诗意："花间一壶酒，独酌无相亲。举杯邀明月，对影成三人。月既不解饮，影徒随我身。暂伴月将影，行乐须及春。"　②避虎狼：典出《汉书·孙宝传》："豺狼横道，不宜复问狐狸。"　③鸥鹭：两种体羽多灰白

色的水鸟，与鸥鹭结盟，有寄迹于烟水之乡弃官归隐的意思，也表示洁身自好，不与世俗同流的情怀。　④"蓑笠"两句：源于张志和《渔歌子》词："青箬笠，绿蓑衣，斜风细雨不须归。"　⑤士大夫：古代有地位有声望的读书人的通称，或者指古代官僚阶层。《考工记》："作而行之，谓之士大夫。"郑玄注："亲受其职，居其官也。"

【赏析】

胡祗遹的这两首〔沉醉东风〕描写的是林泉丘壑的隐居生活的作品，反映了当时知识分子的思想状况和生活状况，具有一定的社会意义。

第一首曲子借古喻今，描绘了一副急流勇退，甘心隐居林泉，以鸥鹭为友的场景，抒发了作者对仕途宦海的厌恶之情，作者愤世嫉俗，潇洒自娱，乐在其中。首句"月底花间酒壶"化用李白《月下独酌》诗意："花间一壶酒，独酌无相亲。举杯邀明月，对影成三人"，表现了作者的诗酒娱情。次句写作者的居住环境：茅屋傍水，绿树成林。环境清幽，生活闲逸，但也正从"世外桃源"中传出了世无知音的寂寞的心声。"避虎狼"一句表明了作者隐居的原因是官场的祸患。作者表示与鸥鹭结盟，有寄迹于烟水之乡弃官归隐的意思，也表示洁身自好，不与世俗同流的情怀。古代文学作品中，鸥鹭比比皆是，例如：黄庭坚《登快阁》诗："万里归船弄长笛，此心吾与白鸥盟"；辛弃疾《水调歌头·壬子三山被召》词："富贵非吾事，归与白鸥盟"；苏轼《赤壁赋》"侣鱼虾而友麋鹿"等，都是对官场的厌倦和牢骚之语。"是个识字的渔夫"，表明曲子主人公的身份，在当时不愿为官，只好满腹经纶做好一个渔夫。最后一句"蓑笠纶竿钓今古，一任他斜风细雨"，化用张志和《渔歌子》词："青箬笠，绿蓑衣，斜风细雨不须归"，表明曲中主人公的执着追求。

在元代统治者的高压统治下，归隐渔樵是深处下层的知识分子无可奈何之下寻觅的一个不得已的去处。第二首曲子描写了当时知识分子沉沦下僚，钓鱼打柴，各得其所；樵夫和渔夫的偶然相遇，笑哈哈地谈古论今，乐在其中，心满意足。这里反映出隐居林泉丘壑的不仅是少数。隐居与现实的矛盾反映出了元代知识分子地位的卑下。曲中幽默中带有激愤，超脱中饱含沉郁。

〔越调〕天净沙

严忠济

宁可少活十年，休得一日无权。大丈夫时乖命蹇①。有朝一日天随人愿，赛田文养客三千②。

【注释】

①时乖命蹇：时机不好，命运不济。形容经历坎坷，事事受阻。乖，违反常理。蹇，不顺利。　②田文养客三千：田文，战国时齐国贵族，人称孟尝君，门下食客甚众。他们为孟尝君出谋划策，排忧解难。

【赏析】

这首小令，表达了作者争权、爱权的思想。

根据《元史》记载，严忠济曾官至东平路行军万户，政绩显著。元世祖攻打南宋时，命其为帅，战功卓越，朝中大臣向皇帝进谏，说他威权太盛，因而被免官。严忠济在任职东平路时，曾向一些有钱人借贷，为他的部下臣民缴纳官税。到他免官后，债主纷纷前来讨还债务。这件事使作者感触颇深，他从自己当官掌权到罢官失权，前后两种社会地位的巨大变化中，深感无权之苦，世态炎凉皆以'权'为标准，因此曲子开头便发出了"宁可少活十年，休得一日无权。"的感叹。如此大胆的直抒胸臆，豪气令人震撼。

下面三句作者阐述自己的人生经历，结合孟尝君的经历，表达了有朝一日能东山再起的愿望。"大丈夫时乖命蹇。"，指作者命运不济，仕途处处受阻。"有朝一日天随人愿，赛田文养客三千。"，说出了作者的抱负，作者希望在失宠之后，有朝一日也能够东山再起。

元散曲多表现隐逸避世的思想，像此曲这样公开大胆地表现争权、爱权的思想，实属罕见，给人耳目一新的感觉。同时，作品反映出的世态炎凉、趋炎附势等社会现实，对我们认识元代的社会也有一定的文献价值。作品自然流畅，于豪放透辟中折射出强烈的感染力。行文近于口语，毫不掩饰、赤裸裸地表现自己对命运、对现实、对社会不屈不饶的刚硬性格和直爽态度，在散曲中别出一格。

〔黄钟〕人月圆

刘　因

茫茫大块洪炉里①，何物不寒灰。古今多少，荒烟废垒②，老树遗台。

太行如砺③，黄河如带④，等是⑤尘埃。不须更叹，花开花落，春去春来。

【注释】

①大块：大地，大自然。洪炉：造物主的冶炉。　②垒：用于战守的工事。　③太行：山名，在黄河北，绵亘山西、河南、河北三省。砺：磨刀石。　④黄河如带：《史记》载封爵，有"使河如带，泰山若厉（砺）"语，意为即使黄河变成了狭窄的衣带，泰山变成细平的磨石，国祚依然长久。后人因有"带砺山河"的成语。　⑤等是：同样是。

【赏析】

这是一首登临之作，气势恢宏，苍凉深沉。

作者在曲子开头并不直接从具体景致着笔，而是扩展到无尽的苍茫大地。"茫茫大块洪炉里，何物不寒灰。"，这茫茫的大地经过了造物主炉火的千锤百炼，怎么能不带有衰退苍凉的外观？"古今多少，荒烟废垒，老树遗台。"，废弃的兵垒上弥漫着野烟，古台遗址上的树木参天。在点出眼前的废垒遗址时，用"古今多少"发出沧海桑田的感慨，将刚刚转入眼前登台，在时空范围内无限地扩展。这种苍凉、悲怆的情绪慢慢铺满，使读者也能受作者登临所览的衰败感染，感怀政治和战争所带来的生灵涂炭。

"太行如砺，黄河如带"既是登临所览的实景，又是借用了"带砺山河"的成语，表达了沧海桑田之感，于是，"等是尘埃"就带有总结和双关的双重意味。作者登临高台遗址，远方的太行山和九曲黄河，都变得如同磨刀石和带子般细小，更不用说视野里的人间景物，更是如尘埃般微小。其中的象征意义不言而喻：人与物本是沧海一粟，对于这个世界又何必太较真呢？故而"不须更叹，花开花落，春去春来。"。既然大川大河都会因人事的兴衰而"寒灰"，那么时光的流逝，节令的更替又有什么可叹可惜的呢？曲子下阕的前三句照应空间，后三句照应时间，再一次从延伸的意境里充实了上阕的感慨。

本曲苍茫沉郁，开阔恢宏，抒发了朝代兴亡之感。其悲怆容易让人联想到陈子昂的《登幽州台歌》："前不见古人，后不见来者。念天地之悠悠，独怆然而涕下"，令人感怀良久。

〔中吕〕喜春来

伯　颜

金鱼玉带罗襕扣①，皂盖朱幡列五侯②。山河判断③在俺笔尖头④。得意秋④，分破⑤帝王忧。

【注释】

①金鱼：形状如鲤鱼的金符，标志官阶的一种佩饰。玉带：用玉装饰的官服腰带。罗襕：绮罗袍，元朝以丝罗制的官服。　②皂盖朱幡：黑色车盖红色旗帜，高官出行的仪仗。列五侯：位与五侯同列。"五侯"指公、侯、伯、子、男五等诸侯爵位。　③判断：元人口语，掌握之意。　④得意秋：称心得意的岁月。　⑤分破：分减、减少。元人口语。

【赏析】

伯颜，姓八邻氏，蒙古族人，元代著名的政治家、军事家，文韬武略兼具。这首小令虽然简短，但气势恢宏，集豪情、快意于一体。

开头两句，一种华丽贵胄之气和踌躇满志之态便跃跃而出。"金鱼玉带罗襕扣"点明作者已身居高位，显耀尊贵。"金鱼"、"玉带"、"罗襕"，皆是官阶的一种象征；"皂盖朱幡列五侯"则表明作者位高权重。古达高官出行往往有黑色的车盖、红色的旗帜，仪仗威严。元代没有裂地封侯的制度，这里的"列五侯"是表明作者权倾朝野。作者自述自己对江山社稷、朝廷王室举足轻重的地位，也表现了一种志得意满之情。"山河判断在俺笔尖头。"，这一句气场飞扬，大有站在山河之巅，俯瞰苍茫大地，指点江山、激扬文字，一派豪迈之情在笔尖喷薄而出。一个"俺"字，粗犷朴实，也突出了人物的真实感，让读者从大气之中回归到一个有血有肉、自信狂勇的人物之上。

结尾句"得意秋，分破帝王忧。"将作者的志得意满和豪情万丈发挥得淋漓尽致。据闻，伯颜作此小令时，已率兵攻破建康，与其他两路元军会师临安，南宋幼主已降。此时正在伯颜建功立业的得意之秋。同时最后一句也表明心志：建功立业并非是要荣华富贵，而是要为帝王分忧。这一片铁血丹心令人称赞。

伯颜虽为武将，但有如此文采，实在教人赞叹！

〔仙吕〕点绛唇

辞朝

不忽木

宁可身卧糟丘①，赛强如命悬君手②。寻几个知心友，乐以忘忧，愿作林泉③叟。

〔混江龙〕布袍宽袖，乐然何处谒④王侯。但樽中有酒，身外无愁。数着残棋江月晓，一声长啸海门秋⑤。山间深住，林下隐居，清泉濯⑥足。强如闲事萦心，淡生涯一味谁参透。草衣木食，胜如肥马轻裘。

〔油葫芦〕虽住在洗耳溪边不饮牛⑦，贫自守。乐闲身翻作抱官囚⑧。布袍宽裰拿云手，玉箫占断谈天口。吹箫仿伍员，弃瓢学许由⑨，野云不断深山岫，谁肯官路里半途休。

〔天下乐〕明放着伏事君王不到头⑩，休休，难措手。游鱼儿见食不见钩，都只为半纸功名一笔勾，急回头两鬓秋⑪。

〔哪吒令〕谁待似落花般莺朋燕友⑫，谁待似转灯般龙争虎斗⑬。你看这迅指间乌飞兔走⑭，假若名利成，至如田园就，都是些去马来牛⑮。

〔鹊踏枝〕臣则待醉江楼，卧山丘。一任教谈笑虚名，小子[16]封侯。臣向这仕路上为官倦首，枉尘埋了锦带吴钩[17]。

〔寄生草〕但得黄鸡嫩，白酒熟，一任教[18]疏篱墙缺茅庵漏。则要窗明炕暖蒲团厚，问甚身寒腹饱麻衣旧。饮仙家水酒两三瓯，强如看翰林风月[19]三千首。

〔村里迓鼓〕臣离了九重宫阙，来到这八方宇宙[20]。寻几个诗朋酒友，向尘世外消磨白昼。臣则待领着紫猿，携白鹿，跨苍虬[21]。观着山色，听着水声，饮着玉瓯，倒大来[22]省气力如诚惶顿首。

〔元和令〕臣向山林得自由，比朝市内不生受[23]。玉堂金马[24]间琼楼，控珠帘十二钩。臣向草庵门外见瀛洲[25]，看白云天尽头。

〔上马娇〕但得个月满舟，酒满瓯，则待雄饮醉时休。紫箫吹断三更后，畅好是休，孤鹤唳一声秋。

〔游四门〕世间闲事挂心头，唯酒可忘忧。非是微臣常恋酒，叹古今荣辱，看兴亡成败，则待一醉解千愁。

〔后庭花〕拣溪山好处游，向仙家酒旋篘。会三岛十洲[26]客，强如宴公卿万户侯[27]。不索你问缘由，把玄关泄漏。这箫声世间无，天上有，非微臣说强口[28]。酒葫芦挂树头，打鱼船缆渡口。

〔柳叶儿〕则待看山明水秀，不恋您市曹中物穰人稠。想高官重职难消受，学耕耨[29]，种田畴，倒大来无虑无忧。

〔赚尾〕既把世情疏[30]，感谢君恩厚，臣怕饮的是黄封御酒[31]。竹杖芒鞋[32]任意留，拣溪山好处追游。就着这晓云收，冷落了深秋，饮遍金山月满舟。那其间潮来的正悠，船开在当溜[33]，卧吹箫管到扬州。

【注释】

①糟丘：此处指酒。　②赛强如命悬君手：比起让自己的命运掌握在君王手里要好得多。　③林泉：指隐居的地方。　④谒：拜见。　⑤数着残棋：计算着没有下完的棋局。海门：谓由海进入陆地的口岸，狭窄如门。　⑥濯：洗涤。　⑦洗耳溪边不饮牛：传说尧要聘隐去洗耳，巢父恐怕许由洗耳朵的水弄脏了牛的口，便把牛牵到上游去饮。　⑧抱官囚：指贪恋禄位者。　⑨吹箫仿伍员，弃瓢学许由：此处连用两个典故。"伍员吹箫"指的是伍子胥在吴市吹箫乞讨的故事；"许由弃瓢"讲的则是许由因为贫穷，身无一物，以至于喝水都要以手作瓢而饮，有人送他一个瓢，他将瓢系于树上，经常被风吹作响，他以为打扰了自己的清静，便弃而不用，仍以手捧水饮之。作者引用这两个典故，意思是说自己愿像伍员那样安守贫寒，像许由那样渴求清静。　⑩明放着：明摆着。不到头：不会有好结果。　⑪两鬓秋：两鬓斑白。　⑫莺朋燕友：指朋友，多用来比喻女子。　⑬龙争虎斗：相互争名夺利特别激烈。　⑭迅指间：一伸手指的功夫。乌飞兔走：乌指太阳，兔指月亮。　⑮假若名利成，至如田园就：如果名利上取得了成就，置办上了田园。去马来牛：指受君主或上司指使的仆人。　⑯小子：此指微贱的男人。　⑰锦带吴钩：古人佩带的锦制丝带和刀剑。　⑱一任教：任凭它。　⑲翰林：此指词坛文苑。风月：喻男女间情事。　⑳九重宫阙：古代天子所居之处谓之九重。八方宇宙：自由自在的广阔天地。　㉑虬：传说中龙的一种。　㉒倒大来：到头来。　㉓朝市：朝廷。生受：受苦。　㉔玉堂金马：泛指显要出入之所。　㉕瀛洲：传说中的仙岛。　㉖旋：旋温，指温酒。璞：本是滤酒的玉器，此处指酒。　㉗三岛十洲：即神仙所居之处。　㉘公卿万户侯：泛指享受俸禄位高权重的大臣。　㉙强口：强词夺理。　㉚耕耨：种田。耨：除草的工具。　㉛世情疏：疏远尘世。　㉜黄封御酒：官酿的酒。　㉝竹杖芒鞋：竹子手杖，草编的鞋。　㉞开在当溜：船顺水流。溜：水流之貌。

【赏析】

这首曲子是元朝重臣不忽木所作的一组套数，由十四支曲子组成，蔚为大观，表达了作者归隐林泉的愿望。

首曲开宗明义，点明作者为何有"辞朝"的想法。虽然作者祖上战功赫赫，自己也位高权重，但是伴君如伴虎，免不了有"命悬君手"的惶恐，远不比"寻几个知心友"，"作林泉叟"来得轻松惬意。

接下来，〔混江龙〕、〔油葫芦〕描绘了作者理想中的场景：山中茅屋，林泉叮咚，溪水从门前而过。主人麻衣布服，闲来下棋，兴起欢歌，堪比神仙。作者用"伍员吹箫"和"许由弃瓢"这两个典故，表达了想要远离尘嚣、过闲云野鹤生活的愿望，同时也透露出一种安贫乐道的平和心态。

〔天下乐〕、〔哪吒令〕两曲感叹官场的险恶和仕途的凶险，从侧面烘托出归隐林泉的好处。世人往往明白为官难长久却总是难以罢手，好像鱼儿看到鱼饵一时得意便忘了还有鱼钩。等到人惹祸上身想要急流勇退时，人已迟暮。"半纸功名一笔勾"更是点明功名的虚无，到头来不过是一场空罢了。

从〔鹊踏枝〕到〔柳叶儿〕，这八支曲子为作者自述，将官宦生活的如履薄冰与林泉生活的放浪形骸相比，将林泉生活的闲逸旷达描绘得淋漓尽致，反映了作者对尘世宦途的倦怠。

〔赚尾〕从林泉生活回到了现实,好像是对皇上自陈辞朝的缘由,又让人思绪飘渺,跟随作者在青山流水间游荡。

不过从作者的人生经历来看,他并没有辞官归隐。作者可能是对险恶的仕途有了倦怠之意,产生厌烦,进而渴望那种恬淡安逸的林泉生活。然而现实和理想毕竟存在着差距,作者也只是发发感慨罢了。

〔双调〕沉醉东风

徐琰

御食①饱清茶漱口,锦衣②穿翠袖梳头。有几个省部交,朝廷友,樽席上玉盏金瓯③。封却公男伯子侯④,也强如不识字烟波钓叟⑤。

【注释】

①御,旧时对帝王所作所为及所用物的指称。如御用、御食、御驾等。这里"御食"指皇帝排列的筵席,或指所食为美味佳肴。 ②锦衣:华美彩色的服装,旧指贵显者之服装。《诗·秦风·终南》:"锦衣狐裘""翠袖",美女。辛弃疾《水龙吟·登建康赏心亭》:"唤红巾翠袖,英雄泪。" ③盏:浅而小的杯子。瓯:"小盆也"。 ④公男伯子侯:《礼记·王制》载:"王者之制禄爵,公、侯、伯、子、男,凡五等。"这种自古以来的五等爵位名称,直至清代仍沿用。 ⑤烟波钓叟:《新唐书·张志和传》载:"以亲既丧,不复仕,居江湖,自称烟波钓徒。"后人用作隐居为渔人的代称。

【赏析】

元曲有很多追慕烟波钓叟生活的作品,本曲却反其道而行,刻画了一个饱食终日、无所用心的官僚的丑陋形象。

开头两句"御食饱清茶漱口,锦衣穿翠袖梳头。"描述吃穿的华贵。"御食"、"锦衣"已经写出了生活的奢侈与高贵,但是"御食饱"之后,除以"清茶漱口","锦衣穿"之外,还要"翠袖梳头"。短短两句鲜活地勾勒出官僚的气派,用语虽简约,却意味深厚,其中的庸浅鄙俗可以看出这位官僚的情趣。

接下两句"有几个省部交,朝廷友",描写官僚的交游。元代实行中央集权制,中书省总管政务,下设吏、户、礼左三部,和兵、刑、工右三部。后虽略有变异,但只是职司分工稍有不同。而官僚所结交的,都是朝廷上高官显贵。这些人玉盏金瓯,觥筹交错,整天过着醉生梦死的腐败生活。

"封却公男伯子侯",一针见血,道出这帮官僚们的生平志向。在他们看来,封官拜爵自然是比隐居,做一个烟波钓叟强多了,平俗浅薄。作者抓住了具有代表意义的:

"食"、"茶"、"穿"、"交"、"友"、"封"、"强如"等动词,再配以"御"、"清"、"锦衣"、"省部"等限定或形容词,明白如话,直现其意。

〔仙吕〕八声甘州

鲜于枢

江天暮雪,最可爱、青帘摇曳长杠①。生涯闲散②,占断水国渔邦③。烟浮草屋梅近砌,水绕柴扉山对窗。时复竹篱旁,吠犬汪汪。

〔么〕向满目夕阳影里,见远浦归舟,帆力风降④。山城欲闭,时听戍鼓鼛鼛⑤。群鸦噪晚千万点,寒雁书空三四行⑥。画向小屏间,夜夜停釭。

〔大安乐〕从人笑我愚和戆。潇湘⑦影里且妆呆,不谈刘项与孙庞⑧。近小窗,谁羡碧油幢⑨?

〔元和令〕粳米炊长腰,鳊鱼煮缩项⑩,闷携村酒饮空缸。是非一任讲。恣情拍手棹渔歌,高低不论腔。

〔尾〕浪滂滂,水茫茫,小舟斜缆坏桥桩。纶竿蓑笠,落梅风里钓寒江⑪。

【注释】

①青帘摇曳长杠:青帘,《广韵》中解曰"酒家望子。"杠,即旗杆。 ②生涯闲散:即"闲散生涯",指无忧无虑、自由自在的生活。 ③占断水国渔邦:占断,本为占据垄断,乃人事的行为,作者把"闲散生涯"人格化了,更显得渔家生活令人羡慕。 ④帆力风降:是说不用再借风力张帆,渔船靠岸停泊了。 ⑤鼛:象声词,鼓声。 ⑥"群鸦噪晚"两句:此联化用了隋炀帝"寒鸦千万点,流水绕孤村"的句意。 ⑦潇湘:本为湖南省内的两条河流名,传说舜死后,其二妃寻至潇湘之处,因泪洒竹上成斑,故有"斑竹"之称。这里借指竹子。 ⑧刘项:指刘邦与项羽争夺天下。孙庞:指孙膑与庞涓二人之间为个人恩怨而挑起两国之战。 ⑨碧油幢:指青绿色的油幕。《齐书·舆服志》:"二宫御车皆绿油幢,其公主则碧油幢。"此为封建时代皇室贵族专用之物,此处借指"荣华富贵"。 ⑩"粳米"两句:长腰,粳米的品种之一,粒型较长。鳊鱼,古代叫鲂鱼,华中叫武昌鱼,以短颈为佳。此两句为动词倒装,应该为"炊长腰粳米,煮缩项鳊鱼"。 ⑪落梅风里钓寒江:此曲结尾化用了柳宗元《江雪》中"孤舟蓑笠翁,独钓寒江雪"的句意。乘着五月的春风在江中钓鱼。落梅风,阴历五月所吹的春风。钓寒江,在寒江里钓鱼。五月江水尚寒,故称寒江。

【赏析】

　　这首套数描绘了南国渔乡秀美的景色，描写了渔家无拘无束逍遥闲散的生活，表达了作者的向往之情和归隐之意。

　　首曲描绘出一副秀美的渔乡冬景图。暮色苍茫，飞雪漫天，天水交接，营造出一个绝美的纯白世界。一面青色的酒旗摇曳着划破了静谧，活泼可爱。令人浮想联翩心向往之。茅屋升起袅袅炊烟，几处梅花临阶开放，清水流淌绕过柴门，窗外青山如黛，好一个如画的佳境！雅静之中传来远处的狗吠，动静结合，给幽静的渔村带来了勃勃生机。

　　〔么〕描写了渔村黄昏的美景。夕阳西沉，染红了滚滚江水，满载归航的渔船，让人不觉感染了火红的喜悦。"山城欲闭，时听戍鼓鼜鼜，群鸦噪晚千万点，寒雁书空三四行。"，鼓声点点，划破了黄昏的寂静。"群鸦"与"寒雁"两句对仗工整，将视野从山城延展到天地之外，意境开阔。"画向小屏间，夜夜停釭"，如果把这幅美景画在屏风上，一定会令人夜夜点灯，流连忘返，更加表达出作者对渔乡的向往。

　　〔大安乐〕写了渔夫的心境。别人都笑我痴傻愚笨，我就这样装傻好了，不去理会尘世间的是是非非，争权夺利。其实这是一种大智若愚的境界。我只要一份无拘无束、自由自在的生活。作者借渔夫的口吻抒发了自己看穿名利、与世无争的生活态度。

　　〔元和令〕写普通渔家的生活场景。"粳米炊长腰，鳊鱼煮缩项，闷携村酒饮空缸。"，锅里煮的是长腰粳米，烹的是煮鳊鱼，无聊时喝着村里自酿的小酒，一醉方休。"是非一任讲。恣情拍手棹渔歌，高低不论腔。"，是是非非有人去说，有了兴致随心所欲地拍手高歌一曲，也不去计较是不是成曲调。这种简单惬意的生活才是作者想要追求的。

　　〔尾〕写了渔翁在寒风中垂钓的情景。"浪滂滂，水茫茫，小舟斜缆坏桥桩。"，天寒地冻，水浪滔滔，将小船随意地系在残破的桥桩上。穿着蓑衣，戴着斗笠，"落梅风里钓寒江"，寒风吹落梅花，飘到江里，渔翁独在一人在寒冷的江面上垂钓，有一种孤傲的意境。

　　这首套数借景抒情，赞美了作者羡慕的渔家生活，同时也表现了作者孤傲高洁的人生态度。

〔黄钟〕人月圆

为细君①寿

魏　初

　　冻云冷雨裹斜路②，泥滑似登天。年来③又到，吴头楚尾④，风雨江船。

　　但教康健，心头过得，莫论无钱。从今只望，儿婚女嫁，鸡犬山田。

【注释】

①细君：妻妾的统称，此处指妻。　②褒斜路：地名，《后汉书·顺帝纪》："诏益州刺史罢，子午，道通褒斜路"，后泛指旅途。　③年来：近来的意思。　④吴头楚尾：指江西北部一带，春秋时为吴、楚两国接界之地，因称。

【赏析】

此曲是作者献给夫人的祝寿之辞。

开头四句，诉说自己经历风霜雨雪、奔波在外的艰辛感受。"冻云冷雨褒斜路"一句，抒发了作者路途泥滑难行"似登天"的感慨，云和雨已经为人增添了许多不便与困难，而再着一"冻"字和"冷"字，更是突出了自己羁旅的艰辛。"年来又到，吴头楚尾，风雨江船。"，表明家中的妻子过生日，而自己羁旅在外，风凄雨冷，更添作者的思念之情，为后六句抒发愿望和理想作好了铺垫。

曲子的后半部分抒写为妻祝寿的祝辞和心愿。"但教康健，心头过得，莫论无钱。"，表示祝妻子健康长寿，心情愉悦；只要心头痛快，按照自己的意愿去生活，不要管有没有钱的问题。这里可以看出作者对人生、对金钱有着豁达的领悟。接下来，作者自然地担忧起子女的命运："从今只望，儿婚女嫁，鸡犬山田。"作者希望儿女平安成长，在田园鸡犬的生活中尽享天伦之乐，这就是自己所追求和向往的理想生活。

在作者明白晓畅的祝福中，流露出旅途的艰辛与奔波的艰苦，表达了作者对享受天伦之乐的理想生活的追求和向往。

〔正宫〕双鸳鸯

柳圈辞①（六首）

王恽

暖烟飘，绿杨桥，旋结柔圈折细条。都把发春闲懊恼，碧波深处一时抛。

野溪边，丽人天，金缕歌声碧玉圈。解被不祥随水去，尽回春色到樽前。

问春工，二分空，流水桃花飐晓风。欲送春愁何处去，一环清影到湘东②。

步春溪,喜追陪,相与临流酹③一杯。说似碧茵罗袜客④,远将愁去莫徘徊。

秉兰芳,俯银塘,迎致新祥祓旧殃。不似汉皋空解佩⑤,归时襟袖有余香。

醉留连,赏春妍,一曲清歌酒十千。说与琵琶红袖客,好将新事曲中传。

【注释】

①柳圈辞:这首套曲有六支曲子,采用同一曲调,歌咏同一内容,描写的是"柳圈"的事,也就是描绘了一次春禊活动。春禊,原本是中国古代为了除灾去邪、消除不祥举行的一种仪式,后来便形成节日活动。春禊的时间、地点、方式各有不同,以阴历三月上旬巳日在水边修禊最为流行,故又名为"上巳节"。 ②湘东:这里并非指湘东地区,而是代指那作为"百川之神"的湘灵,也就是湘夫人。相传是虞舜之二妃投湘江所化。 ③酹:本是洒酒于地表示祭奠或立誓,这里是洒酒于江,表示一种祈祷。 ④罗袜客:指曹植《洛神赋》中所歌咏的那个"凌波微步,罗袜生尘"的洛水女神。 ⑤不似汉皋空解佩:这里引用了郑交甫皋台下遇二仙女的故事。《文选·江赋》:"感交甫之丧佩。"注引《韩诗内传》曰:"郑交甫遵彼汉皋台下,遇二女。与言曰:'愿请子之佩'二女与交甫,交甫受而怀之。然而去十步,循探之,即亡矣。回顾,二女亦即亡矣。"这个郑交甫可以说是一无所获,空欢喜一场。

【赏析】

这首套曲描绘了春禊这一活动,完整细致。古代像王恽这样以六支曲子来完整地描写春禊这一活动的还不多见,从中可以窥见当时的一些民风习俗。

第一支曲子描写了春天的景物以及春景带来的心绪。"暖烟飘,绿杨桥,旋结柔圈折细条。",春风和煦,桥边的杨柳发出了嫩芽,春天里充满了生机,人们心情也大好出门折下细细的柳条,编成柳圈戴在头上。"都把发春闲懊恼,碧波深处一时抛。",春意盎然,冰雪消融,每个人都喜上眉梢,谁还会有忧愁与烦恼呢?都抛到碧绿的溪水中去了。

第二支曲子写的是春意融融,丽人出游。"野溪边,丽人天,金缕歌声碧玉圈。",野外的小溪边,丽人清脆的歌声在上空形成了好似碧玉的光圈,声色俱佳。"解祓不祥随水去,尽回春色到樽前。",人们在吉祥的春日里许下了美好的愿望,愿不详的事物通通远离,只有幸福和美妙。美好的春色也被带到了欢宴上,处处是欢声笑语,一片春光明媚。

第三支曲子写的是暮春三月的景色。开头"问春工,二分空,流水桃花飏晓风。",一问一答,问春光的情状,将要归往何处呢?回答得也很特别,后一句是对"二分空"的说明。晓风轻扬,轻轻吹落片片桃花,顺着流水飘走,将暮春赋予了诗意。自问自答的形式更能引起读者的注意。"欲送春愁何处去,一环清影到湘东。",或许春天是要和流水一起飘到湘东去吧。"一环清影"将柳圈在水上漂流的景象描绘得诗情画意,在想象中,柳圈承载着春愁漂向愁肠郁积的湘夫人的身边。

第四支曲子写的是人们在江边祭奠的情景。"步春溪,喜追陪,相与临流酹一杯。",人们沿着溪边,欢喜地追逐着水上漂浮的柳圈和落红。面对着逝去的溪水,洒一杯清酒,许下一份祝愿。"说似碧茵罗袜客,远将愁去莫徘徊。",人们向洛水女神虔诚地祈祷,不要再犹豫徘徊了,赶紧将人们的忧愁远远带走吧!

第五支曲子写的是人们春禊归来,袖子上还沾有余香的情景。"秉兰芳,俯银塘,迎致新祥袚旧殃。",人们手中拿着鲜花,芬芳扑鼻,俯视着波光粼粼的水面,满怀憧憬地送走烦恼和忧愁,迎来吉祥和幸福。"不似汉皋空解佩,归时襟袖有余香。",这可不是郑交甫在皋台下得佩环,空欢喜一场。春禊仪式归来后,人们的衣袖上还留有花朵的芬芳。

第六支曲子写赏春的宴会上人们其乐融融的情景。"醉留连,赏春妍,一曲清歌酒十千。"人们满面春光,满怀欣喜,把酒言欢,流连忘返。"说与琵琶红袖客,好将新事曲中传。",作者心情大好,灵感泉涌,在宴会上即兴挥笔作曲,记录春禊的情景,交给美丽的琵琶歌女,让她将这首歌咏新事的曲子传唱下去。

这六支曲子详细生动地向世人展示了春禊这一民间习俗,写景优美,条理清晰,叙事详尽,不仅具有文学价值,还具有文献参考价值。

〔正宫〕黑漆弩

游金山寺①

王 恽

苍波万顷孤岑②矗,是一片水面上天竺③。金鳌头④满咽三杯,吸尽江山浓绿。

蛟龙虑恐下燃犀⑤,风起浪翻如屋。任夕阳归棹纵横,待偿我平生不足。

【注释】

①金山寺:始建于东晋,初名泽心寺,唐起称金山寺。 ②岑:底小而高耸的山。 ③天竺:寺名,在杭州灵隐山南。这里指雄伟的佛寺。 ④金鳌头:指金山,金山最高处有金鳌峰。 ⑤"蛟龙虑恐下燃犀":意为兴风作浪的蛟龙在忧虑,害怕有人燃着犀牛角深入水中,照出它们的形相。晋代温峤点燃犀角,投入牛渚矶的深水中,照见底下有许多奇形怪状的水中生物因受扰而不安。

【赏析】

这首曲子上阕扣"金山寺",下阕扣"游",描写了金山寺的自然风光,抒发了作者的喜悦之情,气势恢宏,快意豪放。

曲子开头"苍波万顷孤岑矗,是一片水面上天竺。",总写山势,在一片浩渺万顷的苍波碧水中,一座孤峭的山峰拔空而起。"万顷"与"孤岑"形成了鲜明对照,一个"矗"字,使两者的形象更加立体。"苍波"与"天竺"再添一组对照,"苍波"显示了大自然的鬼斧神工,"天竺"则是人工创造出的金碧辉煌,显出了整个画面的和谐。将金山寺安置在"苍波万顷"的浩瀚背景之下,增添了寺院的庄严与肃穆。"金鳌头满咽三杯,吸尽江山浓绿。",金山像一只巨大的金鳌,伸头接受江水的灌溉,满满数口,就将江山间的绿色尽情吸入。金鳌山脚伸入江中,江水拍击,作者却拟人化地说是"满咽三杯"。山上林木葱郁,作者形象地描绘成是"金鳌"吸收江山精华的结果,想象奇特,瑰丽磅礴。

曲的下阕交代了作者游金山寺的情景。"蛟龙虑恐下燃犀,风起浪翻如屋。",金山寺高大威猛,倒映水中,深不可测。江上狂风骤袭,波涛大作,作者又发挥了奇特的想象:这该不是水底的蛟龙怕人燃犀窥探,故意兴风作浪吧?这里引用"温峤燃犀"的典故,一方面说江水极深,一方面反映当时的风急浪高。"任夕阳归棹纵横,待偿我平生不足。",景色的雄伟壮丽激发了作者游赏的激情,所以即使是风急浪高,夕阳下的船纷纷返航,作者也不急于回家,而是任由船在夕阳下漂流,尽情享受这难得一见的壮观,得一回人生真正的满足。

本曲在语言的运用上,将散曲口语化的特色与诗词的韵味融为一体,浑然天成,雄劲豪放。

〔仙吕〕后庭花

晚眺临武堂

王 恽

绿树连远洲①,青山压树头。落日高城望,烟霏②翠满楼。木兰舟③,彼汾一曲④,春风佳⑤可游。

【注释】

①洲:水中的陆地。 ②烟霏:形容云烟弥漫的样子。 ③木兰舟:原指木兰做的船,这里泛指装饰精美的船。 ④彼汾一曲:指汾河湾。 ⑤佳:美好。

【赏析】

这首小令为王恽出任平阳路总管时所作,为登高赏景抒怀之作。

因为是登临眺望,所以曲中出现的多是远景。前两句"绿树连远洲,青山压树头",放眼望去,那绿树一直连向河中的小洲,远处的青山正巧压在绿树的枝头。一个"连"字,使树木的茂盛和田野的开阔跃然于纸上。"青山压树头",用视觉及感觉改变了远山的位置，仿佛它恰好长在树木之上，这一个"压"字，正符合傍晚时景物的特征，山的庄严与雄伟也在这种"压"力的推进下显现出来。

以下两句"落日高城望，烟霏翠满楼"，直写落日下临武堂的景象。当落日的余晖映照在高城之上时，登城远望，只见远处的临武堂隐现在迷漫的云烟苍翠的绿野之中。"落日"和"烟霏"紧扣题目中的"晚"字，突出了时间的特色。"翠满楼"三字将隐隐约约的临武堂与周围生机勃勃的自然之景连成一片，令人心旷神怡。

最后三句是作者发出的赞叹。"木兰舟，彼汾一曲，春风佳可游"，赞叹汾河湾春景的美好。临武堂周围的景致如此优美，于是作者不禁动情，想驶着小舟到汾河湾沿着汾河流水，饱览这无尽的春色。曲子的结尾，作者游兴大发，正好表达了作者对于这清新宁静的自然风光的喜爱之情。

〔越调〕平湖乐（十首之一）

王恽

平湖云锦碧莲秋，香浥兰舟透，一曲菱歌满樽①酒。暂消忧，人生安得长如旧。醉时记得，花枝仍好，却羞上老人头②。

【注释】

①樽：酒杯。　②却羞上老人头：化用苏东坡《吉祥寺赏牡丹》："人老簪花不自羞，花应羞上老人头。"的句意。

【赏析】

王恽的〔越调·平湖乐〕原作共十首，此为第一首，抒发了作者暮年时的复杂心绪。开头两句"平湖云锦碧莲秋，香浥兰舟透"，点明时间、地点和环境。在一个碧空万里、秋高气爽的丽日，作者泛舟于平湖之上，看波光粼粼的湖面，如云锦般的莲叶，一望无际，一片碧绿，荷花的清香，沁人心脾。这两句写景，景中含情，我们仿佛也跟着作者，一起陶醉到这大自然的美景中去了。"一曲菱歌满樽酒"，听着那随风飘荡的悠扬动听的采菱歌，使人酒兴大发，满斟而饮，仿佛飘飘欲仙了。"暂消忧，人生安得长如旧。"两句，笔锋一转，猛然将欢快舒畅的美景拉入作者愁绪满怀的内心世界当中，浸染上了一层黯淡的色彩。作者泛舟平湖，饮酒助兴，只是为了暂时忘掉忧愁和悲哀，然而，暂时的欢愉反而给人留下久久的幽情愁绪。人生一世，怎么能够永远年轻，年华不老呢？在醉态朦胧中，作者依稀还记得，簪花自娱，然而鬓边的白发，却提醒他自己已经衰老了，于是只好以"花枝仍好，却羞上老人头"的自嘲作罢。这两句化用苏东坡《吉祥寺赏牡丹》"人老簪花不自羞，花应羞上老人头。"的句意，表现了一种暮年识尽愁滋味，欲说还休的复杂情怀，借用在此处，自然贴切，增强了艺术感染力。

这首小令，写景如画，句式跌宕，用典平实贴切，抒情寄谐于庄，表现了作者对盛年难再得的惆怅之情。

〔越调〕平湖乐（十首之二）

王 恽

鉴湖①秋水碧于蓝，心赏②随年淡，柳外兰舟莫空揽。典春衫③，舣船一棹④汾西岸。人间万事，暂时放下，一笑付醺酣。

【注释】

①鉴湖：即镜湖，在今浙江绍兴南，是历来为文人题咏的名胜。鉴，比喻明洁如镜的水面。 ②心赏：指心情欢畅。 ③典春衫：典当春衫，这里是指倾其所有，尽兴一游。 ④舣船：即大船。棹，是一种划船用具，其状如桨，这里用如动词。

【赏析】

王恽的〔平湖乐〕原作共十首，此乃第二首。此为作者在平阳路总管的任上所写。小令通过描绘平湖美景，写主人公迷恋汾西，表达了随遇而安、及时行乐的人生态度。

小令前三句"鉴湖秋水碧于蓝，心赏随年淡，柳外兰舟莫空揽。"，着笔写面对眼前景物的心境。鉴湖景致虽美，只能心中去欣赏，不能亲眼去看，然而随着岁月的增长，欢畅的心情也就渐渐变得淡寂了。但是，汾西、平湖的景色使人赏心悦目，要乘着柳堤外的兰舟，好好去饱览一番。接下来两句"典春衫，舣船一棹汾西岸。"，写急于欣赏汾西之景的迫不及待的心情。"典春衫"，并非真的要典当春衫，只是表示要倾其所有，尽兴游赏。"舣船一棹汾西岸"，那大船一桨就划到了汾西岸边的平湖，用夸张的手法，表示船的速度之快，侧面表现要尽情欣赏这汾西岸边的平湖风光的迫不及待。

最后三句"人间万事，暂时放下，一笑付醺酣。"，避开写景，直抒陶醉的心态。人间万事，全部抛开不管，只痴迷沉醉在美好的景致中，这可足见汾西、平湖的迷人风光以及作者的陶醉程度。而这种陶醉也将万般烦恼都抛到了九霄云外，使作者这种自慰、及时行乐的情怀也得到了充分体现。

这首小令写赏景，但并不着笔于写景，而是抒写作者的情感，从中透露出景致的不凡。文字极为雅洁，直抒胸臆，自然流畅。

〔越调〕平湖乐（十首之三）

王恽

平阳好处是汾西①，水秀山挼翠②。谁道微官淡无味？锦障泥③，路人争笑山翁④醉。西山残照，关卿⑤何事？险忙杀暮鸦啼。

【注释】

①平阳好处是汾西：平阳，因在平水（今汾河）之阳故名。元代置平阳路，治所在今山西省临汾市。由于金元战乱时期这里较早地为蒙古军占领，安定得早，生产较早地得到恢复和发展；加之城市手工业、工商业的发展，平阳地区文化发达，文人荟萃，便成为元曲的发祥地之一，被誉为"戏曲摇篮"。汾西，即汾水之西，在平阳城西郊。 ②挼：涂抹之意。挼翠：形容山色青翠，仿佛是涂抹上了颜色。 ③锦障泥：垫在马鞍下面的马鞯子，因为垂在马背两边，能挡住泥土，所以又称为"泥障"，用锦缎做的泥障，便叫作"锦障泥"。 ④山翁：这是作者的自称。 ⑤卿：指你，这里指下句的暮鸦。

【赏析】

这首小令写于作者赴任平阳路府判官之时，抒发了作者对汾西自然风光的喜爱之情，情景交融，自然亲切。

曲子开头三句"平阳好处是汾西，水秀山挼翠。谁道微官淡无味？"，借景抒情，平阳最美好的地方自然要数汾西了，这里山清水秀，风景宜人，让人不觉心旷神怡，精神饱满。生活在这种美景之中，就算做一个小官，位卑人轻，但是能够尽情地享受大自然的馈赠，怎么能说是"淡无味"的呢？这可是人生的一大快意之事啊！"锦障泥，路人争笑山翁醉。西山残照，关卿何事？险忙杀暮鸦啼。"，这里描绘了一个有趣的场景。这里迷人的风景让作者不自觉地沉醉其中，一路骑着马，欣赏着美景，洋洋自得，而路上的行人看到作者这般，都笑他疯癫痴傻。作者却不以为然，无情的暮鸦又怎么能欣赏得了这番夕阳西下、余辉残照、山清水秀美景中的诗情画意，又怎么能了解我的情感、我的欢乐呢？我的沉醉与你们没有关系，你们又为何都忙着笑我呢？作者以无情的暮鸦象征不能理解他的行人，流露出作者闲适自得、与世无争的情怀，体现了作者清高闲雅、文秀高洁的品格。

〔越调〕平湖乐（十首之四）

王 恽

采菱人语隔秋烟，波静如横练①。入手②风光莫流转，共留连③，画船一笑春风面。江山信美，终非吾土④，问何日是归年？

【注释】

①练：白色的绢绸。 ②入手：到来。 ③留连：留恋而徘徊不去。 ④江山信美，终非吾土：语自王粲《登楼赋》"虽信美而非吾土兮，曾何足以少留"。信美，确实美。

【赏析】

这首小令描写了客居他乡时看到的美景，抒发了作者难以释怀的思乡之情。

曲子开头描绘了一幅意蕴隽永的江南水乡风景图。"采菱人语隔秋烟，波静如横练。"，营造了一幅烟波渺渺的采菱场景。在风平浪静、平白如镜的江面上，采菱人的声音隐约隔着烟波传来。这种只闻其声、不见其人的写法，增添了含蓄美妙之态，充分调动了读者的想象，采菱姑娘那风姿绰越的身姿便浮现在脑海之中，挥之不去。"入手风光莫流转，共留连，画船一笑春风面。"，作者面对如此美景，不禁由衷地感慨：眼前的风光如此美好，但愿不要那么快消逝，让我多赏玩一会。

曲子的前五句，极尽笔墨描绘了客居他乡时的美景，而后三句笔锋一转，情感急转直下："江山信美，终非吾土，问何日是归年？"江南虽然美，但终究不是我的家乡，我要到什么时候才能回到我的家乡去呢？这里诗人借用王粲《登楼赋》"虽信美而非吾土兮，曾何足以少留"的名句，引出自己内心的感慨："问何日是归年"，可见这种乡愁在作者内心扎根之深。"何日"二字将归期无限拉长，更显得无奈沧桑。从沉醉在美景中的轻松快意中涌现出归乡遥遥无期的凄凉惆怅，显得特别悲怆。这种大起大落的手笔，也特别能够摄人心魄。

这首思乡之作，写得婉转曲折，以乐景衬哀情，格外愁肠百转，诚挚感人。

〔越调〕平湖乐（十首之五）

王 恽

秋风湖上水增波，水底云阴过。憔悴湘累①莫轻和。且高歌，凌波②幽梦谁惊破！佳人望断，碧云暮合，道别后意如何。

【注释】

①湘累：指屈原，无辜而死曰累。　②凌波：指水中女神，语出曹植《洛神赋》中的"凌波微步，罗袜生尘"二句。

【赏析】

这首小令，以虚构的手法，描写楚国伟大爱国诗人屈原投身汨罗江，变成幽魂后，仍在那里低声苦吟爱国诗篇，以唤醒沉睡在水中的女神，表白自己的一片忠心。作者实际上是借屈原惯用的以男女之情喻君臣关系的手法，表达自己被发放出京，不被重用的哀怨和苦闷。

小令开头"秋风湖上水增波，水底云阴过"，描写水光天色，碧波荡漾的湖水，一阵秋风拂过，粼粼微波起伏，投映在湖水中的白云的影子，也悠然荡过，然而这种客观的描写暗示出"流水无情"的含义，从中隐隐透出一股寂寞难耐的意味。于是有了下文的劝慰："憔悴湘累莫轻和，且高歌。"意思是，面对如此明丽的风光，憔悴的诗人啊，请你不要再苦苦地低声吟唱了，只管放声高歌吧！因为无情的女神一直沉睡在梦中，谁也不能把他惊醒。"凌波幽梦谁惊破"，那湖水中女神的美梦有谁能惊破呢？对美人的倾慕之情一时难以平抑，之好寄情于幻想。

最后三句"佳人望断，碧云暮合，道别后意如何"，写盼佳人到来，然而望眼欲穿，直到夜幕降临，佳人也杳无踪影，失望之感油然而生。于是作者只好虚设了一个相会的场面，殷勤询问对方分别后的离情别绪。"道别后意如何"，以幻想掩饰自己内心的苦恼，这样使情调更为凄凉，具有强烈的艺术感染力。

这首小令取材于历史传说，作者将自己的身世和感慨融入其中，既表达了得不到重用的忿忿不平，又表达了对知音的渴望，自然宛曲，寄托幽深。

〔越调〕平湖乐

乙亥三月七日宴湖上赋

王 恽

春风吹水涨平湖,翠拥秋千柱。两叶兰桡斗来去,万人呼。红衣出没波深处。鳌头游赏①,浣花风物②,好个暮春初。

【注释】

①鳌头游赏:点明欢宴湖上。鳌头,是作者自称,宋代成都自正月至四月浣花,太守出游,士女纵观,称太守为"鳌头"(亦作"遨头")。 ②浣花风物:陆游《老学庵笔记》卷八记载说:"四月十九日,成都谓之浣花遨头。宴于杜子美草堂沧浪亭,倾城皆出,锦绣夹道。自开岁宴游,至是而止,故最盛于他时。予客蜀数年,屡赴此集,未尝不晴。"故称此日为浣花日。此处指春日游赏。

【赏析】

此曲作于元世祖至元十二年(1275年),作者当时在平阳,曲子描写当地春游的风习,抒发欢乐情怀。

开头两句"春风吹水涨平湖,翠拥秋千柱。",描绘出一派春意盎然的景象,春风吹拂着满湖春水,湖边两岸柳色苍翠,在万绿丛中,隐现着游玩的秋千。接下来三句出现了游赏的群众,"两叶兰桡斗来去,万人呼。红衣出没波深处。",三月七日那天,人们都出来游湖宴饮,湖边呈现出一派欢欣热闹的景象,兰舟在湖上竞赛,参赛者都穿着红色的衣服,奋力拼搏;观赏者万人欢呼,喝彩连连,作者不禁陶醉在这欢乐的场景之中了。一个"斗"字,表现出竞赛的激烈,人们争先恐后的热烈场面,"万人呼"写出了观赏者的热烈情绪,"出没"二字衬托出了划船者不畏风浪、勇往直前的气势。

曲子的前五句是对景物、场面以及人物的客观描写,最后三句则是表现作者对游赏的感受。"鳌头",即"遨头",是作者自称。宋代成都自正月至四月浣花,太守出游,士女纵观,称太守为"鳌头"。"浣花风物",指前面所描绘的景物,以浣花日的盛况比作者当日所见的景象。曲终点明时令,"好个暮春初",点明时令,照应了题目,表现了作者观赏时欢快心情,赞美之情溢于言表。

这首曲写景与抒情结合,先描写,后抒情,层次分明,时间、地点、环境、人物与情感,浑然一体,富有表现力。

〔越调〕平湖乐

尧庙秋社①

王 恽

社坛②烟淡散林鸦,把酒观多稼③。霹雳弦声斗高下,笑喧哗。壤歌亭④外山如画。朝来致有,西山爽气⑤,不羡日夕佳⑥。

【注释】

①尧庙:在平阳(今山西临汾市)城南十里。秋社:立秋后的第五个戊日,是古代祭祀土神、庆祝丰收的节日。 ②社坛:社日的祭坛。 ③多稼:指丰收。 ④壤歌亭:尧庙中建筑名。壤歌,相传唐尧时,有老人击壤而歌,曰:"吾日出而作,日入而息。凿井而饮,耕田而食。帝力何有于我哉?"后人因以"壤歌"作为对太平盛世的赞颂。击壤亭相传为老人击壤而歌的地方。 ⑤朝来致有,西山爽气:出自《世说新语·简傲》。王子猷作桓冲的参军时,桓冲对他说:你在我家很久了,应当协助料理些政事了。开始,王子猷举头仰视,不作回答,继而,用笏板抵着脸颊说:"西山朝来,致有爽气",表现了王子猷对政事的漠不关心、矜持高傲的性格。致有,尽有,有的是。 ⑥日夕佳:出自陶渊明《饮酒》:"山气日夕佳。"

【赏析】

这首曲子描写了丰年社日民间的喜庆活动。

曲子从祭祀活动的结束开始写起,为接下来民间庆祝活动的开始作了铺垫。"社坛烟淡散林鸦,把酒观多稼。",祭祀活动告一段落,乌鸦归巢,祭民们自己的节目便开始了。他们举杯痛饮,心满意足地看着丰收的庄稼。"霹雳弦声斗高下,笑喧哗。壤歌亭外山如画。",乐声奏响,此起彼伏,各不相让,人们在壤歌亭前载歌载舞,笑语连连。人们的欢乐场景在壤歌亭外远山的衬托下构成了一幅美妙的图画。"笑喧哗"表现出村民们无拘无束的欢快气氛,也烘托出在丰收之年,人们生活的称心美满。"山如画"则是人们喜悦之情盎然于心而产生的感受。作者以简练生动的语言,描绘出了尧庙秋社之后村民自娱活动的欢乐景象。

写完了有声有色、动静相宜的景致活动之后,作者并没有住笔,而是进一步抒发了自己的感受。"朝来致有,西山爽气,不羡日夕佳",表面上说的是此处空气清新宜人,丝毫不比陶渊明那"山气日夕佳"的隐居之处逊色,但是其中蕴味深长。作者化用王子猷的典故,表达了自己高雅淡泊的心志,自己只是做一名高洁洒脱、无为而治的小官,不一定非要隐居山林。作者化用典故直接抒情,了无痕迹,显示了作者高超的驾驭语言的能力。

本曲以尧庙秋社的欢庆活动为背景,在景物活动中进一步抒发了主观感受。曲中多处用典,言语晓畅富有蕴味,耐人寻味。

〔黄钟〕节节高

题洞庭鹿角①庙壁

卢　挚

雨晴云散,满江明月。风微浪息,扁舟②一叶。半夜心③,三生梦④,万里别。闷倚篷窗睡些⑤。

【注释】

①鹿角:鹿角镇,在湖南岳阳南洞庭湖畔。　②扁舟:指小船。　③半夜心:指夜深人静时的思念、离情。　④三生梦:谓人的三生如梦。三生,佛家指前生、今生、来生。　⑤篷窗:船篷上的窗户。睡些:睡一会儿。

【赏析】

这首曲子写景抒情,借旅途中的景物抒发离别之情。

"雨晴云散,满江明月。风微浪息,扁舟一叶。",前四句描写了洞庭湖的夜景。云开月出,风平浪静,小船在水面上轻快地前行着,这几句交代了作者是旅途在外。而此时的临江明月,风平浪静,恰与作者内心的汹涌澎湃、思绪万千形成鲜明的对比。明月在我国是美好团圆的象征,看到明月,自然引起了作者的思乡心切,于是引出下文的"半夜心,三生梦,万里别。"作者触景生情,"三生梦"是感慨人生如梦,难以把握。作者人在旅途,孤单寂寞,有一种来生难以预料之感,对自己的前程与未来也是忧心忡忡。作者借助佛教"三生梦"的说法,抒发了自己内心的复杂感受。"万里别"则照应了开头,点明自己游荡天涯,抒发了自己的思乡之情。"三生梦"与"万里别"都是顺承了"半夜心"而来,是作者在夜深人静时的思念与离情。"三生梦"重在写虚,"万里别"重在写实,虚实结合,真实生动地展现了游子的思绪。结尾"闷倚篷窗睡些。",表现了作者想让自己赶快入睡以驱散漫漫长夜绵绵不绝的忧思,从侧面展现了他辗转反侧难以入眠的情状,进一步深化了游子的情感。一个"闷"字,使感情更加浓郁深重。

本曲如同一首忧郁的思乡小曲,感人地抒写了羁旅愁绪。

〔中吕〕普天乐

湘阳道中

卢　挚

　　岳阳来，湘阳路，望炊烟田舍①，掩映沟渠。山远近，云来去。溪上招提②烟中树，看时见三两樵渔，凭谁画出。行人得句，不用前驱。

【注释】

①望炊烟田舍：化用陶渊明"暧暧远人村，依依墟见烟"的意境。　②招提：从梵语"拓斗提奢"而来，本义指四方，后省作"拓提"，误为"招提"。僧侣所住称招提僧房，故招提为寺院的别称。从北魏大造伽蓝以后，寺院建筑就成为城乡风景的一部分。

【赏析】

　　从第一句"岳阳来，湘阳路"可见，这首小令当作于〔黄钟·节节高〕《题洞庭鹿角庙壁》之后，是作者到湖南赴任沿湘水进发途中的即兴之作。

　　作者从视野的角度，通过两个层次描写忘情山水的陶醉之情。作者先从大视野中远望，冉冉的炊烟、一座座农舍茅屋，遮掩着高高低低的山坳沟渠，深得陶渊明"暧暧远人村，依依墟里烟"之妙境。接着，通过视角的移动，写"山远近，云来去。"，将沿途所见青翠叠嶂的山峰和飘浮在天边的云朵，都十分贴切地描摹出来，天地相连，动静相生，为整个画面平添了几分活力。然后，视线收回，集中着眼于近景，写招提周围的景色。溪水潺潺，树丛浓密茂盛，栉次鳞比的寺院掩映其中。这里写招提，并不只是写眼前风景，而是在迷朦之中写出了乡野的恬静。在这样如画的环境中，偶尔见到两三位樵夫、渔父，他们在其中显得何等逍遥自在。"三两樵渔"表现了作者对这种逍遥生活的渴望。画面突出了恬静之意境，包含着作者内心深处由衷的迷恋与羡慕，因而用"凭谁画出"来赞美这一幅山水寺院图的至善至美。最后，"行人得句，不用前驱。"，作者直接表露了自己忘情田园的情感。面对这样使人心旷神怡的美景，自然会引发强烈的创作欲望和灵感，根本不须"前驱"，去专门寻找更加令人振奋的情景，也不用搜肠刮肚去寻找佳句，眼前的一切自然能够使人胸中有丘壑，下笔如流水。

　　整首小令由时空、景物进而写到感受，依次写来简洁有序。作者用疏淡之笔，注重整体画面的把握，使情与景和谐统一，增强了小令的情韵。

〔中吕〕喜春来

和则明韵（三首之二）

卢 挚

春云巧似山翁帽，古柳横为独木桥。风微尘软落红①飘。沙岸好，草色上罗袍②。

【注释】

①落红：指落花。 ②罗袍：一种丝织品做的长袍。

【赏析】

这是《和则明韵》三首中的第二首曲子，描写暮春的自然风光。全曲洋溢着轻松欢快的曲调。

开头"春云巧似山翁帽，古柳横为独木桥。"两句，着墨不多，简练生动地描写出春天的云彩和古老的柳树，作者形象地运用了比喻，并融合了作者奇特的想象。春光明媚的郊外，天空中美丽的白云，恰似山翁戴的草帽，轻缓地飘浮着，悠闲自在；池塘边，一棵古老的柳树横斜在河面上，苍劲有力，就像架着一条独木桥。远望天边浮云，近观河面横柳，眼前一片大好风光，自然柔和。

"风微尘软落红飘。沙岸好，草色上罗袍。"，春风习习，轻柔的吹落花瓣，落红随风起舞，四处飘荡。作者漫步在河边的沙滩上，春草碧绿，苍翠欲滴，映照在作者罗袍上，好像沾染了青青的草色。作者写景欢快明丽，景中也感染了作者愉快的心情。

此曲用浅显平易的语言，描绘出一幅春天和煦静谧的山水画。它没有姹紫嫣红、莺歌燕舞，却有天上的浮云，水上的横柳，风吹落红，沙岸绿草，一派清丽祥和，体现了作者平和恬淡的心态。

〔中吕〕喜春来

和则明韵（三首之三）

卢 挚

春来南国花如绣，雨过西湖水似油。小瀛洲外小红楼^①，人病酒，料自下帘钩。

【注释】

①小瀛洲外小红楼：瀛洲，是传说中的仙山。《史记·秦始皇本纪》："海中有三神山，名曰蓬莱、方丈、瀛洲，仙人居之。"红楼，即华美的楼房，指富贵女子的居所，此句化用李白《侍从宜春苑奉诏赋》中"东风已绿瀛洲草，紫殿红楼觉春好"的句意。

【赏析】

这是卢挚《和则明韵》三首中的最后一首曲子。此曲作于作者迁江东道廉访使时，描写了春天杭州西湖的秀丽景色，又抒发了作者对红楼中人的思念，表达婉约隐晦。

"春来南国花如绣，雨过西湖水似油。"，春临大地，南国花团锦簇，争妍斗艳，好似绣在大地上的一片锦绣，南国的旖旎风光随着百花绽放尽展人们眼前。绵绵春雨过后，西湖水更加清澈透明，波光粼粼，像油光一般闪闪发亮。作者将百花开放比作锦绣，碧波湖水比作油，形象生动地写出了百花美丽的妍态，西湖秀美的风光。"小瀛洲外小红楼，人病酒，料自下帘钩。"，这三句是写作者所思念的佳人。如此的如花美景，是最容易牵惹闲愁的了。作者思念的人儿，此刻在做什么呢？想必是寂寞地独上小楼，倚楼远望，相思苦闷，饮醉了酒，估计只能下了帘钩，正躺在床上，独自安寝，只有在梦里圆她的相思了！"料"字表达了作者对心上人的关切之情，通过想象，表现了对远方的心上人深深的思念之情。

全曲一共五句话，前两句写景，后三句思人，将写景与思人紧密地衔接起来，意境幽远，情深意长。

〔双调〕沉醉东风

秋 景

卢 挚

挂绝壁松枯倒倚①,落残霞孤鹜齐飞②。四围不尽山,一望无穷水。散西风满天秋意③。夜静云帆月影低④,载我在潇湘画里⑤。

【注释】

①挂绝壁松枯倒倚:此句出于李白的《蜀道难》:"连峰去天不盈尺,枯松倒挂倚绝壁。" ②落残霞孤鹜齐飞:套用王勃《滕王阁序》里的名句"落霞与孤鹜齐飞"。鹜:野鸭。 ③散西风满天秋意:"西风"无形,"秋意"无迹,然而又确实有"意"可感。宋玉在《九辩》里说:"悲哉秋之为气也,萧瑟兮草木摇落而变衰。"曹丕《燕歌行》说:"秋风萧瑟天气凉,草木摇落露为霜。"欧阳修的《秋声赋》就说得更具体了:"盖夫秋之为状也,其色惨淡,烟霏云敛;其容清明,天高日晶;其气凛冽,砭人肌骨;其意萧条,山川寂寥。" ④夜静云帆月影低:云帆,一片白云似的船帆。月影低,说明月亮刚刚升起,它的清光投射到船帆上,使帆影显得低而长。 ⑤载我在潇湘画里:潇湘画,宋代画家宋迪曾画过八幅潇湘山水图,世称潇湘八景。历代题咏者不少。潇湘,湖南境内两条水名。湘水流至零陵县和潇水合流,世称潇湘。

【赏析】

这首曲子大致作于卢挚在元成宗大德初年为湖南宪使时,描写湖南的湘江秋景,绘景如画,表现了作者闲适恬淡又略有萧瑟的心情。

曲中前四句对仗工整,前一组为工笔特写,后一组为秋景淡描,远近相宜。"挂绝壁松枯倒倚,落残霞孤鹜齐飞。",作者独坐船中,沿江而行,首先映入眼帘的是两岸的悬崖峭壁,倒挂的枯枝,苍凉的景致为全曲奠定了孤寂冷清的基调。辽阔的水天交接之处,天边红色的残霞倒映水中,孤独的野鸭和彩霞一起飞舞,散播着凉凉秋意。前两句作者轻松化用了前人的诗句,"挂绝壁松枯倒倚"出于李白《蜀道难》中"连峰去天不盈尺,枯松倒挂倚绝壁"之句,延展了纵向的空间。"落残霞孤鹜齐飞"则是套用王勃《滕王阁序》里的名句"落霞与孤鹜齐飞",将纵向的空间拓展到横向的空间范围上,视线也跟着从江边的高崖绝壁转移到一望无际的江面,两句便将江边的景致尽收眼底。"四围不尽山,一望无穷水。"表现了江景的壮阔。周围没有山影遮蔽视野,只有一望无际的流水盈满眼帘。秋天的黄昏,残霞孤鹜,流水飞逝,凄凉之感随着萧瑟的秋风袭上心头。"散西风满天秋意。",秋风无影,秋意无形,偏偏秋风裹着秋意四处吹散,使画面的全景蒙上了几分悲凉的色彩。

结尾两句"夜静云帆月影低,载我在潇湘画里。",将笔锋一转,减轻了"散西风满天秋意"所带来的沉重感,描绘出了一幅安详宁静的潇湘夜景图。"载我在潇湘画里"让人怦然心动,将人与自然的和谐表达得恰如其分,此时再无苍凉萧瑟之感,取而代之的是一片澄澈通明的心境。这也将散曲与绘画融为一体,意境绵长悠远,令人回味。

〔双调〕沉醉东风

闲居(三首)①

卢挚

雨过分畦种瓜,旱时引水浇麻。共几个田舍翁②,说几句庄家话。瓦盆边浊酒生涯③。醉里乾坤大④,任他高柳清风睡煞⑤。

恰离了绿水青山那答⑥,早来到竹篱茅舍人家。野花路畔开,村酒槽头榨⑦,直吃的欠欠答答⑧。醉了山童不劝咱,白发上黄花乱插。

学邵平坡前种瓜⑨,学渊明篱下栽花,旋凿开菡池,高竖起荼蘼架。闷来时石鼎烹茶。无是无非快活煞,锁住了心猿意马⑩。

【注释】

①闲居(三首):作者特别仰慕陶渊明。清·顾嗣立于康熙五十九年编的《元诗选》中,收有卢挚《疏斋集》的五十来首诗,其中一首为《题渊明归去图》("去",一作"来"),诗里总结了陶渊明的生平怀抱、诗歌成就,字里行间流露出对陶渊明由衷的赞美之情。 ②田舍翁:指农夫。 ③浊酒生涯:饮酒度日。 ④醉里乾坤大:醉乡中天地广大。 ⑤睡煞:睡过了头。 ⑥恰:刚才。那答:那边。 ⑦村酒槽头榨:村民们在制酒的槽头里制作村酒。槽头:酿酒的器具。 ⑧欠欠答答:疯疯癫癫,痴痴呆呆。这里形容醉态,糊里糊涂的样子。 ⑨学邵平坡前种瓜:像邵平那样种瓜。邵平,秦末东陵侯,秦亡后,隐居长安种瓜。 ⑩"无是无非"两句:快活煞,快活死,比喻十分快活。心猿意马,《南唐书·元宗子从善》:"予之壮也,意如马,心如猿。"

【赏析】

卢挚特别仰慕陶渊明，善于写田园题材的散曲，此类作品也不少。这三首小令就是有意识地学习陶诗，描写了田园生活的闲适，表现了作者厌倦官场黑暗，向往普通耕夫田园生活的情绪，在平实自然中，饱含着深层的意蕴。

第一首小令写了闲适自由的村居生活，选取了几个典型的农家生活的场景："分畦种瓜"，"引水浇麻"，与"几个田舍翁，说几句庄家话"，喝"浊酒"，在醉乡中天地广阔，肆意遨游驰骋，清风拂面，柳绿茵茵，将一切的烦心琐事抛在脑后，使劲大醉一场。此曲平淡地叙述了作者的劳动生活，与邻里往来、互拉家常的情景，最后归结到常入醉乡的酣畅，平铺直叙，自然流畅。

第二首写饮酒，承接了上一首的"醉里乾坤大"，具体写浊酒生活的意趣。赏过了青山绿水，来到了乡邻人家。路边的野花自吐着芬芳，村民们在制酒的槽头里酿造村酒，于是作者尽情欢饮。"醉了山童不劝咱，白发上黄花乱插。"，描绘了一个有趣的场景，表现了山村儿童的淘气可爱，使整首曲子显得活泼生动。

第三首写作者学邵、陶，既是学习他们的生活情趣，种瓜栽花、石鼎烹茶，也是学习他们的生活态度。描绘完了具体的生活情景，最后一句"锁住了心猿意马"，点明作者厌倦了仕途生涯，甘心田园生活的主题。

这三首小令无论是从思想内容上，还是在艺术技巧上，都有明显模仿陶渊明的痕迹。例如"雨过分畦种瓜，旱时引水浇麻，共几个田舍翁，说几句庄家话。"就很容易就让人想到陶渊明："种豆南山下，草盛豆苗稀。晨兴理荒秽，带月荷锄归。"（《归田园居》）；"时复墟曲中，披草共来往。相见无杂言，但道桑麻长。"（同上）等诗句。而后几句"瓦盆边浊酒生涯，醉里乾坤大，任他高柳清风睡煞。"，正是从陶诗"白日掩荆扉，对酒绝尘响"（同上），"千秋万岁后，谁知荣与辱。但恨在世时，饮酒不得足"（《拟挽歌辞》）变化而来的。但是这几首小令虽然有陶诗的情趣，却没有陶诗意味深刻。"锁住了心猿意马"与陶诗的"久在樊笼里，复得返自然"相比，缺乏对田园生活的由衷热爱，归隐田园的决心也不坚定。

总体来说，这三首小令风格自然流畅，活泼生动，选取了平凡的农家生活，描绘了普通的田园景色，意兴浓厚，意境深邃。

〔双调〕蟾宫曲

卢 挚

想人生七十犹稀，百岁光阴，先过了三十。七十年间，十岁顽童，十载尫羸①。五十岁除分昼黑②，刚③分得一半儿白日，风雨相催。兔走乌飞④。仔细沉吟，都不如快活了便宜。

【注释】

①尪羸：身体衰弱，此指老朽。　②除分：平分。昼黑：白天和黑夜。　③刚：元代方言中，既有"正"、"恰"之意，又有现代汉语"刚刚"、"才够"之意。　④兔走乌飞：古人传说月中有玉兔，日中有三足乌，故常以乌兔代指太阳和月亮。兔走乌飞即日月流逝之意。

【赏析】

这首小令写对人生的感慨。

这一感慨是在"百岁光阴"的俗语前提下展开的，"百岁光阴"是平常人们对于人生的概说，于此同时，这一感慨也是对一句俗修"人生七十古来稀"进行剖析而发出的。这样一来，对于大部分人来说，"百岁光阴"是一种奢求，其中的三十年就成了泡影，已经白白失去了。

"先过了三十"，一个"先"字，说明这样的分析计算不过是刚开了个头，突出了人生的短暂。人生不过七十年，其中前十年是顽皮无知的幼童时期，后十年是老态龙钟的风烛残年，都不能很好地享受人生，也就不能算是真正的人生。掐头去尾，只剩下了从十岁到六十岁的五十年光景。而占据其中一半的是黑夜，在睡眠中就消磨掉了，于是又打了个对折。屈指一算，七折八扣，只剩下二十五年，才及"百岁光阴"的四分之一，确实可怜得很。可是这还不算，还有"风雨相催。兔走乌飞。"呢！这里的"风雨"，指的是人生中遇到的风雨，比如波折、磨难、变故或压迫等等。光阴似箭，岁月如梭，谁都阻碍不了时光的飞逝，于是作者得出了"都不如快活了便宜"的感慨。

卢挚在这首曲中，做了算术减法，得出了人生短短二十五年的光阴，而接着又将这剩下二十五年的烦恼，发挥得淋尽透彻，用白话似的语言说教，在说教中充实着趣味，理趣相兼。

〔双调〕蟾宫曲

卢　挚

沙三伴哥来嗏①，两腿青泥，只为捞虾。太公②庄上，杨柳阴中，磕破西瓜。小二哥昔涎刺塔③，碌轴上渰着个琵琶④。看荞麦开花，绿豆生芽，无是无非，快活煞庄家⑤。

【注释】

①沙三伴歌来嗏：沙三、伴哥是元曲中经常用来称呼农村少年的名字。嗏，语尾助词，略同于"呀"。　②太公：元曲中对于农村大户人家老主人的习称。　③昔涎刺塔：元代俗语，形容垂涎肮脏的样子。刺塔，肮脏。　④碌轴：即碌碡，碾子。用来碾压土地

或碾脱谷料的农具。渰，合覆，这里是背朝上合扑之意。　⑤庄家：指农民。

【赏析】

　　这首小令中，作者描述了自己观察到的乡间生活的一个片段，用精炼的语言，描绘了三个农村少年相聚时的快乐情景，表现了作者对于田园生活的眷恋之情。

　　伴随着小二哥一声"来嗏"的召唤，沙三和伴哥这两位少年风风火火地出场了。作者交代他俩刚才是去"捞虾"了，两人裤脚挽起，两腿上都是青泥。这一细节描写，顺手带出了农村夏日闲暇中的生活乐趣。他们相伴来到"太公庄上，杨柳阴中，磕破西瓜。"刚在烈日下劳作之后便在杨柳遮蔽的阴凉下吃西瓜，多么逍遥快活。"磕破西瓜"四个字，则表现了少年的豪爽随意和快活酣畅。

　　由沙三和伴哥的分食西瓜，引出了小二哥。这个少年趴在碾场的大石碾子上，尽管垂涎三尺，但是想到西瓜的来之不易，只能隐忍着。因为西瓜巨大的诱惑力，他把颈子伸得老长。作者将这一情状比作碾子上倒扣着一面琵琶，极其生动。从人物姿态的描绘中，小二哥的憨态跃然纸上。

　　对人物作了生动的描写之后，作者将视野转到了田野的景致。远处荞麦正开着花，绿豆生出新芽，红白绿相间如画，一派葱茏的生机。这虽然是平凡的田间景色，但是在村庄质朴、祥和的生活气氛之下，显得尤其亲切可爱。于是作者心底对田园的赞美之情油然而生："无是无非，快活煞庄家。"最后两句，实际暗含了作者对官场的厌倦和对隐居平和生活的向往。

　　曲中运用许多俗语，质朴生动，描述出了农家生活那种淳朴自然、无拘无束的快乐。而作者长期处于官宦生活中，偶见农村情形，显得既新奇又惊喜，于是有了这一首堪称上乘的天然之作。

〔双调〕蟾宫曲

咏别（二首）

卢　挚

　　离人易水桥东，万里相思，几度征鸿。引逗凄凉，滴溜溜叶落秋风。但合眼鸳鸯帐中，急温存云雨无踪。夜半衾空，想象冤家①，梦里相逢。

　　记相逢二八芳华②，心事年来，付与琵琶。密约深情，便如梦里，春镜攀花。空恁底狐灵笑耍，劣心肠作弄难拿。到了偏咱，到底亏他，不信情杂，忘了人那。

【注释】

①冤家：这里并非是恨的对象，而是爱已极致的一种昵称。　②二八芳华：指人生最美好的青春年华。

【赏析】

卢挚的散曲中描写男女恋情的作品大多格调不高，将女子视为调弄赏玩的对象，多流于轻浮浅薄。然而这两首《咏别》曲，写景叙事别具一格，借用咏别这一动情古老的题材，抒发了征夫怨妇的离情别绪。

第一首是抒发征夫的离愁。全曲共七句，可明显分作两层。"离人易水桥东。万里相思，几度征鸿。引逗凄凉，滴溜溜叶落秋风。"为第一层，借用"秋风易水"这一家喻户晓的典故，很容易令人联想到燕太子丹为荆轲在河边饯行之际所唱的歌："风萧萧兮易水寒，壮士一去兮不复还。"这样就为全曲奠定了悲凉的离别氛围。从此二人便天涯相隔，相见遥遥无期。分别时秋风萧瑟，落叶纷纷，更加烘托出这种离别的悲凉气氛。后半段为第二层，写了主人公的回忆和感触。追忆往昔同自己的爱人恩爱幽会的美好时光，然而现在只能在孤独的夜里独自拥衾而眠。由于思情太深太重，难以成眠，只好在梦中与爱人相见了，于是无限的感怀绵绵而出。

第二首以女子的口吻来写对夫婿的思念，更加细腻真挚。忆起当初情窦初开时的美好，对爱人的思念一年比一年深重，一腔愁思只好弹奏一曲琵琶，来寄托孤独的烦恼。"密约深情，便如梦里，春镜攀花。空恁底狐灵笑耍，劣心肠作弄难拿。"，昔日的山盟海誓，款款深情如今回忆起来仿佛是在梦里，那么不真实。看着镜子里的花样容华，心中更是愁苦难耐。"不信情杂，忘了人那。"，离别使女子痛苦愁思，同时也带来了忧虑和担心，害怕丈夫会忘了曾经的誓言，忘了家中苦等他的人。

这两首曲子分别以男女主人公的角度，从两个不同侧面反映了青年男女离别之苦。在表现手法上，第二首感情色彩更加浓重，语言也更加炽热，具有更高的艺术价值。

〔双调〕蟾宫曲

萧　娥①

卢　挚

晋王宫深锁娇娥，一曲离筘，百二山河②。炀帝荒淫，乐陶陶凤舞鸾歌。琼花绽春生画舸，锦帆飞兵动干戈③。社稷④消磨，汴水东流，千丈洪波。

【注释】

①萧娥：本为梁明帝的女儿，杨广为晋王时选作妃子，杨广即位称炀帝，立为皇后。隋亡后，萧娥辗转迁徙于乱军之中，后流落突厥，前后十三年。唐贞观四年（630），才迎归京师。　②一曲离笳，百二山河：意思是隋炀帝虽有以二敌百的坚固河山，最终还是亡国，萧后也流离塞外，只能以悲笳寄托哀思。百二，以二敌百。一说是百的二倍。　③"琼花"二句：意思是隋炀帝乘着用锦作帆、装饰华丽的大船，去扬州游春，观赏琼花，荒淫奢侈，终于导致了隋朝的灭亡。　④社稷：本是土地神（社）与谷神（稷）的合称。古代君王都祭祀社稷，后来即用作国家的代称。

【赏析】

这首小令借萧后的遭遇，揭露了隋炀帝荒淫误国，抒发了历史兴亡之感。

小令前三句："晋王宫深锁娇娥，一曲离笳，百二山河。"，概括写隋炀帝在晋王宫深锁着娇娥，荒淫享乐，终于葬送了大好江山，造成了萧后流离塞外的残局。接着一连四句具体描述隋炀帝荒淫误国的事情。"炀帝荒淫，乐陶陶凤舞鸾歌。琼花绽春生画舸，锦帆飞兵动干戈。"，他整日在后宫与萧娥歌舞玩乐，不理政事。为了观看扬州的琼花开放，竟乘着用锦绣作帆，装饰华丽的大龙舟，携萧娥沿运河南下，去扬州游春。他的荒淫奢侈，终于爆发了隋末的农民大起义，导致了隋朝的灭亡。最后三句感叹隋朝灭亡如"汴水东流，千丈洪波。"这种感慨与苏轼的"大江东去，浪淘尽千古风流人物"如出一辙。

这首小令借咏史以抒怀，语言平实，稍显豪放。小令立意超远，感情深沉，颇有警醒后世的意味。

〔双调〕蟾宫曲

杨妃①

卢挚

玉环乍出兰汤②，舞按盘中③，一曲霓裳④。羯鼓声催，闹垓垓士马渔阳⑤。梧桐雨凋零了海棠，荔枝尘埋没了香囊⑥，痛杀明皇。蜀道艰辛，唐室荒凉⑦。

【注释】

①杨妃：即杨贵妃。　②兰汤：带有香味的热水。　③舞按盘中：依照"盘舞"的优美姿态舞蹈。"盘舞"即"七盘舞"，始自汉代。舞时将盘置于地，舞者衣长袖舞衣，在盘的周围和盘中翩翩而舞。传说赵飞燕善此舞，作者在此还有联类而及之意。　④霓

裳：即《霓裳羽衣舞》之简称。 ⑤"羯鼓声催"两句：羯鼓，为唐代流行的少数民族打击乐器。安碌山本胡人，故以羯鼓代安碌山。"羯鼓声催"，指安碌山作乱。"闹垓垓"，甚嚣尘上之意。此句从《长恨歌》"渔阳鼙鼓动地来，惊破霓裳羽衣曲"两句化来。是说，正当玄宗沉溺声色时，安碌山兵变的危机已迫在眉睫。 ⑥"梧桐"两句：此二句分别取自《长恨歌》"春风桃李花开夜，秋雨梧桐叶落时"，和杜牧《过华清宫绝句》"一骑红尘妃子笑，无人知是荔枝来"两句之意。"海棠"和"香囊"分别代杨妃。 ⑦唐室荒凉：指唐朝从此衰落。

【赏析】

　　杨贵妃与唐明皇缠绵悱恻的爱情故事，曾有不少文人将其创作成艺术作品。较有影响的如唐代白居易的《长恨歌》，陈鸿的《长恨歌传》，元代白朴的杂剧《梧桐雨》，以及清代洪升戏曲《长生殿》。甚至在日本也将其搬上了戏剧舞台。卢挚这首小令主要根据白居易《长恨歌》所写，吟咏历史。

　　"玉环乍出兰汤，舞按盘中，一曲霓裳。"，开头三句写杨贵妃受宠的时事。清丽脱俗的杨贵妃从华清池中新沐而出，踏着旋律节奏，身姿翩翩，轻盈舞动，令人目不暇接。紧接着，作者转向了安史之乱。"羯鼓声催，闹垓垓土马渔阳。"，作者没有直接说明是杨贵妃的邀宠逸乐导致了这场祸乱，但是将两个事件紧密地衔接在一起，这种因果相承的隐晦寓意不言而喻。接下来三句是说，由于渔阳之乱，导致了杨贵妃自缢身亡，唐明皇虽然痛失所爱，悲恸万分，但也无能为力。"梧桐雨凋零了海棠，荔枝尘埋没了香囊。"，借海棠凋零写杨妃之死，用"荔枝尘"比喻唐明皇与杨贵妃的穷奢极欲，最终导致了海棠凋落，香囊被埋没，这都代指杨妃之死。最后两句更进一步谈杨贵妃邀宠逸乐的连锁反应，渔阳之乱使唐玄宗在往蜀地逃亡的路上倍尝艰辛，更悲惨的下场是李唐江山从此一蹶不振了。

　　作者在曲中最大的感慨就是，即使身为帝王，也不能随心所欲，否则不要说失去挚爱，自己饱尝艰辛，就连祖宗的千秋基业也会毁于一旦。

〔双调〕蟾宫曲

金陵怀古①

卢　挚

　　记当年六代豪夸②，甚江令归来，玉树无花③？商女④歌声，台城⑤畅望，淮水⑥烟沙。问江左风流故家⑦，但夕阳衰草寒鸦。隐映残霞，寥落归帆，呜咽鸣笳⑧。

【注释】

①金陵怀古：金陵，即今江苏省南京市，曾为吴、东晋、宋、齐、梁、陈六朝都城。

历代文人凭吊金陵的怀古之作甚多。　②六代豪夸：六代，即在金陵建过都的六个朝代，他们都竞相夸耀自己奢侈豪华。　③江令：即江总，陈代文学家，字总持，济阳考城（今河南省兰考县东）人，仕梁、陈、隋三朝。陈时官至尚书令，世称"江令"，然而他却不理朝政，日与孔范等陪侍陈后主游宴后宫，制作艳词，荒嬉无度，时号"狎客"。玉树无花，即指由陈后主亲自创作的《玉树后庭花》曲，它历来被看作是亡国之音。　④商女：指卖唱的歌女，杜牧《夜泊秦淮》诗："商女不知亡国恨，隔江犹唱《后庭花》。"　⑤台城：在今南京市玄武湖畔，三国时，为东吴后苑所在。　⑥淮水：指秦淮河，经南京流入长江。　⑦江左：即江东、江苏一带，这里仍指金陵。风流故家：指六朝王、谢等世代相传的大贵族。　⑧笳：胡笳，我国古代北方民族的一种乐器，类似笛子。

【赏析】

金陵作为六朝古都，曾以繁华著称，然而随着朝代的更替，古城渐渐衰败，所以历代文人凭吊金陵的怀古之作甚多。这首曲子也是借景抒情、托古伤今，寓意深刻、别具一格。

曲子开头"记当年六代豪夸"点明了金陵城昔日的繁华，而如今那富丽堂皇的宫苑宅邸早已不见踪影，金陵城已是繁华销歇，江河日下。"甚江令归来，玉树无花？"意思是说，当年陈朝的江总，回来后为什么再也听不到《玉树后庭花》的歌曲了呢？"商女歌声，台城畅望，淮水烟沙。"，当年宫苑里的轻歌曼舞已无从寻觅，只传来"不知亡国恨"的"商女"的歌声，当登上台城纵情眺望之时，眼前只剩下一片荒凉的淮水烟沙。这种荒凉衰败的景象，怎么能不引发作者怀古伤今的心绪。

接下来，作者笔锋一转，发出了国破家亡的悲叹："问江左风流故家，但夕阳衰草寒鸦。隐映残霞，寥落归帆，呜咽鸣笳。"夕阳迟暮，金陵这座昔日的繁华古城，已经被元朝统治者践踏得荒凉破败，世代相传的大贵族世家都消失了踪迹，只剩下衰草连天，寒鸦哀鸣，一派深秋萧索的黄昏景象。在几抹晚霞的映照下，归帆寥寥，胡笳呜咽。在这萧索的景象与凄凉的悲音中，故国之思尽在不言中。笳本是北方民族的乐器，而在江南能听到"鸣笳"，"鸣笳"暗示出了故国的沦陷，作者隐晦地暗示了元军已征服了江南大地，寄托了作者的亡国之痛。

〔双调〕蟾宫曲

长沙怀古

卢 挚

朝瀛洲暮舣湖滨①，向衡麓②寻诗，湘水寻春。泽国纫兰③，汀洲搴若④，谁与招魂？空目断苍梧暮云，黯黄陵宝瑟凝尘⑤。世态纷纷，千古长沙，几度词臣？

【注释】

①朝瀛洲暮舣湖滨：瀛洲，神话传说中的海上仙岛。舣，靠船之意。湖滨，洞庭湖之滨。 ②衡麓：指岳麓山，因该山为南岳衡山的北麓。 ③泽国纫兰：泽国，即水乡，指湖南。纫，编织之意。 ④汀洲搴若：汀洲，水中的小陆地。搴，拔取，采摘。若，即杜若，香草名。屈原《离骚》有："纫秋兰以为佩"的句子，用以表现自己品行的高洁。他的《九歌·湘夫人》诗中，有"搴汀洲兮杜若，将以遗兮远者"的句子，描写湘君对湘夫人的眷念之情。这里用"泽国纫兰，汀洲搴若"，指孤高绝俗的屈原。 ⑤"空目断苍梧"两句：苍梧，山名，在今湖南宁远县，又名九嶷山，相传舜帝死于此山，《史记》："舜崩于苍梧。"黄陵，山名，在今湖南湘阴县北，洞庭湖之滨，又名湘山。相传舜帝的两位妃子墓在此山上，旧有黄陵庙。一说湘山即君山，在今湖南省岳阳县西，山上有湘妃庙。宝瑟，《楚辞》远游篇，有"使湘灵鼓瑟兮"的句子（湘灵，即湘水之神——湘妃之灵）。

【赏析】

此曲为一首怀古名篇。元成宗大德初年，作者被授集贤学士大中大夫，然而不久，便被贬去湖南任职。眼前的岳麓山、湘江水，使他缅怀前贤，思念起因政治失意投江自尽的屈原，于是写下了这首小令，托古伤今，抒发自己外放湖南的失意之情。

"朝瀛洲暮舣湖滨，向衡麓寻诗，湘水寻春"，曲子开头便点明创作缘由，早晨刚走进集贤院，担任授集贤学士大中大夫之职，晚上就被外放，乘船来到湖南当一名小小的地方官。于是作者才有此机会向岳麓山觅诗、向湘江寻春，一吐心中不快。"泽国纫兰，汀洲搴若，谁与招魂？空目断苍梧暮云，黯黄陵宝瑟凝尘。"作者面对苍茫的岳麓山、浩荡的湘江水，怀古之思涌上心头：孤高绝俗的屈原，曾为招楚怀王之魂，而写下了诗篇《招魂》，而如今山河依旧，我今天作曲，是为谁招魂呢？作者与屈原同样有着怀才不遇的际遇，在此流露出对元人最高统治者的不满情绪。暮色渐浓，天边的云遮断了作者远望的视线，那高大雄伟的苍梧山也看不到了，只见那黄陵庙里的湘妃宝瑟上积满了灰尘，让人黯然神伤，心灰意冷。此番凄凉冷清的氛围烘托出了作者心中的惆怅，联想到自己的际遇，不禁从心底深处发出了感叹:"世态纷纷,千古长沙,几度词臣!"千百年来,有多少以文字侍奉朝廷的官员,被流放到长沙这偏远的地方!这一叹惋流露出作者对现实的强烈不满。

此曲沉郁悲怆,真挚感人,让人不自觉地走入了作者凄凉的内心世界。

〔双调〕蟾宫曲

箕山①感怀

卢 挚

巢由后隐者谁何?试屈指高人,却也无多。渔父严陵②,农夫陶令③,尽会婆娑④。五柳庄瓷瓯瓦钵⑤,七里滩⑥雨笠烟蓑。好处如何?三径⑦秋香,万古苍波。

【注释】

①箕山:在河南登封县东南,相传是唐尧时巢父、许由隐居的地方。见《高士传》。 ②严陵:即东汉时的严光,字子陵。曾与刘秀同学。刘秀即位后,他不肯应诏为官,改名隐居于富春山。 ③陶令:即东晋时的大诗人陶渊明,曾为彭泽令,因不满现实的黑暗而去职归隐。 ④尽:任凭、只管。婆娑:原指舞姿的美好,此处引申为逍遥自在的意思。 ⑤五柳庄:指陶渊明的庄园。陶渊明的宅边有五棵柳树,因自号五柳先生,并作有《五柳先生传》,所以称他的住处为五柳庄。瓷瓯瓦钵:瓯、钵都是盆盂类的容器。 ⑥七里滩:在富春江上游,相传是严子陵隐居垂钓的地方。 ⑦三径:指陶渊明的隐居之处。陶渊明的《归去来兮辞》有"三径就荒,松菊犹存,携幼入室,有酒盈罇。"之句。

【赏析】

这首小令的主旨是歌颂隐士生活。箕山在今河南省登封县东南,相传尧时巢父、许由在这里隐居,历代文人多以此吟诗作赋。卢挚此曲,也是如此。

曲子开头以问答的形式切入主题,"巢由后隐者谁何?",引起读者注意,顺势引出下文。"试屈指高人,却也无多。"两句,写出了作者对隐士的要求之高,因而下面作者只提出两位隐士:"渔父严陵,农夫陶令,尽会婆娑。"严陵不慕功名富贵,不肯为官,归隐富春山,以耕田钓鱼过活;陶潜不肯为五斗米而折腰,归隐田园,安贫乐道。作者极尽赞许的语气赞扬陶令的"瓷瓯瓦钵",严子陵的"雨笠烟蓑",表达了羡慕之情。结尾突出了全曲的主旨,"三径秋香,万古苍波。",表明陶令和严子陵境界之高远,表达了作者对元代黑暗现实的不满,对功名利禄的厌恶,以及对人生境界的追求。

全曲以问答起句,然后一气呵成,语调洒脱自然,格调高远。

〔双调〕蟾宫曲

寒食新野①道中

卢 挚

柳濛烟梨雪参差。犬吠柴荆②,燕语茅茨③。老瓦盆④边,田家翁媪,鬓发如丝。桑柘⑤外秋千女儿,髻双鸦⑥斜插花枝。转眄移时⑦,应叹行人,马上哦诗。

【注释】

①寒食:我国古代的传统节日。在清明节的前一天(一说前二天),是时,人们除祭扫坟墓外,士人还要到郊野"踏青"、"赏春",百姓中则还盛行放风筝,荡秋千,蹴(踢足球)等活动。新野:县名,今属河南省。 ②柴荆:柴门。用林木棍、荆条搭成的院门。 ③茅茨:茅屋的屋顶。这里指屋檐。 ④老瓦盆:指民间粗陋的酒器。杜甫诗《少年行》:"莫笑田家老瓦盆,自从盛酒长儿孙。" ⑤柘:桑树。 ⑥髻双鸦:即双髻,髻色黑如鸦羽,故称鸦髻。 ⑦转眄移时:转眼斜视多时。眄,斜视。

这首曲子描写的是作者在清明寒食日经过新野农村时的见闻和感触。

【赏析】

"柳濛烟梨雪参差。犬吠柴荆,燕语茅茨。"三句,描写的是农村的自然风光。春回大地,万物复苏,在这一片美好的春光里,作者"偷得浮生半日闲",到郊外游玩,欣赏春天的景致。柳树新发出嫩芽,仿佛笼罩着一层淡淡的轻烟,梨花开满枝头,错落有致,庄户人家的犬在柴门内看见了行人不住地叫着,几只春燕在茅屋顶上呢喃飞舞。"老瓦盆边,田家翁媪,鬓发如丝。桑柘外秋千女儿,髻双鸦斜插花枝。",鬓发如丝的老翁老妇们怡然自得,隔桑林望去,几个梳丫角的小姑娘乌黑的发髻上斜插着鲜艳的花枝,在桑树下荡着秋千,愉快地玩耍。这几句描绘出了一幅亲切和谐的图画,表现了农村老人和儿童悠闲和快乐的生活。最后"转眄移时,应叹行人,马上哦诗。"这三句可以说是全曲的点睛之笔,作者面对如此闲适安乐的生活景象,转动眼睛看了一会,不觉灵感突现,文思泉涌,情不自禁地在马上吟出诗句,夸赞农村的纯朴和谐。

全曲简短精致,语言清新质朴,描写了老人的安详,儿童的天真,于喜人的景色中流露出了作者对乡村生活的羡慕,而这种对淳朴生活的向往,恰恰也反映出了作者在现实中怀才不遇的忧郁。

〔双调〕蟾宫曲

阳翟①道中田家即事

卢 挚

颍川②南望襄③城,邂逅田家,春满柴荆。翁媪真淳,杯盘罗列,尽意将迎④。似鸡犬樵渔武陵⑤,被东君画出升平,桃李欣荣。兰蕙芳馨,林野高情。

【注释】

①阳翟:今河南禹县。 ②颍川:今河南许昌市。 ③襄:今河南襄城。 ④将迎:送往迎来。 ⑤武陵:陶渊明在《桃花源记》中提到的世外桃源。

【赏析】

这首小令的选材与命意与《寒食新野道中》很相似,可以看作是其姊妹篇。小令写了作者由颍川南往襄城,途中偶然在一户农家住宿。"春满柴荆"表现了农家环境的自然淳朴,环境气氛烘托出了人情的浓郁。"翁媪真淳,杯盘罗列,尽意将迎。",描写了这户人家待人的热情、厚道、真诚。这家的主人淳朴好客,老翁和老妇几乎倾其所有,准备了丰盛的酒食热情地款待他。这些都是实写受到热情款待的情景,接下来"似鸡犬樵渔武陵,被东君画出升平"是作者的感想。淳朴真诚的主人,安宁美好的生活,使作者不禁想到了陶渊明提到的桃花源,觉得自己也仿佛置身于升平的极乐世界中。最后两句"兰蕙芳馨,林野高情。",赞美了山野百姓的生活,流露出对淳朴现实生活的向往。

这支小令格调清新,画面朴实自然,充满了浓郁的生活气息。作者感情抒发地较为含蓄,将虚幻的桃花源之景融入曲中,表达了超脱尘世的隐逸之情。

〔双调〕蟾宫曲

冬夜宿丞天善利轩①

卢 挚

听星簪②送响云林,是江上学仙,方外知音③。饮灌餐松④,含宫嚼羽⑤,戛玉钟金⑥。向方丈蓬莱夜深,莫吹笙不用鸣琴,思满冲襟。一曲将终,万籁俱沉。

【注释】

①丞天善利轩,不详。但从全曲内容看,似应为道教宫观之类。 ②星簪:带星饰的发簪,此处代道士,因道士都束发绾于头顶并以簪别之。 ③方外:指世俗之外,道士自谓方外之人。知音:即精通音律。 ④饮瀍餐松:意思是饮露水,餐松果。此句化用《庄子》"不食五谷,吸风饮露,御飞龙而游于四海之外"之句意,意指道士们诵唱时的歌词超尘、清雅。 ⑤含宫嚼羽:"宫"和"羽"分别是五音中的两音。桓谭《新论》中有:"闻羽声,莫不深思而远虑者,闻宫声,莫不润而宽和者也。"说明诵唱时曲调深渺宽广的特色。又,古人把五音同四季进行对应,"春角、夏徵、秋商、冬羽,宫居中央"(《新论》),由此看出这里的"羽"同题目中的"冬"相暗合。 ⑥戛玉钟金:戛玉,敲击玉石;钟金,聚集钟敲击。此句言敲击金玉作乐。道士奏乐时"斋台之前,经台之上,皆悬金钟玉磬"(见《要修科仪戒律钞》卷八引"太真科")

【赏析】

中国古代的封建知识分子一般都具有两种矛盾的心态:积极入世和消极出世,"达则兼济天下,穷则独善其身"。前者的表现是表面的、显性的,为儒家思想的集中体现;后者的表现为深层的,隐性的,是道家思想的荟萃。这就是所谓"外儒内道"的思想和人格模式。这支小令就鲜明地揭示了卢挚内心世界中"道"的一面。

曲子开头"听星簪送响云林,是江上学仙,方外知音。"交代了时间地点,在一个冷清的寒冬夜里,作者在江边的一座道观里露宿,此时精通音律的道士们正在江边斋醮作乐,美妙的乐声在云际和林中飘荡,让人不觉产生了"羽化而登仙"的遐想。接下来三句"饮瀍餐松,含宫嚼羽,戛玉钟金。"集中生动地概括了道教音乐自然、和谐、清雅的特点。最后"向方丈蓬莱夜深,莫吹笙不用鸣琴,思满冲襟。一曲将终,万籁俱沉。"是写作者听完音乐的感受。虽然夜深,但是道教那"戛玉金"的"仙乐"能把人们带进"游乎四海之外"的"仙境",令人飘飘欲仙。一曲终了,作者回到了现实中来,由于大家听得太入迷,周围万籁俱寂。

这首曲子最突出的艺术成就在于成功塑造了道教音乐的艺术魅力。通过特定时令的景致描写,营造出了静谧的环境氛围,通过对音乐的细致刻画,烘托出了道教的宗教氛围。而且作者还通过听觉、视觉、触觉、意觉等多方面烘托出了绝妙的艺术效果,意境超凡缥缈。

〔双调〕寿阳曲

别珠帘秀[①]

卢 挚

才欢悦,早间别[②],痛煞煞[③]好难割舍。画船儿载将春去也[④],空留下半江明月[⑤]。

【注释】

①珠帘秀:元代著名的杂剧女演员　②早间别:很快就离别。　③痛煞煞:《尧山堂外记》又作"痛杀俺"。　④载将春去也:意思是说她乘的船把他们聚会的欢乐也带走了。　⑤空留下半江明月:意即她走后他只有半江明月陪伴。

【赏析】

这是作者赠给当时著名的杂剧女演员珠帘秀的一首送别之作。全曲构思奇妙,作者没有叙述朋友之间平日里如何情投意合,也没有直接写送别,而是融情于景,情景交融,含蓄地表达出作者对珠帘秀的真挚情谊以及别后作者徘徊于江边凄凉的心境。

首句"才欢悦",一个"才"字,突出了团聚欢悦的短暂。第二句"早间别",一个"早"字,又表现了离别的意外、分别的出人意料。正因为珠帘秀即将乘船离开,作者去江边送行,平日里交情甚笃的他们在分别时才愈加恋恋不舍,方才引出缠绵幽怨的叹息:"痛煞煞好难割舍"。"画船儿载将春去也",作者将二人之间的情谊比作春天,珠帘秀乘着画船儿离开了,仿佛把春天的温暖与明朗都带走了。这里用的比喻贴切自然,将抽象的情谊比作具体的春天,真实可感。最后一句"空留下半江明月",人随船远去,只留下那照在江上的"半江明月"。一个"半"字就已经让人感到残缺不全、凄切冷清了,接着又一个"空"字,更是将别后作者怅然若失的心境渲染无遗。

这首送别之曲生动地展现了分别之后作者的孤寂凄凉之感,抒情含蓄委婉,给读者留下了广阔的想象空间。

〔双调〕寿阳曲

夜忆（四首）

卢 挚

窗间月，檐外铁①，这凄凉对谁分说。剔②银灯欲将心事写，长吁气把灯吹灭。

灯将残，人睡也，空留得半窗明月。孤眠心硬熬浑似铁③，这凄凉怎捱今夜？

灯将灭，人睡些④，照离愁半窗残月⑤。多情直恁的心似铁，辜负了好天良夜⑥。

灯下词，寄与伊，都道是二人心事⑦，是必你来会一遭儿，抵多少梦中景致⑧。

【注释】

①铁：指檐头的铁马声。 ②剔：剔亮。 ③孤眠心硬熬浑似铁：意思是，孤眠的心，硬撑硬熬着，心真像铁一样。 ④些：语助词，如作"少"解，亦通。 ⑤残月：在诗词中常表示拂晓，如牛希济《生查子》"残月脸边明，别泪临清晓。" ⑥多情直恁的心似铁，辜负了好天良夜：心上人就这地心肠硬如铁，忍心辜负了美好的时光。 ⑦心事：内心的秘密，应为相思之苦。 ⑧是必你来会一遭儿，抵多少梦中景致：你一定要来聚会一次，胜过多少次梦中的欢乐与幸福。

【赏析】

〔寿阳曲〕《夜忆》共四首，内容上相互衔接，都是描写了女子的离愁相思之苦。

第一首写一女子在一个凄凉寂寞的夜晚，思念远人的痛苦心情。"窗间月，檐外铁，这凄凉对谁分说。"，以景衬情，写出了女主人公触景伤情的愁苦。"剔银灯欲将心事写，长吁气把灯吹灭。"女主人公相思无处排解，就把银灯剔亮，打算写封信寄给远方的爱人，可是又写不下去，长长地叹了口气，却不料误把银灯吹灭了。这一连串的动作细节描写刻画了闺中女子的心理活动。"长吁气"深切地表现出女子内心的凄楚，"将灯吹灭"极写女子的无可奈何。女子的幽怨深重，全是由动作表现出来。曲子虽短，但心理描写，情意缠绵，表达含蓄，凄凉之情尽在不言中。

第二首写女主人公孤眠难熬的痛苦。"灯将残"，表明夜更深了，灯油快点光了，女子苦思也是徒然，还是上床睡吧。灯熄了，屋子也空荡荡的，只"留得半窗明月"。"半窗"与"灯残"相照应，渲染了凄凉的气氛。"孤眠心硬熬浑似铁"，是说孤眠的心，只能硬撑硬熬着，"浑似铁"极言凄凉的心境。"这凄凉怎捱今夜"，痛苦难耐，苦苦地煎熬着，怕是今夜无法挨过去了。孤独痛苦之情溢于言表。曲子句句使用口语，本色自然，直抒内心的凄苦，可谓散曲中的上乘之作。

第三首写女主人公对远去情人的怨恨。情人远去，久久未归，女主人公长夜苦等苦思，直到"灯将灭"，夜已尽，只好灭灯入睡。"照离愁半窗残月"，半窗残月照射进来，对应着满腹离愁别恨的人。女主人公因思生愁，因愁而生怨，怨恨心上人心硬如铁，迟迟不归，白白浪费了这大好时光。和前两首曲一样，小令以景衬情，以残月之"残"，烘托离情之"愁"，不过这首曲子在时间上更晚，将近天明，情感上也更进一层。

第四首写女主人公夜间思念情人，久久不能入睡，于是写下思念寄给爱人，并提出对心上人的要求，这首曲是前三首曲的延续。"灯下词，寄与伊，都道是二人心事"，女子在灯下写的那些话，说的都是两个人的相思恩爱，寄给心上人，以倾吐自己无限的离愁与难耐的情思。"是必你来会一遭儿，抵多少梦中景致。"，你一定要来与我相会一次，这样要胜过多少次梦中的欢乐与幸福。结尾两句将闺中女子渴望与情人相会的急切心情表现得淋漓尽致。

这四首曲子篇幅虽短，但心理描写，真挚深切。而且句句使用口语，本色自然，朴实无华，直抒凄凉之情。

〔中吕〕喜春来过普天乐

赵 岩

琉璃殿暖香浮细，翡翠帘深卷燕迟。夕阳芳草小亭西。间纳履①，见十二个粉蝶儿飞。

一个恋花心，一个挼②春意。一个翩翩粉翅，一个乱点罗衣。一个掠草飞，一个穿帘戏。一个赶过杨花西园里睡，一个与游人步步相随。一个拍散晚烟，一个贪欢嫩蕊，那一个与祝英台③梦里为期。

【注释】

①纳履：步行其间。 ②挼：带着。 ③祝英台：民间传说祝英台女扮男装进书院读书，与同窗梁山伯相爱，终未能结合。山伯死后，她前往哭灵，坟墓自开，两人双双化作一对蝴蝶。

【赏析】

这首曲子由〔喜春来〕和〔普天乐〕两支曲子组成。表现了闺中少女春日园亭赏蝶散心之余的寂寞之情。

〔喜春来〕交代了地点和时间，描绘了女主人公闺中生活的一种氛围。开头"琉璃殿暖香浮细，翡翠帘深卷燕迟。"，以环境描写烘托出一位慵懒悠闲的富家小姐的形象。"琉璃殿"和"翡翠帘"显得富贵逼人；一个"暖"字和"深"字更添闺房的温馨与清幽，卷帘太迟耽误了燕儿早出表现了女主人公安和舒慵的生活情调。"夕阳芳草小亭西"表明夕阳西下，她移步户外，来到花园散心。这是典型的闺房小姐的生活。"间纳履"表明女主人公仍是一派慵懒之态，虽然园内花草芬芳，亭台玲珑，可是每天都是这番景致，已经缺乏兴趣了。然而，她突然"见十二个粉蝶儿飞"，一群欢快的蝴蝶在夕阳下飞舞，这一景象吸引了她。而女子一下子点出"十二只"的确数，也微妙地反映了女子的心理，这一点在下文充分地表现出来。

〔普天乐〕的写法颇为别致，以赋的铺叙手法，逐一描摹了蝴蝶的形态。女子将蝴蝶分成一对对来描述。第一对"一个恋花心，一个搀春意。"，一只贪恋花心不去，后一只也过来凑热闹。第二对"一个翩翩粉翅，一个乱点罗衣。"，一只翩跹起舞，后一只还差点撞在人的衣服上，自由欢快。第三对"一个掠草飞，一个穿帘戏。"，在不同的地方展示着飞行的技术。第四对"一个赶过杨花西园里睡，一个与游人步步相随。"，一只追逐杨花直入西园，终因疲倦停下歇息，一只与人有情，恋恋不舍。第五对"一个拍散晚烟，一个贪欢嫩蕊"，暮色降临，两只蝴蝶一飞一留，态度截然不同。最后只描绘了一只，却是女主人公情之所系："那一个与祝英台梦里为期"，梁祝化蝶的故事家喻户晓，作者以祝英台代指蝶，完成了对十二只蝶的描述。女子将蝶两两分组，借这六对蝴蝶的缠绵缱绻，寄托了她的深情，羡慕以及美好祝愿。

在这一首带过曲中，〔喜春来〕的七言律句造语典丽、属对工稳，〔普天乐〕的通俗口语自然活泼、俏皮可爱，两支曲子衔接自然，浑然一体。

〔中吕〕山坡羊

叹世（二十六首选六）

陈草庵

伏低伏弱①，装呆装落②。是非犹自来着莫③。任从他，待如何？天公尚有妨农过④，蚕怕雨寒苗怕火。阴，也是错；晴，也是错。

青霄有路⑤，黄金无数。劝君万事从宽恕。富之余，贵也余，望将后代儿孙护。富贵不依公道⑥取，儿，也受苦；孙，也受苦！

风波实怕，口舌休挂⑦。鹤长凫短天生下⑧。劝渔家，共樵家，从今莫讲贤愚话。得道多助失道寡。贤，也在他；愚，也在他。

生涯⑨虽旧，衣食足够，区区⑩犹自寻生受⑪。一身忧，一心愁，身心常在他人彀⑫。天道⑬若能随分守，身，也自由；心，也自由。

晨鸡初叫，昏鸦争噪。那个不去红尘⑭闹？路遥遥，水迢迢，功名尽在长安⑮道。今日少年明日老。山，依旧好；人，憔悴了！

江山如画，茅檐⑯低厦，妻蚕女织儿耕稼⑰。务桑麻⑱，捕渔虾，渔樵见了无别话。三国鼎分牛继马⑲。兴，休羡他；亡，休羡他。

【注释】

①伏低：服输，甘拜下风。下"伏弱"意同。　②装呆：装痴装傻。下"装落"意同。　③着莫：宋元方言，沾惹。　④妨农过：妨害农事的过失。　⑤青霄有路：指飞黄腾达、晋升官职有办法。青霄：即青云。　⑥公道：指正当的手段。　⑦唇舌休挂：即不要议论他人是非短长。　⑧鹤长凫短天生下：白鹤颈长，野鸭子腿短，是天生下的。　⑨生涯：是指生计，即谋生手段。　⑩区区：指人心，忠爱专一的样子。　⑪生受：吃苦、烦劳的意思。　⑫彀：本指张满弓弩，引申为牢笼、圈套之意。　⑬天道：指天命。　⑭红尘：佛家称人世间为红尘。此指纷扬的尘土，喻世俗热闹繁华之地，亦比喻名利场。　⑮长安：今陕西西安，汉唐京都，此泛指京城。　⑯茅檐：指茅屋的房檐。　⑰耕稼：耕田与播种谷物。　⑱务：经营。桑麻：农作物的泛称。　⑲三国鼎分牛继马：三国鼎分，指东汉王朝覆亡后出现的魏、蜀、吴三的分立局面。牛易马，据《晋书·元帝纪》司马氏建立的西晋王朝覆灭后，在南方建立东晋王朝的元帝，是他母亲私通牛姓的小吏所生。这里借指历史上王朝的更迭与嬗变。

【赏析】

陈草庵的〔中吕·山坡羊〕共计二十六首，《乐府群珠》、《雍熙乐府》等书皆题作《叹世》。

第一首小令以自嘲的方式，倾吐处世艰难、一筹莫展的愤慨：即使是伏低做小，装痴装傻，还是躲不开是非的折磨。就连老天爷也要无端蒙受妨害农事的过错，养蚕怕雨怕寒，禾苗又怕干旱，就更不用说平常百姓了。"阴，也是错；晴，也是错。"写尽了百姓的无奈，呻吟令人心碎。作者用深刻有力的笔锋，揭露了封建社会人们动辄得咎，生活在种种险恶包围中的现实，以及老百姓无可奈何的境况。

第二首小令告诫富贵者要宽厚待人，依靠正当的手段谋财富，行善积德，否则将累及子孙。"青霄有路，黄金无数。劝君万事从宽恕。"是从正面说富贵之后应该持有的态度和做法。"青霄有路"，是从"贵"的角度说起，指青云直上、飞黄腾达的人；"黄金无数"，转向"富"的角度，指大富的人。"劝君万事从宽恕"，是奉劝富贵者要有宽容的态度和情怀。下面几句是从反面提出告诫："富之余，贵也余，望将后代儿孙护。"就是劝人富贵之余，要为保护儿孙着想。也就是说如果"富贵不依公道取"，那就将会"儿，也受苦；孙，也受苦。"。从自身利害的角度说教更亲切、更有说服力。

第三首的主旨，是劝告世人不要多嘴多舌招惹是非。开头两句是个因果复句，说明作者态度。"风波实怕"一语道出闲言杂语的严重后果，因而强调"唇舌休挂"，不要议论他人的是非长短。"鹤长凫短天生下"，进一步说明闲言闲语委实多余。世间万事都像鹤长凫短一样，生来就是这个样子，并非是人的言论所能改变的。最后几句"劝渔家，共樵家，从今莫讲贤愚话。"，直接写规劝，帝王将相们的成败结局，是由他们自己的行为决定的，根本用不着我们说东道西，也就是劝世人不要说长论短，更不要评说时事。

第四首的主旨，是劝人应安于现状，安贫乐道，不要自寻烦恼。前三句"生涯虽旧，衣食足够，区区犹自寻生受。"，由正及反，先说即使是重操旧业，只要够吃够穿就行了，由此否定了追求的意义，如果太执着，非要开拓、创业，那就会自寻烦恼。下面"一身忧，一心愁，身心常在他人彀。"进一步从反面说忧患的害处，反衬出随遇而安的好处。因为忧患的结果是自身满腹烦恼，最终落入别人的圈套。最后几句"天道若能随分守，身，也自由；心，也自由。"，从正面总结出结论，说明身心的自由全在于安分守己、乐天知命。摒弃忧患意识，来换取精神上的自由，在作者身上反映出的老庄精神，是作者在黑暗腐败的社会和官场面前作出的消极选择。

第五首是劝人不要贪求功名富贵。"晨鸡初叫，昏鸦争噪。"生动地描写出世人忙碌奔波贪求功名的情景，每天清晨鸡一叫就开始，一直忙到暮鸦争噪，人人日复一日、年复一年地为功名忙个不休。不畏路遥水远，都在通往长安的道上奔波，就这样从少年忙到了老年。然而，江山不改，人却已经憔悴不堪了。作者从时空变换、人生短暂的角度来规劝读书人不要把心思和精力都放在贪求功名利禄上，以免到头来不仅错过了功名，更错过了人生美好的时光，年轻人应该有多彩多姿的生活。作者鲜活的描写令人警醒，耐人回味。

第六首小令是奉劝世人要安于恬淡的农村生活。曲子的脉络十分清晰。从"江山如画"的大概背景点明农村的美好环境，"茅檐低厦"特写农家住所，然后再写住所中成员的日常劳作，"妻蚕女织儿耕稼"。"耕稼"接着引出了"务桑麻"，"捕鱼虾"引出了"渔樵"，一一列出生活的家常。"见了无别话"意思是除了桑麻鱼虾之事，渔人樵夫见面再无别的话题可讲，突出了农家生活的闲适情趣。"三国鼎分牛继马"，豪辣老道，字里行间略带轻蔑之意。在一连串平铺直叙当中突来一句，紧扣"叹世"的主题，表现了作者避世的心态，也将隐藏在隐居背后文人的感慨与牢骚喷薄而出，态度鲜明。

〔中吕〕山坡羊

叹世（二十六首之二十二）

陈草庵

渊明图醉①，陈抟贪睡②，此时人不解当时意。志相违，事难随，不由他醉了鼾睡。今日世途③非向日④：贤，谁问你；愚，谁问你！

【注释】

①渊明图醉：陶渊明因不愿"为五斗米折腰向乡里小儿"而解印去职，以诗酒自娱，终生不再出仕。　②陈抟贪睡：后唐应试落榜的失意举子陈抟，先后修道五当山、华山，一睡常百余日不起，自号扶摇子，自后晋、后汉以后，每闻一朝兴亡，就心头不悦而攒眉蹙额好几天，等到听说赵匡胤登基称帝，方笑道："天下自此定矣！"他后来被宋太宗赐号希夷先生，还被道家称之为陈抟老祖。　③世途：即"世道"，指社会状况。　④向日：即"昔日"。

【赏析】

这首曲是陈草庵所写〔中吕·山坡羊〕二十六首小令中的第二十二首，也是一首愤世之作。

作品开头用一个对偶句，引出两位历史上著名隐士陶渊明和陈抟，并极力描写他们放任诗酒的狂态与醉态。"图醉"和"贪睡"，各有侧重，又互文见义，极力渲染出他们放任自然的情态。但作者并不是为了歌咏隐士生活，而是要指出归隐是社会现实所迫，是不得已而为之。"图醉"和"贪睡"也表现了陶渊明和陈抟极力想逃避现实的心态。然而，他们这种放浪形骸的生活，常常得不到那些追名逐利之徒的理解，因而直接道出"此时人不解当时意"。"此时人"与"当时意"用"不解"二字衔接起来，形成对比强烈的"句中对"，勾起读者的好奇心。

接下来三句，自然而然地写出隐者们的"当时意"，是因为"志相违，事难随"，理想与现实的矛盾无法解决，所以才"不由他醉了鼾睡"。一个"醉"字和"睡"字，照应了开头，表现了两人的洁身自好，而且用"不由"二字将理想和现实的矛盾一语道破。作品到此写出了当时文人无可奈何的选择，暗中也流露出怀才不遇的苦闷。但作者并不满足于此，而是将目标引向对社会的批判，"今日世途非向日"，再向前推进一步，直言今天的世道比过去的更加黑暗。过去陶渊明和陈抟虽迫不得已选择了隐居，但还是获得了贤者高士的美誉。而今天，不管你做什么，都没有人过问。"贤，谁问你；愚，谁问你！"，形成鲜明比照，把没有是非曲直，没有公正和良知的社会描绘得淋漓尽致。曲子的情感也由此推向了高潮。

〔中吕〕山坡羊

叹世（二十六首之二十五）

陈草庵

红尘千丈①，风波一样②，利名人一似风魔障③。恰④余杭，又敦煌，云南蜀海黄茅瘴⑤。暮宿晓行一世妆：钱，金数两；名，纸半张！

【注释】

①红尘：本谓尘埃，喻指热闹繁华之地。千丈：极度夸张热闹到喧嚣不堪的地步。 ②风波：本谓行船所遇的风浪，喻指飘荡不定或行道艰难。一样：极言处处都隐伏着意料之外的变端或患难。 ③利名人：指那些为了功名富贵而趋之若鹜的封建知识分子在内的所有追名逐利之徒。一似：都象，"一"是统括之词。风，通"疯"。魔障，佛家语，"魔"是梵语"魔罗"的略称，其义为障害，梵汉双举，则曰"魔障"，指障害修道而言。风魔障，即为狂疾所障害，犹如俗话说的中了邪。 ④恰：正之意。 ⑤黄茅瘴：据《投荒记》云："南方六七月（按：《番禺杂编》谓"八九月"），芒茅黄枯时瘴大发，士人呼为黄茅瘴。"原指南方夏末亚热带山林中的瘴疠，这儿代指瘴疠流行的南方边远之地。

【赏析】

这是陈草庵所写〔中吕·山坡羊〕二十六首小令中的第二十五首，全曲揭示了人世的凶险，嘲讽了那些追名逐利之徒，表达了作者的愤世嫉俗，鄙视名利的思想感情。

"红尘千丈，风波一样，利名人一似风魔障。"，开头两句，开门见山地揭示出熙熙攘攘的人世处处充满了危机四伏的风波，道路曲折危险。在这种险象环生的社会中，还是有大批为了功名富贵而趋之若鹜的封建知识分子在内的所有追名逐利之徒，就显得十分可悲而又十分可笑了。"恰余杭，又敦煌，云南蜀海黄茅瘴。"，描绘出了一幅追求名利者不辞辛苦、终日奔走的宦海沉浮图。这三句列举了一系列地名，字词错落，句短音促，造成一种紧迫的节奏，让读者仿佛看到那些"利名人"为了追名逐利，疲于奔命的场景。一个"恰"字和一个"又"字，将"利名人"四处奔波、无暇休息的状态渲染得淋漓尽致。最后几句是写追名逐利的后果，"暮宿晓行一世妆"，他们起早贪黑，日复一日，年复一年，时间漫长，路途遥远，前途渺茫，最终换来的不过是："钱，金数两；名，纸半张！"这样辛苦奔波了一辈子，换来的不过是些稀薄的身外之物。真是可怜至极，可悲至极！作者的无比慨叹，委婉讽刺，尽在不言中。

作者用了夸张的对比增强了艺术表现力，意味深长，口语化的语言使节奏明快流畅，风格活泼俊爽。

〔南吕〕一枝花

春 雨

马彦良

润夭桃灼灼红,洗芳草茸茸翠。蝶愁扇香粉翅,莺怕展缕金衣。堪恨堪宜,耽搁酿蜂儿蜜,喜调和燕子泥。游春客怎把芳寻,斗巧女难将翠拾。

〔梁州〕看一阵阵锁层峦行云岭北,一片片泛桃花流水桥西。我醉来时怎卧莎茵地,难登紫陌,怎着罗衣?乾坤惨淡,园苑岑寂。每日家阴雨霏霏,几曾见丽日迟迟!辛苦杀老树头憎妇鸣鸠①,凄凉也古墓上催春子规②,阑散了绿阴中巧舌黄鹂③。酒杯,食罍,可怜不见春明媚。正合着襄阳小儿辈,笑杀山翁醉似泥。四野云迷。

〔尾〕叮咛这雨声莫打梨花坠,风力休吹柳絮飞。留待晴明好天气,穿一领布衣,着一对草履,访柳寻春万事喜。

【注释】

①鸠:鸣禽,古代有"鸠声唤雨"的说法,如元好问诗"布谷催耕鸠唤雨"。鸠声不断,雨亦不断,故用"辛苦杀"来形容。 ②子规:鸣禽,又名杜鹃,啼声哀苦。人们又常常把它和春雨相联系,如翁卷诗:"子规声里雨如烟。"杨万里诗:"疏雨子规声。"在绵绵春雨中听杜鹃,倍觉哀愁,所以用"凄凉也"来刻画。 ③黄鹂:也是一种鸣禽,古代诗歌中常常把它的鸣啭和晴空丽日相联系。如李白诗:"春阳如昨日,碧树语黄鹂。"杜甫诗:"两个黄鹂鸣翠柳,一行白鹭上青天。"春阴不开,黄鹂也叫得没劲儿,所以用"阑散"来描写它。

【赏析】

这是一组咏春雨的套曲,写春雨中的种种感受。

首曲抓住春雨的特征写其"堪恨堪宜",将春天的花草虫鸟尽收眼底,摄入春雨之中,描写它们的变化、活动甚至心态。夭桃红似火,芳草翠欲滴,是因为春雨的滋润;燕子兴致勃勃地衔泥做窝,是因为春雨提供了好时机;但是舞蝶怕沾湿金粉翅,歌莺担心打湿缕金衣,天真的少女不能寻芳拾翠,都是由于春雨的缘故。作者不断变化角度,表现春雨中万物色彩斑斓的变化。春雨真是又堪恨又堪宜啊!它堪恨,所以有无尽的春愁;它堪宜，同时又充满对雨后春天更富有魅力的景象的渴望，为下曲作了情感上的铺垫。

中曲着重刻画春愁。前两句写层云密布，桃花水涨，迷蒙的雨景和鲜艳的桃花相互映衬，含蓄地表达出主人公对春天美景的渴望和被春雨阻隔的烦闷。接下来由景写到人，写人的闲愁与寂寞。春雨时，醉酒后就不能在莎茵地上横卧散心，不能登紫陌，更不能穿上罗衣出门。无法寻春，心中难掩失落，"乾坤惨淡，园苑岑寂。"，将情绪附注在景致之上，寂寞之情溢于言表。接下来几句用几个特写镜头描写雨中万物的萧条，进一步衬托出春雨中主人公内心的"岑寂"。鸠声不断，作者心中的春愁更为漫长；杜鹃凄凉鸣叫，再添一分愁意；而黄鹂在雨中无声，使得人心中更为压抑。最后作者由景再写到人，写人无可奈何，只能借酒消愁，排遣烦恼，春雨之愁深重可感，而其中也流露出对雨后春景的向往与期待。曲中大量使用衬字，增强了艺术感染力。

尾曲的感情自然承接中曲，格调变得开朗明快。叮咛风雨，不要打落梨花，吹乱柳絮，留下一切，等到晴和之日，再去寻春尽兴，这既是渴望，也是祝愿。最后一曲体现了作者纵情山水、醉心自然的情怀。

这组散套以赋为表现手法，对春雨中的景物和人物心态进行铺张描写，取景广阔，景物描写多姿多彩，情感变化复杂，笔调放逸纵恣，语言本色自然。尤其是衬字的使用，加强了句式的变化，使多变的情感与多变的句式达到了和谐统一。

〔双调〕蟾宫曲

咏西湖（二首）

奥敦周卿

西山①雨退云收。缥缈楼台，隐隐汀洲。湖水湖烟，画船款棹，妙舞轻讴。野猿搦丹青画手，沙鸥看皓齿明眸②。阆苑③神州，谢安曾游。更比东山④，倒大⑤风流。

西湖烟水茫茫。百顷风潭⑥，十里荷香⑦。宜雨宜晴，宜西施淡抹浓妆⑧。尾尾相衔画舫，尽欢声无日不笙簧⑨。春暖花香，岁稔⑩时康。真乃上有天堂，下有苏杭。

【注释】

①西山：此指杭州西面的山。　②"野猿"两句：猿、鸥历来被看作是隐士逸人的忘机之友。唐人黄滔诗："屋带松萝僻，日唯猿鸟亲。"　③阆苑：传说中神仙居住的地方。宋末汪元量诗："昨梦吴山阆苑开，风吹仙乐下谣台。"这里指代西湖。　④东山：在浙江上虞县西南，这里秀峰拱抱，烟海渺然，无异仙乡。谢安出仕前曾经隐居此地，优

游山林六、七年。 ⑤倒大：绝顶之意。 ⑥百顷风潭：指风吹过宽阔的湖面。 ⑦十里：在这里是泛指。柳永《望海潮》有"三秋桂子，十里荷花"之句。 ⑧"宜雨宜晴"二句：化用苏轼的名诗《饮湖上初晴后雨》："水光潋滟晴方好，山色空雨亦奇。若把西湖比西子，淡妆浓抹总相宜。" ⑨笙簧：泛指音乐。 ⑩岁稔：即丰收年。

【赏析】

　　第一曲以细致的笔法，描绘了如画的西湖山水。首句由西山雨霁着笔，雨后的西山，密云初收，山坡上逐渐隐现出缥缈的楼台，湖面上隐约显露出点点汀洲。楼台、沙渚掩映在尚未收尽的云烟水气中，令人遐想翩翩。在如同虚无缥缈的幻境中又引入缓缓行驶的画船。船上的歌姬轻歌曼舞，为西湖增添了声色之美。写景由远及近，犹如一幅徐徐蕴开的水墨画。然后忽然着一野猿、一沙鸥，猿在山，鸥在湖，既切湖山，又增野趣。在作者的笔下，野猿与沙鸥同楼台、沙洲与美人融为一体，达到了天人合一的境界。结尾写谢安曾经游阆苑的逸事，为西湖增添了几许浪漫和神韵。最后将谢安曾游的西湖和他居住过的东山相比较，用斩截的口语"倒大风流"进一步突出了西湖无与伦比之美。使曲子的意境增添了生机，愉悦人心。

　　第二曲换了一个角度，取苏轼诗意，描绘了西湖春暖花开时的景象。首句承接上曲的"雨退云收"、"湖水湖烟"，描写了湖面一片苍茫的烟水，给人一个无限的空间感。画面从又无限缩小到特定的"百顷风潭"，"潭"前加一个"风"字，化静为动，令人想象到微风吹拂湖面，波光粼粼的景象。同时它还勾连着下句，是风将荷花的清香远播。画船络绎不绝，音律飘渺。春暖花香，作者还描写了丰收年景人们欢快喜悦的气氛，人与美景交相辉映，融为一体，一派和谐美好的景象，好像传说中的天堂一样，恰恰印证了"上有天堂，下有苏杭。"的俗语，让人心驰神往。

　　两首曲子，前一首诗情画意，后一首音韵十足，让人如同身临其境，回味无穷。

〔仙吕〕一半儿

题情（四首）

关汉卿

　　云鬟雾鬓胜堆鸦①，浅露金莲簌绛纱②，不比等闲墙外花③。骂你个俏冤家④，一半儿难当一半儿耍⑤。

　　碧纱窗外静无人，跪在床前忙要亲，骂了个负心回转身。虽是我话儿嗔，一半儿推辞一半儿肯。

银台灯灭篆烟残⑥，独入罗帏掩泪眼，乍孤眠好教人情兴懒，薄设设被儿单⑦，一半儿温和一半儿寒。

多情多绪小冤家，迤逗得人来憔悴煞⑧。说来的话先瞒过咱。怎知他，一半儿真实一半儿假。

【注释】

①云鬟雾鬓胜堆鸦：云鬟，即环形的发髻，浓密卷曲如云。曹植喻洛神的美，有"云髻峨峨"。杜甫亦有"香雾云鬟湿"句。鬓，面颊两旁近耳的头发。雾与云的用法相同，都表示头发乌黑蓬松。鸦，鸦髻，妇女发髻的一种形式，亦称"鸦鬟"。李白《酬张司马赠墨》："黄头奴子双鸦鬟。"堆鸦，喻发髻的整齐。在不同的发髻中间用一"胜"字，表示这样"宝髻松松挽就"（司马光《西江月》），未经认真修饰，却自有一种潇洒的羞态。 ②浅露金莲簌绛纱：金莲，《南史齐东昏侯纪》："凿金为莲花以帖地，令潘妃行其上，曰'此步步生莲花也'"。后因称女子缠过的小脚为"金莲"。这句是说她走动时从绛纱裙下"浅露金莲"，簌簌（象声词）有声。《诗·卫风·硕人》写卫庄公夫人的美，由手到肤到颈到齿到额到眉，最后写到笑，"错采缕金，雕绘满眼"。这里只取其上下（头和足），从部分使人想到整体。 ③不比等闲墙外花：等闲，犹云平常。白居易诗"等闲篇咏被人知"便是。"墙外花"，喻指下等女人，如妓女。 ④骂你个俏冤家：冤家，旧时对情人的昵称。冤家本为爱极的反语，这里加了一个"俏"字，比通常说的"小冤家"情更深。关汉卿另有"怀儿里搂抱着俏冤家"句。骂，以恶言加人。这里可作反义词看，是爱之极的意思。旧时喻男女之情，有云"打是喜欢，骂是爱。" ⑤一半儿难当一半儿耍：难当，是由于爱之至深，感情负荷过重，以致禁受不住。耍，调笑，调情，充满着欢乐。 ⑥银台灯灭篆烟残：篆，汉字的一种书体，后用以形容炉香升起的曲折如篆文的烟气；称"篆烟"，在诗词曲中极常见。秦观《海棠春》词"宝篆沉烟袅"；李玉《贺新郎》"篆缕消金鼎"；《西厢记》第二本第二折："风袅篆烟不卷帘。"古人喜欢在夜晚燃香，"篆烟残"，表明夜已深了。 ⑦"乍孤眠"两句：乍，犹初也，才也。如柳永《满朝欢》："巷陌乍晴，香尘染惹，垂杨芳草。"设，大也。《考工记·桃氏》："中其茎，设其后。"薄设设，极言其薄大而空。 ⑧迤逗得人来憔悴煞：迤逗，挑逗、引诱、撩拨，《西厢记》第四本第二折"我着你但去行监坐守，谁着你迤逗的胡行乱走"即此意。煞，甚之意。这里正如柳永《迎春乐》词："近来憔悴人惊怪，为别后、相思煞。"

【赏析】

这四首曲子以一个女子的口吻，描写了与情人由一见钟情到别后相思的感情变化，感情真挚热烈，形象真实生动，语言活泼生动。

第一首曲子开头描写了女子的美貌与体态："云鬟雾鬓胜堆鸦，浅露金莲簌绛纱"，乌黑的头发，云鬟高高挽起，走起路来轻盈优雅，裙摆摇曳，犹如三寸金莲般的小脚隐约可见。至此，一个窈窕淑女的美态清楚地展现出来。这般出众的外貌，端庄的气质，让年轻男子一见倾心，不禁赞叹道："不比等闲墙外花。"这里借他人之口表现出了女子的品德，表明自己不是水性杨花、用情不专或者是沦落风尘的妓女之类的人。"骂你个俏冤家,一半儿难当一半儿耍"。"冤家"前加了一个"俏"字，比通常说的"小冤家"情更深，而再著一个"骂"字，将两人之间亲昵嬉闹的情景生动地展现出来，同时也烘托出了处在炽热的爱恋中的女子的羞涩心理。

在第二首曲中，两人之间热烈的感情更加浓厚。"碧纱窗外静无人，跪在床前忙要亲"，清幽的居室，而窗外又"静无人"，"春宵一刻值千金"，怎能辜负了这良辰美景？一个"跪"字和一个"忙"字，形象地表现了男子的急切和深情。而受封建礼教的约束，女子在男欢女爱的事情上还颇有犹豫，于是"骂了个负心回转身"。"骂"和"转身"两个动作，含蓄地描述出女子外表嗔怒内心甜蜜的心理。"虽是我话儿嗔，一半儿推辞一半儿肯"，进一步揭示了女子对于爱情的态度。"嗔"表现了女子爱情的深沉，因为爱他，所以会担忧他将来会负心，当然又更怕他会生气。"推辞"有女子固有的娇羞，也有对日后"负心"的担忧，而"肯"，却完全是由于真挚的爱情。这几句淋漓尽致地表现了少年既娇羞又深情，既矜持又大胆的情态。

后两首情景大不相同，是写别后的相思，将女子的一片痴情表现得更为动人。"银台灯灭篆烟残，独入罗帏掩泪眼"，夜已经很深了，女子独坐灯前，昔日的美好涌上心头，不觉泪如雨下，直到银台上的蜡烛燃尽，女子才独自躺下。"乍孤眠好教人情兴懒，薄设设被儿单，一半儿温和一半儿寒。"，可是孤枕难眠，往日一幕幕的美好历历在目，似乎这被子上还留有余温，而如今只剩自己，被子空空荡荡，似乎大了好多，更是倍感孤独寒冷。"单"和"寒"一语双关，暗示了女子凄凉的心境，耐心寻味。

第四首继续写女子的相思情怀。用女子的口吻直抒胸臆，更加平实自然，足见感情之深厚。"多情多绪小冤家，迤逗得人来憔悴煞。"，日日思君不见君，在相思的折磨中日渐憔悴，衣带渐宽，于是心中暗暗责怪。然而责怪中充满了浓情蜜意，一句"小冤家"足见女子的深情。"说来的话先瞒过咱。怎知他，一半儿真实一半儿假。"，长时间的相思容易使人胡思乱想，女子反复揣摩男子的话，往日的山盟海誓也不知是真是假？这一细节写出了恋爱中女子真实的心理活动，更深一层道出了女子的相思之苦。

这四首《题情》写了现实中的男欢女爱，炽热大胆、真实细腻，语言洒脱、活泼，鲜明地塑造了一位深情动人的女主人公，"浅而不俗，深而不晦"，为雅俗共赏的作品。郑振铎在《俗文学史》中赞其"俊语连翩，艳情飞荡"。

〔南吕〕四块玉

别　情

关汉卿

自送别，心难舍，一点相思几时绝。凭阑袖拂杨花雪①；溪又斜②，山又遮，人去也！

【注释】

①凭阑袖拂杨花雪：凭阑，靠着栏杆。袖拂杨花，杨花飘絮，有碍远望，用袖拂开它。雪，比喻白色的花絮。　②溪又斜：斜曲的河溪，指乘舟远去，看不见了。

【赏析】

这支小令写女子送别情人后的相思，自然朴实，真挚感人。

曲从别后说起，一开端就点明了所描写的时间、内容："自送别，心难舍，一点相思几时绝。"，送别情人之后难以割舍的心境。起首口气看似较平和，比起宋欧阳修的"寸寸柔肠，盈盈粉泪"，和关汉卿自己的"咫尺的天南地北，刹时间月缺花飞"，情感的表达上似乎没那么浓郁。但别后之情和别时之情是不一样的，别后之情看似淡，看似只有"一点"，却是无休无止，缠绵悱恻。"一点相思几时绝"，是这首小令的重心。关汉卿在这里以"一点"与"几时"对举，表明一种相思，却能惹起长久的万种离愁，留下了永久难以消失的伤痛。这位女子爱她的情人爱得深挚、爱得真切、爱得缠绵，由这几句话得以充分的体现。

"凭栏袖拂杨花雪，溪又斜，山又遮，人去也。"这四句寄情于景，描绘了一幅令人心痛欲碎的情境。倚着栏杆伫立凝望着情人远去，因伫立凝望已久，如雪的杨花纷纷飘落在身上，也全然不觉。情人走远了，还在凭栏远眺，频频招手，在招手拂袖间杨花才被拂开去。这一句把送别写得非常逼真。女主人公完全沉浸在离别之情当中，而忘却了周边的一切，把她的专注、多情刻画得非常生动、感人。"袖拂杨花"，看似一个随便的动作，细细咀嚼，它却包含着思妇的无限愁肠，有苏轼《水龙吟》"细看来不是杨花点点，是离人泪。"之意。然而，杨花虽被拂去了，但"溪又斜，山又遮"。情人沿溪而行，渐去渐远，想再看一看情人，但是小溪曲曲折折，高山重叠阻遮，挡住了女子的视线，终于看不到情人远去的身影。那种离别的沉痛之情，全凝聚在"人去也"这一声撕心裂肺的长叹之中。至此，一位多情而又憔悴的女子，似乎就站在我们的面前。

关汉卿这首散曲所写的意境与此相近，但这里对女子的情感写得更加炽烈，尤其是"凭栏拂袖杨花雪"一句，

这支小令语言自然朴实，但又婉曲柔媚，充满诗情画意，读来韵味悠长。

〔南吕〕四块玉

闲适（四首）

关汉卿

适意行，安心坐。渴时饮饥时餐醉时歌，困来时就向莎茵①卧。日月长，天地阔，闲快活。

旧酒投②，新醅泼③，老瓦盆④边笑呵呵。共山僧野叟闲吟和⑤。他出一对鸡，我出一个鹅，闲快活。

意马收，心猿锁⑥，跳出红尘恶风波⑦。槐阴午梦⑧谁惊破？离了利名场，钻入安乐窝⑨。闲快活。

南亩耕⑩，东山卧⑪。世态人情经历多。闲将往事思量过，贤的是他，愚的是我⑫，争甚么！

【注释】

①莎茵：莎草如茵的草坪。莎，即莎草，俗称香附子。茵，垫子。莎茵是指长着莎草的草坪。　②旧酒投：投，本为"酘"，指重新酿制的酒。旧酒投，即旧酒重新酿制。　③新醅泼：醅，指未过滤还带着米糟的酒。新醅泼，即新酒刚刚酿成。泼：倾倒。　④老瓦盆：粗陋的盛酒器。　⑤共山僧野叟闲吟和：山僧野叟，山野中的僧人、老年人。和，吟诗唱和。　⑥意马收，心猿锁：意马心猿，也作"心猿意马"，本为成语，比喻人的心思不定，像马奔腾、猴子跳跃一般。两句的意思一样，是说应该把追名逐利的欲望收拢起来。　⑦红尘：本为飞扬的尘土，佛道等家用以称人世，一般人也沿用比喻人世。恶风波：险恶的波浪，暗指官场。　⑧槐阴午梦：引用南柯梦的典故。唐人李公佐在他的传奇小说《南柯太守传》中记述书生淳于梦到槐安国，娶公主为妻，做了南柯郡太守，荣华富贵，显赫一时。后因国王见疑，将其遣归。这时他才发现上述一切尽是梦境。槐安国原是其庭前槐下的一个蚁穴，南柯郡则是庭槐南枝下的另一蚁穴。因此，后人常用"南柯"比喻人生富贵悠忽如梦。　⑨安乐窝：安逸的生活环境，借引宋代的邵雍隐居苏门山（今河南辉县）中，曾将住处题名为"安乐窝"。　⑩南亩耕：引用陶渊明的典故，陶渊明《归田园居》有"开荒南野际，守拙归田园"的句子，说明主人公归隐后亲自从事农田劳动。南亩，在这里泛指农田。　⑪东山卧：用谢安隐居东山的典故。东晋人谢安曾隐居在东山（今浙江省上虞县西南），后入朝做了宰相。从此，人们常用"东山高卧"形容那些高洁之士的隐居生活。　⑫"贤的是他"两句贤、愚，都是反语。他，指争名夺权的人。

【赏析】

这组小令共四首，使用同一曲牌和题目，属于联章体形式，也称为重头小令。四支曲子围绕"闲适"这一主题，从不同方面表现了作者快意潇洒、笑傲功名的闲情逸致，也从侧面反映出作者内心的愁苦和愤懑。

第一首描绘了作者隐退田园后的生活情景，表达了对简单、安逸生活的陶醉。"适意行，安心坐"，想出门游玩，就随意而行；想安静休息，就在家安心静坐。"渴时饮饥时餐醉时歌，困来时就向莎茵卧。"，渴了就喝水，饿了就吃饭，酒醉之后想唱歌便唱歌，困倦时向草垫上随便一躺，可以以天为被，地为席。"日月长，天地阔，闲快活。"，这种清闲安乐的生活最好能够天长地久，终生享受。在这首曲子中透露着一种恬淡闲适、无拘无束的意境。但是，细细品读，"闲快活"的字面之下实际暗藏着几分心酸和痛苦，揭示了当时知识分子困窘的处境。

第二首描述了作者与山僧野叟饮酒赋诗的闲适生活，表达了对自由隐居生活的赞美。"旧酒投，新醅泼，老瓦盆边笑呵呵。"，老酒重新酿制过，新酒刚刚出锅，虽然盛酒的器皿粗糙简陋，大家的脸上都洋溢着喜悦。"共山僧野叟闲吟和"，作者与几个山野和尚、村夫围坐在一起，品尝佳酿、闲饮赋诗，其乐融融。"他出一对鸡，我出一个鹅，"可以有两种理解，可以指具体的菜肴，亦可以上承"闲吟和"，指互相吟和的内容，两种都蕴含着无限闲淡惬意的韵味。与淳朴的人交往，在平静的山村自食其力，这种"闲快活"包含着享受生命自由的意义，表现了作者乐以忘忧的情怀。

第三首直抒胸臆，说明自己隐居的原由，表达了跳出风波、远离名利的意愿。曲子开头便传达出作者的心绪难平，"意马收，心猿锁，跳出红尘恶风波。"，滚滚红尘、宦海多艰，作者在激荡的风波中深切体会到平静生活的可贵，于是放弃了对功名富贵的追求。虽然作者强行压抑内心的痛苦和不平，但是我们还是可以窥见作者内心的矛盾和苦闷。"槐阴午梦谁惊破？离了利名场，钻入安乐窝，闲快活。"，作者连用了"南柯梦"和"安乐窝"的典故，"南柯梦"说明富贵功名不过是过眼云烟，而将自己的住处题名为"安乐窝"，则表明自己决心要归隐田园，不问世事。这一"闲快活"，颇有几分酸楚，表明自己痛苦矛盾的心理状态，同时也暗示着对现实的强烈不满。

第四首展现了作者归隐山林、与世无争、傲岸不屈的人生态度。"南亩耕，东山卧"，连用两个典故，表示自己要学习陶渊明和谢安的高尚情操，归隐田园。"世态人情经历多"，作者虽然没有言明现实是怎样的"世态人情"，但是作者冷眼看世、无限感慨的沉痛之情不言而喻。"闲将往事思量过，贤的是他，愚的是我，争甚么！"，作者在闲暇之时反复思量，那些争名逐利、尔虞我诈之徒尽得高官厚禄，自诩为"贤者"，而自己不愿与他们为伍，倒成了他们眼中的"愚人"。既然决定跳出红尘是非，那些贤愚、善恶、高下，又有什么好争的呢？曲尾"闲快活"换成了"争甚么"，可谓百感交集，既是作者的自我宽慰，又饱含对现实的愤懑与无奈，从中也可以看出作者傲岸不屈的高尚品格。

在这四首小令中，作者通过对"闲适"的歌咏，处处隐藏着对现实的讥讽、愤懑和不平，将退隐田园的决心、现实生活的情趣以及荣辱参透的心情表现得淋漓尽致，感情色彩十分强烈。

〔中吕〕普天乐

崔张十六事（之一）

普救姻缘①

关汉卿

西洛客说姻缘，普救寺寻方便。佳人才子，一见情牵。饿眼望将穿，馋口涎空咽。门掩梨花闲庭院，粉墙儿高似青天。

颠不刺见了万千②,似这般可喜娘③罕见,引动人意马心猿。

【注释】

①普救姻缘:指张生、崔莺莺的爱情故事,自唐代元稹的传奇小说《莺莺传》(又名《会真记》)问世以来,为历代文人所吟咏传诵。现有作品留存者,除王实甫的杂剧《西厢记》以外,诗词说唱作品在宋代有秦观、毛滂的《调笑转踏》和赵令(德麟)的《商调蝶恋花鼓子词》十二首,金代有董解元的《诸宫调西厢记》。明代则有王彦贞以〔小桃红〕曲牌写的《摘翠百咏小春秋》。《崔张十六事》以十六首〔普天乐〕曲牌写西厢记故事,见于《乐府群珠》,题关汉卿作。曲中多引用王实甫《西厢记》原词,近似诗中的集句。 ②颠不刺见了万千:颠不刺,是宋元时的方言俗语。颠,有轻佻、风流的意思;不刺,是方言的语助词。 ③可喜娘:即可爱的女子。

【赏析】

《普救姻缘》写西厢故事的开始,张生、崔莺莺佛殿相遇便一见钟情一事。曲子以张生自嘲的口吻写出,趣意横生。

开头"西洛客说姻缘,普救寺寻方便。",说明故事的由来。张生赴京赶考路过蒲州打算游览普救寺,故事由此而来。张生是西洛人氏,又在旅行途中,所以称西洛客。张生向小和尚法聪打听,闻普救寺幽雅清爽,想来瞻仰一下佛像,拜谒一下长老,烦请他行个方便,允许他寺中游览一番。"佳人才子,一见情牵。",不曾想,张生在佛殿遇到了美丽端庄的大家闺秀崔莺莺,一见钟情。"饿眼望将穿,馋口涎空咽。",写张生见到崔莺莺时惊艳、神魂颠倒的情态。一个"饿"字和一个"馋"字,将张生目瞪口呆、馋涎欲滴的"痴情种"的形象和对崔莺莺的爱慕、眷恋之情淋漓尽致地表现出来,不仅写出了张生的惊喜、羡艳,同时从侧面烘托出了莺莺的美丽,手法高明。

"门掩梨花闲庭院,粉墙儿高似青天。",是从张生眼中看西厢。张生情不自禁地来到崔莺莺的门外,可是院门深掩,关住了院内盛开的娇艳的梨花,高高的粉墙似乎直达青天。大门和高墙成了他不可逾越的碍物,伊人在墙门之内,可望不可即,他只能"望墙兴叹"了。"颠不刺见了万千,似这般可喜娘罕见",是张生对莺莺的赞美。这种赞美是从与千万个美人的比较中得出的。"引动人意马心猿",描写了张生的心理活动,极言被崔莺莺的美丽动人挑逗得意乱情迷、坐立难安。

〔中吕〕普天乐

崔张十六事（之二）

西厢寄寓①

关汉卿

娇滴滴小红娘，恶狠狠唐三藏②。消磨灾障③，眼抹④张郎。便将小姐央⑤。说起风流况⑥，母亲呵怕女孩儿春心荡，百般巧计关防⑦，倒赚他鸳鸯比翼，黄莺作对，粉蝶成双。

【注释】

①西厢寄寓：张生与崔莺莺在佛殿邂逅相遇，顿生爱慕之心，便以"温习经史"为名，向普救寺长老租借僧舍寄读，以求与莺莺再次相会。　②唐三藏：指普救寺的长老。　③消磨灾障：即消灾免祸。　④眼抹：偷看。　⑤央：央求。　⑥风流况：指莺莺曾擅自潜出闺房遭到老夫人"庭训"的往事，红娘为了证明老夫人"治家严肃，有冰霜之操"，对张生说起此事。　⑦百般巧计关防：指老夫人要莺莺谨守"非礼勿视，非礼勿听，非礼勿言，非礼勿动"一套封建礼教以及"内无应门五尺之童，年至十二三者，非呼召不敢辄入中堂"的家规。

【赏析】

《西厢寄寓》一曲，主要描述张生在长老处遇见红娘时的情景，相当于王实甫《西厢记》第一本第二折。

曲子开头"娇滴滴小红娘，恶狠狠唐三藏。"，以张生的口吻写红娘和长老。用"娇滴滴"来形容红娘，形容其娇美可爱，活泼伶俐；用"恶狠狠"形容长老，是调侃长老的一本正经，并无憎恶贬低之意。"消磨灾障，眼抹张郎。"，可以倒着来理解，是说红娘偷看了张生一眼，张生便觉得艳福不浅，可以消灾免祸了。这里表现了张生对红娘的羡艳和赞美。"便将小姐央"，王实甫《西厢记》中有"若共他多情的小姐同鸳帐，怎舍得他叠被铺床。我将小姐央，夫人央，他不令许放，我亲自写与从良"的唱句，意思是张生央求莺莺准许红娘赎身，不再做婢女。

接下来，作者笔锋一转，"说起风流况，母亲呵怕女孩儿春心荡，百般巧计关防"，描述红娘向张生转述老夫人的严厉和严谨。"百般巧计关防"，写老夫人治家要求遵循的封建礼教以及家规的繁缛，表现了其凌厉和冷若冰霜的性格。而在母亲如此严格的管教之下，莺莺还自潜出闺房，也就是"风流况"一事，表现了莺莺勇于反抗封建礼教的精神。"倒赚他鸳鸯比翼，黄莺作对，粉蝶成双。"，是张生听到红娘叙述之后愤懑的感慨，鸳鸯、黄莺、粉蝶儿尚可以成双成对，比翼双飞，而自己却不能与心上人相亲相爱，怎能不愤慨呢？

全曲借张生的口吻写出，初步展现了曲中人物的性格，让人直观体会到了红娘的聪慧伶俐，崔莺莺的叛逆，老夫人治家的严厉以及张生对爱情的执着追求。

〔中吕〕普天乐

崔张十六事（之三）

酬和情诗①

关汉卿

玉宇净无尘②，宝月圆如镜。风生翠袖，花落闲庭。五言诗句语清，两下里为媒证。遇着风流知音性，惺惺的偏惜惺惺③。若得来心肝儿敬重，眼皮儿上供养，手掌儿里高擎。

【注释】

①酬和情诗：张生寄寓普救寺，与崔莺莺的居处只有一墙之隔，这就为他们的幽会创造了有利条件。当他得知崔莺莺每晚必到花园内烧香祝告的时候，便预先来到太湖石畔的墙角处，寻机与莺莺会面。在这里，他们月下联吟，相互酬和，心心相印，由羡貌而慕才，爱恋之情益笃。 ②玉宇净无尘：形容天空像润玉一样晶莹，一尘不染。 ③惺惺：聪慧的样子。

【赏析】

这首曲子写张生与崔莺莺在月下联吟，相互酬和，爱情日渐深厚，相当于王实甫《西厢记》第一本第三折。

曲子开头"玉宇净无尘，宝月圆如镜。"，点明幽会的时间、地点和环境是在一个月朗风清的晚上。作者用了比喻的手法，将晶莹的天空比作润玉，形容天气晴朗；将月亮比作明镜，形容其皎洁明亮。这正是恋人幽会的好时光。就在这良辰美景之中，女主人公崔莺莺出场了。"风生翠袖，花落闲庭。"，微风吹拂着她的衣袖，花园里片片花瓣轻轻飘落，美人、花雨，营造了浪漫的气氛。

在王实甫的《西厢记》中有详细的介绍，故事中说莺莺在红娘陪侍下到园内来烧香，她在月下焚香三炷，祝告苍天：一祝先父的亡魂早升天界，二祝年迈的老母身安无事，当焚香三祝时，却举香不语，流露出无限的伤情。小红娘看透她的心事，便说："愿俺姐姐早寻一个姐夫！"于是，引起莺莺一声长叹。张生见此情景，猜中莺莺的心意，于是在墙角高吟五言诗一首："月色溶溶夜，花阴寂寂春；为何临皓魄，不见月中人。"崔莺莺心有灵犀一点通,赞羡之余,立即依韵相和:"兰闺久寂寞,无事度芳春;料得行吟者,应怜长叹人。"张生和莺莺在月下的联吟酬和,传达了各自的心意,诗情画意,优美动人。因此曲中说道:"五言诗句语清,两下里为媒证。"二人通过优美的诗句,互诉衷肠,周围动人的美景成为二人的媒人,而他们酬和的情诗成为二人相爱的证据。

"遇着风流知音性,惺惺的偏惜惺惺。",是对这两位既有才情又敢于反抗封建礼教的情人心心相印的赞美。知音是可遇不可求的,遇上自是难得,而能够惺惺相惜更是一生难求,才子配佳人,正是天作之合。于是张生最后感叹到:"若得来心肝儿敬重,眼皮儿上供养,手掌儿里高擎。",表达了张生对莺莺的一片真情。这三句极其形象地描绘出张生对莺莺爱恋的深切和真挚,正是有种"放在心里怕压着,捧在手心怕摔着,含在嘴里怕化了"的痴恋。

这首曲子写张生和莺莺情感的进一步发展,表达了作者对真爱的赞美。

〔中吕〕普天乐

崔张十六事(之四)

随分好事①

关汉卿

梵王宫月轮高,枯木堂香烟罩②。法聪来报,好事通宵。似神仙离碧霄,可意种来清醮③。猛见了倾国倾城貌,将一个发慈悲脸儿朦着。葫芦啼④到晓,酩子里⑤家去,只落得两下里镬铎⑥。

【注释】

①随分好事:是在别人做好事(指佛事)时,自己也出一份钱物,跟随别人一起做好事。张生在长老的方丈里见红娘向长老询问崔莺莺为追荐其亡父做道场的事情,他为了能够再次见到莺莺,便提出也带一份儿斋追荐他的父母。这首小令就是写做道场时的情景。相当于王实甫《西厢记》第一本第四折。 ②梵王:即大梵天王,为婆罗门教最尊贵的神。枯木堂:指和尚参禅打坐的房间。这里梵王宫、枯木堂均指佛殿,是说这一次道场是在普救寺的佛殿里举行,时间在圆月当空的夜晚,缭绕的香烟笼罩着佛殿。 ③可意种:是对称心如意的人的昵称。醮:僧道设坛诵经、做法事谓之"醮",或"打醮",即做道场。 ④葫芦啼:一般作"葫芦提",或"葫芦蹄",是胡里胡涂的意思。 ⑤酩子里:也作"暝子里"、"冥子里",与葫芦提互文义近,也有暗地里的意思。 ⑥镬铎:一般作喧闹、大呼大叫解。

【赏析】

开头"梵王宫月轮高,枯木堂香烟罩。",点明做道场的时间、地点。圆月似一轮玉盘悬挂在高高的夜空,寺院内正在做道场,香烟缭绕,笼罩着佛殿。虽然短短两句,却给整个寺院渲染出了一种肃穆、神秘的气氛。"法聪来报,好事通宵。",小和尚法聪来告诉张生,这次道场要整整一个通宵才能做完,如此隆重的佛事活动,足见崔家的家势。对于深陷情网的张生来说,这当然是一次千载难逢的好机会。"似神仙离碧霄,可意种来清醮。",在月色朦胧,烟雾缭绕之中,崔莺莺来到佛殿拈香拜佛。在这种环境下,莺莺格外的风姿绰约、妩媚动人,给人以"飘飘欲仙"的感觉,好似天女下凡,所以用"神仙离碧霄"来比看了神魂颠倒,就连晋救寺的长老也为之心动,不得不假装严肃。和尚本为六根清净之人,然而面对莺莺不禁怦然心动,从侧面表现出莺莺的"倾国倾城"之美。

"葫芦啼到晓,酩子里家去,只落得两下里镂铎。"三句,连用了三句宋元方言俗语,是说这场佛事活动糊里糊涂地折腾到天大亮,大家才迷迷糊糊回到家中。倒是张生和莺莺郎有情,妾有意,两个人都情意绵绵,兴奋心情还难以平复。作者写张生和莺莺的情意时,用了方言俗语,语气诙谐幽默,自然亲切。

〔中吕〕普天乐

崔张十六事(之五)

封书退贼①

关汉卿

不念法华经,不理梁皇忏②。贼人③来至,情理何堪!法聪待向前,便把贼来探。险把佳人遭坑陷,消不得小书生一纸书缄。杜将军风威勇敢,张秀才能书妙染,孙飞虎好是羞惭。

【注释】

①封书退贼:这一曲写"寺警",相当于王实甫《西厢记》第二本第一折及楔子。蒲关守桥叛将孙飞虎以五千之众围困普救寺,强索崔莺莺做压寨夫人。危难中全寺僧俗一筹莫展。崔莺莺提出不拣何人,只要能杀退贼兵者,"情愿与英雄结婚姻"。老夫人出于无奈,只得赞同。张生为救莺莺和众僧俗,修书请来其好友白马将军解围。 ②法华经:佛教主要经典之一,全称《妙法莲华经》,经中宣扬三乘归一之旨,自以其法微妙,如莲花居尘不染,故名。梁皇忏:佛教祷礼经名,《慈悲道场忏法传》的简称,又称《梁王忏》、《梁武忏》。相传梁武帝为忏悔郗后往业,命法徒撰集经文,成十卷。事见《梁皇忏序》。 ③贼人:指孙飞虎极其所率乱兵。

【赏析】

　　这首曲子分为两部分，前一部分着重描述法聪，（即王实甫《西厢记》中的惠明和尚）。曲子开门见山，开头"不念法华经，不理梁皇忏"，写法聪是一位不念经、不礼忏的鲁莽和尚。他不受佛门的清规戒律限制，但却是一位见义勇为、勇敢正义的和尚。法聪这一形象与众僧大相径庭，给人留下深刻印象，其中也包含了作者的赞誉之情。"贼人来至，情理何堪！"，写法聪对孙飞虎兵围普救寺的愤慨。孙飞虎率领五千兵马围住普救寺，声称三日之内不交出莺莺，就将寺院焚毁，一干人等格杀勿论。"情理何堪"四个字，充分表现出法聪嫉恶如仇、义愤填膺的刚直性格。"法聪待向前，便把贼来探"，写他为了解救全寺僧俗摆脱险境，自告奋勇突出贼兵的重围，向外求援。

　　曲子后一部分塑造了张生的形象。"险把佳人遭坑陷，消不得小书生一纸书缄。"，为了不让莺莺落入贼人手中，张生写信向白马将军杜确求援。"险"字表现了兵围寺院的严峻、险恶的形式，千钧一发，刻不容缓。"消不得"表现了张生的镇定自若、临危不惧的果敢，"小书生"、"一纸书缄"，可以看出是对孙飞虎贼兵的蔑视，也从侧面表现了杜确将军的神勇。如果按照事件发生的顺序，应该是张生修书在前，法聪下书在后，这里将顺序颠倒是为了突出张生修书在"白马解围"中的关键作用。

　　最后三句"杜将军风威勇敢，张秀才能书妙染，孙飞虎好是羞惭。"，总结了三个人物在这场事件中的表现，言简意赅，褒贬分明。

　　这首曲子赞颂了法聪于危难之中送信的大义之举，张生封书退贼的大智之勇和白马将军勇退贼兵的威猛之态，倒叙手法用得恰到好处，人物个性鲜明。

〔中吕〕普天乐

崔张十六事（之六）

虚意谢诚

关汉卿

　　东阁玳筵①开，不强如西厢和月等。红娘来请：万福②先生。"请"字儿未出声，"去"字儿连忙应。下功夫将额颅十分挣，酸溜溜螫得牙疼。茶饭未成，陈仓老米，满瓮蔓菁。

【注释】

　　①东阁：汉武帝时丞相公孙弘延揽贤士、款待宾客的地方。玳筵：形容筵席的丰盛、豪华。　②万福：宋元时妇女相见的礼貌用语。

【赏析】

　　"白马解围"后，老夫人设宴酬谢张生，但这是一种以虚意对志诚的酬谢。在这次宴请中,老夫人演出了"赖婚"的丑剧。这首曲子着笔于张生赴宴前后的不同心情,相当于王实甫《西厢记》第二本第二折。

  曲子开头"东阁玳筵开",以夸张的手法点明老夫人设宴款待酬谢张生,表现了宴会的丰盛、奢华,侧面表现了莺莺殷实富贵的家境,暗示了崔张两人的爱情来自家庭方面的阻力。紧接着"不强如西厢和月等",与"月下联吟"时的情景作对照,表明张生紧张的心情。红娘奉老夫人之命请张生赴宴,而"请字儿未出声,去字儿连忙应。",鲜活地刻画出张生急不可耐的心情。张生以为,老夫人已经许下了只要杀退贼兵,便可缔结婚姻的诺言,而如今寺警解除,二人的好事也就将近了,所以一见红娘来请,便连忙应声去。作者对人物心态的揣摩、对细节的描绘简直是出神入化。

  曲子接下来写张生赴宴前的修饰打扮,"下功夫将额颅十分挣",虽然只写了张生在额角上擦拭、修饰的一个动作,但是"下功夫"三个字却把他赴约前的心理状态刻画得淋漓尽致,十分传神地表现了张生的兴奋与重视。"酸溜溜螫得牙疼"则是写红娘对张生这番装束打扮的印象、评价:一副穷酸秀才的模样,看了让人"螫得牙疼"。这两句从正面和侧面两个方面刻画了张生会见恋人前的心境和动作,十分精采、贴切。

  最后三句是写宴会上的情况。"茶饭未成,陈仓老米,满瓮蔓菁。",用夸张的手法,说张生茶饭没进,见到的尽是陈仓老米,满瓮蔓菁。原本张生满怀与莺莺结亲的美好幻想,兴冲冲地前去赴宴,怎么会想到是结为兄妹,这如同晴天霹雳,使他的一切美好憧憬化为泡影。他满怀一腔愤怒,毅然称醉告退。这里所谓的茶饭、老米、蔓菁,其实是张生情感的外化,映衬了他此时此刻失望的心境。

  这首曲子描述了张生赴宴前后不同的心态,张生赴宴之前是何等喜悦、兴奋,看到的是"东阁玳筵开";而赴宴之后,又是何等扫兴、失望,满桌酒菜竟至变成了令人生厌的"陈仓老米,满瓮蔓菁"!如此强烈鲜明的对比,揭露了老夫人的虚伪,点明了崔张二人爱情悲剧的罪魁祸首,谴责她的言而无信与虚伪。作者以口语入曲,化俗为雅,体现了元曲的本色特征。

〔中吕〕普天乐

崔张十六事(之七)

母亲变卦

关汉卿

  若不是张解元①识人多,怎生救咱全家祸。你则合有恩便报,倒教我拜做哥哥。母亲你忒虑过,怕我陪钱货。眼睁睁把比目鱼分破②,知他是命福如何?我这里软摊做一垛③,咫尺间如同间阔④,其实都伸不起我这肩窝⑤。

【注释】

①解元：宋元时对读书人的敬称，与明清时代科举中的乡试第一名的专称不同。　②比目鱼分破：古典诗词中常用比目鱼来比喻相亲相爱的夫妻或恋人，这里用比目鱼被分开比喻老夫人的赖婚生生拆散了这对热恋着的情人。　③软瘫做一垛：形容崔莺莺精神上受到非常沉重的打击。　④间阔：远别的意思　⑤其实都伸不起我这肩窝：强调赖婚给崔莺莺造成的精神创伤。

【赏析】

西厢故事中，"白马解围"曾为崔张二人的幸福婚姻展现出美好的前景，不仅张生沉浸在与莺莺结亲的幻想之中，崔莺莺也是满心欢喜，额手称庆，以为母亲终于成全了他们的好事。可是谁料到，在老夫人设宴酬谢张生期间，一句"小姐近前拜了哥哥者"，将莺莺所编织的美妙幻想撕得粉碎。这无疑是一个晴天霹雳，将崔莺莺从梦幻中震醒，终于看清了母亲伪善的面孔，于是，美好的憧憬化作满腔的怨愤。这首曲子正是莺莺对老夫人"赖婚"行为的怨愤之词，相当于王实甫《西厢记》第二本第三折。

曲子开头，以莺莺的口吻回忆了张生以一封书信退却五千贼兵，拯救了崔府合家的性命，使莺莺免遭贼掳之祸一事。"若不是张解元识人多，怎生救咱全家祸。"，莺莺先晓之以理，指出张生是崔家的救命恩人。紧接着明之以义，"你则合有恩便报，倒教我拜哥哥。"，指责老夫人忘恩负义，知恩不报，背弃了"能退贼兵者，以莺莺妻之"的诺言。如此义正词严，料想老夫人也无言以对。"母亲你忒虑过，怕我陪钱货。"二句，表示莺莺对老夫人顽固执守门第观念的批判与不满。老夫人是富贵体面的相国夫人，谨守封建礼教，一心希望女儿嫁一个"门当户对"的乘龙快婿，尽管孙飞虎围寺之际勉强许下了"能退贼兵者，以莺莺妻之"的诺言，但要女儿嫁给一个无名无份的穷酸书生铁定不情不愿，甚至认为是有辱相国门第，于是才有"赖婚"之举。而莺莺对她这种思想的批评，表现了莺莺勇于追求婚姻恋爱自由，反抗封建门第观念的叛逆精神。

接下来"眼睁睁把比目鱼分破，知他是命福如何？"两句，既是对老夫人动之以情，希望母亲能成全他们，又是对张生的前途和命运表示关切与担心，也是担忧他们二人的幸福。"我这里软瘫做一垛"，是听到母亲让她"近前拜了哥哥"时所受到的震动，这对她无疑是一个非常沉重的打击。"咫尺间如同间阔"，则是说老夫人让他们以兄妹相称使二人的关系顿时疏远了很多，虽然近在咫尺，却如同相隔万里。"其实都伸不起我这肩窝"一句，再一次强调老夫人赖婚给她造成的精神创伤，动人心弦。

曲子借莺莺的口吻写来，通俗自然，明白晓畅，感人动情，抒发了崔莺莺对老夫人赖婚变卦的怨愤与抗争，集中塑造了崔莺莺勇敢争取婚姻恋爱自由、反对封建门第观念的叛逆性格。

〔中吕〕普天乐

崔张十六事（之八）

隔墙听琴①

关汉卿

月明中，琴三弄②，闲愁万种，自诉情衷。要知音耳朵，听得他芳心动。司马文君情偏重，他每也曾理结丝桐。又不是《黄鹤醉翁》，又不是《泣麟悲凤》，又不是《清夜闻钟》③。

【注释】

①隔墙听琴：这一首题为《隔墙听琴》，但细读曲文，实为隔墙抚琴，写张生以琴音传心曲。相当于王实甫《西厢记》第二本第四折。 ②琴三弄：。弄，是古琴曲的单位量词。三弄，即三支曲子，这里是泛指，形容张生在月下一遍一遍地弹琴。 ③"又不是"三句：句中三题皆为古琴曲名。

【赏析】

原本退却贼兵，张生和崔莺莺的爱情有了一丝光明，但是老夫人嫌贫爱富，在筵席上悔约赖婚，让张崔二人以兄妹相称，婚事看似无望。张生崔莺莺的爱情结合发生了巨大的波折，张生满腔激愤，称醉告退，但他对莺莺的一片情爱难以割舍，愁苦万分。这首曲子是写在红娘热情大胆的建议的启发下，张生乘莺莺月夜焚香的机会，隔墙抚琴，倾诉衷肠。

"月明中，琴三弄，闲愁万种，自诉情衷。"，交代了隔墙抚琴的时间和缘由。时间是在夜晚，皓月当空，琴声三弄，琴声中寄托了自己无限的相思与深情，以琴传情，倾诉衷肠，极富诗的意境。"要知音耳朵，听得他芳心动。"，张生此番月下抚琴，不止是"闲愁万种"，倾吐心中的郁闷，而是为了寻觅知音，希望自己的一曲琴音能打动莺莺的芳心。

"司马文君情偏重"，是写张生模仿历史上著名的"司马相如琴挑卓文君"的故事，以弦代语，弹奏起当年司马相如弹奏的那首有名的曾经打动卓文君的《凤求凰》，将无限心事赋予琴弦，希望能鼓励崔莺莺能像卓文君那样勇敢地冲破封建家庭的樊篱，成就一段才子佳人的佳话。

这支曲子在章法结构上层层递进，步步深入，通篇曲意联贯，句句相承，将张生月下弹琴传诉衷肠一事表现得委婉曲折，耐人寻味。上半部分写为何弹琴，先写"琴三弄"，再写"诉情衷"，最后才说出"听得他芳心动"，层层递进；下半部分写弹何琴曲，连用三个"又不是"排比的古琴曲名，含而不露，又饱含深情。

〔中吕〕普天乐

崔张十六事（之九）

开书染病

关汉卿

寄简帖又无成，相思病今番甚①。只为你倚门待月，侧耳听琴。便有那扁鹊②来，委实难医恁。止把酸醋③当归浸④，这方儿到处难寻。要知是知母未寝，红娘心沁⑤，使君子难禁⑥。

【注释】

①甚：加重，进一步。 ②扁鹊：战国时名医。 ③酸醋：宋元时书生常用的戏称，形容其穷酸可笑，这里是对张生的调侃语。 ④归浸：与"归寝"谐音。 ⑤心沁：怠慢，不用心的意思。 ⑥使君子难禁：极言其相思之苦。

【赏析】

西厢故事中说道：崔莺莺月夜听琴后，得知张生相思成病，便派红娘前往探望。张生请红娘代为传简，表达他渴望同莺莺幽会的心情，信中附诗说："相思恨转添，谩把瑶琴弄。乐事又逢春，芳心尔亦动。此情不可违，芳誉何须奉？莫负月华明，且怜花影重。"希望莺莺勇敢地冲破封建礼教和社会世俗偏见的束缚，勇敢地同他结合。崔莺莺读后大为所动，但又担心红娘会向老夫人告密，便佯装恼怒，暗中派红娘给张生送去约会的诗帖，这就是那首有名的待月诗："待月西厢下，迎风户半开；扶墙花影动，疑是玉人来。"张生看后，欣喜若狂，如期赴约。但是，这位相国千金的心情变幻莫测，等到张生逾墙而至时，她却又在红娘面前装起假正经，变了卦，演出了一场"赖简"的闹剧。这首曲子写张生在崔莺莺"赖简"后相思成病的情态，相当于王实甫《西厢记》第三本第四折。

曲子开门见山，开头便说道："寄简帖又无成，相思病今番甚。"情感遇到这样的挫折，痴情的张生相思病自然加重。"只为你倚门待月，侧耳听琴。"，意思是说张生得相思病全是由崔莺莺引起的。都是因为崔莺莺"倚门待月"、"侧耳听琴"，才使张生为她如痴如醉，竟然相思成病。"便有那扁鹊来，委实难医恁。"，正所谓"心病还须心药医"，即使是神医扁鹊再世，也难以医治，表现了张生病症的严重，侧面表现出了张生的痴情。接下来"止把酸醋当归浸，这方儿到处难寻。"，紧承上句，言明要医这相思病除非是冲破封建礼教的束缚私自结合，但这样的机会又何其难寻。下面则借助四种药名，一语双关，刻画出张生迫不及待的一片痴情。"要知是知母未寝，红娘心沁"，解释了上句中"方儿"难寻的原因：原来是老夫人的日夜监视和阻挠，红娘也不竭诚相助，于是才使张生害了相思病。曲中"当归"、"知母"、"红娘"、"使君子"等几种药名，实则语意，构思奇巧，耐人寻味。

〔中吕〕普天乐

崔张十六事（之十）

莺花配偶①

关汉卿

春意透酥胸，春色横眉黛②。新婚燕尔③，苦尽甘来。也不索将琴操④弹，也不索西厢和月待。尽老今生同欢爱，恰便似刘阮天台⑤。只恐怕母亲做猜，侍妾假乖，小姐难捱。

【注释】

①莺花配偶：这支曲子写张生、崔莺莺的私自结合。相当于王实甫《西厢记》第四本第一折。 ②春意透酥胸，春色横眉黛：连用两个"春"字，形容莺莺的姿容、倩影。写透着春意的酥胸和漾溢着春色的黛眉，给人以充满青春活力的感觉，既含蓄又贴切。 ③新婚燕尔：出自《诗经·邶风·谷风》篇："宴尔新婚，如兄如弟。"形容新婚快乐的样子。 ④琴操：即琴曲。 ⑤恰便似刘阮天台：《太平广记》卷六十一《天台二女》条说，刘晨、阮肇二人到天台山采药，误入桃源仙境，遇见两位仙女，相邀还家，"酒酣作乐，夜后各就一帐宿，婉态殊绝。"用刘阮天台遇仙的典故，比喻他们爱情的幸福美满。

【赏析】

经过几番磨难，张生与崔莺莺这一对苦恋的情人终于在红娘的精心撮合下，瞒过老夫人的监视私自结合了。这是他们对封建礼教和封建婚姻制度的一次最大胆的叛逆。曲子热情地歌颂了二人的勇敢和情意。

"春意透酥胸，春色横眉黛。新婚燕尔，苦尽甘来。"，张生和莺莺几经波折，终于实现了梦寐以求的愿望，苦尽甜来，心情欢快，仿佛作者也感到莫大的欣慰，希望他们的爱情从此不再起什么波澜。春宵一刻值千金，两人浓情蜜意。此刻的莺莺沉浸在无比的喜悦和幸福之中，满面春光，格外妩媚迷人。"也不索将琴操弹，也不索西厢和月待。"，在甜蜜幸福之中回顾了崔张两人相爱到结合艰难曲折的过程：隔墙听琴、传简酬诗、待月西厢从此统统不再有，两人终于结合在一起，欢愉之情，无需言表。"尽老今生同欢爱，恰便似刘阮天台。"，上句是希望今生今世，白头偕老，永浴爱河；下句借刘阮天台遇仙的典故，将时空范围扩大，极言他们爱情的幸福美满。

曲子最后将笔锋一转，形势急转之下，"只恐怕母亲做猜，侍妾假乖，小姐难捱。"，虽然他们私自结合了，但前路并非一帆风顺，甜蜜之中还埋藏着巨大的隐忧。老夫人的顽固态度，她对女儿的种种防范，都令人提心吊胆。一旦老夫人发觉，将会有怎样的后果？婢女红娘在老夫人的威逼下会不会将他们私自结合的秘密供出来？这些后果都难以预料。这种担忧给读者留下了难以释怀的悬念，言有尽而意无穷。

〔中吕〕普天乐

崔张十六事（之十一）

花惜风情①

关汉卿

小娘子说因由，老夫人索穷究。我只道神针法灸，却原来燕侣莺俦②。红娘先自行，小姐权落后。我在这窗儿外几曾敢咳嗽，这般勤着甚来由！夫人你得休便休，也不索出乖弄丑，自古来女大难留。

【注释】

①花惜风情：张生、崔莺莺的私自结合终于被老夫人发觉，便找红娘来拷问。于是，红娘与老夫人之间展开了一场尖锐的正面冲突。这就是数百年来在戏曲舞台上历演不衰的"拷红"一折，即王实甫《西厢记》第四本第二折。 ②燕侣莺俦：比喻夫妇恩爱。燕侣，燕子双栖，犹人之忧伴侣。俦，伴侣。

【赏析】

这首曲子以红娘的口吻来写，短短的一支曲子自然不能再现这场口舌之争的全貌，但是从小红娘那伶牙俐齿舌战老夫人的声口之中，塑造出一个聪明伶俐、热情泼辣、随机应变的可爱的红娘形象。

"小娘子说因由，老夫人索穷究。"，以红娘回答老夫人问话的形式引出全文，面对威严的老夫人，红娘沉着冷静，娓娓道来，说得不慌不忙，头头是道。她提醒老夫人认真地判断这一事件发生的前因后果，权衡处理这件事可能引发的严重后果，为下面叙述造成崔张私自结合的"因由"作好铺垫。

"我只道神针法灸，却原来燕侣莺俦。"，是说张生相思成疾，于是莺莺不得不前去探望。本来是一片好意，想劝慰张生针灸服药，早日康复，没想到他们私自结合了。这里其实暗含着两层意思：其一是因为老夫人忘恩负义、食言赖婚，才导致张生害病。若没有老夫人的背弃前言，张生怎么会生病？我主仆二人又何必前往探视？这就把老夫人首先置于不利的地位；其二，我们原是想劝慰张生针灸服药，早日康复，谁料想他们却私自结合了。在这里，红娘既是向老夫人大胆地公开承认了张生、莺莺的私定终身木已成舟，同时又为自己辩白，他们的结合是双方自愿的。虽只是淡淡两句，红娘的聪慧、机敏可见一斑。

"红娘先自行，小姐权落后。"二句，是借用张生口气，进一步证实崔张结合并非红娘的过错，将主要责任推给张生，同时又巧妙地在暗中保护了莺莺。"我在这窗儿外几曾敢咳嗽，这殷勤着甚来由！"红娘以婢女的身份作为挡箭牌，表明自己在窗外连咳嗽都不敢，哪里敢去干涉主人的行动呢？辩解中透出一股委屈和怨气，表明自己身不由己，一番话说得理直气壮、咄咄逼人。至此，红娘已完全摆脱了被动受审的处境，让老夫人找不到兴师问罪的理由，进退维谷。

"老夫人你得休便休，也不索出乖弄丑，自古来女大难留。"，红娘向老夫人陈明利害，指出这种事情张扬出去会败坏相国府的名声，不如顺水推舟，得过且过，成全了他们。这里，红娘表面上似乎是为老夫人权衡利弊，出谋划策，实际上则是在努力促成崔张二人的好事，表现出红娘"愿天下有情的都成眷属"的热诚心肠。红娘的分析在情在理，老夫人经过一番思想斗争，权衡利弊，终于无可奈何地接受了这个既成的事实。张生和莺莺大胆所做的"有辱门风"之事在红娘的帮助下获得了肯定。

全曲的章法结构严谨，环环相扣，写红娘由招认事实到大胆辩解、由被动受审到主动反击，层次分明，思路清晰，集中塑造了红娘聪明机智、热情勇敢的形象特征。

〔中吕〕普天乐

崔张十六事（之十二）

张生赴选

关汉卿

碧云天，黄花地①，西风②紧，北雁南飞。恨相见难，又早别离易。久已后虽然成佳配，奈时间怎不悲啼。我则厮守得一时半刻，早松了金钏，减了香肌③。

【注释】

①碧云天，黄花地：化用范仲淹〔苏幕遮〕中"碧云天，黄叶地"的句意。 ②西风：指秋风。 ③早松了金钏，减了香肌：形容莺莺被相思折磨得形容憔悴，消瘦了许多。

【赏析】

在西厢故事中，"拷红"一幕，老夫人对于已经私定终身的崔张婚事虽不得不勉强应允,但她却又以"三辈儿不招白衣女婿"为理由,逼迫张生上京应试,导致这一对刚刚从相思之苦中解脱出来的情人,又面临一场离别的痛苦。张生应老夫人之命赴京赶考,崔莺莺于十里长亭设筵送行。这就是王实甫《西厢记》中最精采的一折——《长亭送别》,即第四本第三折。《张生赴选》一曲就是描述了崔张二人离别的场景。

曲子开头"碧云天,黄花地,西风紧,北雁南飞。"四句,描绘出一幅色彩斑斓的秋景图:碧空中漂浮着淡淡的白,漫山遍野开满了金黄的菊花,萧瑟的秋风阵阵袭来,长空中不断传来北雁南归的声声哀鸣,绚烂的秋景中透露出丝丝悲凉的气氛。就在这样一幅典型的离别场景中,一对热恋的情人即将分别。短短四句,以景寓情,情景交融,形象地传达出一对离人哀怨、悲伤的心情,自然贴切,富有新意,成为众口传诵的名句,堪称曲中之绝唱。

"恨相见难,又早别离易。"二句,写莺莺对此番别离的怨愤情绪。表达了莺莺对老夫人逼迫张生上京赴试的埋怨。本来张生莺莺的私自结合经过他们与红娘的共同努力,老夫人已妥协应允,他们原指望从此以后可以长相厮守,夫妻恩爱,谁料到老夫人又使出逼张生应试的花招,硬将他们再一次拆散,真是好事多磨。"久已后虽然成佳配,奈时间怎不悲啼。",既表现了对未来美好前景的憧憬,又表现出对眼前离别之苦的伤感。对于珍视爱情胜过"蜗角虚名、蝇头微利"的莺莺来说,张生能否金榜题名并不重要,重要的是能够早些回来,夫妻团圆。而且她内心深处,还有对张生金榜题名后会不会"停妻再娶妻"的顾虑,这就加重了离别时的悲凉气氛。而离别在即,片刻的厮守也显得弥足珍贵,而就在这短短一瞬,女主人公也已被折磨得形容憔悴,消瘦得"早松了金钏,减了香肌"。这一曲主要表现了莺莺轻功名重感情的深情,表现出她挑战封建传统的反叛精神,刻画出典型的人物性格。

本曲前半部分写景,后半部分抒情,善于抓住典型的景物描写,渲染出一个充满离愁别绪的典型氛围,情景交融,令人感同身受,极富艺术感染力。

〔中吕〕普天乐

崔张十六事(之十三)

旅馆梦魂①

关汉卿

为功名,伤离别。可怜见关山万里,独自跋涉。楚阳台朝暮云②,杨柳岸朦胧月。冷清清怎地捱今夜,梦魂儿这场抛撇。人去也,去时节远也,远时节几日来也。

【注释】

①旅馆梦魂:这一曲写草桥惊梦。相当于王实甫《西厢记》第四本第四折。张生在

长亭与崔莺莺忍痛惜别，便踏上赴京应试的旅途。他离了蒲东，来到草桥，夜宿客店，相思成梦；梦见崔莺莺瞒过老夫人，稳住红娘，不避荒郊旷野，道路险阻，赶至客店与张生相会。通过梦幻既表现了张生的别恨离愁，又表现了莺莺对爱情的坚贞不渝。 ②楚阳台朝暮云：用宋玉《高唐赋》中楚怀王梦会巫山神女的典故加以暗喻。其中说楚王游高唐，"怠而昼寝"，梦见一女子与他欢会，并对他说："妾在巫山之阳，高丘之阻，旦为朝云，暮为行雨，朝朝暮暮，阳台之下。"

【赏析】

老夫人再出难题，要求张生考取功名，于是张生赴京赶考，与崔莺莺忍痛惜别。这首曲子写崔张别后的相思之情，感情真挚，情缠意绵。

"为功名，伤离别。"，是说张生为了能与莺莺长相厮守，不得已与莺莺暂时离别赴京赶考。"洞房花烛"与"金榜题名"这人生的两大喜事在此时发生了冲突，张生心中自是十分矛盾痛苦。"可怜见关山万里，独自跋涉。"，孤身一人的张生历尽跋涉之苦，放眼望去，关山重重，路途遥遥，而心爱的人儿远在关山之外，心中更加苦不堪言。只有金科高中，才能冲破重重拦阻，与心上人朝夕相处，张生的自嗟自叹，有对老夫人逼试的怨恨，有对崔莺莺的思恋，也有对长途跋涉中孤寂心情的表白，各种复杂的心绪跃然纸上。

唯有梦中才能与朝思暮想的人儿相见，带来丝丝宽慰。"楚阳台朝暮云，杨柳岸朦胧月。"写梦境和惊梦之后所见。曲中用楚怀王梦会巫山神女的典故暗喻草桥相聚的梦境，如梦如幻，但是清醒后枕边空空，只见岸边杨柳依依，天空月色朦胧，感到更加孤独凄凉。两句虚实相间，相互映衬，将别情写得更为含蓄凄切。"冷清清怎地捱今夜，梦魂儿这场抛撇。"，将梦后怅然若失的思绪表现得真真切切。孤枕难眠，如何挨过这慢慢长夜？"人去也，去时节远也，远时节几日来也。"，是梦醒之后思绪的延续。从梦幻中清醒过来，张生想到以后的旅程漫长遥远，不禁感慨相见更是难上加难，只有希望莺莺能再次入梦来。

这首曲子名为《旅馆梦魂》，但曲中真正写梦的只有一句，重点在于梦后的所思所感上，表现了好梦难圆的愁苦，抒发了跋涉之苦和相思之痛。用典恰到好处，含蕴深厚，耐人寻味。

〔中吕〕普天乐

崔张十六事（之十四）

喜得家书

关汉卿

久客在京师，甚的是闲传示！心头眼底，横倘①莺儿。趁西风折桂②枝，已遂了青云③志。盼得他一纸音书，却是断肠诗词④。堪为字史⑤,颜筋柳骨⑥,献之羲之⑦。

【注释】

①倘：即躺。 ②折桂：西晋诜回答晋武帝问话时，曾自称"举贤良对策，为天下第一，犹桂林之一枝，昆山之片玉"（见《晋书·诜传》）。后来，人们便把应试登科称作"折桂"。 ③青云：语出《史记·范雎蔡泽列传》，传中写嫉贤妒能的须贾见到被他诬陷不死的范雎在秦国做了宰相，顿首谢罪说："不意君能自致于青云之上"。此后，"青云"就成了人们比喻获得高位或志向高雅的典故。 ④断肠诗词：宋代女诗人朱淑真的诗词大多是自伤身世之作，其诗词集曰《断肠集》、《断肠词》。这里是说崔莺莺的回信中尽是令人伤感落泪的"断肠"语。 ⑤字史：古代掌领书法的官女。 ⑥颜筋柳骨：指唐代大书法家颜真卿和柳公权。这里是盛赞莺莺的回书字迹挺拔遒劲，书法精妙，有其风骨。 ⑦献之羲之：指晋代大书法家王献之、王羲之称赞之，这里是莺莺的字迹可与二人媲美。

【赏析】

张生自去年暮秋与莺莺分别赴京赶考，到高中状元在客馆中听候皇帝御笔除授，一直客居京师，已达半年之久。彼此天各一方，杳无音信，导致张生再次相思成病，终于在驿亭病倒。本曲就是写张生收到莺莺回信时的喜悦心情，相当于王实甫《西厢记》第五本第二折。

曲子开头"久客在京师，甚的是闲传示！"，即表达了张生在久别莺莺之后，接到她的书信如获至宝般的心情。"甚的是闲传示"一句以反诘的形式，淋漓尽致地描摹出主人公此刻的复杂感情，既表现了张生望眼欲穿的渴望心情，又表现出张生对家书的珍贵，大有"家书抵万金"之意。"心头眼底，横倘莺儿。"二句，写张生透过家书，仿佛莺莺浮现在眼前，表现了张生的痴情与专一。"趁西风折桂枝，已遂了青云志。"，写张生金科高中，实现了他与莺莺临别时许下的"这一去白夺一个状元"的宏愿大志，透露出张生科举高中后春风得意、心花怒放的欣喜之情。

"盼得他一纸音书，却是断肠诗词。"，意思是是说在崔莺莺的回信中，尽是令人伤感落泪的"断肠"语，表露了莺莺的相思之情，同时也表现出饱受相思折磨的两个有情人的深情。"堪为字史，颜筋柳骨，献之羲之。"，盛赞莺莺的回书字迹挺拔遒劲，书法精妙，有唐代大书法家颜真卿、柳公权的风骨，也可以与晋代大书法家王献之、王羲之相媲美。张生读到莺莺回信，曲中没有描写张生的反应，只说欣赏莺莺的书法，自然是读了又读，看了又看，这种欣喜、狂喜的心情溢于言表。

这首曲子本色当行，白描形神兼具，韵致浑然天成，标题为《喜得家书》，全篇没有着一"喜"字，但喜悦之情却充溢全篇。

〔中吕〕普天乐

崔张十六事（之十五）

远寄寒衣①

关汉卿

想张郎，空僝僽②。缄书在手，写不尽绸缪③。修时节和泪修，嘱咐休忘旧。寄去衣服牢收授，三般儿都有个因由：这袜儿管束你胡行乱走，这衫儿穿的着皮肉，这裹肚常系在心头。

【注释】

①远寄寒衣：写崔莺莺给张生修回书、寄寒衣，嘱咐他休忘旧情。 ②僝僽：即憔悴、烦恼、嗔怪的意思。 ③绸缪：情深意厚，缠绵之意，语出魏朝吴质的《答东阿王书》："发函伸纸，是何文采之巨丽，而慰喻之绸缪乎！"

【赏析】

原本按照故事的发展顺序，应该是莺莺在接到张生书信后才修书寄衣。《崔张十六事》这组曲却是张生《喜得家书》在前，莺莺《远寄寒衣》在后，似乎有违逻辑。但如果把《远寄寒衣》看作是莺莺回信中的内容、当作《喜得家书》的续篇来欣赏，则就顺理成章了。

全曲分为两个部分，前一部分写崔莺莺给张生写信。

"想张郎，空僝僽。"，写别后莺莺对张生的思念之情，空自愁苦，绵绵不绝。"缄书在手，写不尽绸缪。"，封好了书信，却又觉得缠绵之情还没有说尽。"修时节和泪修，嘱咐休忘旧。"，薄薄的一封信饱含了莺莺多少相思的泪水，再三嘱咐远在京师的新科状元郎张生不要见异思迁，喜新厌旧。

后一部分写寄去的书信和衣物。三件衣物，各有寓意，希望张生睹物思人，见物思情。一双袜儿，是希望张生穿了它能管住自己的行动，不要到处寻花问柳。一件汗衫，是希望张生贴身穿着它时刻不忘温柔体贴的莺莺一直牵挂着他。一个裹肚儿，是希望自己时时刻刻不离张生的左右，张生也时时刻刻将自己放在心上。这足见莺莺的深情、聪敏以及用心良苦。

全曲以崔莺莺的口吻，写对远在京师的张生的思念之情，真挚的深情中又夹杂着怕他变心的复杂感情，喜中有忧，真实细腻。曲中先写和泪修书，以言传情。写了信，心中还不踏实，又托之以物，让对方睹物思人，表现了她对爱情的执着的追求。这两部分承接、递进、转折自然，构思巧妙，天然浑成。

〔中吕〕普天乐

崔张十六事（之十六）

夫妇团圆①

关汉卿

为风流，成姻眷。恩情美满，夫妇团圆。忘却了间阻情，遂了平生愿。郑恒枉自胡来缠，空落得惹祸招愆。一个卖风流的志坚②，一个逞娇姿的意坚③，一个调风月的心坚④。

【注释】

①夫妇团圆：这一曲《夫妇团圆》写崔张爱情故事的最后结局，带有总结全篇的性质。相当于王实甫《西厢记》第五本第三、四折。　②一个卖风流的志坚：卖风流是说张生凭仗他超群的风流才情赢得了莺莺的爱情。　③一个逞娇姿的意坚：逞娇姿是说莺莺是一位才貌出众的绝代佳人，靠显示她的姿容使张生如痴如狂地爱上了她。　④一个调风月的心坚：调风月是说由于聪明勇敢的红娘热情撮合，才促成了崔张爱情的实现。

【赏析】

张生考取了功名，被授河中府尹，准备回去与崔莺莺完婚不料又横生枝节，发生郑恒争婚的波澜。老夫人的侄儿郑恒与崔莺莺原有"父母之命，媒妁之言"，但莺莺并不爱他。于是他便编造了一套谎言，说张生已在京师被卫尚书招了女婿的。老夫人因受骗再次悔婚，决定将女儿嫁给郑恒。恰在此时，张生衣锦还乡，真相大白。郑恒见阴谋败露，触树而死。崔张终于苦尽甘来，结成百年之好，夫妇团圆，曲子表达了"愿普天下有情的都成了眷属"的主题思想。

"为风流，成姻眷。"，写崔张为了爱情，坚贞不屈，勇于冲破封建礼教、门第观念的束缚，成就一对神仙美眷。"恩情美满，夫妇团圆。忘却了间阻情，遂了平生愿。"，他们历尽坎坷艰辛，当幸福到来之时，过去的一切磨难和痛苦都显得微不足道了。郑恒的胡搅蛮缠，只不过是给自己招来怨尤罢了，最后"触树身死"也是他咎由自取。

最后三句"一个卖风流的志坚，一个逞娇姿的意坚，一个调风月的心坚。"，连用三个"坚"字，歌颂了张生、莺莺、红娘三位主人公为争取婚姻自由而坚持不懈的斗争精神。张生从对崔莺莺的一见倾心，到墙角联诗、待月西厢，以至相思成病，到后来赴京赶考，都表现了他对爱情的卖力和坚韧。崔莺莺虽然身为大家闺秀，但也敢于冲破封建藩篱，坚定执着地守护着爱情。红娘则是这场爱情喜剧的撮合者，面对老夫人的威严，不卑不亢，坚定地站在崔张一边，极力促成好事，功不可没。曲中分别用"卖"、"逞"、"调"

三个动词,形象地概括出了三人的行动特点和性格特征,自然贴切。

《崔张十六事》全套曲子写西厢的故事,热情赞扬了敢于冲破封建藩篱、努力追求爱情的青年男女,寄予了"愿天下有情人皆成眷属"的美好愿望。

〔双调〕沉醉东风

关汉卿

咫尺①的天南地北,霎时间月缺花飞②。手执着饯行杯,眼阁③着别离泪。刚道得声"保重将息④",痛煞煞教人舍不得。"好去者⑤,望前程万里!"

【注释】

①咫尺:形容距离极近。 ②月缺花飞:古人常用"花好月圆"来比喻亲人团聚的欢娱,"月缺花飞"与之相对,用以比喻离别的凄苦。 ③阁:同"搁",这里指含着。 ④将息:养息、休息。 ⑤好去者:好好地去着。者,着。

【赏析】

这首小令是关汉卿写爱情的一首名作。描写女子在为情人饯别时的离情别绪,深挚真切,哀婉动人。

曲子依照饯别时的先后顺序,先写情人就要离去,"咫尺的天南地北,霎时间月缺花飞。"想到这里,女子的耳边如同响起了霹雳,本来是朝夕相处、耳鬓厮磨的一对恋人,眨眼间,便要天南地北、各奔东西了;原本是花好月圆、相亲相爱的一双情侣,霎时间,便会月缺花飞,留下她孤零零一人。曲作运用夸张的手法,一开头,便奠定了全曲忧愁怨恨的感情基调。

接着,描写饯行的场面。女主人公手里举着为情人饯别的酒杯,眼角里面含着别离的泪水,口里说一声"保重将息",心里头好比是万箭穿刺,极度的悲伤,她内心实在舍不得让情人离去。"执"、"搁"、"道",曲作以动作、表情和语言,生动地表现了女子送别情人的悲痛。尤其是一个"搁"字,描绘出了离别女子在此时此刻的复杂心境。她本来是送别,内心里却不忍别,又不得不别。所以涌出来的泪水,又不让它流出来,便"搁"在眼眶之中。这正是女子内心复杂感情的生动反映。此曲写送别,语言明白如话,感情真挚动人。它入手即总摄离别时的感受,首两句对偶句,很能表现离别者内心的痛苦,情绪的凝重,刻画细致入微,真率透彻。

曲中抒情主人公形象鲜明生动。曲中描写送别主人公离别时的情景:手拿饯行杯、眼含离别泪、一再的叮咛话,突出分离时的矛盾心理:"痛煞煞教人舍不得"与"好去者望前程万里"。就在这精心设计的动态、声态、神态描写中,一个既悲痛难舍、又对人生充满信心的多情主人公形象与众不同地出现在读者面前。

"望前程万里"一句,显示了女子对离去的情人的良好祝愿:"好好地去吧,祝愿您一路平安,鹏程万里!"在含情脉脉的祝愿声中,进一步深切、生动地揭示了女主人公依恋痛楚的复杂情怀,将女子的感情推向了高潮。曲作刻画细腻,缠绵悱恻,真挚感人。

郑振铎先生在《中国俗文学史》一书中称赞关汉卿的小令:"写闺情,写别怨,写小儿女的意态,写无可奈何的叹息,写称心快意的满足,几乎没有一首不好,不入木三分,比柳(永)词还要谐俗,却也比柳词还要深刻活泼;比山谷(黄庭坚)词还要艳荡,却也比山谷词还要令人沉醉。"用这段话来评价这首小令,也是十分恰当的。

〔双调〕沉醉东风

关汉卿

忧则忧鸾孤凤单①,愁则愁月缺花残②。为则为俏冤家③,害则害谁曾惯④?瘦则瘦不似今番。恨则恨孤帏绣衾寒,怕则怕黄昏到晚。

【注释】

①鸾、凤:都是传说中的飞鸟,人们常用鸾凤比喻美好的夫妻,用"鸾凤和鸣"形容夫妻和谐、恩爱。 ②"花好月圆"往往是美满幸福的象征,作者在这里从反面着笔,用"月缺花残"来比喻女子的孤独。 ③俏冤家:俏,表明男方的俊俏可爱。冤家二字本是仇人、死对头的意思,而用在爱人之间,则是一种反话,是昵称。 ④害:指害相思。谁曾惯:何曾习惯。

【赏析】

这首小令描写一位女子与心爱的人离别之后那种孤独凄惶的幽恨和刻骨相思的愁绪,延续了前一首的内容和风格。

曲子开头写别后的孤独凄凉。"忧则忧鸾孤凤单,愁则愁月缺花残。",连用两个比喻,唤起了昔日恩爱欢聚的美好回忆,与现在的境况形成鲜明的对比,形象地衬托出了她的凄苦心境。从前情爱甚笃、鸾凤和鸣,如今劳燕分飞、月缺花残,这番惨淡,怎能不令人断肠销魂?所以用"忧则忧"、"愁则愁"的重叠句法,反复加强这种离愁别绪的忧伤。

曲子接下来写离后的相思哀怨。伤离痛别、苦苦思恋使这位女子苦不堪言,终于病倒了。于是,她在病中发出怨言:"为则为俏冤家,害则害谁曾惯?"这两句爱恨交织,"俏冤家"既表现了女子对爱人的嗔怪不满,又含有她对爱人的思恋、心疼的无限深情。害相思病正是由于"俏冤家"的离去所致,"谁曾惯"表明自己是第一次承受这相思之苦,自己难以习惯、不堪其苦。这两句由相思生哀怨,尽现闺妇内心复杂细腻的感情波澜。下句"瘦则瘦不似今番。",写女子形容消瘦憔悴,是对前两句的补充。由于刻骨的相思,深切的痛苦,使她身体大大消瘦了,作者更加强调现在这种消瘦是以往从未有过的,使前边的幽怨情绪更进一层,酸楚再添一分。

最后两句写女子既恨又怕的心理。"恨则恨孤帏绣衾寒,怕则怕黄昏到晚。",进一步描写女主人公的寂寞忧愁,并在哀和怨的基调上,渲染了她恨和怕的感情色彩。孤身一人,独守空闺,四顾茫茫,只有冷清清的罗帏和绣花被,心中充满了空虚之感。而此时黄昏又无情地笼罩下来,长夜难眠。回想以往同情人欢会的美好时刻,想到眼下天各一方的处境,一种无可名状的恨便油然而生。这"恨"是由前面的"爱"和"怨"一层一层递进深化的。"怕"是女子真实感情的写照。作者写她怕黄昏,不仅是因为黄昏时刻笼罩了一种孤寂、凄凉的气氛,更要紧的是,这阴沉的黄昏过后,便是绵绵不尽的漫漫长夜,夜深人静,闺房空荡,帏孤衾冷,那种忧愁寂寞会更加浓重。日日如斯,夜夜如此,这种孤单、寂寞、凄凉、可怕的日子何时能熬到头?曲中"怕只怕"三字,把先前的忧、愁、怨、恨,收束在一起,将闺中女子孤独苦闷的感情一下子推向了高潮。

这首曲子属于重句体,全曲用了同样语气的重叠句法,从不同侧面反复铺陈,将离情别绪渲染得淋漓尽致。而且感情线索极有层次:忧、愁、怨、恨、怕,层层递进、步步深化,句句真切,令人感动陶醉。

〔双调〕碧玉箫

关汉卿

怕见春归,枝上柳绵①飞。静掩香闺,帘外晓莺啼。恨天涯锦字稀②,梦才郎翠被知。宽尽衣③,一搦④腰肢细。痴,暗暗的添憔悴。

【注释】

①柳绵:柳絮。 ②锦字稀:指书信极少。锦字,用锦织成的字。《晋书·列女传》载,前秦窦滔妻苏氏织锦为《回文璇玑图》诗以赠其夫,后用来代指夫妻间的书信。 ③宽尽衣:指因憔悴消瘦而衣裳变得宽松。 ④一搦:一握,一把;形容女子腰身纤细,只此一搦。

【赏析】

关汉卿共写〔碧玉箫〕小令十首,这一首写闺中少妇思念远在外地的情人,恨书信稀少而憔悴消瘦。

"怕见春归",特描女子在暮春时节一种别样的心理状态。"枝上柳绵飞",点明春将归去。柳絮飘飞,春天即将过去,女子"怕见春归",可惜事不遂人愿,春天还是很快就要过去了。"枝上柳绵飞"是借春归的景象对"怕见春归"可还是要"春归"的隐讳之言,表达的是对春天的惋惜和眷恋,也是对爱情的惋惜和眷恋。

春天是百花吐艳的美好季节,人们历来把春天视为爱情的象征,在这个春天,女子可能有许多美好的愿望,多希望能在这美好的春光里与心上人共享,可惜事与愿违。"静掩香闺",写女子看到枝上柳绵飞所采取的行动,这一细节将女子心中的落寞表露无余。

"帘外晓莺啼",再次点明春将归去。尽管黄莺婉转鸣啼,可是女子哪还有心思来看即将消逝的春光?对远人的思念无法排遣,于是把房门轻轻掩上,眼不见为净。

五、六两句交代了女子心绪烦乱的原因:"恨天涯锦字稀,梦才郎翠被知。"因为思念着远方的情人,以致使她由思念而生幽怨,埋怨他书信寄得太少,而且梦中多少次相见也只有翠被知道。"恨天涯锦字稀"一语双关,既恨因路途遥远书信稀少,也恨天涯之人不常写信,恨其薄情寡义。

"宽尽衣,一搦腰肢细。",女子倍受相思的煎熬,闭上眼睛都是自己的才郎,每天处在这样的相思之中,怎么能不形削体瘦?这句极言相思之苦。最后一句:"痴,暗暗的添憔悴。",写相思情折磨得主人容颜暗添憔悴。才郎归期遥遥,只得无休止地等待下去,怎不令人暗添憔悴呢?一个"痴"字,写出了女子的痴心与赤诚,写出了女子对爱情的忠贞与期待,其坚定撼动人心。

这首曲子语言朴实素雅,将女子的形象刻画得入木三分,富有感染力。

〔双调〕碧玉箫

关汉卿

盼断①归期,划损短金篦②。一搦腰围,宽褪素罗衣③。知他是甚病疾?好教人没理会④。拣口儿食⑤,陡恁的⑥无滋味。医,越⑦恁的难调理。

【注释】

①盼断:盼望计算。断,推断,计算。 ②短金篦:一种较短的金饰梳头用具,兼作头上饰物。 ③一搦:一握。此处形容腰细。宽褪:指女子因身体消瘦,而使衣带显得宽松。 ④没理会:不明白,宋元时俗语。 ⑤拣口儿食:挑拣吃的东西。 ⑥陡恁的:一下子变得如此这般。陡,突然。恁的,如此的,这样的。 ⑦越:格外,特别。

【赏析】

这首小令写女人因远人未归,相思成病,食之无味,瘦削憔悴,而心病还需心药医,身体难以调理。

曲子用"赋"的手法,即运用叙述手法,写思妇怀人。"盼断归期,划损短金篦。",起笔便为读者描绘了一位痴情女子急切盼望情人归来,与之相聚的动人形象。她盼归心切,计算着他的归期,于是梳妆的短金篦在墙上一天天、一道道的划,数着情人归来的日子。天长日久,竟然将手中的篦梳磨损、磨短,可是良人依然未归所以说"盼断归期"。可想而知,女子心中的痛苦与压抑一定难以承受。"一搦腰围,宽褪素罗衣。",写女主人公为盼归折磨得消瘦、憔悴的形象。四句集中写了一种心情,这种心情不是用抽象的语言直接说出来,而是给人以可视的具体形象:划损金篦,宽褪罗衣。因此,给人的印象特别深刻。

"知他是甚病疾？好教人没理会。"，女子相思成疾，不禁问这相思病是什么病呢？真教人不明白。"拣口儿食，陡恁的无滋味。"，写女子因盼望情人归期而食之无味。"拣口儿食"的"拣"字用得非常巧妙：被相思折磨得寝食难安，自然是毫无心思用饭的，挑挑拣拣，放嘴里一点儿，也还是没滋味。"医，越恁的难调理。"，女子想找大夫看一看，可只怕变得更加难以调理。心病还须心药医，所治不得要领，只是徒增烦心而已，所以才会有"越恁的难调理"之感。

此曲叙事，全是以女子内心独白的形式道出，着重刻画女子的心理感受，同时又善于撷取生活中典型的细节描摹，刻画出了一个急切盼望情人归来的闺中少妇的形象，生动鲜明，楚楚动人。

〔双调〕碧玉箫

关汉卿

秋景堪题，红叶满山溪①。松径偏宜②，黄菊绕东篱③。正清樽斟泼醅，有白衣劝酒杯④。官品极，到底成何济？归，学取他渊明醉。

【注释】

①红叶满山溪：一个"满"字给人增添无限寥廓之感。 ②松径偏宜：化用陶渊明《归去来兮辞》中"三径就荒，松菊犹存"的句意 ③黄菊绕东篱：陶渊明《饮酒之五》有诗句："采菊东篱下，悠然见南山。"这里用其中的一句，只换了两个字，是为了韵脚上的需要，也是为了在色彩上与上二句形成统一和对比。 ④有白衣劝酒杯：这里引用陶渊明九月九日有菊无酒，适逢友人遣白衣童子送酒的典故。

【赏析】

这首小令描写了秋山景色的绚丽宜人，作者游山的诗酒豪兴以及由此而生的归隐之叹，表现出作者对大自然的热爱和对污浊现实的不满。

开篇首句，即豪情满怀，气盖全篇；一连四句，展现出秋山壮丽景色：正是金风玉露的季节。作者载酒游山，但见漫山遍野火红的枫叶，比起那万紫千红的春色也毫不逊色。那山溪的泉水，淙淙作响，轻浅澄澈。那苍劲的青松，在草木摇落中显得更加挺拔苍翠，漫步在苍松之下的小径上，神清气爽、高洁宜人。再看大地，金灿灿的菊花正迎霜盛开，宛如团团黄金锦绣，盘绕菊园。秋景如画，自然会使人逸兴遄飞，顿生灵感，欣然而叹"秋景堪题"。作者一反诗词中肃杀凄凉的悲秋情调，而以乐观豪情去写秋景的磅礴绚丽和沛然生机。且景中寓情：红叶、山溪、皆林泉之士所爱，红叶可题诗，可燃火煮酒；山溪可酿酒，又可供垂钓。苍松、黄菊，凌霜傲雪，经久不凋，象征超尘拔俗，为陶潜所赞。四句用隔句扇面对偶，写得有声、有色、有态；景致描绘又极有层次：一二句写全景，是出乎其外，三四句写局部，是入乎其内，描绘出一幅绚丽多娇的秋山图，赞美之情溢于言表。

五六句写开怀畅饮的豪兴。泼醅，通酸醅，一种重酿和未过滤的乡村家常酒。白衣，犹言布衣，指未做官者，值此绚丽宜人的秋景，正该让清樽斟满，开怀痛饮；难得与一伙布衣朋友相聚，正可举觞相劝。清樽、泼醅、白衣、酒杯，这些意象，又隐含着安贫乐道，浮云富贵，笑傲王侯之意。

末尾四句一转，正面抒发不愿进仕的归隐之情：出仕做官，纵然品级升到极限，最终能会有什么救助呢？意即无济于事。故不如学陶渊明归隐，以醉消忧。本来，关汉卿何尝不想兼济天下呢！但处于这样的时代，统治者昏庸暴虐，杜绝贤路；官场黑暗险恶，阴谋倾轧；正直之士又不愿同流合污。所以作者发出了绝意仕进，愤世嫉俗的呼声。然而，这毕竟只是积愤之词，事实上终其一生，他并未消极归隐，而是正视现实，紧握笔杆，创作杂剧，在仕隐两途之外开辟出一条新路，度过了他战斗的一生。

此曲风格豪迈，写秋天之景而意象绚丽壮阔，不着悲凉肃杀语；抒发归隐之情，亦豪迈旷放，毫无人生如梦、及时行乐的颓唐情调；且对偶精美自然，音律畅适和谐，特别是此曲末句，平仄既切合音律"第一着"末二字用"平去"，抒情又十分自然顺理成章，堪称声文并茂。

〔双调〕碧玉箫

关汉卿

笑语喧哗，墙内甚人家？度柳穿花，院后那娇娃。媚孜孜整绛纱，颤巍巍插翠花。可喜①煞，巧笔难描画。他，困倚在秋千架。

【注释】

①可喜：可爱。

【赏析】

这首小令通过作者传神的妙笔，带领读者进入到一处美好的天地。

开头用了一句设问，"笑语喧哗，墙内甚人家？"，作者从少女游春的花园墙外经过，听到园子里的欢笑声，自然产生疑问：这是何等人家的花园呢，竟如此欢声笑语，引发读者好奇。三四句顺势转入墙内，"度柳穿花，院后那娇娃。"，墙内的欢笑声引起作者一睹芳容的雅兴，禁不住向院内张望，让曲中女主角娉娉婷婷地登了场：一位美丽的少女正在园内的杨柳、花丛之间跑来跑去。

以下六句全力以赴地展现"院后那娇娃"的芳姿。"媚孜孜整绛纱，颤巍巍插翠花。"，进一步描绘那位少女的娇态：少女将红色的纱裙温柔地整理好，颤巍巍地将鬓间的珠翠花饰插戴整齐。这两句呼应了开头的"笑语喧哗"，纱裙之所以凌乱，珠花之所以落下,皆是前时与女伴嬉闹的结果。"媚孜孜"和"颤巍巍"的细节描写,将少女娇柔的风韵展现无余,而经过"整绛纱"和"插翠花"后,少女的倩影更加迷人,作者不禁发出由衷的赞叹:"可喜煞,巧笔难描画。"前几句是实写,具体描摹少女的美丽动人;这里则是虚写,笼统地写观者的感受,再高明的画家也难以描画出她的美丽,给读者留下无限的想象空间。为了充实这种想象,作者再添一笔:"他,困倚在秋千架。","困倚"表现了少女天真娇憨的慵态,引发读者对她们"笑语喧哗"的进一步联想。

这首小令清丽明快,清润自然,洋溢着浓郁的生活气息。动静相宜,虚实相间,相映成趣,作品极富艺术表现力。

〔双调〕大德歌

春

关汉卿

子规啼①,不如归,道是春归人未归。几日添憔悴,虚飘飘柳絮飞。一春鱼雁②无消息,则见双燕斗衔泥。

【注释】

①子规啼:子规,即杜鹃鸟,其鸣声若"不如归去"。晁补之《满江红·寄内》:"归去来,莫教子规啼,芳菲歇"。故听杜鹃啼声,容易引起思乡之情。 ②鱼雁:是"鱼书"、"雁足"的合称。据传,鱼能传书,雁能捎信。汉乐府《饮马长城窟行》中有"客从远方来,遗我双鲤鱼,呼儿烹鲤鱼,中有尺素书。"后人便称"书信"为"鱼书"。又《汉书苏武传》:"教使者谓单于,言天子射上林中,得雁,足有系帛书。"即载有苏武被匈奴拘留曾托雁足捎信的事。再如李白《送友人游梅湖》诗中有"莫惜一雁书,音尘坐胡越。"也是指借雁传书。从此,"雁足"或"雁书"就成了传送书信的代称。

【赏析】

这是作者所写一组〔大德歌〕十首套曲中的第一首。这首曲以"春"为题,表现了一位闺中少妇思念远方游子的主题。

《春》这支小令,首二句"子规啼,不如归",既描写景物,兼点时令。意思是讲:春天的杜鹃鸟啼叫了,啼声好像是在说"不如归去"。子归鸟的啼叫声,声声都响在闺中少妇的耳旁,回旋在闺中少妇的心上,因而深深触动了她怀念远人的情怀。故第三句便落笔在"道是春归人未归"。意思是讲:你走的时候就对我讲过春天就归来,而今春天已经到来,却不见你的踪影。话语之间,似乎已微露出少妇对远人的不满。正是由于盼人不至,心烦神乱,精神饱受折磨,于是才又引出"几日"两句对少妇愁苦的描绘。"几日添憔悴",是说她近日的面色一线的枯槁瘦弱,憔悴多了。这是从外形上描绘少妇的愁苦。

接着又进一步从内部揭示少妇心灵上的创伤。"虚飘飘柳絮飞",表面写的是景,实际是借喻少妇的心理状态。少妇因情侣久去不归,在外是吉、是凶、是祸、是福,都不得而知,怎不令人担心,因而心绪不定,忽上忽下,正像虚飘飘的柳絮,漫天飞扬,无所适从。作者这样从外而内两个方面刻画,便把一个愁苦的少妇写得真实感人。柳絮杨花,又正是暮春的景象,作者从中又巧妙地暗示出少妇在等待中度过了一个漫长的春天,同时也使下句的"一春"二字有了依据。少妇一等再等,结果不仅人未归,连消息也没得到,最后就不能不伤感地明确点出"一春鱼雁无消息"了。在这七个字中,虽未着一"思"字,而少妇思念远人的炽烈感情已经溢于言表。更妙的是,作者却未从正面描写这种感情,而是宕开一笔,用"则见双燕斗衔泥"加以反衬。显然,"燕"为"双燕",它们又为筑巢而比赛着衔泥。此情此景,和孤居独处、落落寡欢的少妇形成鲜明的对照,怎不使人又添几分酸楚呢?意在言外,忧思无穷,莫可谓"此时无声胜有声"了。

　　本曲开头以子归鸟的啼叫引起少妇的思念,用的是起兴的手法。中间写闺中少妇的离别之苦,由表及里、层层深入。最后又以双燕衔春泥反衬一春未得信息的少妇的孤独之苦。全篇紧紧围绕一个"春"字,从各个侧面描绘,突出了少妇的思念。

〔双调〕大德歌

夏

关汉卿

　　俏冤家①,在天涯②,偏那里绿杨堪系马③!因坐南窗下,数对清风想念他④。蛾眉淡了教谁画,瘦岩岩羞带石榴花⑤。

【注释】

　　①俏冤家:这里是对爱人的昵称。 ②天涯:指极远的地方。 ③偏那里绿杨堪系马:偏,与愿相反,出乎预料的意思。那里,指爱人所在的地方。堪,能。系马,拴马,如吴文英《莺啼序》:"十载西湖,傍柳系马,趁娇尘软雾。" ④数对清风想念他:频频地对着和美的清风想念爱人的情形。清风,指清微之风。《诗·大雅·民》:"吉甫作诵,穆如清风。仲山甫永怀,以慰其心。"意思说尹吉甫作了这支歌,它和美好像清风。愿仲山甫永远带在身边,用来慰藉心灵。 ⑤"蛾眉"两句:蛾眉,好象蚕蛾的触须,形容女子弯弯的长眉毛。这里用《汉书·张敞传》:"又为妇画眉,长安中传张京兆眉妩"的故事。"瘦岩岩",瘦削的样子。"石榴花",泛指红色的花。

【赏析】

　　这首小令,以一个独守闺中的少妇的口吻,写对远方情人的猜疑和抱怨,烘托她内心的思念及痛苦。

远方的情人是什么样的一个人？小令开始就已经写出来了：是个"俏冤家"。该词一出，妇女的妩媚、嗔怒、相思的一系列的心理状态都表现了出来。可如今他远走天涯，一去不归，怎能让人不骂他。第三句，"偏那里绿杨堪系马"，就更加明显地看出了女主人公由怀疑转向了抱怨，这几句连起来就是，你流连天涯长期不归也就罢了，让人最不放心的却是你在外贪恋新欢。"绿杨堪系马"，一语双关，既点明夏日的时令，又比喻滞留异地，拈花惹草的负心郎。其实，在远方作客的情人未必如她所猜想的那样，这或许是女主人公"多虑"了吧。但是，这种多虑不正是一种情深意切的表现么。所以，女主人公虽然抱怨，却并未决绝。因此，下文"困坐"、"数对"两句，又表现为万般慵懒、无所事事，只有一次次面对清风一吐自己对远方情人的情思，大有"不思量，自难忘"，扯不断理还乱的相思之苦，所以这两句，看似平淡无奇，实则大有深意，它进一步刻画出女主人公对远方情人思之弥深、爱之弥笃的感情。我们不禁要问，女主人公如此扯不断放不下，到底是思念远方情人什么呢？下文就给出了我们答案："娥眉淡了教谁画？"这是女主人公借汉代张敞为妻画眉的故事来表示她对夫妻恩爱生活的回忆和渴望，然而，好事难成，希望最终无法实现，以致愁得"瘦岩岩羞带石榴花"，瘦岩岩，瘦骨嶙峋状，它比之憔悴状瘦弱不堪状更具体，更形象，"瘦岩岩羞带石榴花"中的"羞"字，尤其可称为传神之笔，它既含戴花与体貌不相称的自我嘲讽之意，又表露出戴花无人欣赏的寂寞。古人说"女为悦己者容"，这里就是暗化此意，但是却更加形象生动，活脱脱地刻画出女主人公难以言状的复杂的心理状态。

此曲通过对少妇的心理描写和动作描写，宛转生动地表现出了她的思念和孤独，对爱人的怨尤，看似无理，实则情深意切，感人至深。

〔双调〕大德歌

秋

关汉卿

风飘飘，雨潇潇①，便做陈抟睡不着②。懊恼伤怀抱，扑簌簌③泪点抛。秋蝉儿噪罢寒蛩儿叫，淅零零细雨打芭蕉④。

【注释】

①风飘飘，雨潇潇：飘飘，形容风的回旋不息；潇潇，摹写秋雨淅沥不已。"飘飘"、"潇潇"四个叠字，奏出凄苦的音响。 ②便做陈抟睡不着：便做，即使是、就算是的意思。陈抟，是五代末北宋初的著名道士，号希夷先生。据说他在华山修道，清心寡欲，一睡就是上百天，因此有"陈抟高卧"的说法。 ③扑簌簌：形容泪珠纷纷落下的样子。 ④"秋蝉儿"两句：蝉，俗名知了。蛩，就是蟋蟀。淅零零，指雨声，多用来形容不断头的小雨。

【赏析】

　　这首《秋》抒写了女子在一个风雨夜里，久盼人归而人未归的不尽愁绪。《秋》可以看作是《春》、《夏》两首的继续，因"人未归"而引发更大的烦恼，故懊恼伤怀抱，这就成了本曲表现的重点。

　　开头三句写风、写雨、写长夜不眠，由景入情，直入怀抱。"飘飘"、"潇潇"双声叠韵，音响悠长，倍增空寂之情。"风飘飘，雨潇潇"是说风雨交加，突然而至，声势逼人。这开头的两句，立刻就给脆弱的女主人公带来了更大的压力。常言"秋风秋雨愁杀人"，更何况这里的女主人公心中苦闷，如何受得了。心绪不宁，夜晚难以入睡，所以第三局就说"便做陈抟睡不着"，唐五代陈抟在华山修道，传说他能够一睡百日不醒，这里作者就借用这一典故表达主人公愁绪下的极度煎熬，忧思如此之深，由烦恼到悔恨到伤心以致落泪，"懊恼伤怀抱，扑簌簌泪点抛。"在这首小令当中，女主人公的愁思势如潮涌，最终坚持不住，泪水滚滚而下了，"扑簌簌泪点抛"这就是对这位女主人公悲凉心境的真实写照。这两句写女主人公愁苦情状，在准确地捕捉这一典型细节以后留下空间，让读者想像补充，其闺房幽情在充实中越发空灵。最后两句，"秋蝉儿噪罢寒蛩儿叫，淅零零细雨打芭蕉。"，作者又借外界的景物，强烈地衬托出女主人公的孤独、寂寞和难以言喻的久别相思之苦，此时此刻，床单内枕冷衾寒，形单影只；窗外，秋蝉聒噪，惹人心烦；窗内，泪如泉涌，揩不干，擦不净；窗外，细雨敲打着芭蕉，连绵不断。这一切都融化在一起，物与我不分彼此，从而使女主人公的相思之苦得到了充分的体现。

　　本曲从秋景切入，又从秋景作结，首尾相应，结构完整，中间由物及人，又由人到物，转换自然，情景相生，直率中见委婉，委婉中情更真，从而加强了人物形象的真实感，大大提高了艺术感染力。

〔双调〕大德歌

冬

关汉卿

　　雪纷纷，掩重门，不由人不断魂①。瘦损江梅韵②，那里是清江江上村？香闺里冷落谁瞅问③，好一个憔悴的凭阑人④。

【注释】

　　①断魂：形容人极度悲伤。　②瘦损江梅韵：瘦损了如梅妃那样的风韵。江梅，唐玄宗的妃子梅妃，她本姓江，因爱梅，玄宗赐名梅妃。　③香闺里冷落谁瞅问：此句是写离妇遥望远处的景象。　④好一个憔悴的凭阑人：此句是写离妇在大雪纷飞中倚着楼栏，面容憔悴地翘望远人的归来。

【赏析】

这首小令以"冬"作题,描写闺中少妇在大雪纷飞的寒冬里思念远方的丈夫,她的相思之苦到几近绝望的境地。

开头两句,"雪纷纷,掩重门",说大雪封路,造成了交通阻塞,这样的情况下,远方的人就更不可能这么快回来了,女主人公哪里能不心碎呢!在这个时候,要表露女主人公的感情就更容不得半点含蓄,所以第三句就直抒胸臆,明明白白地写道"不由人不断魂","断魂"极喻少妇悲观失望,痛苦欲绝,女主人公内心的惨痛可见一斑。这种令人肠回九转的颓丧情绪,由三字"不由人"表现得更为浓烈和不受人为控制,女主人公的绝望到了如此程度,其精神所受折磨就自然可以想到会有多深。所以第四句"瘦损江梅韵",又说江边的梅花已经瘦得不成样子了,失掉了往日的风采,这里写梅花,实际却是作者以梅花来比喻女主人公,比喻女主人公因为相思之苦而日渐消瘦的样子,这较之关曲《大德歌·夏》中的词句"瘦岩岩"更形象更生动更富于表现力了。第五句"那里是清江江上村",化用辛弃疾《菩萨蛮》当中"郁孤台下清江水,中间多少行人泪"等词句所表现的意境,进一步形象地表达了"凭阑人"清冷孤寂的悲痛心情。至此,女主人公便脱口发出了"香闺里冷落谁瞅问"的慨叹。女主人公如此绝望,似乎所有一切都已经破灭,但实际上她并未被这一切所压倒,内心的希望之火仍然在燃烧着。尽管风雪交加,大雪封路,自己的身体瘦弱不堪,但女主人公仍然勉力支撑了凭栏远眺,硬要"望断天涯路",在漫天风雪中,惟有她依栏远望、凝思,思念之情深沉严冬都封杀不了。所以最后一句"好一个憔悴的凭栏人",立刻一扫上文所散发出的绝望情绪,显示出女主人公对爱情的执着追求和坚强的性格。"好"字在此意义双关,下的非常妙,它似乎是修饰"憔悴",用作甚辞,有"很"、"太"等意,寄予着作者深厚的同情,但同时有更多的赞赏之情。有了最后这一句,才终于显示出本曲的精妙之所在,它可以使全篇的消沉气氛陡然转变,为之一振。

从结构上看,本曲采用的是前后矛盾对立的写法,前面几句写的是女主人公无可奈何近乎绝望的心情,经作者手中的笔左右涂抹,色彩越来越浓,似乎已经到了绝望的谷底,但是最后一句,却急转直下,一反常态,先抑后扬,更富吸引人的艺术魅力。

〔双调〕大德歌

关汉卿

雪粉华①,舞梨花,再不见烟村四五家。密洒②堪图画,看疏林③噪晚鸦。黄芦④掩映清江下,斜揽着钓鱼槎⑤。

【注释】

①华:光彩、光辉。 ②密洒:形容雪下得很大,雪花密集地洒落。 ③疏林:指枝丫光秃的树木。 ④黄芦:枯黄的芦苇。 ⑤槎:用竹木编成的筏。

【赏析】

这首写景小令，作者凭借敏锐的观察能力，描绘了冬天傍晚水乡渔村的雪景。大雪粉白光华，像飞舞的梨花，遮住了郊野三三两两的农家。雪花密密层层的漂洒堪描堪画。看那稀疏的树林上鸣叫着晚归的寒鸦。一条钓鱼的小船正斜揽在枯黄芦苇掩映的清江下。

开头两句"雪粉华，舞梨花"，描写了冬季美妙的特色景致——飞雪。大雪粉白光华，像飞舞的梨花，充塞在天地之间。作者准确地抓住了这个特征稍作点染，勾勒出了飞雪飘洒的情态。第三句"再不见烟村四五家"，指大雪弥漫，遮住了郊野三三两两的农家。"再不见"三字用得极为传神、奇妙，既从侧面见出了风雪之大、之猛，同时又描绘出了一片银装素裹、琼玉点缀着的世界。第四句"密洒堪图画"，对前面所描绘的雪景作了概括性的描述，雪花密密层层的飘洒，值得拿起画笔来细细地描绘一番。作者面对大自然的壮观景象发出了由衷的赞美。

后三句写飞雪笼罩下的近景和低景，层次分明。"看疏林噪晚鸦"，一个"看"字领起下文，表现了作者敏锐的观察力。看那稀疏的树林上鸣叫着晚归的寒鸦，这句同时运用了视觉和听觉，从声音上对冬景进行描绘，为这一幅宁静的雪景增添了一些热闹的气氛和生机。结尾两句"黄芦掩映清江下，斜揽着钓鱼槎。"又归于静景的描写，写江边泽畔所见之景，在枯黄芦苇掩映的清江下，一条钓鱼的小船正斜揽其中。

关汉卿此曲，准确地表现出了北方大雪纷飞的地域特征，同时描绘了大雪笼罩下的物象，创造出了如同图画般的空间层次，远近高低之景相互映衬。语言潇洒轻灵，通俗晓畅，展示了散曲独有的艺术特色。

〔南吕〕一枝花

赠珠帘秀①

关汉卿

轻裁虾万须，巧织珠千串②，金钩光错落，绣带舞蹁跹。似雾非烟，妆点就深闺院，不许那等闲人取次展。摇四壁翡翠浓阴，射万瓦琉璃色浅。

〔梁州〕富贵似侯家紫帐，风流如谢府红莲③，锁春愁不放双飞燕。绮窗相近，翠户相连，雕栊相映，绣幕相牵。拂苔痕满砌榆钱，惹杨花飞点如绵。愁的是抹回廊暮雨萧萧，恨的是筛曲槛西风剪剪④，爱的是透长门夜月娟娟⑤。凌波殿前，碧玲珑掩映湘妃面，没福怎能够见。十里扬州风物妍，出落着神仙。

〔尾〕恰便似一池秋水通宵展，一片朝云尽日悬。你个守户的先生肯相恋，煞是可怜，则要你手掌儿里奇擎着耐心儿卷。

【注释】

①珠帘秀：珠帘秀本姓朱，元代女伶，杂剧独步一时，驾头花旦软末泥等，悉造其妙。名公文士颇推崇之。当时名士如卢疏斋（卢挚）、胡紫山、冯海粟等皆有曲作相赠。杂剧后辈多以朱娘娘称之。 ②"轻裁虾万须"两句：意思是说，这珠帘子是用虾须串起珍珠做成的，无比华美。虾须，竹帘的别称。陆畅《帘》诗："劳将素手卷虾须，琼室流光更缀珠。" ③"富贵"两句：侯、谢代指高门望族，本指东晋时谢安、王导二家族。当时，另一显贵之家侯景，欲向王、谢求婚，皇帝说，王、谢是高门望族，你配不上他们。可以同朱、张以下的人家联姻。这里以侯家、谢府泛指显贵的人家。紫罗，即紫罗帐；红莲，即红莲幕。 ④萧萧：形容风雨声。剪剪：形容风轻而带凉意，韩《深夜》诗："恻恻轻寒剪剪风，小梅飘雪杏花红。" ⑤娟娟：俊秀隽美的样子。

【赏析】

这首套曲借物咏人，赞美了当时著名的杂剧女演员珠帘秀的秀美风姿，全套由三首曲子组成。

首曲写出了珠帘的华丽、贵重、精致。"轻裁虾万须，巧织珠千串"，交代了珠帘的制作材料，是用精挑细选的虾须巧手串起珍珠做成的。"金钩光错落，绣带舞蹁跹"，金光灿灿的帘钩，轻巧秀丽的飘带，交错辉映。"似雾非烟，妆点就深闺院，不许那等闲人取次展"，珠帘把个深闺大院妆点得十分华丽，晕展开来如烟似雾，但是"那等闲人"是不许随意展看的。"摇四壁翡翠浓阴，射万瓦琉璃色浅。"，写动态的珠帘。微风吹拂，珠帘轻轻摇动起来，屋内立刻光彩荡漾，四壁生辉，像笼罩着一层翡翠的光芒，琉璃瓦相形之下都黯然失色了。

第二曲〔梁州〕强调了珠帘的华贵、高雅。作者以侯家的紫帐、谢府的红莲比喻珠帘的风流富贵，正面描写珠帘的华丽高雅，非平凡之物。接着，作者从侧面描写珠帘，将其置于绮窗、翠户、雕栊、绣幕的优雅环境中，用一个"相近"，一个"相连"，一个"相映"，一个"相牵"，象托月的烘云，进一步烘托出珠帘的秀美。"拂苔痕满砌榆钱，惹杨花飞点如绵。"，写帘外苔痕青青，榆钱满阶，杨花点点，衬托出珠帘的清幽高雅。接着再将珠帘拟人化，写出了"珠帘"心中的所感、所慨：愁的是萧萧暮雨，恨的是剪剪西风，爱的是娟娟夜月。最后，又用"湘妃面"、"扬州风物"、"神仙"，形容"珠帘"的美丽姿容只应天上有，人间哪得几回见，透露着作者对珠帘秀的倾慕之情。语言雅致脱俗，含蓄婉丽。

尾曲暗示出作者与"珠帘"的亲密关系。"恰便似一池秋水通宵展，一片朝云尽日悬。"，用两个比喻，写"珠帘"似一池秋水日夜微波荡漾，光彩流华，又似一片云霞浮在空中，轻盈灵巧，极尽作者的赞赏和爱慕之情。作者对珠帘如此深情，理应尽情倾吐对她的感情。但是，当时由于珠帘秀已委身于他人，作者只能将对她的怀念和爱慕之情写得深入浅出，含蓄婉转。尾曲中的"守户先生"，即隐指其人。"奇擎着耐心儿卷"，是希望卷帘人珍惜珠帘。

曲子运用谐音和双关，表面上句句咏珠帘，实际上句句写帘秀，寓意双关。语言典雅华美，蕴藉凝练。

〔南吕〕一枝花

杭州景

关汉卿

　　普天下锦绣乡，寰海内风流地，大元朝新附国，亡宋家旧华夷①。水秀山奇，一到处堪游戏。这答儿忒富贵②，满城中绣幕风帘，一哄地③人烟凑集。

　　〔梁州〕百十里街衢整齐，万余家楼阁参差，并无半答儿④闲田地。松轩竹径，药圃花蹊，茶园稻陌，花坞梅溪。一陀儿⑤一句题诗，行一步扇面屏帏⑥。西盐场便似一带琼瑶，吴山色千叠翡翠。兀良⑦望钱塘江万顷玻璃。更有清溪绿水，画船儿来往闲游戏。浙江亭⑧紧相对，相对着险岭高峰长怪石，堪羡堪题⑨。

　　〔尾〕家家掩映渠流水，楼阁峥嵘出翠微⑩，遥望西湖暮山势。看了这壁，觑了那壁⑪，纵有丹青⑫，下不得笔。

【注释】

①华夷：元朝疆域辽阔，包括华夏与四夷。　②答儿：地方。忒：太，极。　③一哄地：形容繁华热闹的样子。　④半答儿：半块地方。　⑤一陀儿：一处处。　⑥扇面屏帏：指图画。　⑦兀良：衬词，无实义，常用作表示惊叹的语气。　⑧浙江亭：地名。《干道临安志》："浙江亭在钱塘旧治南，到县一十五里。"　⑨题：指题字题诗。　⑩翠微：清淡青葱的山色。　⑪觑：看，窥视。　⑫丹青：古时绘画使用的基本原料，借指图画。

【赏析】

　　关汉卿在年老去职时，从大都南下，漫游江南故都－－杭州，游踪遍及西湖山山水水，并写了一套寄调〔南吕·一枝花〕的散曲《杭州景》。这套散曲，描写了杭州的优美景致，可使我们略窥七百年前的杭州风貌。

　　《杭州景》由一枝花、梁州第七、尾声等三曲组成。在序曲〔一枝花〕里，关汉卿把杭州誉为"普天下锦绣乡，寰海内风流地"，说它是"水秀山奇，一到处堪游戏。"，"满城中绣幕风帘，一哄地人烟凑集。"的繁华之地。在〔梁州第七〕里，把杭州城里城外作了生动而详尽的描绘：市内是"百十里街衢整齐，万余家楼阁参差"；郊区是"并无半答儿闲田地"。一路之上,"松轩竹径,药圃花蹊,茶园稻陌,花坞梅溪。",真个是一处处都可以题诗("一陀儿一句诗题"),一步步都可以入画,("一步儿一扇屏帏")啊!要是到"西盐场"去看看,海滩之上晒着的食盐,"便似一带琼瑶";登上"吴山",极目远眺,郁郁葱葱,胜似"千叠翡翠"。"望钱塘江"上,水波粼粼,犹如"万顷玻璃";在西子湖心,"更有清溪绿水,画船儿来往闲游戏。"。在当时的杭州城南,还有座"浙江亭","相对着""长怪石"的"险岭高峰",处处都是值得观赏,值得题咏的所在。在尾曲里,关汉卿留连在苍茫的暮色之中,"遥望西湖"山势,面对着那"家家掩映渠流水,楼阁峥嵘出翠微"的美丽繁华的景色。"看了这壁,觑了那壁",真有目不暇接之感。于是,他不禁赞叹,杭州的景物,真是"纵有丹青,下不得笔"呀!

关汉卿这套散曲抒发了自己对杭州景色风物的切身感受,又渗透了自己对祖国锦绣河山的深厚感情,同时又寄寓了他对山河更替,朝代兴亡的无比感慨,显示出不同于前人歌咏杭州景色的特色。作者以清丽自然的语言、欣喜赞叹的笔调,描述了杭州"堪羡堪题"的锦绣风光,以及"楼阁参差"、"人烟凑集"的繁华景象。字里行间饱含着作者热爱祖国山河的深情厚意。作品运用铺叙手法,写景细腻生动而富有特征。同时,把写景和抒情、描写和议论巧妙地结合起来,鲜明的景物与浓烈的感情水乳交融,具有很强的艺术感染力。

〔南吕〕一枝花

不伏老

关汉卿

攀出墙朵朵花①,折临路枝枝柳②。花攀红蕊嫩,柳折翠条柔③。浪子④风流。凭着我折柳攀花手,直煞得⑤花残柳败休。半生来折柳攀花,一世里眠花卧柳。

〔梁州〕我是个普天下郎君领袖,盖世界浪子班头⑥。愿朱颜不改常依旧。花中消遣,酒内忘忧。分茶攧竹,打马藏阄,通五音六律滑熟⑦。甚闲愁到我心头?伴的是银筝女银台前理银筝笑倚银屏⑧,伴的是玉天仙携玉手并玉肩同登玉楼⑨,伴的是金钗客歌金缕捧金樽满泛金瓯⑩。你道我老也,暂休。占排场风月功名首⑪,更玲珑又别透⑫。我是个锦阵花营都帅头⑬,曾玩府游州⑭。

〔隔尾〕子弟每是个茅草岗沙土窝初生的兔羔儿乍向围场上走⑮,我是个经笼罩受索网苍翎毛老野鸡蹅踏的阵马儿熟⑯。

经了些窝弓冷箭蜡枪头⑰，不曾落人后。恰不道人到中年万事休，我怎肯虚度了春秋。

〔尾〕我是个蒸不烂煮不熟捶不匾炒不爆响珰珰一粒铜豌豆⑱，恁子弟每谁教你钻入他锄不断斫不下解不开顿不脱慢腾腾千层锦套头⑲。我玩的是梁园月⑳，饮的是东京酒，赏的是洛阳花㉑，攀的是章台柳㉒。我也会吟诗会篆籀会弹丝会品竹㉓。我也会唱鹧鸪舞垂手会打围会蹴鞠会围棋会双陆㉔。你便是落了我牙歪了我口瘸了我腿折了我手，天赐与我这几般儿歹症候㉕，尚兀自㉖不肯休！则除是阎王亲自唤，神鬼自来勾㉗，三魂归地府，七魄丧冥幽㉘，天哪！那其间才不向烟花路儿上走㉙！

【注释】

①出墙朵朵花：喻指妓女。语本宋叶绍翁《游园不值》诗："春色满园关不住，一枝红杏出墙来。"后人遂常以出墙花暗喻妓女。出墙，比喻妓女不能守良家女子的道德规范。②临路枝枝柳：喻指妓女。语本《敦煌曲子词·望江南》："莫攀我，攀我太心偏。我是曲江临池柳，这人折了那人攀。恩爱一时间。"③红蕊嫩，翠条柔：喻女子年轻貌美。④浪子：不务正业、游荡玩乐的青年人。⑤直熬得：一直弄到。⑥郎君：本指贵公子，亦作女子对丈夫的称谓。此指流连行院的风流公子。班头：首领，头目。⑦分茶，撷竹，均为当时妓院里的技艺。分茶，把茶均匀地分注在小茶杯里待客；撷竹，画竹。《百花亭》杂剧即有"撷兰竹"，"兰竹"等语。打马、藏阄，是古代的两种博戏。打马，略似弹棋，用铜、象牙等为钱样，共五十四枚，上刻良马名，以骰子掷打决胜负；藏阄（音鸠），即藏钩，古代的猜拳，在酒席上，握着松子等小物件，猜所藏多少的游戏。五音六律，指音乐。宫、商、角、徵、羽为五音，黄钟、太簇、姑洗、蕤宾、夷则、无射为十二律中阳声之六律。金缕，古调有《金缕衣》，其词曰："劝君莫惜金缕衣，劝君惜取少年时。"后人即以此名曲，这里指唱曲。滑熟，烂熟。⑧银筝女：弹筝女。筝，古代弦乐器，似琴，十三弦。银筝，用银装饰的筝，此指通晓乐器的行院女子。银台：原指仙人所居，此指女子梳妆用的镜台。银屏：银饰或银白色屏风。⑨玉天仙：像玉一样温润的仙女，此指行院中的美女。玉楼：华丽的高楼。⑩金钗客：指妆扮华丽的行院女子。金缕：曲名，即《金缕衣》。金樽、金瓯：金制酒杯。⑪占排场：演戏或表演技艺。风月功名：以风月为功名，即作为自己的生活追求。风月，指风月场。⑫玲珑：精巧细致。剔透：通彻透亮。旧时以"水晶毬"喻风月场老手，故有玲珑剔透之谓。⑬锦阵花营：指倡优群集的场所。都帅头：总头领。⑭曾玩府游州：游州过府，周游各地。艺人到各地演出谓之"撞府冲州"；撞、冲，比喻演出生涯的艰难。此用"玩"、"游"是形容自己演艺生涯轻松愉快。⑮子弟每：指去风月场所嫖妓的嫖客们。子弟，宋元时对嫖客的称呼。每，们。乍：刚。围场：猎场，意谓嫖客乃是风月场中的猎物。⑯笼：关鸟兽的笼子。索网：打猎时套禽兽的绳索网子。踅踏：踩踏，跑动。阵马：据《墨娥小录》，元、明时行院称男子为"阵马"。⑰窝弓冷箭蜡枪头：指不光明的无能对手。窝

弓，伏弩，预先埋在隐蔽处的设有机关的弓箭。冷箭，暗箭。蜡枪头，指铅、锡合金做的枪头，喻外表好看而中用的东西。⑱區：同"圖"。铜豌豆：元代行院中亲昵地称老嫖客为"铜豌豆"。这里隐喻作者性格坚强。⑲恁：那些。斫：用刀斧砍。顿：挣。锦套头：指锦绳编织的套头，比喻歌伎笼络人的圈套。套头，套在马、驴等头上的羁绊。⑳梁园：是汉时梁孝王所经营的兔园，这里指汴京。㉑洛阳花：指牡丹。㉒章台柳：指当时的歌伎。章台，为汉代长安市的街名，借以指娼妓居住之地。㉓篆籀：古文字。㉔鹧鸪：曲调名。垂手：舞蹈名。打围：打猎。蹴鞠：古代的一种踢球游戏。双陆：类似下棋的一种赌博。㉕歹症候：坏毛病，指上述各技艺的爱好。症候，本指疾病，这里指毛病。㉖尚兀自：仍然，还是。㉗则：只。阎王：即阎罗王，佛教中的地狱之王，掌管人的生死。㉘三魂：道教认为人有三魂：脱光、爽灵、幽精。地府：道家把阴间称为地府。七魄：道教认为人有七魄：尸狗、伏矢、雀阴、吞贼、非毒、除秽、臭肺，是身体中的浊鬼。冥幽：佛教把阴间称为冥幽。㉙那其间：那时候。烟花路儿：这里指勾栏妓院。

【赏析】

　　这首是自述性的套曲，由四支曲子组成，以自白的口吻表明了一种"贵在自适"的人生态度。

　　首曲勾勒出人物的大体轮廓，概括了作者半生一世的风流浪子生涯，将自己描绘成"眠花卧柳"的老手。以"风流浪子"自夸，成为叛逆封建社会价值观的大胆宣言，极其鲜明地反映出关汉卿离经叛道的精神。

　　第二首〔梁州〕，具体地写作者的浪子生活，明确地表达自己"不伏老"的雄心。曲子作者曲中自夸为"郎君领袖"，"浪子班头。"，"风月功名首"，"锦阵花营都帅头"，如此重彩浓墨，层层晕染，集中而又夸张地塑造了一个"浪子"的形象。作者故意以社会正统所不耻的才艺来挑战和对抗当时那种异化的社会，反证自己的存在价值。

　　〔隔尾〕一曲，与〔梁州〕曲意蕴相同，以"子弟每"的稚嫩反衬作者的丰富阅历，进一步明确地表示了作者"不伏老"的决心。此曲豪情稍减而感慨稍多，尽管显得坚强和乐观，但仍然流露出淡淡的哀愁。

　　〔尾〕曲是整套曲子的高潮，将此前的愁思一扫而尽，而将豪情壮志和自强自得推到顶点。开头以"铜豌豆"进一步表现作者"不伏老"的执着信念，前面加上五个修饰词，显得铿锵有力，豪气冲天，坚定决绝。曲的中间极力夸耀了作者的不凡经历、识见和才能，年轻子弟折服，也与前面的"普天下郎君领袖，盖世界浪子班头。"相呼应。最后，是作者的誓言："落了我牙、歪了我口、瘸了我腿、折了我手"，"我"死也不停止"浪子风流"的生活。既然传统的仕途已经走不通，"我"就在这"烟花儿路上"纵横驰骋，至此，作者的决心和"不伏老"、至死不休的精神已表现得淋漓尽致。

　　曲中使用通俗的市井语言，紧紧围绕"不伏老"这一中心，将"浪子班头"的形象刻画得神采奕奕。曲中尽管有些愤懑和矛盾之处，但更多的是自强自傲的表达。

　　整套曲子在艺术上最突出的成就，就是衬字的妙用。如首两句，作者在本格七、七句式之外，增加了39个衬字，使之成为散曲中少见的长句。把"我是一粒铜豌豆"七字，增衬成"我是个蒸不烂煮不熟捶不區炒不爆响珰珰一粒铜豌豆"，这一来，显得豪放泼辣，把"铜豌豆"的性格表现得淋漓尽致。而这些长句，实际上又以排列有序的一连串三字短句组成，从而给人以长短结合舒卷自如的感觉。这种浪漫不羁的表现形式，恰能表达浪漫不羁的内容，以及风流浪子无所顾忌的品性。同时，在艺术上，衬字还明显具有让语言口语化、通俗化，并使曲意诙谐活泼、穷形尽相的作用。

〔中吕〕阳春曲

知几（四首）

白朴

知荣知辱牢缄口，谁是谁非暗点头①。诗书丛里且淹留。闲袖手，贫煞也风流②。

今朝有酒今朝醉③，且尽樽前有限杯④。回头沧海又尘飞。日月疾，白发故人稀⑤。

不因酒困因诗困，常被吟魂恼醉魂⑥。四时风月⑦一闲身。无用人，诗酒乐天真。

张良辞汉全身计⑧，范蠡归湖远害机⑨。乐山乐水⑩总相宜。君细推，今古几人知？

【注释】

①缄口：默不作声，免惹祸端。点头：见《诚斋诗话》，用宋时口语"会尽人情只点头"。　②闲袖手：见苏轼《沁园春》"袖手何妨闲处看。"贫煞，贫困到极点。风流，形容英俊杰出。　③今朝有酒今朝醉：见罗隐《自遣》诗："得即高歌失即休，多愁多恨亦悠悠。今朝有酒今朝醉，明日愁来明日愁。"　④且尽樽前有限杯：见杜甫《绝句漫兴九首》："莫思身外无穷事，且尽生前有限杯。"且尽，姑且饮尽，喝完。有限杯，谓能饮酒的日子不多。　⑤"回头沧海"三句：比喻世事变迁，光阴迅急之意。　⑥"不因酒困因诗困"两句：困，困扰。酒困，谓饮酒过多，被酒所困。诗困，谓欲抒写心中郁积，被诗情所困。吟魂，作诗的情怀目的。醉魂，借酒欲浇之愁。　⑦风月：风清月明，美丽的景色。　⑧张良：汉初大臣，字子房。在汉朝建立后，封留侯之后，功成辞去，修道学仙，据说是为了保全自己。　⑨范蠡：春秋末政治家，字少伯，越大夫，帮助越王勾践刻苦图强，灭亡吴国，功成辞去，到陶（今山东定陶西北），以经商致富，改名陶朱公。据说范蠡离开越王勾践，是为了远离杀身之祸。"归湖"，归游于五湖。"远害机"，避开祸

患的形势。　⑩乐山乐水：语出《论语》："仁者乐山，智者乐水。"

【赏析】

　　所谓"知几"，即有先见之明，能事先察觉到事物将要发生的变化，予以迎合或回避。《易·系辞下》："子曰：知几其神乎？几者，动之微，吉之先见者也。"这组《知几》为题的散曲共四首，前三首是作者处在外族统治下处世观念和生活态度的自白，第四首主要是从历史经验抒发的感慨。

　　第一首写作者对现实的态度。"知荣知辱牢缄口，谁是谁非暗点头。"，知道什么是荣辱，什么是是非，但是现实黑暗，所以作者不能也不愿明白表达出来。这几句揭露了元朝统治的黑暗、人民思想受到的严酷钳制。第三句说明在如此黑暗的现实情况下，作者只能把时光消磨在"诗书丛里"，以诗书自娱，独善其身。"闲袖手，贫煞也风流。"，化用了苏轼和元好问的诗句，明确表明作者不愿为官、安贫乐道的气节，充分表现出作者自保风流和清高孤傲的人格。

　　第二首写人生短暂、世事多变，作者因此以酒自娱。"今朝有酒今朝醉，且尽樽前有限杯。"，黑暗的社会现实，思想言论受到严酷钳制，所以只好纵情美酒，逃避现实，这反映了作者悲观失望的思想及内心的痛苦。"回头沧海又尘飞。日月疾，白发故人稀。"，就是针对现实而发的感喟，岁岁年年，时光飞逝，人生易老，作者心中无限凄凉。这句与前一句相呼应，也反映了作者看穿世事、逃避现实的想法以及纵情诗酒的原因。

　　第三首承第二首，抒发作者借诗酒消愁、乐以忘忧的情怀。"不因酒困因诗困，常被吟魂恼醉魂。"，是说作者不是纵情于美酒，就是寄情于诗文，这就是作者的生活内容。"四时风月一闲身。无用人，诗酒乐天真。"，是作者自嘲，也反映了作者怡然自乐的归隐生活。其实是诗人为了保全自己清白的名声，纵情山水，不愿为官。他甘愿过着贫寒的生活，也要无拘无束，自由自在，突出了作者孤傲清高的性格和安贫乐道的生活态度。

　　第四首紧承第三首，融历史经验与现实感受为一体，解释自己纵情诗酒、逃避现实的原因。"张良辞汉全身计，范蠡归湖远害机。"，引出张良、范蠡，赞扬他们功成身退，洞察时务，不仅是总结历史经验，也暗中揭露了元代当时尔虞我诈的险恶官场和社会现实。"乐山乐水总相宜"，说明自己不去为官、寄情山水是明智的，肯定了自己的处世态度。"君细推，今古几人知？"，然而，古今能远离祸害的又有多少人呢？语气沉痛，这是历史的反思，对世人不知全身远害，热衷于高官厚禄的感叹，也是进一步对自己处世态度的肯定。

　　白朴这四首曲子集中表现了诗人内心的愤懑和沉闷，从一个侧面反映了当时现实的黑暗和对知识分子思想的戕害。曲词语言清新朴素，修辞手法多样，善用典故，富于表现力。

〔中吕〕阳春曲

题情（六首之四）

白朴

从来好事天生俭①，自古瓜儿苦后甜②。奶娘催逼紧拘钳③，甚是严。越间阻越情忺④。

【注释】

①从来好事天生俭：好事，这里指的是爱情。俭，就是吝啬、缺乏之意。　②自古瓜儿苦后甜：元人习用俗语，常被曲家引入作品当中，或用作比喻，或用作诨语，如王伯成〔哨遍〕套里的"咪胜清瓜苦后甘"。　③奶娘催逼紧拘钳：奶娘，即乳母，一般也称作为"嬷嬷"。古代闺中少女常常由乳母与丫鬟共同伴随服侍，乳母还负有教育训导的责任，也是个"行监坐守"的角色。因乳母每每是封建礼教闺训的传授者，故常常与恋爱中少女发生冲突，在戏曲舞台上常被看成嘲讽的对象；一解为亲娘。拘钳，管束的意思。　④越间阻越情忺：间阻，是从中作梗，横加阻拦的意思。忺，是高兴、惬意。情，是指与心上人情投意合，深感无比的满足和畅快。

【赏析】

　　白朴《题情》共六首，这是第四首。古代的青年男女没有恋爱婚姻自由，需要遵从父母之命、媒妁之言。这首曲子描写了一个坚贞女子敢于冲破封建藩篱，争取爱情自由的自信和决心，表达了作者对于追求幸福爱情的极大赞美。

　　"从来好事天生俭，自古瓜儿苦后甜。"，小令以比喻开始，用瓜儿都是先苦后甜比喻人世间好事多磨，美好的爱情总要遭受些波折，表达了主人公对多挫折的爱情的信念。下一句"奶娘催逼紧拘钳"，催逼什么？催逼她快回闺房，不让与情人从容会面？管束她心猿意马，不准她春心萌动？催逼她快快定亲，去嫁给她不喜欢的男人？作者没有明言，但读者却可驰骋想象，想象出女子爱情遇到的客观阻力。而"甚是严。越间阻越情忺。"，管束愈严，情思愈烈。面对如此大的阻力，女子却毫不动摇，越有阻力越是坚持，抒情中带有哲理。

　　读完作品，一个大胆热烈，敢于藐视礼教束缚的恋爱中的女子形象，活脱脱地凸现在读者面前，由此可以窥见作者在婚姻观上的叛逆精神。全曲语言泼辣，感情真挚，带有民歌风味。作者以一个坚贞女子的口吻写出，表达了民间广大青年男女的共同愿望，鼓舞和激励青年男女为争取自由、幸福的婚姻而斗争。

〔越调〕天净沙

春

白 朴

春山暖日和风，阑干楼阁帘栊，杨柳秋千院中。啼莺舞燕①，小桥流水飞红②。

【注释】

①啼莺舞燕：啼，说明黄莺在春天里唱着悦耳动听的歌。舞，说明燕子飞舞，衔泥作巢。 ②小桥流水飞红：流，说明春水潺潺，正在流淌。飞，落红片片之状。红，指红花。

【赏析】

在〔越调·天净沙〕曲调下，白朴写过《春》、《夏》、《秋》、《冬》四题，这首是写春天景物的曲子。整曲运用白描的手法，从不同空间层次描写春天的自然风光，具体来说，整个画面的背景，是远景，第二句是人物的立足点是近景，第三句庭院中喧闹的景象，展示了一幅充满生机、春意盎然的画面，是中景。最能够体现春天特征的两个形容词是暖和啼莺，而最能表现庭院中生机的景物是舞燕和飞红。这支曲的人物应该是一位女子，她站在栏杆之旁，帘栊之下，窥探着春天的景致，她眼中的春天要更加细腻，更加秀美。

"春山暖日和风"，作品开篇先从远处着笔为我们呈现了一个宏大而又温馨的背景，也就是说，诗人为我们描绘了一幅和煦、温暖、辽阔的春光背景画面。在这一句里，词人着意突出了春天已经来到人间的特点，你看，"山"是春意盎然的，"日"是暖意融融的，"风"是和煦温情的。读着词句，仿佛置身于明媚的春光里，眼前春山润泽，春日融融，春风和煦，不自觉的就感觉到一种怡然与舒畅。"阑杆楼阁帘栊"和"杨柳秋千院中"两句是近写，词人从远处的"春山"转为写近处的"楼阁"与"院中"的景物。在这明媚的春光里的"阑杆楼阁帘栊"也是与别个季节截然不同的，无不映照着"春山"的新绿，沐浴着"暖日"明媚，披拂着"和风"的温情。倘若你站在楼阁上，站在窗子前，凭栏而立欣赏春光，是一件多么惬意的事儿呀！再细细地品味"杨柳秋千院中"一句，幽静雅致的小院儿，那小院儿里有傲然的白杨，有婀娜的垂柳，特别是那树下的秋千悠然的荡来荡去，仿佛有妙龄少女们的欢声笑语传将出来，充满了诗情画意。"啼莺舞燕，小桥流水飞红。"，这结尾两句，词人的目光又从庭院里转移到晴空中，转移到旷野上，渲染了一个令人陶醉的氛围。春树枝头，黄莺在悠扬地歌唱；晴空之中，燕子在悠闲地飞舞；旷野之间，潺潺流淌的小溪在小桥下淙淙作响，落英在微微的春风中静悄悄地飘落。至此，作品的意境更显得和谐，更显得意趣盎然了。

白朴此曲观察细致、造境新颖，颇具特色，景致清丽隽永，风格清婉，语言简练，为写景曲中的上乘之作。

〔越调〕天净沙

夏

白朴

云收雨过波添，楼高水冷瓜甜①，绿树阴垂画檐。纱幮藤簟②，玉人罗扇轻缣③。

【注释】

①水冷瓜甜：这是高楼上玉人的感受 ②幮：古代一种像橱一样的帐子。藤簟：用藤或竹做成的凉席。 ③玉人：颜色如玉的佳人。轻缣：轻而薄的丝绢衣衫。

【赏析】

这是白朴在〔越调·天净沙〕曲调中，以四季为题，描写夏天景物的曲子。在这首曲子中，作者根据自己的观察和体验，截取雨后片刻，勾勒出一幅宁静的盛夏图景，情趣盎然，充满生活气息。

"云收雨过波添"，雨过天晴，碧空如洗，万里无云，江河里水波荡漾，一派清新的气息。"楼高水冷瓜甜"，雨后，楼屋里的人感觉空气清新凉爽，水也变得清冷多了，吃着多汁而甘甜的瓜，格外感到舒畅。"绿树阴垂画檐"，写屋前的景物，绿树阴阴，枝蔓一直垂到了画檐之前，遮挡住了炎炎烈日。"纱藤簟，玉人罗扇轻缣。"，纱帐中的藤席上，一位穿着丝绢做成的轻薄的衣衫的美人儿坐在那儿，轻摇着罗扇，享受着夏日中难得的宜人时光。不管是写室外的景色和事物，还是写室内的陈设和佳人，都紧紧抓住了夏天的特色及韵致。

历来文人都爱写春和秋，写夏的不多。多是由于夏季酷暑难耐，容易烦躁，更别提出门游赏了。然而读完这首曲子，丝毫感觉不到夏天的燥热，而是神清气爽，这得益于作者精心细致选取的意象。写法由远及近，由外到内，层次十分清晰，塑造出一派幽静、凉爽的氛围。特别是"玉人"的形象，没有对佳人的体态作庸俗的描写，文笔朴实清新，格调高雅。

〔越调〕天净沙

秋

白　朴

孤村落日残霞，轻烟老树寒鸦，一点飞鸿①影下。青山绿水，白草红叶黄花。

【注释】

①飞鸿：往往会使人引发思念之情，这是古典诗、词、曲中常见的写法，如李益《塞下曲》："燕歌未断塞鸿飞，牧马群思边草绿。"

【赏析】

这是白朴四季风景图中的第三首，也是四首之中最著名的一首。一提到"秋"，人们的第一反应便是那首家喻户晓、脍炙人口的《天净沙·秋思》（马致远作）。然而，元曲当中写到关于"秋"的作品甚多，最为传神的当属白朴的《天净沙·秋》。如果说，马致远被称为"秋思之祖"的话，那么，白朴应义不容辞地被推为"秋意之圣"。

开头二句"孤村落日残霞，轻烟老树寒鸦"，作者用如椽之笔，巧妙地用并列六组名词描摹了一幅地面与天空的和谐画面：日头平西，落霞满天，小村披拂着斜晖；炊烟袅袅几如凝止，老树枝丫不动纹丝，乌鸦树羽辍立枝头，渲染出一种凄清冷寂的感觉。"一点飞鸿影下"，作者笔锋一转，在这一片宁静的秋景当中，突然掠过一只大雁，飞下地面。这一动态的骤然出现，打破了静景的观感，顿添生机，动静相融，浑然一体。"一点"说明"飞鸿"的距离之远，"影下"更显速度之快。而孤鸿的形象也正是作者流浪天涯、思念故乡的写照，抒情含蓄，不同于"断肠人在天涯"的直抒胸臆。

最后两句是最能传秋意之神的句子。首先是视角上的远近结合，远处是秋山和秋水，并且具有特征的色彩——青与绿；近处是秋天的植物：草、叶和花，白、红、黄更是和谐烘托，冷暖相间的色彩，构成了一幅美丽的"秋之画卷"，为萧瑟冷清的秋景增添了几分生气，为惆怅孤寂的秋意增添了几许开朗。其次，全句未著一个"秋"字而处处见"秋意"，正所谓"不著一字，尽得风流"，这也正是作者的高明之处！

综观全曲，其结构新颖别致，即"铺排静景——飞鸿动景——铺排静景"，规范而不呆板；其次，章法上动静结合，变化而不单调；再次，如果说此曲前两句秋景不免显得清寂、清冷，那么到了第三句，则意境转换，更显清疏、清和了。这些足见作者的高超的炼意本领和构思技巧。

〔越调〕天净沙

冬

白　朴

一声画角谯门①，半亭新月黄昏②，雪里山前水滨。竹篱茅舍，淡烟衰草孤村③。

【注释】

①一声画角谯门：这如人呜咽般的画角声，一下子打破了冬日的沉寂，给冬日的景色增添了活力。画角，牛峤词《定西番》："画角数声呜咽，雪漫漫。"　②半亭新月黄昏：黄昏时分细弯的月牙照亮半边庭院。新月，指阴历月初所见形细而弯的月牙。　③淡烟衰草孤村：淡淡的炊烟，衰败的野草，孤寂的村落。

【赏析】

这是白朴四季风景图中的第四首曲子，描写冬天的景致。全曲句句写景，景中蕴情，通晓流畅，清新自然。

"一声画角谯门，半亭新月黄昏，雪里山前水滨。"，黄昏时分，新月初升，城楼上的亭子在暮霭的笼罩下，在模模糊糊显出轮廓的谯门里，传出悠长哀怨的画角声。山坡上被皑皑的白雪所覆盖，山前的溪水在静静地蜿蜒流淌。"竹篱茅舍，淡烟衰草孤村。"，暮色里升起了几缕淡淡的炊烟，水边一座简陋的竹篱茅舍若隐若现，远远望去，孤村里枯草遍野，此情此景，动人哀思。

全曲五句话，一连描绘出画角、谯门、半亭、新月、黄昏、雪、山、水、竹篱、茅舍、淡烟、衰草、孤村十三种景物，这些景物，组成了一幅冬景图。选取的这些意象典型准确，稍加点染，便有了多侧面、多层次的美感。开头的"一声画角"，是全曲的点睛之笔，将所描写的景物笼罩在一种寂静凄清的氛围之中，给人一种悲凉之感，同时也给读者留下了广阔的想象空间，意境悠远，余味深长。

《春》、《夏》、《秋》、《冬》这四支曲子，无论是写景还是抒情，都是由欢快开朗逐渐转向了凄凉悲伤，四首曲子连成一个有机整体，或许是作者抒发了一种人生际遇的感慨。

〔双调〕驻马听

吹

白　朴

裂石穿云①，玉管宜横清更洁②。霜天沙漠③，鹧鸪风里欲偏斜④。凤凰台上暮云遮⑤，梅花惊作黄昏雪。人静也，一声吹落江楼月。

【注释】

①裂石穿云：形容笛声气势宏大。　②玉管宜横清更洁：玉管，指吹奏乐器箫笛之类。宜横，宜于横吹，指笛子。清更洁，形容笛声清亮雅正。　③霜天沙漠：形容笛音所描绘的艺术境界。　④鹧鸪：鸟名，形似斑鸠。　⑤凤凰台：故址在今南京城内西南方，六朝时宋所建，相传在建台之前曾有凤凰飞集于此，因名。暮云遮：即被暮云所遮蔽，极言凤凰集结之多。

【赏析】

白朴的〔驻马听〕包括四首小令，题《吹》、《弹》、《歌》、《舞》。这首《吹》为第一首，也是想象最为奇特的一首，作者通过描绘笛音，赞美了演奏者精湛的技艺。

开首"裂石穿云，玉管宜横清更洁。"两句，起笔惊人，概括描写高亢的笛音似乎可以惊裂石头，穿透云彩，横笛演奏者所演奏的乐曲开头便不同凡响。三、四两句"霜天沙漠，鹧鸪风里欲偏斜。"，美妙动听的笛声在听众的眼前展开了一片广袤的意境。在秋天广袤的沙漠里，鹧鸪也被这笛声深深吸引住了，进一步写出笛音的艺术魅力。第五、六两句"凤凰台上暮云遮，梅花惊作黄昏雪。"，描写成群的凤凰听到笛音都为之倾倒，就连梅花也为之纷纷飘落。这里化用李白《黄鹤楼闻笛诗》中的"黄鹤楼中吹玉笛，江城五月落梅花"的句意，极言笛声之美。最后两句"人也静，一声吹落江楼月。"，再进一步写笛声，夜深了，听者一片安静，悄无声息，就连江楼上无情的明月也为之动容，静静地隐藏起了光辉。这种夸张的艺术效果令人联想到白居易《琵琶行》中的句子："东船西舫悄无言，唯见江心秋月白。"

这首曲子紧紧扣住"玉管"吹出的笛声，描述了笛声带给人的感受以及听到美妙笛音之后听者的奇特想象，构思巧妙，形象突出。作者对音乐具有细腻的感受力，笛音的微妙变化都能激发作者贴切的想象，都能极好地衬托出笛声的优美和吹笛人技艺的高超，极富艺术感染力。

〔双调〕沉醉东风

渔　夫

白　朴

　　黄芦岸白蘋①渡口，绿杨堤红蓼②滩头。虽无刎颈交③，却有忘机友④。点秋江白鹭沙鸥⑤。傲杀人间万户侯，不识字烟波钓叟⑥。

【注释】

①蘋：多年生水草。　②蓼：一年或多年生水草，开红色或粉红色小花。　③刎颈交：生死与共的朋友，典出《史记》。战国时，赵国大夫廉颇居功自傲，与大臣蔺相如不和，后在相如忍让、团结精神的感动下，悔悟后二人成了生死之交，即所谓"卒相与欢，为刎颈之交"。　④忘机友：彼此之间没有欺诈之心无所顾忌的朋友。忘机，指心志淡泊，不争名利。　⑤点秋江白鹭沙鸥：点，一触即起，形容无拘无束，自由自在。杜甫《曲江》诗有"点水蜻蜓款款飞"的诗句。这里还寓有与鸥鹭为友的意味。　⑥烟波钓叟：又称"烟波钓徒"，指唐代诗人张志和，他隐居江湖，自称"烟波钓徒"。这里是作者自喻。

【赏析】

　　这首小令题为"渔夫"，实际上是写隐士心态，同时也是作者自况，抒发了一种宁静无为、恬淡闲适生活的心境。此曲也见《范蠡归湖》杂剧第四折，该剧是赵明道或范子安的作品。明蒋一葵的《尧山堂外纪》，以此曲属白朴，今从其说。

　　"黄芦岸白渡口，绿杨堤红蓼滩头。"，以色彩斑斓的自然风光开篇，写渔夫所面对的景致：岸边长着黄色的芦花，渡口处生着白色的白蘋，堤上绿杨整齐成行，滩头红蓼鲜艳夺目，真是五彩缤纷，绚丽多姿，点出了渔夫的生活环境和季节时令。"虽无刎颈交，却有忘机友。"，连用两个典故，写渔夫所接触的人和事，表现了渔夫与世无争的生活，以及淡泊名利的心志。虽然没有生死之交，但是却有可以相互信赖、没有敲诈心计的朋友。"点秋江白鹭沙鸥"，这个朋友就是秋江上的点点白鹭与沙鸥。历代文人、墨客隐居后，都有与鸥鹭结盟、相约为友的体会与诗作，李白诗："明朝拂衣去，永与白鸥盟。"辛弃疾词："凡我同盟鸥鹭，今日既盟之后，来往莫相猜。白鹤在何处，尝试与偕来。"与鸥鹭为友，暗示了自傲世间知音难觅，只有在大自然中寻找知交好友了。最后，"傲杀人间万户侯，不识字烟波钓叟。"，即使是做"万户侯"又有什么好的呢？还不如那个不识字的渔夫，终日在烟波江上，自由自在，无拘无束，远远胜过了"人间万户侯"。

曲中塑造的渔夫形象，是作者的一种理想和追求，作者借渔夫的生活乐趣来表明自己的心志，那就是渴望做一个隐士。作者幼年时遭受国破家亡的惨痛，所以坚决不肯在元朝为官。当年元代文坛盟主元好问的老友吏天泽，就曾屡屡举荐白朴，白朴却绝意仕进，潜心文学创作，终于创作出许多散曲和元曲三大杰作之一的《梧桐雨》，成就了他作为元曲的一代名家的功绩！

〔仙吕〕点绛唇

白　朴

金凤钗①分，玉京②人去，秋潇洒③。晚来闲暇，针线收拾罢。

〔幺〕独倚危楼，十二珠帘挂。风萧飒，雨晴云乍，极目山如画。

〔混江龙〕断人肠处，天边残照水边霞。枯荷宿鹭，远树栖鸦。败叶纷纷拥④砌石，修竹珊珊⑤扫窗纱。黄昏近，愁生砧杵，怨入琵琶。

〔穿窗月〕忆疏狂⑥阻隔天涯，怎知人埋怨他？吟鞭醉袅⑦青骢马。莫吃秦楼酒、谢家⑧茶，不思量执手临歧话。

〔寄生草〕凭阑久，归绣帏，下危楼强⑨把金莲撒⑩。深沉院宇朱扉⑪虚，立苍苔冷透凌波袜⑫。数归期空画短琼簪，啼痕频湿香罗帕。

〔元和令〕自从绝雁书，几度结⑬龟卦。翠眉长是锁离愁，玉容憔悴煞。自元宵等待过重阳，甚犹然⑭不到家？

〔上马娇煞〕欢会少，烦恼多。心绪乱如麻，偶然行至东篱下。自嗟自呀，冷清清和月对黄花。

【注释】

①金凤钗：指妇女头上的首饰，此处代指女子。　②玉京：天宫，"玉京人"，意为天上的神仙，此处代指心上的恋人。　③潇洒：舒畅自由，修饰秋天。　④拥：遮蔽。　⑤珊珊：玉声。　⑥疏狂：指代女主人公的意中人。　⑦袅：细长柔软的东西随风摆动，形容醉态。　⑧秦楼、谢家：即"秦楼谢馆"，旧指都市中寻欢作乐之所。李邦《转调淘金令》："花衢柳陌，恨他去胡沾惹；秦楼谢馆，怪他去闲游冶"。　⑨强：有强忍的意思。　⑩金莲：指女子的纤足。撒：放开。　⑪朱扉：红色的门窗。　⑫凌波袜：语出曹植《洛神赋》："凌波微步，罗袜生尘。"原意形容洛水女神步履轻盈，后用"凌波袜"、

"罗袜"作妇女袜子的美称。　⑬结:结问占卜。　⑭甚:为什么。犹然:还是那样,仍然。

【赏析】

　　这篇套数描写一位女子对心上人的思念,表现了女子自心上人离去之后心中的寂寞与哀怨。

　　首曲点明女主人公心上人离去的时间和女子日常的生活情景。"金风钗分,玉京人去,秋潇洒。",在秋高气爽的时节,女主人公与她的心上人分离了。"晚来闲暇,针线收拾罢。",女主人公无心做针线活,傍晚草草收拾了,登高远望。

　　接下来〔么〕〔混江龙〕〔穿窗月〕三曲,写女子登高的所见所思。女子孤身一人,站在高楼之上,观赏秋色。秋风萧瑟,江山如画,作者用良辰美景来反衬女子心中的孤寂。〔混江龙〕一曲寓情于景,表现了女子在"玉京人去"后的痛苦。落日余晖,美丽的彩霞映照在水里,而女子与她的心上人却天各一方,此情此景,令人断肠。到了黄昏时分,女子听到砧杵和琵琶的声音,女子心中的思念逐渐变成了无限的怨恨。〔穿窗月〕转而写女主人公对心上人的关怀与叮咛。心上人远在天涯,他怎知道而女主人公因不归在埋怨他呢?说不定此刻他正在意气风发地乘着名马,到处寻欢作乐。于是女主人公怕他忘掉她的临别赠言,劝他不要只顾吃喝玩乐。女主人公感时令而生情思,于是登楼远望,触景生愁,由愁而生怨,怨最终又化为了担忧与希望,作者将女子的这一心理活动刻画得惟妙惟肖。

　　〔寄生草〕和〔元和令〕两曲继续写女主人公思念的痛苦。女主人公久立高楼,极目眺望,不见心上人归来,她无可奈何地回到绣房,移动着纤步,从高楼下来。她走入深而沉寂的庭院里,她回想起自己对心上人的种种相思情状,不由起了怨意。

　　最后一曲〔上马娇煞〕写女主人公孤独一人,内心的痛苦无人知晓,也无处排解,所以只好在冷清清的月夜,独行到"东篱下","自嗟自呀"。这一曲极言女子内心的痛楚、深切、沉重。

　　这首套数,在叙事、写景中抒情,细腻地刻画了女主人公的心理活动,塑造了一个有血有肉、饱含愁思的丰满的少妇形象,风格婉约,质朴无华,真挚感人。

〔中吕〕满庭芳

姚燧

　　天风海涛①,昔人曾此②,酒圣诗豪③。我到此闲登眺,日远天高。山接水茫茫渺渺,水连天隐隐迢迢④。供吟笑,功名事了,不待老僧招。

【注释】

　　①天风海涛:形容风大浪高。　②昔人曾此:昔人曾在这里。　③酒圣诗豪:纵情饮

酒，诗气凌人。酒圣，酒之圣者，即好酒，也指豪饮的人，此指豪饮后诗气凌人。诗豪，杰出的诗人。　④隐隐迢迢：形容水长天远，隐约迷茫。

【赏析】

　　这首曲子写登高远眺，目睹山水相连，水天相接的壮阔和一片迷茫的景象，由此一洗尘怀，想到了却功名事后，隐逸于海天之间，回归自然。

　　此曲境界开阔，景象壮观，胸怀豪迈超脱。"天风海涛，昔人曾此，酒圣诗豪。"写登高远眺时眼前的景观和由此而生的思古之情。"天风海涛"，一开篇气象就壮阔无比，震荡人心，令作者顿生思古之情。"昔人曾此，酒圣诗豪。"，面对浩瀚无垠的天地自然，古人都是纵情豪饮，赋诗无数，无所羁绊。"酒圣诗豪"，抛开红尘的羁绊，展现真正的自我，才不愧对如此壮阔的大自然。作者此时的心情无疑是激动而复杂的，他也想效仿古人，以酒诗来抒发他此时此地的壮志豪情。下面两句"我到此闲登眺，日远天高。"说明是作者闲暇时来此登望远，心情悠闲自得时所见的景物更加开阔。日远天高，解除了政务羁绊后有一种特殊的自在与轻松，写景与抒情紧密结合，寓情于景。"山接水茫茫渺渺，水连天隐隐迢迢。"写山水相接，浩浩渺渺；水天相接，隐约迷茫。这句写景，但又蕴含着耐人寻味的哲理，宇宙浩瀚无垠，而人处在茫茫的天地宇宙间，不过是沧海一粟罢了。但作者不是消极避世，想远离官场，接下来说"供吟笑，功名事了，不待老僧招。"人生并没有绝对的自由，所以作者不做不切实际的幻想，对功名利禄不做公然的决裂，对其中不如意之处，一笑了之。作者认为人应该追求功名，实现自我的价值，但不是做功名利禄的奴隶，待到自我价值实现之后，"不待老僧招"就是主动投入壮阔的大自然的怀抱中来。

　　曲中意境开阔，气势浩荡，人生态度乐观坚强，语言自然通俗，情景交融，韵律谐美，富于表现力。

〔中吕〕满庭芳

姚 燧

　　帆收钓浦①，烟笼浅沙，水满平湖。晚来尽滩头聚，笑语相呼。鱼有剩和烟旋②煮，酒无多带月须沽③。盘中物，山肴野蔌④，且尽葫芦⑤。

【注释】

　　①钓浦：可供垂钓的水湾。　②旋：马上，立刻。　③沽：买，买酒。　④山肴野蔌：用山中之物做成的菜肴。山肴，野味。野蔌，野菜。　⑤尽葫芦：尽兴而饮。葫芦，此指用作盛酒的葫芦。

【赏析】

这首曲子描写傍晚渔民打鱼回来相聚喝酒的热烈场面，再现了当时的民风民俗，表现了渔民豪放、乐观与朴素的生活态度。

"帆收钓浦，烟笼浅沙，水满平湖。"，描写了渔夫回港后的自然环境，写得简洁、形象：傍晚时分，渔帆归来，此时已升起篝火，烟霭迷漫，笼罩着浅水的沙滩，满湖碧水，波平如镜。宁静、温馨的环境，恰到好处地烘托了渔夫劳作一天后的轻松心情。"晚来尽滩头聚，笑语相呼。"，写渔民傍晚捕鱼归来不是直接回家，而是在岸边滩头相聚，欢声笑语，热情招呼。他们因收获而欢乐，为相聚而高兴。"鱼有剩和烟旋煮，酒无多带月须沽。"，写煮鱼、沽酒的忙碌景象；卖剩下来的鱼，可以自己享用，拿到还冒着浓烟的篝火旁，立即煮上；酒所剩不多，趁着夜色赶紧去买。渔民的生活紧张忙碌，没有闲暇，为生活奔波，但是，他们是乐观坚强、团结友爱的。结尾三句"盘中物，山肴野蔌，且尽葫芦。"，写出了渔民生活的朴素，表现了他们的豪放与乐观。他尽管每天吃的是野菜野味，但是他们吃得香，饮得豪爽，本色人生，痛快淋漓。作品展现了渔民生活的一个重要侧面，肯定和赞扬了渔民健康乐观的生活态度，这表明身为高官的姚燧对普通百姓有着深厚的感情与理解。

这首曲子在语言的运用上，通篇采用了排比和对偶句式，整齐流畅。如开头三句，为鼎足对，结构相同，构成排比句，既整齐流畅，又富有气势。六、七两句，为对偶句，对仗工整，由此可见作者驾驭语言的能力浑然天成。

〔中吕〕普天乐

姚 燧

浙江秋①，吴山夜②，愁随潮去③，恨与山叠④。塞雁⑤来，芙蓉谢，冷雨青灯读书舍，待离别怎忍离别？今宵醉也，明朝去也，宁奈些些⑥！

【注释】

①浙江：今浙江。 ②吴山：在杭州市钱塘江北岸。 ③愁随潮去：愁怀随潮而去般汹涌澎湃。 ④恨与山叠：恨与重山叠积一样无限沉重。 ⑤塞雁：秋分后，从塞外飞到江南越冬的大雁。 ⑥宁奈：忍耐。些些：一点点儿。

【赏析】

此曲是一个秋雨之夜，作者在杭州一带送别友人之作。离别之情将一切景象都染上一种凄凉忧郁的色彩。

"浙江秋，吴山夜"，交代了送别的季节、时间和地点。曲子融情于景，秋景、寒夜的凄冷氛围,更加烘托了离别之情的愁苦与悲凉。"愁随潮去,恨与山叠。",抒发了作者的感受。作者巧妙地运用了比喻,说他的离愁,仿佛像钱塘江落潮时那样奔腾汹涌,不可阻挡;他的别恨,好似吴山的峰峦叠嶂,无止无休,无比沉重。以此角度譬喻,更清晰地表达作者的离愁别绪,表现了对友人的深情。

"塞雁来,芙蓉谢,冷雨青灯读书舍,待离别怎忍离别?",移情于景,以写景来抒发离别的痛苦。北雁南飞,叫声凄凉,听了使人哀愁;荷花枯零,满目凄怆,再加上秋雨潇潇,更加令人肝肠寸断。微弱的灯光,静寂的书房,越发叫人不知如何面对离别之苦。如此悲情哀景,彼此映衬协调,将离愁别恨塑造得更有感染力。"待离别怎忍离别",采用了反问句式,加强了语气,更加突出了离愁别恨之苦。

"今宵醉也,明朝去也,宁奈些些!",是对友人也是对自己的宽慰,因为不知如何面对与朋友离别的痛苦,因此就用醉酒来逃避那无法忍受的时刻,明天离开后,那就只有忍耐了。这三句,感情上似压实纵,更加表现出友情的炽烈深厚,耐人寻味。

此曲对仗工整,比喻贴切,语言清新,风格婉丽,感情真挚,表现力强。

〔中吕〕醉高歌

感怀(四首)

姚燧

十年燕月歌声①,几点吴霜鬓影②。西风吹起鲈鱼兴,已在桑榆暮景③。

荣枯枕上三更④,傀儡场头四并⑤。人生幻化如泡影,那个临危自省⑥?

岸边烟柳苍苍,江上寒波漾漾。阳关旧曲低低唱⑦,只恐行人断肠。

十年书剑长吁⑧,一曲琵琶暗许⑨。月明江上别湓浦⑩,愁听兰舟夜雨。

【注释】

①十年燕月歌声:十年,多年,不是确数。燕月,燕京风月。燕,周时吴国在今江苏省一带,元朝的京城大都属燕国的旧地,这里"燕"指元大都。歌声,指朝朝暮暮的宴

歌生活。 ②几点吴霜鬓影：吴霜，吴地的风霜。吴，周时吴国在今江苏省一带，后人沿称江苏省为吴地。鬓影，鬓发身影。 ③"西风吹起"两句："西风吹起鲈鱼兴"引用晋张翰故事。张为吴郡人，曾入洛阳做官，因西风起而想起家乡的莼菜和鲈鱼的美味，就不想做官，说："人生贵得适志，何能羁官数千里，以要名爵乎？"终于辞官回乡。桑榆暮景，指日将西时斜光照在桑榆之间的景象，古人常以"桑榆暮景"比喻人的晚年。"桑榆"，日落之处，指黄昏。"暮景"，日暮的时候。 ④荣枯枕上三更：人的富贵衰败犹如在夜里做了一场梦。荣枯，草木的生长和凋零，指宦海浮沉。枕上三更，指深夜做梦，或指半夜思想。 ⑤傀儡场头四并：傀儡，以线操纵演戏的木偶人。场头，卖艺演出的地方。四并，古人以良辰、美景、赏心、乐事为四美。四并、四美同时得到。 ⑥幻化：变化。省：醒悟。 ⑦阳关曲：即唐·王维诗《送元二使安西》，一作《渭城曲》："渭城朝雨轻城，客舍青青柳色新。劝君更尽一杯酒，西出阳关无故人。"这首诗谱成《阳关曲》，每在送别时吟唱，以表示惜别之情。 ⑧十年书剑长吁：十年，多年。书剑，古时文人常备之物，以代文人的生涯。一说代文武之才能。长吁，常叹息。 ⑨一曲琵琶暗许：一曲琵琶，指自居易《琵琶行》中琵琶女所弹之曲，曲中反映了那位琵琶女一生不幸的遭遇。暗许，私下应许，自己私下认为，一生的经历也象琵琶女一样，充满着不幸和痛苦。 ⑩溢浦：水名，今名龙开河，在江西九江市西。

【赏析】

〔醉高歌〕一共四首，有对家园的思念，或感慨或抒怀，四首之间并无联系。

第一首曲子抒发了作者对在官场的感慨，表达了厌官思归之情。姚燧壮年时游宦北方，在大都（北京）曾任翰林学士，大德五年（1301），出任江东廉访使，滞留浙江、江苏等地，到了晚年，不免对游宦生活感到厌倦，而对故园产生了亲切的感情。"十年燕月歌声，几点吴霜鬓影。"，写作者在京为官时常以歌舞取乐；自己在六十多岁时出任江东廉访使，几经宦海沉浮，两鬓多了许多白发，像染上了吴地的风霜，颇有苍凉之感。"西风吹起鲈鱼兴，已在桑榆暮景。"，自己如今垂垂老矣，已厌倦了这种生活，见到秋风起，想起张翰的故事，思念起家乡来。张翰尚能辞官返乡，而自己已是桑榆暮年，为何还是身不由己呢？这首曲子虽短，但语言凝练，感情真挚。

第二首曲子也抒发了作者对宦海浮沉的感慨。"荣枯枕上三更，傀儡场头四并。"，人生变幻无常，无论是富贵荣华还是贫贱失意，这种莫测变化仿佛是幻梦一场。人生就像演戏一样，自己就像一个被线操纵演戏的木偶人，从来无法掌握自己的命运，人生很难十全十美。这里包含着无限的感慨。"人生幻化如泡影，那个临危自省？"，承一、二两句，人生如梦，到头来不过是一场空，但如今，人们还是执迷不悟，在仕途上疲于奔命，苦苦争名逐利，充当统治者的傀儡。这首曲，是作者对人生的体验，希望自己可以远离是非官场，过自由平静的生活。

第三首曲子是送别之作。"岸边柳烟苍苍，江上寒波漾漾。"，点明送别的地点、环境。写景由近及远，先描绘了近处的景物，岸边的柳树仿佛笼罩了一层烟雾，微风拂过，杨柳依依，仿佛也不舍友人离去。继而转向远景，江上微波荡漾，很快就要带我的朋友远去，虽然春天已经来临，还是寒意逼人。"寒"字与人物凄凉的心情相契合，烘托了离别的气氛，为曲子奠定了感伤的基调。"阳关旧曲低低唱，只恐行人断肠。"，承接上两句，点明了送别时的情绪。与朋友依依惜别之时，作者为朋友轻轻吟唱起了《阳关曲》，之所以唱得轻一点儿,是怕自己的哀愁感染了朋友的情绪,希望他可以愉快地离开。这一细节表现了作者对朋友的深情与关切,这样的离情也更加让人断肠。

第四首曲子化用典故,结合自己的经历,抒写自己平生的失意和苦闷。"十年书剑长吁",言即自己一生经历过很多的痛苦和失意,叹息自己的不得志。"一曲琵琶暗许",借白居易《琵琶行》中琵琶女一生不幸的遭遇,暗示自己平生的失意和苦闷。"月明江上别溆浦,愁听兰舟夜雨。",交代引发自己感慨的缘由:月明之夜,在溆浦江头,作者要离别友人,夜里在兰舟中听着潇潇夜雨,内心充满着无限怅惘。心中充满离愁别绪,再回顾自己不得志的一生,教人情何以堪!

姚燧的《感怀》四首,从不同的角度,抒发了自己对人生的感受,充满了无限的感慨。从作品内容看来,这应是作者晚年时的作品。元武宗至大四年(1311),姚燧终于退官返乡,摆脱官场中的危境。回首半生宦海沉浮,自然感慨良多。

〔中吕〕阳春曲

姚　燧

笔头风月①时时过,眼底儿曹②渐渐多。有人问我事如何?人海阔③,无日不风波④!

【注释】

①笔头风月:写作生涯。风月,光阴。　②眼底儿曹:眼前的儿女们。儿曹,儿辈。③人海阔:人生如浮游在宽阔的大海里。人海,比喻人群、社会。阔,广阔,纷繁。　④风波:指波折。

【赏析】

此首〔阳春曲〕慨叹生活难如人愿,时光荏苒,人事复杂艰险。姚燧一生,做过秦王府文学,后又做过奉议大夫、翰林学士、太子宾客、太子少傅等官,主要与文学和仕宦联系在一起。

"笔头风月时时过,眼底儿曹渐渐多。",是说自己手中的笔写过万千世态,而自己美好的年华就在自己的笔下不知不觉地流逝了,转眼已到暮年,眼前的儿女一个个渐渐增多。这两句对仗工整,构思巧妙,上句说时光越来越少,略带感伤,下一句说儿女成群,转向欣慰。"有人问我事如何?",以一个设问过渡,中断了前文的义脉,变成一个顿挫与转折。有人问作者事情是否称心如意。结尾"人海阔,无日不风波!",是作者对上句的回答,也是对自己人生经历的总结,社会复杂宽广,人事艰险,自己仿佛天天都在惊涛骇浪中颠簸,时刻担心自己被卷入政治斗争的漩涡之中。"无日不风波",双重否定表示肯定,有强调的作用,意为道路坎坷不平,并不如意。"人海阔,无日不风波!"短短八个字,作者的感叹和辛酸跃然纸上,含蓄而蕴藉。

作者身为高官,一生仕途通畅,但是面对元朝社会的黑暗,官场上的尔虞我诈,他也不得不感叹人生的处世不易和生活的艰辛。这首曲虽然写的是"笔头风月",但并非是仅指"写作生活",而是反映了当时官场上的"风波",文坛上的斗争。语言虽然浅显易懂,但抒发的思想情感却深厚沉重。

〔越调〕凭阑人(七首选三)

姚 燧

博带峨冠①年少郎,高髻云鬟②窈窕娘。我文章你艳妆③,你一斤咱十六两。

马上墙头瞥见他,眼角眉尖拖逗④咱。论文章⑤他爱咱,睹妖娆⑥咱爱他。

织就回文⑦停玉梭,独守银灯思念他。梦儿里休呵⑧,觉来时愁越多。

【注释】

①博带峨冠:儒生的装束。 ②高髻云鬟:梳着秀美的发髻,楚楚动人。 ③艳妆:指浓妆,打扮得艳丽。 ④拖逗:撩拨,勾引。 ⑤文章:指文学,诗文词曲皆包括在内。 ⑥妖娆:此指美貌,温柔多情。 ⑦织就回文:指窦滔妻事。《晋书》卷九十六《列女传·窦滔妻苏氏》:"窦滔妻苏氏,始平人也。名蕙,字若兰,善属文。滔,苻坚时为秦州刺史,被徙流沙。苏氏思之,织锦回文旋图诗以赠滔。宛转循环以读之,词甚凄婉,凡八百四十字,文多不录。"后人以回文比喻表达爱情的诗篇。"织就回文",就是写好情书。"停玉梭",也是比喻停下笔。 ⑧呵:呵斥,责怪。

【赏析】

姚燧〔凭阑人〕共七首,这里是一至三首,描写的是才子佳人间的爱情,纯如天籁,饶有意味。

第一首描写一对青年男女的才华和美貌。"博带峨冠年少郎,高髻云鬟窈窕娘。",男的一副儒生的装束,显然是青年才俊,风度翩翩,青春活力无限;女的梳着秀美的发髻,窈窕多姿,楚楚动人。作者着重刻画了这对青年男女的外貌,突出这"年少郎"和"窈窕娘"是天造地设的一对。曲子的三、四两句由外貌转而对内在进行进一步的描摹。"我文章你艳妆,你一斤咱十六两。","文章"与"博带峨冠"相呼应,"艳妆"与"高髻云鬟"相呼应,郎才女貌,天作之合。

第二首描写一对青年男女的互相爱慕,彼此吸引。古代少女深处闺中,男女自由恋爱不易,只能暗地里传情。曲子一二两句描写墙头马上的戏剧性场面,"马上墙头瞥见他,眼角眉尖拖逗咱。",是说才子在马上看见了墙头上的佳人,自然不能目不转睛地盯着,只能"瞥"一下,但这一个"瞥"字,生动地描摹出了他的心理状态,想看她而不敢直看,这就说明了这种只能暗地里爱慕而不能直接表白的心情。而他"瞥"了佳人"拖逗咱",佳人眼光含情脉脉,表现出了女子的大胆直白。不言而喻,双方心已有了期许。"论文章他爱咱,睹妖娆咱爱他",论我文章才华,她肯定爱我;论美丽风流,我肯定爱她。这最后两句平白直率,落落大方,显示了对爱情的自信,增添了曲子的情趣。

  第三首描写女子对心上人的思念与哀愁。"织就回文停玉梭,独守银灯思念他。",深沉的夜里,女子写完信以后搁下笔,顿觉孤独无依,怅然若失。她仿徨失措,只有孤灯陪伴着她,这情境,使她对远人的思念更深一层。这滋味,怎一个愁字了得!"梦儿里休呵,觉来时愁越多。",这是女子自我劝解,不要在梦中嗔怪对方,要抑制住自己的感情,不然醒来会增添更多的哀愁,也是徒然。这看似压抑,实则放纵,更加衬托出女子对心上人的思念之深和寂苦之情,一个深情、愁苦的女子形象跃然纸上,招人怜惜。

  才子佳人的爱情是文学里永不衰败的主题之一。纵观才子佳人的爱情,特征有二:一是郎才女貌,二是追求自由恋爱。这其中含有一种崇尚人文的精神。元代虽然长期废除科举,但传统文化根基很深,在社会中仍未动摇,所以才子佳人的故事也继续深入人心,广为流传,并且发展为元代杂剧散曲的一大传统主题。

〔越调〕凭阑人(七首之七)

姚 燧

  两处相思无计留,君上孤舟妾①倚楼。这些兰叶舟,怎装如许愁②?

【注释】

  ①妾:妻子的自称。 ②这些兰叶舟,怎装如许愁:化用李清照《武陵春》"只恐双溪舴艋舟,载不动许多愁。"句意。些,是些小的意思。兰叶舟,即木兰舟,船的美称。

【赏析】

  这首小令以一女子的口吻,写的是闺中少妇的离愁别恨。

  开头"两处相思无计留",写女子送别时的恋恋不舍。命运要将两人分开,女子想到日后天各一方,天涯行客,寂寞空闺,空留下两地相思。这种由社会或生活的安排没有办法改变,所以只能发出"两处相思无计留"的无奈与哀叹了。短短一句话,就把他们不幸的命运和内心的痛苦表现了出来。第二句"君上孤舟妾倚楼",写离别的情景。情人登上了孤舟启程,女子为了能多看一眼远去的情人,倚楼远眺。这里省去了太多离别的细节,但是孤舟独去,包含多少凄怆;女子倚楼凝望,包含多少情丝,这给读者留下了广阔的想象空间。一二两句是从女子的角度写,描述其自身的感受,自身的离愁。读起来感觉情意绵绵、离愁重重。

第三四句作者运用了以具体见抽象的写法,将她内心的离愁别恨写成似乎有体积、有重量的东西:"这些兰叶舟,怎装如许愁?"这小小的一叶孤舟,却怎能载得了我那么多的离愁别绪呢!这两句化用了李清照《武陵春》"只恐双溪舴艋舟,载不动许多愁。"的句意。用船载不动来形容离愁之多,是很形象的,这是李清照的一个创造,姚燧化用其意,使我们对"凭阑人"的离愁别恨有了一个形象化的了解。

这首小令,艺术构思上颇显新意,语言运用上清新质朴,易记,易传。

〔越调〕凭阑人

寄征衣①

姚 燧

欲寄君衣君不还,不寄君衣君又寒。寄与不寄间,妾身②千万难。

【注释】

①征衣:为戍边者缝制的棉衣,此指给远行的人寄的衣服。 ②妾身:妻子的自称。

【赏析】

曲中通过描写妻子给出门在外的丈夫寄寒衣时的矛盾心理,表现了妻子对丈夫的渴望思念与无限深情。

"欲寄君衣君不还,不寄君衣君又寒。",是说天冷了,家中的妻子无时无刻不在惦念远方的丈夫,担心他在外面会挨冻受寒,想把冬衣寄给丈夫。在要寄出的时候,突然转念一想,如果把冬衣寄去了,他有了御寒的衣服,就不会回家了。如果丈夫能回家取棉衣,他们就可以相见了。她的思想十分矛盾:寄寒衣吧,丈夫可能会因此在外面滞留更长的时间;不寄吧,又担心丈夫在外受寒。这就是少妇两难的心理:"寄与不寄间,妾身千万难。"既想他回家,又担心他受冷的矛盾交织在一起,无法抉择。正是这反反复复、犹豫踌躇的矛盾心理,塑造了一位感情细腻、有血有肉的女性形象。

短短四句话,将少妇体贴、担忧和思念的微妙心理刻画得入木三分、惟妙惟肖,把少妇的美丽形象刻画得真实自然,淋漓尽致。卢挚在《论曲绝句》中评价此曲"熨贴温存,缠绵尽致",精当中肯。

〔双调〕寿阳曲

咏李白

姚燧

贵妃①亲擎砚,力士与脱靴②。御调羹就飧不谢③,醉模糊将吓蛮书④便写,写着甚杨柳岸晓风残月⑤。

【注释】

①贵妃:即杨贵妃。 ②力士:高力士,唐玄宗宠信的宦臣。李白曾在宫殿上喝醉,伸出双足命高力士为他脱靴。 ③御调羹就飧不谢:玄宗为李白做美味的汤,李白拿来就吃,也不说一声感谢。就飧,把汤拿来浇在饭里吃。 ④吓蛮书:民间传说渤海国番使遣书威胁唐朝,李白起草诏文还击,世称:"吓蛮书"。 ⑤杨柳岸晓风残月:柳永《雨霖铃》词中的一句,柳永此词,描写了自己要离开汴京(开封)时与他的意中人难分难舍的痛苦心情:"多情自古伤离别,更那堪冷落清秋节!今宵酒醒何处?杨柳岸晓风残月。"李白当然不会写后世柳永的句子,作者在这里是描写李白一挥而就的神态和气概。

【赏析】

李白于天宝元年(742)经友人推荐,被唐玄宗召至长安,命供奉翰林,受到玄宗的赏识,后因受谗,又被逐出长安。这首曲子选取了李白在供奉翰林时一段故事,从侧面表现了李白举世的成就,不凡的气质,出众的才华以及对权贵的蔑视。

开头三句所言李白故事的综合出处,最早见于宋人笔记《青锁高议》,说李白"曾得龙巾拭唾,御手调羹,力士抹靴,贵妃捧砚。"其实只有调羹和抹靴两件可靠(载于唐人所写李白传记),拭唾和捧砚都是民间传说。至于"吓蛮书",唐人传记只说李白"论当世务",写过《答番书》,宋元时渐渐附会出草书吓使的故事,明人还作成了曲折离奇的小说。作者在曲中排列运用,说明他并非是考察历史为主人公作评断,而是借由民间流传熟知的故事来勾勒李白放浪形骸的形象,这就为全曲奠定了诙谐的曲调。

曲子前三句郑重其事,"贵妃亲擎砚,力士与脱靴。御调羹就飧不谢",以皇家庄严的场面和隆重的待遇作为铺垫,将李白超凡的气质以及蔑视一切权贵的性格描绘得淋漓尽致了。李白挥毫作书,唐玄宗命杨贵妃捧砚,他亲调羹赐酒,又命高力士替李白脱靴。一个诗人,居然能叫唐玄宗的爱妃、容貌倾城倾国的杨玉环替他捧砚,权倾朝野的宦官高力士为他脱靴,李白的盖世才华,不言而喻。"醉模糊将吓蛮书便写,写着甚杨柳岸晓风残月。",李白在醉态朦胧之际,写下吓退南蛮的书信,一挥而就的竟然是宋人柳永"杨柳岸晓风残月"的风流文字。这看似荒诞的一笔,实则表现李白一挥而就的神态和气概,将李白才气横溢、不媚权贵、志向高洁、放浪形骸的风神表现得淋漓尽致,反复思量便觉妙不可言。

这首散曲在庄重严肃的雅语后突然承接俚俗口语,风格诙谐活泼,效果匪夷所思,耐人寻味。

〔正宫〕黑漆弩

村居遣兴①(二首)

刘敏中

长巾阔领②深村住,不识我唤作伧父③。掩白纱翠竹柴门,听彻秋来夜雨。

闲将得失思量,往事水流东去。便宜教画却凌烟④,甚是功名了处?

吾庐却近江鸥住,更几个好事农父⑤。对青山枕上诗成⑥,一阵沙头风雨⑦。

酒旗只隔横塘⑧,自过小桥沽⑨去。尽疏狂⑩不怕人嫌,是我生平喜处。

【注释】

①遣兴:抒发情怀,解闷散心。 ②长巾阔领:形容作者自己的衣着打扮。 ③伧父:鄙夫。 ④凌烟:指凌烟阁,是帝王图画功臣,表彰他们功绩的地方。 ⑤好事农父:好管闲事的热心肠农夫。 ⑥诗成:指美好的思想形成。 ⑦一阵沙头风雨:这里有象征意义,并非仅指自然界的风雨。 ⑧酒旗:古时酒店为招揽顾客在门前悬挂的布招子。横塘:此指村中的塘堤。 ⑨沽:买,买酒。 ⑩尽:任凭。疏狂:豪放,不受拘束。

【赏析】

这两首曲,大约作于刘敏中弹劾权臣桑哥后辞官还乡之时,描写作者隐居时的情趣与感受。

第一首曲子吟咏乡野生活,感叹功名的虚无。前四句自述村居生活,后四句感怀遣兴。"长巾阔领村中住,不识我唤作伧父。",作者戴着长长的头巾,身穿宽松的衣服住在村中,乡邻都不认识他,都以为他是粗野的人。作者辞官还乡,在农村隐居,少了种种羁绊,当然要以最放松的方式生活。"掩白纱翠竹柴门,听彻秋来夜雨",作者不在意旁人的看法,自得其乐——掩门不出,卧听风雨。闲暇时回想这些年的时光,不禁感叹世事变化,后面四句由"听彻秋来夜雨"引发的对往事的感慨。"闲将得失思量,往事水流东去。"，闲来思量一生的得失成败，十分感慨，往事如东流之水不可追回。"便宜教画却凌烟，甚是功名了处？"，这两句，升华了主题，感叹功名的虚无。作者认为，功成名就就是帝王将自己的图形画在凌烟阁上，再显赫也好，都是空的。追求功名的道路没有尽头。全曲前四句生活宁静安适，后四句写对前程往事的反思，借朴实之景抒朴实之情，反映了作者对功名的豁达胸襟。

第二首曲子也是借村居生活遣闲适意兴。开头两句"吾庐却近江鸥住，更几个好事农父。"，写隐居后的生活环境，茅屋很简陋，除了江鸥之外，再就是几个好管闲事的农夫。三、四两句"对青山枕上诗成，一阵沙头风雨。"写隐居生活中的写诗情景。作者面对青山，睡在枕上，构思成一首诗，可是却遇到了一阵狂风骤雨。"一阵沙头风雨"，除了指自然界的风雨外，尚有象征比喻意义。看似平静地写诗，其实作者心中狂风暴雨，有政治上的，也有情感上的。五、六两句"酒旗只隔横塘，自过小桥沽去。"，自己沽酒，暗含孤独的情绪。最后两句"尽疏狂不怕人嫌，是我生平喜处。"，是说作者无所拘束的个性和愿望。自己尽性疏狂，也不怕别人嫌弃，这是自己平生的喜好。这两句，充分表现了作者的人生态度和志趣，也有自己的不平、愤懑与牢骚，可以称作"曲眼"。

这两首曲子都是元代吟咏乡野生活，反思名利官场的佳作，借朴实之景抒朴实之情，但相比之下，第二首比第一首更为豁达随意，更有闲居的风范与难得的畅快。

〔南吕〕一枝花

咏惜花春起早

高文秀

花间杜宇①啼，柳外黄莺啭。银河清耿耿②，玉露滴涓涓③。潜入花园，露湿残妆面，风吹云髻偏。画阁内绣幕④犹垂，锦堂上珠帘未卷。

〔梁州〕恰行过开烂熳梨花树底，早来到喷清香芍药栏边。海棠颜色堪人美，桃红喷火⑤，柳绿拖烟⑥。蜂飞飐飐⑦，蝶舞翩翩。惊起些宿平沙对对红鸳，出新巢燕子喧喧。怕的是罩花丛玉露濛濛，愁的是透罗衣轻风剪剪⑧，盼的是照纱窗红日淹淹⑨。近前⑩，怕远，蹴⑪金莲懒把香尘践。忒坚心，忒心恋，休辜负美景良辰三月天，堪赏堪怜。

〔尾声〕则为这惜花懒入秋千院，因早起空闲鸳枕眠，废寝忘餐把花恋。将花枝笑捻，斜插在鬓边，手执着菱花镜⑫儿里显。

【注释】

①杜宇：杜鹃鸟。 ②耿耿：形容水的清澈。 ③涓涓：形容滴水声。 ④绣幕：美丽的帷幕。 ⑤喷火：形容桃花鲜红的景象。 ⑥拖烟：形容描绘出杨柳低垂，郁郁葱葱的景象。 ⑦飑飑：原为风吹物使颤动意，此处用来形容蜜蜂鼓动双翅，发出嗡嗡的叫声，唱起春词来了。 ⑧剪剪：形容轻而略有寒意的风。 ⑨淹淹：滞留，迟。又作"恹恹"，安静貌。 ⑩近前：也作进前。 ⑪蹴：踩。 ⑫菱花镜：古代的铜镜，照到日光，就发射出如菱花一般的光影，因名"菱花镜"。

【赏析】

这首散曲中的套数，由三部分组成，通过描写一位美丽可爱的女子对春花的喜爱，表达了作者对青春和美的热爱和追求。

第一曲写春天清晨的景色和女子去花园的情景。开头四句点明一个"早"字，"花间杜宇啼，柳外黄莺啭。"，从听觉的角度，以婉转动听的鸟叫声写清晨的宁静。"银河清耿耿，玉露滴涓涓。"，从视觉的角度，以银河淡淡未隐，白露盈盈未逝写清晨的清爽宜人。四句曲词，两两相对，十分工整，从两个角度方面写出了清晨花园的特色。在这样的情景之下，女主人公出场了："潜入花园，露湿残妆面，风吹云鬓偏。"。这是一个全身洋溢着青春气息的少女，一个"潜"字，说明女子的动作轻盈，为"惜花"潜入花园，顾不得露水沾湿残妆，风儿吹偏发髻，抛下深闺女子应有的端庄娴雅，这就突出了女子赏花的急切心情。而此时人们还在酣睡之中，"画阁内绣幕犹垂，锦堂上珠帘未卷。"，进一步点出了一个"早"字，表明赏花女子急切想拥有自己一片天地的心情，曲子紧扣"咏惜花春起早"的主题，层次清晰。

第二曲〔梁州〕写女子在自己的天地里自由徜徉。"恰行过开烂熳梨花树底，早来到喷清香芍药栏边。"，她行动极快，刚走过梨花烂漫盛开的树底，又很快来到吐露着幽香的芍药花栏旁，少女的欢欣雀跃可想而知。而园中的景物"海棠颜色堪人羡，桃红喷火，柳绿拖烟。"很好地配合了她的心情：海棠红艳，招人喜爱，桃花红似火，绿柳如染，婀娜动人。一个"喷火"，形象地描写出桃花的繁盛；"拖烟"，描绘出杨柳的婀娜；加上飞舞的蜂蝶，惊飞的红鸾，喧闹的燕子，春日的生趣尽现眼前。而此时赏花人的心理发生了细微的变化："怕的是罩花丛玉露，愁的是透罗衣轻风剪剪，盼的是照纱窗红日淹淹。"，毕竟是娇柔体弱的闺阁女子，她怕丛上露水沾湿了衣服，又愁受到轻风中寒气侵袭，于是盼望着旭日早些照到纱窗上，好带来些暖意。接下来三句"近前，怕远，蹴金莲懒把香尘践。"，写女子在赏花时的矛盾心态，她想近一点观赏，但又怕路远过于劳累，可她又不肯放弃这次难得的机会，只有她迈着缓慢的步子行走在充满花香的幽径上。将女子的心态刻画得细致、微妙。最后四句"忒坚心，忒心恋，休辜负美景良辰三月天，堪赏堪怜。"，表明了这位闺阁女子爱花、爱"美景良辰"的坚强决心。在这里，作者想借女子之口劝谏世人，要懂得欣赏，珍惜青春。

〔尾声〕是对女子爱花、惜花的再次强调，与题目呼应。前三句"则为这惜花懒入秋千院，因早起空闲鸳枕眠，废寝忘餐把花恋。"，说明这女子为了惜花早早起来，连秋千也不去玩了，将鸳枕也闲置了，她对花的爱甚至已经达到了废寝忘食的地步。最后三句"将花枝笑捻，斜插在鬓边，手执着菱花镜儿里显。"，写她采了花，插在头上，手拿镜子仔细照看。她终于用自己的行动,争取到了她心爱的花。少女与花的情感联系至此才点明,少女的形象最终化成美的化身,倾注着作者对美的歌颂。

整段曲子紧紧扣着"咏惜花春起早"的主题,结构紧凑。作者对春花和春景作了淋漓尽致的描绘,对闺阁女子惜花作了艺术的极力渲染,表达似隐似现,惜花乃惜华年,惜春乃惜青春,含蓄蕴藉,回味无穷。

〔双调〕雁儿落过得胜令

庾天锡

韩侯①一将坛,诸葛②三分汉。功名纸半张,富贵十年限。行路古来难③,古道近长安④。紧把心猿系,牢将意马拴⑤。尘寰,倒大无忧患。狼山,白云相伴闲。

【注释】

①韩侯:指大汉的开国功臣韩信。韩信初属项羽,后归刘邦,被任为大将。楚汉战争时,刘邦采取韩信的策略,攻占关中,不久率军击败项羽于垓下。汉朝建立,有人告他谋反,降为淮阴侯,最后为吕后所杀。 ②诸葛:指诸葛亮。诸葛亮受刘备三顾茅庐之请,出来辅佐刘备,形成魏、蜀、吴三国鼎足之势,建立了功绩。但可惜没有统一天下,就病死于五丈原军中。 ③行路古来难:指仕途险恶古来如此。 ④古道近长安:越近长安(指朝廷),这种险恶、斗争就越明显、激烈。 ⑤紧把心猿系,牢将意马拴:"心猿意马"为一成语,形容心思不专一,好象猴子好动,野马狂奔,不能控制,此处拆开来用。系、拴,即控制之意。

【赏析】

庾天锡的〔雁儿落过得胜令〕是一组带过曲,由〔雁儿落〕和〔得胜令〕组成,这组曲一共有五首,内容是写时光短促,功名虚幻,表现了其消极避世、要及时行乐的思想情绪,展现了极其鲜明的时代特征。这首为组曲的第三首。

曲子开头两句"韩侯一将坛,诸葛三分汉。",对仗工整,一一摆出韩信和诸葛亮的丰功伟绩。然而后面两句"功名纸半张,富贵十年限。",是说功名是一张空纸,半文不值,富贵也不过是十年期限,过眼烟云,对人生也没有价值。这两句将韩信和诸葛亮的丰功伟绩一笔抹掉,流露出英雄不能常在的历史虚无主义的感慨。这是〔雁儿落〕一曲的内容。

"行路古来难"以下为〔得胜令〕,"行路古来难,古道近长安。"两句,紧承前一曲,用形象的描写道出人世的艰险和功名利禄的诱惑。七、八两句"紧把心猿系,牢将意马拴。",是作者对世人、也是对自己的劝告,表明自己隐居不仕的坚定态度和纵情山水的志向和追求。

从全曲看来,作者对历史虚无的反思,是源于对社会现实的否定,在及时行乐的闲情当中隐藏着意志消磨的忧愤,虽然曲子的风格表面上显得闲适淡泊,但是这未能掩盖作者内心的抑郁和悲凉。

〔双调〕雁儿落过得胜令

庾天锡

荒荒①时务艰,急急光阴换。一局棋未终,腰斧柯②先烂。
百岁霎光③间,莫惜此时闲。三两知心友,鲸杯④且吸干。
休弹,玉人齐声叹。狼山,兴亡一笑间。

【注释】
①荒荒:黯淡无边无际的样子,形容"时世"。 ②柯:斧头柄。 ③霎光:霎时。
④鲸杯:大杯。

【赏析】
此曲为庾天锡〔雁儿落过得胜令〕叹世归隐组曲五首中的第四首,写光阴易逝,人生苦短,要及时行乐,流露出一种无可奈何的寂寞情怀。

曲子开头两句"荒荒时务艰,急急光阴换。",感叹光阴在世俗纷扰中偷换流逝,表现了诗人对现实的不满。三、四两句"一局棋未终,腰斧柯先烂。",紧承第二句,一局棋还未下完,斧头柄已烂掉了,具体说明了"急急光阴换"。这是〔雁儿落〕一曲的内容。

"百岁霎光间"以下为〔得胜令〕,"百岁霎光间"一句,将〔雁儿落〕一曲的内容一笔概括,由"莫惜此时闲"一句过渡到及时行乐的狂放描写:"三两知心友,鲸杯且吸干。",表明对一去不返的时光,无力珍惜,只能任短促的生命虚掷、及时行乐的思想。"休弹,玉人齐声叹。","玉人"的哀叹造成了情感上的跌宕,最后以"狼山,兴亡一笑间。"作结,抒发了纵情山水,笑傲人世的成败兴亡的豪情。

全曲章法严谨,气韵酣畅,叠字的使用酝酿出一种豪情和气势,再加上种种夸张的描写和转折跌宕,将及时行乐的放诞之情宣泄无遗,在叹世归隐的作品中,属于豪放一派。

〔双调〕雁儿落过得胜令

庾天锡

从他绿鬓斑,欹枕白石烂①。回头红日晚,满目青山矸②。
翠立数峰寒,碧锁暮云间。媚景春前赏,晴岚③雨后看。

开颜,玉盏金波满。狼山,人生相会难。

【注释】

①欹枕白石烂:意思是斜枕的白石枕头也烂掉了。 ②矸:明净无瑕。 ③晴岚:指雨后晴空中的雾气。

【赏析】

此曲为庾天锡〔雁儿落过得胜令〕叹世归隐组曲五首中的最后一首,内容仍是写隐逸高情。

开头两句"从他绿鬓斑,欹枕白石烂。",表示作者隐逸态度的坚决。转眼之间,已经黑发鬓白,连斜枕的白石枕头也烂掉了,仍然高卧不起,矢志不渝的高情远志得以充分的体现。"回头红日晚,满目青山矸。"两句,从隐者的目光中展现红日晚照、青山明净无瑕的气象,侧面衬托出作者高洁的志趣和飘然遗世的豪情。这是〔雁儿落〕一曲的内容。

"翠立数峰寒"以下为〔得胜令〕,由上曲的"满目青山矸"生发而出,五、六两句"翠立数峰寒,碧锁暮云间。",描写群峰碧立,暮云缠绕,好像带着春前的寒意,雨后的山间云气,在红日的映照下散发着绚丽的光彩,所以说"媚景春前赏,晴岚雨后看。",明媚的春色要及时观赏,中山的云雾要在雨后观看,不能错失时机。作者对于山水风光的贪恋忘我与深情喜爱,进一步写出遗世绝尘的情怀。曲的最后四句"开颜,玉盏金波满。狼山,人生相会难。",总挽前文,以及时行乐的豪情掩饰亲朋好友"别时容易见时难"的感伤,全曲一贯保持了隐逸的豪情。

此曲将山林景、隐逸情融为一体,色彩绚烂,对照鲜明,以华丽的辞藻写隐逸的真情,风格优美俊逸。

〔商角调〕黄莺儿

别况①

庾天锡

无语,无语。闷人②怕到,江天日暮,大都来③一种相思,柔肠万缕④。

〔么〕嫩玉,肌肤。会调弦理管,能歌妙舞,从别后有谁拘束⑤?

〔垂丝钓〕求神问卜,道须有团圆一处⑥。奈⑦目下佳期,未得相逢愁最苦。正值着秋光,暮天凄楚。

〔应天长〕愁成阵⑧,更压着宋玉⑨,便是铁石人⑩,也今宵耽不去⑪。早是恓惶⑫能对付,难禁处⑬,凄凉景,窗儿外眼撮聚⑭。

〔随煞〕起一阵菊花风⑮,下几点芭蕉雨⑯。风送得菊花香,雨打得芭蕉絮⑰。芭蕉雨敌庭梧⑱,菊花风战槛竹⑲。

【注释】

①别况:别后状况。况,情况,状况。 ②闷人:愁闷的人。 ③大都来:只不过,元人口语。 ④柔肠万缕:愁思万缕。柔肠,愁肠。 ⑤拘束:受约束限制,此处是照顾关心的意思。 ⑥道须有:说是还有。团圆一处:指团圆在一起的时候。 ⑦奈:怎奈。 ⑧愁成阵:愁苦似战争中布成了战阵(让人感到惊悚紧张)。或解作愁怀一阵阵袭来。阵作量词解,亦通。 ⑨压着宋玉:压迫着宋玉。谓宋玉虽然善于抒写愁怀,也因愁苦极大而无可奈何。宋玉,战国时楚国的辞赋家,以写愁著称。 ⑩铁石人:指心如铁石的人,即不动感情的人。 ⑪耽不去:承担、承受不了。耽,承受,承当。 ⑫早是:幸好,幸而。恓惶:两种解释,一为忙碌不安的样子,一为悲凉惶惑义,均通。 ⑬难禁处:难以忍受的时候。 ⑭眼撮聚:在眼前聚集,即愁眉不展义。撮聚,聚集。 ⑮菊花风:指秋风。 ⑯芭蕉雨:滴打芭蕉的雨。 ⑰芭蕉絮:指雨打芭蕉发出的不停响声令人感到絮烦。 ⑱芭蕉雨敌庭梧:雨打芭蕉发出的响声与打在梧桐上的声音一样。敌,相等,匹敌。 ⑲槛竹:栏杆里的竹子。

【赏析】

这首套曲写一男子与恋人分别后的寂寞无奈和对女子的思恋之苦,渲染了凄凉的景象,营造了凄苦的氛围,从而烘托和再现了怀人时惆怅的心境。

曲子开篇使用反复的手法,"无语,无语。",先声夺人,强调了两人相对,心有千言万语,却不知从何说起,找不到恰当的语言来表现此刻内心的情感。"闷人怕到,江天日暮",补充交代了时间、地点和人物:一对情人,在江边依依惜别,天色将暮之时,就要分离。"怕到"写出了分别时的忧愁与不舍。"大都来一种相思,柔肠万缕。",描摹了离人的情态和心理活动,再现了生离的愁肠百结,余味无穷。

〔么〕以男子的口吻描写了佳人的才貌双全,表现出对她命运的关心。"嫩玉,肌肤。",寥寥四字,将女子的花容月貌倾托而出,明丽动人。"会调弦理管,能歌妙舞",写女子的才艺出众,擅长乐器,能歌善舞。曲子没有着一"美"字,但女子优美动人的形象却跃然纸上。"从别后有谁拘束",表明男子对佳人的真情,自己是真心爱着她、关心她,分别之后,还会有谁真正关心照顾她呢?全曲不提一个"爱"字,而男子的爱慕怜惜之情溢于言表。可想而知,分别之后,男子对女子的思恋更会汹涌澎湃。

〔垂丝钓〕抒写离别后渴望团聚的心情。"求神问卜,道须有团圆一处。",写别后相思难耐,渴望早日相聚,而现实又如此残酷,只能求神问卜,望天赐良机,让他们团圆在一处。"奈目下佳期,未得相逢愁最苦。",紧接着写现实的残酷的,他们未来渺茫无期,这真是天下最愁苦的事情了!"正值着秋光,暮天凄楚。"二句,是写求神无望,只好远望心上人所在的方向,寻找一点慰藉。而此时满目秋色,一派萧瑟凄清的景象,暮色渐深,心中的愁苦更进一层。此曲借景抒情,情感层层递进。

〔应天长〕承接上曲,进一步抒写自己的离愁。"愁成阵,更压着宋玉,便是铁石人,也今宵耽不去。",借宋玉的故事,渲染了与心上人天各一方的悲痛。相思无处排解,就算是铁石心肠的人,处于如此的情境中,也难挨过去。作者极力铺陈,强烈地表达了自己深沉的愁苦。后面四句"早是恓惶能对付,难禁处,凄凉景,窗儿外眼撮聚。"以景衬情,进一步写自己的痛苦。以前忙碌不安,尚可应付忍耐,最怕的是看到秋景凄凉萧瑟,窗外的佳人愁眉不展。这样层层推进,将心中难以忍受的愁苦淋漓尽致地表现了出来。

〔随煞〕将这种离愁推向了新的高潮。"起一阵菊花风,下几点芭蕉雨。",秋风萧瑟,吹落枝头的菊花,秋雨凄凄,敲打院中的芭蕉,这种凄凉之景也表现出了男子内心的颤栗和痛苦。"风送得菊花香,雨打得芭蕉絮",秋风凄冷,夹杂着菊花的清香,秋雨无情,点点打在芭蕉上,更敲击着作者愁苦的心头。"芭蕉雨敌庭梧,菊花风战槛竹。",写秋雨不停地敲打着庭前的梧桐叶上,使残叶落了一地,秋风猛烈地摇晃着窗户下栏杆旁的竹子,凄然悲苦。全曲句句写景,实却句句写情,层层递进,情景交融。

〔仙吕〕青哥儿

十二月(之二)

二 月

马致远

前村梅花开尽,看东风①桃李争春。宝马香车②陌③上尘,两两三三见游人,清明近。

【注释】

①东风:春风。 ②宝马、香车:指马车。 ③陌:原指田间的小路,南北为仟,东西为陌;引申为路,此处为引申义。

【赏析】

马致远(约1251-1321),是元代著名的杂剧家。大都(今北京)人。马致远字"千里",晚年号"东篱",以示效陶渊明之志。他的年辈晚于关汉卿、白朴等人,生年当在至元(始于1264)之前,卒年当在至治改元到泰定元年(1321—1324)之间。马致远与关汉卿、郑光祖、白朴同称"元曲四大家",是我国元代时著名大戏剧家、散曲家。青年时期仕途坎坷,中年中进士,曾任江浙行省官吏,后在大都(今北京)任工部主事。马致远晚年不满时政,隐居田园,以衔杯击缶自娱,死后葬于祖茔。

马致远创作过〔仙吕·青哥儿〕《十二月》,《二月》是其中第二首曲子,这首曲子描写的是二月的景色和游人，表现了生机盎然的二月景象。

"前村梅花开尽，看东风桃李争春。"这两句写景：前村的腊梅花已经全部凋谢了，和煦的春风吹开了桃花和李花，它们相继开放，好似在争着迎接春天的到来。一个"争"字，不仅写出桃李欣欣向荣的景象，并且借着拟人的手法，写出了人们对美好生活的追求。

"宝马香车陌上尘，两两三三见游人，清明近。"这三句，前两句写游人，最后一句再次点明时令。寒冷的冬天已经过去，桃李盛开之时，正是踏春的最好时机。青年男女乘着马车在大道上奔驰，三三两两，结伴而游的游人在观赏迷人的春景。最后的"清明近"，点明了时令，紧扣曲题《二月》，二月一过，清明节就到了。

这首曲子，字面上写"二月"，而意不只在写季节，而是通过描写二月美好的景象写人，写出了"冬去春来"的自然规律和人生息息不止的对美好事物追求，寓意深刻。

〔仙吕〕青哥儿

十二月（之八）

八 月

马致远

铜壶①半分更漏②，散秋香桂娥③将就④。天远云归月满楼，这清兴⑤谁教庾江州⑥，能消受⑦？

【注释】

①铜壶：盛水器。 ②更漏：即刻漏。古代的计时器，亦指夜晚的时间。 ③娥：桂花。 ④将就：迁就，此处指桂花开了。 ⑤清兴：寂寞冷清的兴会、兴致。 ⑥庾江州：指诗人庾信。杜甫对他很推崇，有"清新庾开府"称赞庾信的风格。 ⑦消受：有享受和忍受两种意义，这里做忍受或禁受解。全句意为难以忍受。作"享受"解，似亦可通，意为这清幽的兴致谁能让我享受得到呢？反问句表达的意思，即不能享受着美好的景色，与作"忍受"解相通。

【赏析】

这首曲子是马致远〔仙吕·青哥儿〕《十二月》中的第八首，讲述的是清秋夜晚的情思，借寂寞冷清的秋景，表现出诗人面对满眼美景，却可望而不可及的无可奈何之情。

"铜壶半分更漏，散秋香桂娥将就。"曲子开头就点明了"八月"最典型的时令特征：桂花开了，漫天花香。时间在点点滴滴流逝，不知不觉又到了桂花开放的季节，八月的桂花开了，散发着清幽的香气，整个夜晚在浓郁花香的熏陶下显得更加宁静。"桂娥"一词更是运用了拟人的修辞方法,将桂花的香与美表现得淋漓尽致,栩栩如生。

"天远云归月满楼,这清兴谁教庾江州,能消受?"这三句前一句为写景,后两句为抒情。秋夜晴空万里,没有一片云彩,明亮的月光倾泻在这小楼之上,恍如白天。这样的清秋月夜,这样凄静的情境,教诗人怎能忍受得了啊!这三句,情景交融,表现出诗人内心的追求和苦闷。

这首曲写的是幽香的桂花,明净的夜空,清幽的月光,表达的是一个寂寞而心情凄凉的诗人内心的苦闷。景物是如此清雅,如此美好,而诗人的内心却是如此痛苦。美景与抑郁,理想与现实,这就是诗人痛苦的根源。整首曲子风格恬淡自然,美好的景物贯穿曲子始终,衬托的却是诗人自己落寞的心情,一方面表现了诗人对美好生活的追求,另一方面表现了诗人可望而不可及的怅惘情怀,这就是这首曲子与众不同的构思特点。

〔南吕〕四块玉

恬退(四首)

马致远

绿鬓①衰,朱颜②改,羞③把尘容画麟台④,故园风景依然在。三顷田,五亩宅,归去来⑤。

绿水边,青山侧,二顷良田一区⑥宅,闲身跳出红尘⑦外。紫蟹肥,黄菊开,归去来。

翠竹边,青松侧,竹影松声两茅斋,太平幸⑧得闲身在。三径修,五柳栽,归去来。

酒旋⑨沽⑩,鱼新买,满眼云山画图开⑪,清风明月还诗债⑫。本是个懒散人,又无甚经济⑬才⑭,归去来。

【注释】

①绿鬓:乌黑而有光泽的鬓发。形容年轻美貌。 ②朱颜:红润的脸色。也用来形容年轻。 ③羞:羞惭、耻辱。 ④画麟台:典出《汉书·苏武传》:"上思股肱之美,乃图画其人于麒麟阁,法其形貌,署其官爵姓名。"后人以画麒麟阁象征建立卓著的功勋。 ⑤来:助词,无义。 ⑥区:古代量词,四什为豆,四豆为区,"一区"形容住宅之小。 ⑦红尘:喻仕宦生涯。 ⑧幸:幸运,又作侥幸,幸亏。此处理解为幸亏。 ⑨旋:随

即。 ⑩沽：买。 ⑪画图开：即开画轴。 ⑫还诗债：偿还诗的债务，表明写诗象欠债要还一样，不得不写。 ⑬经济：经世济民。 ⑭才：本领，才能。

【赏析】

《恬退》四首表现的是诗人蔑视功名，不满现实，追求美好自由生活的愿望。"恬退"意为不追求名利、以退隐为乐事。

第一首作者从自己的年龄入手。"绿鬓衰，朱颜改"意指：头发由乌黑变白，红润的脸色也变得又老又黄了。表明诗人自己已经年迈。"羞把尘容画麟台，故园风景依然在。"这两句是诗人的心理描写，诗人耻于把自己的形貌画在麒麟阁，愿意回风景秀丽的故乡去。意为蔑视功名利禄。表现出诗人对官场，对现实的极大不满。相反，吸引着诗人的是"三顷田，五亩宅"，如此有吃有住的日子，诗人觉得心满意足，因此，还是"归去"吧！

第二首曲重在描写故园景色。"绿水边，青山侧"，故园在绿水之旁，在青山之侧，绿水青山，风景如画，与上首"故园风景依然在"遥相呼应，并使之形象可感了。"二顷良田一区宅，闲身跳出红尘外。"不多的良田，不大的房子，但足够让诗人下定决心远离官员生涯，不问世事。"紫蟹肥，黄菊开，归去来。"，故乡有鲜美肥硕的螃蟹，金黄的菊花，多么使人怀念！"归去来。"是"闲身跳出红尘外"的必然结果，也是故园景物对诗人吸引的结果。

第三首紧接第二首，进一步对故园的秀丽景色进行描写。"翠竹边，青松侧，竹影松声两茅斋"，摇曳的竹影，听到风吹松林发出的松涛声，这翠竹和青松之间，露出了两间简朴的茅屋。这是一幅色彩鲜明的水粉画，秀丽的故园风景如跃眼前。"太平幸得闲身在"则直接抒发自己的感情，庆幸自己与世无争，因此还能悠然自得，保全性命。这一句表面上写自己的遭遇，实际上反映了当时社会对知识分子的迫害。"三径修，五柳栽，归去来。"这三句描写的是家园小径上的杂草经过修剪，并且栽上了柳树，从而使故园景色更加优美了，也就进一步坚定了诗人回到故园的决心。

第四首曲写的是诗人退居后的闲适生活。"酒旋沽，鱼新买"，想要喝酒马上就能买到，能吃到鲜美的鱼，吃喝方便，生活美满。"满眼云山画图开"，苍翠的山色，这犹如展现在眼前的一幅山水画，使人心旷神怡。"清风明月还诗债"，在清风明月之夜，为了抒发内心的郁闷，常常写诗明志。"债"字表明诗人内心的感情不得不发。"本是懒散人，又无甚济世才，归去来。"，自己生性懒散，又没有什么经世济民的本领，还是回到家园去吧。这几句表面上是诗人对自己才能的否定，实则充斥着诗人愤激的情绪，黑暗的官场，让诗人的才能和抱负无法施展，从而只能退居田园，并非是自己"生性懒散"，"无甚济世才"，而是对现实不满。

《恬退》四首，既有描写，又有议论抒情，主题十分集中鲜明。景与情的结合，叙与议并举，表达诗人对田园生活的向往，对现实的极度不满，愤世嫉俗之情流露在字里行间。《恬退》四首，充满了诗情画意，奠定了田园牧歌式的抒情基调。

〔南吕〕四块玉

天台路

马致远

采药童,乘鸾①客,怨②感③刘郎下天台。春风再到人何在?桃花又不见开。命薄④的穷秀才,谁教你回去来!

【注释】

①鸾:古代传说中的一种神鸟。 ②怨:一作埋怨,责备;一作怨恨,仇恨。此处作埋怨,责备解。 ③感:一为感触,感慨;通"憾",不满意,此处也可通。 ④薄:与"厚"相对,引申为:微小,少。此处为引申义。

【赏析】

马致远的小令〔南吕〕"四块玉"共十首,《天台路》是第一首,"天台"为山名,有仙女。此曲咏刘晨入天台之事。传说东汉末年,刘晨、阮肇入天台采药,远不得返。后遇两仙女,结为夫妇,共居半年。终因归思心切,返回故里。及至归乡,子孙已历七世。此事出自南朝宋刘义庆所撰《幽明录》,原书已佚,今见《太平御览》卷四十一和《太平广记》卷六十一引《神仙传》,《天台路》就是取材于这个故事。"采药童,乘鸾客,怨感刘郎下天台。"曲子开头三句写刘晨入天台山由采药童得遇仙女,结尾夫妇,变成乘坐神鸟的幸福之人,感慨他却留恋俗世,抛弃神仙美景,下山归家。这三句也有人作这样解:采药的童子和乘鸾凤的人都责备、感慨刘晨离开仙境,下了天台山。无论是作哪种解释,都表明作者对刘晨下天台山的遗憾,借此进一步揭示作者内心对现实的不满和对神仙生活的期盼和羡慕。"春风再到人何在?桃花又不见开。"是写刘晨回来之后见到的现实,与天台的仙境形成强烈的对比。天台仙境如此美好,而现实的情况却是冷落萧条,春天来了,但"婉态殊绝"的仙女在何处呢?就连桃花也不在春天开放了。

"命薄的穷秀才,谁教你回去来!"是结尾,貌似调侃、嘲讽刘晨不应下天台,实是感慨。黑暗的现实,摆脱不了世俗的刘晨,都是诗人的感叹。对比的手法是这首小令的主要特色。神界的美好和现实的污浊,两相对比,相得益彰。最后一个反问,更是让诗人的不满之情溢出纸外,强有力的抒发了胸中的激愤。

〔南吕〕四块玉

紫芝路

马致远

雁北飞,人北望,抛闪①煞②明妃也汉君王③。小单于④把盏⑤呀刺刺⑥唱。青草畔有收酪牛,黑河⑦边有扇尾羊,他只是思故乡。

【注释】

①抛闪:撇下,丢下。 ②煞:此处用在动词后,表示极度。 ③汉君王:指汉元帝刘奭。 ④小单于:有蔑视汉室之意。 ⑤把盏:把,握、持;盏,浅而小的杯子,此处指酒杯。意为举着酒杯。 ⑥刺刺:多言貌。 ⑦黑河:在甘肃省西北部,借言匈奴。

【赏析】

《紫芝路》这首曲子是作者借王昭君出塞的故事表达自己思乡之情和对昏庸统治者的斥责。王昭君为西汉南郡秭归(今属湖北)人,名嫱。晋避司马昭讳,改称明君或明妃。汉元帝时被选入宫,因不愿阿谀奉承,"数岁不得见御,积悲怨"(《后汉书·南匈奴列传》),竟宁元年(公元前33年),匈奴呼韩邪单于入朝求和亲,她自请嫁匈奴。呼韩邪死,复为后单于的阏氏(妻子),为国家的安定和谐做出了自己的贡献。

"雁北飞,人北望,抛闪煞明妃也汉君王。",昭君出塞,像孤雁北飞,频频回望,但这一切并不是她自愿,而是被汉元帝抛弃,统治者的昏庸无能造成了昭君的悲剧。

第四句"小单于把盏呀刺刺唱。",描述的是匈奴呼韩邪单于得意忘形、兴高采烈的情状。汉元帝同意匈奴呼韩邪单于和亲,令昭君远嫁匈奴,使得呼韩邪心满意足,临行大会,饮酒大乐。此处也正是用单于的兴高采烈来反衬昭君的背井离乡,离愁别绪。

"青草畔有收酪牛,黑河边有扇尾羊,他只是思故乡。"最后三句点明了王昭君的处境和心绪:身处异域,虽有大批牛羊,生活丰衣足食,但他一直思念着故国。这几句一方面是写昭君对家乡的眷顾之情,另一方面也寄托着诗人对故朝的深情。

昭君出塞这一题材颇受历代诗人、词人的青睐,但主题可有所不同。这首曲子则是借这一题材表现诗人的怀旧之情和对造成悲剧的罪魁祸首——统治者的愤恨之情。

〔南吕〕四块玉

浔阳江

马致远

送客时，秋江冷。商女①琵琶断肠声，可知道司马和②愁听？月又明，酒又酲③，客乍④醒。

【注释】

①商女：歌女。　②和：掺和，又作连带。　③酲：酒醒后神志不清有如患病的感觉。　④乍：忽然。

【赏析】

《浔阳江》这首散曲取材于白居易的《琵琶行》，却用短小精悍的篇幅重新塑造了一个"商女"的形象，也阐述了自己别有一番特点的宦情羁绊的无奈而又矛盾的心情。

"送客时，秋江冷。"，送别友人时，看到浩浩的江水，在深秋的季节里，显得格外寒冷。"秋"和"冷"，是最容易引起人愁绪的意境，也最能烘托出人物的心情。诗人正是借此情此景，展开下文。

"商女琵琶断肠声，可知道司马和愁听？"，歌女所弹的琵琶，音调凄凉，声声令人断肠，而江州司马白居易也是掺和自己的忧愁来听的。正是"同是天涯沦落人，相逢何必曾相识。"的心境，才使得诗人深刻体会到了琵琶声的悲切和其间的失意情思。

"月又明，酒又酲，客乍醒。"，月色很好，酒已醒，但却感到十分疲倦无力，而就在这时，客人突然醒来……"客乍醒"，正是因为突感现实生活的无奈，而顿然醒悟，如此，则是陷入了无可排遣的愁思之中，此时，诗人也从《琵琶行》中站立起来，让人印象深刻。

马致远写《浔阳江》，既表现了对商女遭遇的无限同情，更是借商女琵琶的断肠声，对黑暗社会进行了控诉。在这黑暗的社会之下，诗人分明感到自己的宦游生涯已经走到尽头。《浔阳江》虽然是一首小令，却有比较丰富的内涵，这主要由于作者能够从平常的生活场景中提炼出自己真切、独特的体会。

〔南吕〕四块玉

马嵬坡

马致远

睡海棠,春将晚,恨①不得明皇掌中看。霓裳②便是中原患,不因这玉环③,引起那禄山④,怎知蜀道难?

【注释】

①恨:遗憾,不满意。 ②霓裳:指霓裳羽衣曲,这种舞曲常用来表示仙境和仙女的形象。据传杨贵妃擅长此舞,故此处代贵妃。 ③玉环:杨贵妃小名。 ④禄山:指安禄山。

【赏析】

《马嵬坡》是一首以唐明皇和杨贵妃的历史故事为题材的咏史小令。马嵬坡又名马嵬驿,在陕西兴平西,是杨贵妃自缢的地方。历代的文人,写下了大量唐明皇和杨贵妃的诗文,白居易的《长恨歌》即其中著名作品。不同于《长恨歌》的是,《马嵬坡》观点鲜明地把误国的责任全部归给杨贵妃和唐明皇,把批判的矛头直接指向他们两人。

"睡海棠,春将晚,恨不得明皇掌中看。",杨贵妃就如暮春时节的睡海棠一样娇态妩媚,唐明皇则恨不得将她作为掌上明珠。这三句将杨贵妃的美貌及唐明皇对她的宠爱表现到了极致。"恨不得"三字言精语粹,不但写尽明皇对贵妃的宠爱,更是将其重色的心理表现得淋漓尽致。

"霓裳便是中原患",正是这霓裳舞曲导致了中原的混乱,这句揭露了唐明皇与杨贵妃在深宫内苑轻歌曼舞,尽情寻欢作乐,仿佛是生活在与世隔绝的神仙世界,毫不理会国家安危和人民疾苦,正是因为这样,才有了诗人下面的感叹。

"不因这玉环,引起那禄山,怎知蜀道难?"倘若不是因为杨玉环引起安禄山造反,那就不会发生安史之乱这场全国性的大灾难,唐玄宗也不必经蜀道去避难了。这里,作者表面把造成祸乱的责任归给杨贵妃,其实诗人何尝不知道祸首是谁!"恨不得"一句早已将个中消息透露无疑。

这首小令,以精炼见长,可分为两部分:前三句叙事,用两个生动的比喻句("睡海棠"、"掌中珠")写杨贵妃,极写其娇艳美貌、容姿动人、富于魅力,更是为了反衬唐明皇的贪色。后四句是议论,用"不因"、"引起"、"怎知"几个衬字,突出了安史叛乱的根源,颇为有力。全曲虽只有三十六字,但叙事、议论、抒情溶于一体,挥洒自如,一气呵成。

〔南吕〕四块玉

凤凰坡

马致远

百尺①台②,堆黄壤③。弄玉④吹箫送萧郎⑤,送萧郎共⑥上青霄⑦上。到如今国已亡⑧,想当初事可伤⑨,再几时有凤凰⑩?

【注释】

①尺:长度单位。十寸为一尺。【注意】古代的尺寸一般比现代短。此处"百尺"意指凤凰坡很高。 ②台:土筑的高台,供观察瞭望用。 ③壤:松软的土,引申为地,土地。此处为本意。 ④弄玉:传说为春秋时代秦穆公之女,好音乐,擅吹箫。 ⑤萧郎:萧郎,指萧史,传说为春秋时人,善吹箫,作凤鸣。《水经注·渭水》:"秦穆公时有萧史者,善吹箫,能致白鹄孔雀。穆公女弄玉好之,公为做凤台以居之。积数十年,一旦随凤去。"此说本之于汉列向《列仙传》。 ⑥共:共同,一道。 ⑦霄:一为云气,一为天空。此处指天空。"青霄":青天。 ⑧国已亡:指秦国已灭亡,含有故国美好岁月已经逝去的意思。一说"国"指后唐。卢润祥《元人小令选》,赵景深先生为之序,以为此曲以弄玉、萧史的故事作喻,写后唐时越娘和杨舜俞的恋爱,后越娘升天,眼望下界的杨舜俞,寄托了故国之思,反映了越娘对国家沦亡之悲痛,故曲中有"到如今国已亡"的句子,因为这句话与弄玉、萧史的故事没有关系,而与《凤凰坡越娘背灯》(赵景深《元人杂剧辑逸》)中越娘说"妾乃后唐少主时人也"有关。录以备考。 ⑨伤:悲伤,哀痛。 ⑩凤凰:古代传说中的鸟王;一说雄的叫"凤",雌的叫"凰",通常都称作"凤"。

【赏析】

《凤凰坡》这首曲子是一首怀古之作,弄玉、萧史吹箫引凤,乘凤而去不返的爱情故事,引起了古代很多文人墨客的咏叹,诗人正是借这一故事,抒发了沧桑之感叹。

"百尺台,堆黄壤。"凤凰坡很高,用黄土堆筑而成。这两句是对凤凰坡的描写,奠定了故事发生的背景,从而表现出这一爱情故事的恢弘气势。

"弄玉吹箫送萧郎,送萧郎共上青霄上。"这两句直接讲述了萧史和弄玉感人的爱情故事。弄玉和萧郎两个人因箫声定情,用箫声绘出了美好的爱情生活,他们情投意合,形影不离,最后一起飞上青天去了。这两句不但表现了夫妻两人的幸福生活,更是表达了诗人的羡慕之情。

"到如今国已亡,想当初事可伤,再几时有凤凰?"这三句则流露的是沧桑之感。现在国家已经灭亡了,回想当初的情景,实在令人悲伤,什么时候,再有凤凰来听吹奏的优美欢乐的箫声呢?美好的时光已经流逝,满目苍痍的现实什么时候才能有重新绽放光彩的一天，这几句，所表现的应是诗人对宋朝的思念之情。

　　这首散曲结构上可分两部分：此曲前四句中先用两句点题，接以两句渲染弄玉、萧史的爱情故事，文字简洁、朴素，着墨不多，然而形象鲜明，超逸脱俗。后三句突做转笔，由欢爱跌入伤怀。今昔对比，天上人间，层层深入，结以反问，写尽了这对夫妻睹今伤昔、好景难再的无穷愁绪。透过字面，更令人生出一种挥之不去的故国之思、沧桑之感。

〔南吕〕四块玉

叹世

马致远

　　两鬓皤①，中年过，图②甚③区区④苦张罗⑤？人间宠辱都参破⑥，种春风二顷⑦田，远红尘⑧千丈波⑨，倒大来⑩闲快活。

【注释】

①皤：白色。　②图：图谋，谋取。又作谋划。此处为谋划义。　③甚：什么，为什么。　④区区：同"驱驱"，奔走忙碌之意。　⑤张罗：筹划，料理，安排。　⑥参破：透彻地认识，领悟，看破。　⑦顷：量词。百亩为一顷。　⑧红尘：指世俗社会。　⑨千丈波：喻风险。　⑩倒大来：到头来。

【赏析】

　　马致远《叹世》有三首，都是作者晚年的作品，这里选的是其中的第一首。诗人由壮而衰，由衰而老，壮志消磨殆尽，对人间的荣辱、得失、是非，几乎都失去了热情，这首小令，足以看出诗人的这种情绪。

　　"两鬓皤，中年过，图甚区区苦张罗？"这三句的意思是：两鬓都已经斑白了，原来自己的都过了中年，还忙碌奔走，究竟贪图什么呀！正如孔子所说："四十、五十而无闻焉，斯亦不足畏也已。"人到暮年，还默默无闻，无所表见于世，也就不要再抱什么希望了，这正是诗人此时的心境。

　　"人间宠辱都参破，种春风二顷田，远红尘千丈波，倒大来闲快活。"这四句，既是对上面问题的回答，也是作者阐明自己的态度。自己对现实中的受宠被辱都看透了，只愿在乡村种上二顷良田，远离世俗社会和风险，保全自己不受杀身之祸，到头来，能过着悠闲自在的快乐生活就足够了。正是因为自己探明了世事，因此乐于乡村生活。

　　总的来看，《叹世》是诗人抒发自己力图从宁静恬退的隐士生涯中，求得精神上的解脱和满足的情绪而写下的一首抒情小令。蓦然发现自己已经衰老，因此发问，正是这一问，引发诗人内心深处的情感，用简单清新的几个句子就描写出了乡村生活的美好，从而反衬出现实的黑暗，问题的答案也不言自明。小令风格清新自然，情感自然真挚。

〔南吕〕金字经（三首）

马致远

絮飞飘白雪，鲊①香荷叶风，且②向江头作钓翁。穷，男儿未济③中，风波④梦，一场幻化⑤中！

担头担明月，斧磨石上苔，且做樵夫⑥隐去来。柴，买臣安在哉？空岩外，老⑦了栋梁材！

夜来西风里，九天⑧雕鹗⑨飞，困煞中原一布衣⑩。悲，故人⑪知未知？登楼⑫意，恨无上天梯！

【注释】

①鲊：腌或糟的鱼，可久藏。　②且：副词。暂且，姑且。　③未济：没有成功，喻情况不妙。　④风波，喻患难。　⑤幻化，变化莫测。　⑥樵夫：打柴的人。　⑦老：年老，衰老。引申为衰竭，疲惫。此处为使动用法，意为："使……衰老"。　⑧九天：指青天，极言天之高。　⑨雕鹗：本是两种鸟的名字，这里专指大鹏。　⑩"困煞"句：金代李汾《下第》诗："学剑攻书事两违，回首三十四年非。东风万里衡门下，依旧中原一布衣。""困"：困窘，困难。此处名词用作动词，"使……困窘"。"煞"：虚词，无实意，此处表示程度深。"中原"：范指，此处与青天对。"布衣"：没做官的文人。　⑪故人：指友人。　⑫登楼：用汉末王粲的故事。王粲因避董卓之乱，曾离开中原，投靠故人荆州牧刘表，始终未得其用，因而怀念故乡，作《登楼赋》以明其志。

【赏析】

这一组小令，写的是诗人怀才不遇、投谒不遇、天涯沦落之悲。

第一首介绍的是诗人退隐，独钓江头的所历所感。"絮飞飘白雪，鲊香荷叶风，且向江头作钓翁。"漫天飘舞的柳絮像满天的白雪，和煦的春风里仿佛飘着阵阵鱼香，暂且在江头做一个钓鱼的老翁吧。这几句点明了时令，此时已是暮春时间，描绘了去江边钓鱼的美好景物。"穷，男儿未济中，风波梦，一场幻化中！"，后四句则是议论，此时此景，让诗人顿感对穷困忧患的态度，不论什么风波患难，到头来都不过是一场梦幻而已。此处可感诗人似乎有些许消极厌世，但我们何尝不知道，这是因为对黑暗现实的不满，才让诗人有如此深刻的体会。

第二首曲则是介绍诗人的樵夫生活。开头三句"担头担明月，斧磨石上苔，且做樵夫隐去来。"写出了诗人樵夫生活的美好。明净的月夜，挑着柴在月光下游走，只有青苔石上磨斧头的声音，如此，权且做个隐没的樵夫吧。可是诗人却不甘只做个怡然自得的樵夫，曲子的下半部分："柴，买臣安在哉？空岩外，老了栋梁材！"，这四句则是作者的感叹。据《汉书·朱买臣传》，朱买臣："家贫，好读书，不治产业，常艾薪樵，卖以给食，担束薪，行且诵书，其妻亦嫌贫而去。"此处诗人以朱买臣自况，昔日的朱买臣已经不在了，可是有才能的人被埋没却是经常的事。由此可看出诗人对自己怀才不遇的悲愤之情。

第三首借王粲投谒不遇的故事，表明自己沦落之悲，情绪比前两首更强烈。"夜来西风里，九天雕鹗飞，困煞中原一布衣。"，睡梦中，作者仿佛化作展翅高飞的大鹏，挟持强劲的秋风，翱翔于云海之上，醒来之后发现，这一切不过是梦，自己却仍是那一事无成的文人而已。大鹏的雄姿，反衬着诗人的落魄，如此强烈的视觉冲突，不觉让人倍感悲愤。"悲，故人知未知？登楼意，恨无上天梯！"，这四句以"悲"起，继而通过一反问句，进一步凸显诗人的悲愤。自己徒有大鹏的志向，可是却从未被人理解。怀才不遇才是诗人最大的悲哀。

这三首小令，内容上紧密联系，感情层层递进，让人不禁感受到诗人内心的感情是多么强烈，满腹才华得不到施展，自己满腔抱负实现不了，黑暗的现实，让人倍感压抑。字里行间，处处透露出诗人的愤懑与不满。

〔越调〕天净沙

秋 思

马致远

枯藤老树昏鸦，小桥流水人家，古道西风瘦马。夕阳西下，断肠人在天涯。

【赏析】

这是写"秋思"的名曲，被誉为"秋思之祖"（周德清《中原音韵》）。这首曲子描写了一幅绝妙的秋思图。时已深秋，那纠缠着枯藤的老树上已经有乌鸦栖息，一条小溪从小桥下流过，桥边有一户人家，可是远在天涯的"断肠人"骑着瘦马，迎着西风，在荒凉的古道上奔波，又到黄昏的时候了，可是哪里才是他的归宿呢？

这首曲子如此出名的奥秘在哪里呢？首先，人和景都是精心选择出来最能表现"秋思"的。"枯藤"、"老树"等最有特征性的秋景，最有利于表现秋思的景象都被诗人收在笔下，而"断肠人"则将满腹秋思寄托于这些意象之上，人和景都将秋思表现得恰到好处。其次是，用极有限的字句，塑造了极丰富的意象。能将主题表现得淋漓尽致固然重要，但能将其表现得精致生动，则又是此曲胜人一筹之处。前三句十八个字，九个名词，九个景物，构成一系列意象，再加上"断肠人"，所表现的便不是客观的景，而是人与物的结合，情与景的完美交融。最后，恰当的时空关系的处理，则让秋思得到进一步的表现。"天涯"景，"夕阳西下"的黄昏，这一切，都是使"断肠人"秋思愁绪更浓烈的重要因素。秋思本是抽象的，但正是通过以上几个方面，诗人将秋思展现得活灵活现，让人不得不产生共鸣，从而使该曲具有其他同类主题作品所没有的动人心魄的艺术魅力。

〔双调〕蟾宫曲

叹世（二首之二）

马致远

咸阳①百二山河②，两字功名，几阵干戈③。项废东吴，刘兴西蜀④，梦说南柯⑤。韩信⑥功兀的般⑦证果⑧，蒯通⑨言那里是风魔⑩？成也萧何，败也萧何⑪，醉了由他。

【注释】

①咸阳：代秦国。 ②百二山河：据《史纪·高祖纪》"秦形胜之国，带山河山河之险，……持戟百万，秦得百二焉。"此处"百二"即指以两万敌百万，以少胜多。 ③干戈：指战争。 ④"项废东吴"两句：指的是项羽与刘邦之战。"废"：衰败；"东吴"：；"兴"：兴旺，兴盛。 ⑤南柯：出自唐朝李公佐《南柯太守传》：淳于棼住广陵郡，"宅南有一棵大槐树，一日醉卧，梦中到了槐安国，娶该国公主为妻，做了南柯太守，生五男二女，享尽荣华富贵，后来公主死了，他被送归，一觉醒来，寻至大槐树下，发现有一蚁穴，即梦中所历之槐安国。"南柯一梦"喻人生虚幻，此处有不值一谈的含义。 ⑥韩信："汉兴三杰"之一，与萧何、张良齐名，在歼灭项羽主力的过程中屡建奇功，受封齐王。后因有人告他谋反，汉高祖刘邦以随游云梦之名，召而执之，贬作淮阴侯，继而为吕后所杀。 ⑦"兀的般"：就这样。 ⑧证果：一词本佛家语，指悟道有得，元杂剧中多用作应验、结果的意思。 ⑨蒯通：本名蒯彻，汉初范阳固城镇人，因为避汉武帝之讳而改为通。曾建议韩信与刘邦、项羽三分天下。 ⑩风魔：疯癫。 ⑪"成也萧何"两句：萧何把韩信推荐给刘邦，使韩信建功立业；后又向吕后献计，将韩信骗至长乐宫，将其杀害。这两句喻人心险恶，世道凶险。

【赏析】

这首〔蟾宫曲〕，既名之《叹世》，自然意在抒发对社会现实的不满，但终其篇无一字针砭当世，而只是罗列一个又一个历史故事。借助读者对历史的联想来体味作者的意图；通过"咏史"达到"叹世"的目的，这种借古喻今的曲笔，可以容纳作者更深的心迹和底蕴。

"咸阳百二山河，两字功名，几阵干戈。"秦国凭借有利的地理位置，经过几场战争，便逐一击败六国，取得统一，这些不过是为了争取功名而已。对于秦统一六国这样一场充满血雨腥风的历史大搏斗,作者却以"两字功名,几阵干戈"轻轻带过,仿佛是无足轻重的功名之争。评点江山,口气虽大,透露出来的却是对历史的虚无主义态度。

"项废东吴,刘兴西蜀",指的是刘邦、项羽共同推翻秦朝之后,刘邦占据巴蜀和汉中,并以此为基地,与项羽展开了为期五年的楚汉之争,并最终战胜了项羽。"废东吴"和"兴西蜀",一正一反,无论是项羽的失败,还是刘邦成就的事业,这些都不过是"梦说南柯"。这就进一步表明了诗人无意于争夺功名的虚无主义史观。

"韩信功兀的般证果,蒯通言那里是风魔?",这两句介绍了韩信的故事:韩信当初建立的功业最终也只能得到一个被杀的结果,蒯通说的那些话岂是疯话?两句进一步强调了功业无用、不足立身的观点。

用得最为巧妙的还是"成也萧何,败也萧何"的典故。这显然对前引楚汉故事的呼应,而句型合乎曲谱的要求,韵脚又与全曲所用"歌戈"韵相应,镶嵌得实在是天衣无缝,这种成语的引用,给人以贴切而俏皮的美感。不过,它更重要的作用还在于一语双关、承上启下。"成也萧何,败也萧何"的引申义已成为对翻手为云覆手为雨这种人情反复的讽喻。用这句成语导引出"醉了由他"这样一种超然物外、不问是非的情态,就显得十分自然了。

〔双调〕清江引

野兴(八首选四)

马致远

绿蓑衣①紫罗袍②谁是主?两件儿都无济③。便作钓鱼人,也在风波④里,则不如寻个稳便处闲坐地。

山禽晓来窗外啼,唤起山翁睡。恰道不如归,又叫行不得,则不如寻个稳便处闲坐地。

天之美禄⑤谁不喜?偏则说刘伶⑥醉,毕卓⑦缚瓮边,李白⑧沉江底,则不如寻个稳便处闲坐地。

楚霸王火烧了秦宫室⑨,盖世英雄气。阴陵迷路时⑩,船渡乌江际⑪,则不如寻个稳便处闲坐地。

【注释】

①蓑衣:是古代的雨衣,以代农民。 ②紫罗袍:是古代官吏常穿的公服,代官吏。

③无济：无补益，成语有无济于事。 ④风波：患难的处境，危险。 ⑤美禄：丰厚的俸禄，指好的待遇。 ⑥刘伶：据《晋书·刘伶传》说，刘伶"常乘鹿车，携一壶酒，使人荷锸而随之，谓曰：'死便埋我。'其遗形骸如此"。 ⑦毕卓：晋朝毕卓盗饮邻酒，以酒废职。《晋书·毕卓传》：毕卓新蔡阳人，字茂世。太兴末为吏部郎，常饮酒废职。邻宅酿熟，卓至其瓮间盗饮，为掌酒者所缚，明晨视之，乃毕吏部，即解缚。因与主人共饮瓮侧，醉后始去。 ⑧李白：唐朝诗人李白蔑视权贵，纵情诗酒，被逐出翰林后，依族人当涂令李阳冰，死于当涂，初葬于当涂（今安徽省当涂县）采石，即牛渚山北部，突出江中。 ⑨"楚霸王火烧了秦宫室"句是指：西楚霸王项羽攻破咸阳，火烧了秦宫室，瓦解了秦的统治这一历史事件。 ⑩"阴陵迷路时"句：据《史记·项羽本纪》"项王至阴陵，迷失道，问一田父，田父绐曰：'左。'左，乃陷大泽中。"这句描写了项羽穷途末路的情景。 ⑪"船渡乌江际"句：项羽欲渡乌江，乌江亭长劝他急渡，但项羽不愿渡，对亭长说："天之亡我，我何渡为！且籍与江东子弟八千人渡江而西，今无一人还，纵江东父兄怜而王我，我何面目见之！纵彼不言，籍独不愧于心乎！"说完他把自己的马赠给亭长，又与汉骑持短兵接战，最后"乃自刎而死"。

【赏析】

像许多元代散曲家一样，隐逸情怀是马致远反复吟咏的主题。在现存马致远小令里，有一组（八首）题为《野兴》的［双调·清江引］颇为引人注意。这里就选了其中四首，这些小令并非写于一时一地，但表现忘情物外、避祸全身的思想和抒发恬适的隐居情怀却完全一致。

第一首小令以"绿蓑衣紫罗袍谁是主？"这一疑问句开篇，起首便提出垂钓者，当官的，都为了啥？接下来便说：原来两者都没有多大意义。那究竟什么是有用的呢？作者非但不答，更进一步提出，即使简简单单做个钓鱼人，处境也堪忧啊！既然如此，那到底该怎么办呢？自然而然就引出了本组曲子的主题：不如寻找一个安静稳妥的地方坐看春花秋月吧。由此点出诗人看穿世态炎凉，寻求恬适的退隐生活的隐士情怀。

第二首小令以一幅美丽的山林春晓图开篇。清晨，窗外欢快的鸟鸣声，唤醒睡梦中的老山翁，好似在说："要么回家去吧。"可是又好像在说："走不得，走不得。"既然如此进退两难，那我还是寻个安静的地方隐居起来吧。此曲最妙之处就是运用拟人手法，将诗人对现实环境下人们无所适从的处境借鸟儿之口得以表现，从而引出主题。

第三首曲子则以反问句起首。丰厚的待遇谁人不喜欢呢？可是偏偏只说刘伶、毕卓、李白的故事，为什么呢？因为他们本在官场，却只能饮酒求醉，可是即使这样，还是避免不了灭顶之灾。因此末句"则不如寻个稳便处闲坐地"便是水到渠成的归宿了，只有远离官场、远离社会，跻身山林才能免于杀身之祸。

最后一首曲子则是借楚霸王项羽的故事来吟咏主题。想当年，项羽击破咸阳，火烧阿房宫，灭掉秦国时，有着怎样的英雄气概和盖世本领。可后来，在阴陵迷路时，却被一农夫欺骗，落得个陷入大泽的结局；在吴江边上，拒绝还乡，自刎而死。如此盖世的英雄人物，到头来也不过是一个悲惨的结局。由此看来，"则不如寻个稳便处闲坐地"莫过于是最好的选择。

所选《野兴》组曲四首篇篇都以"则不如寻个稳便处闲坐地"作结，但作者却从不同角度层层揭示其意蕴，突出地表达了作者安闲自适，置身于红尘之外的愿望。末句的重复,不但很好的点明了主题,更起到了加重语气的作用,成为作者画龙点睛之笔,归隐理所当然,也把诗人内心强烈的隐居情怀表现得很透彻。

〔双调〕寿阳曲

山市晴岚

马致远

花村外,草店①西,晚霞明雨收天霁②。四围山一竿残照里,锦屏风又添铺翠。

【注释】

①草店:酒家。 ②霁:本指雨止,引申为天气放晴。

【赏析】

据《寄园寄所梦》、《梦溪笔谈》等书记载,宋代宋迪,以潇湘风景写平远山水八幅,时人称为潇湘八景,或称八景。这八景是:平沙落雁、远浦帆归、山市晴岚、江天暮雪、洞庭秋月、潇湘夜雨、烟寺晚钟、渔村夕照。马致远所描写的八景的名称与此一致,因此他描写的也可认为是潇湘八景。这里选取的是其中的第一首。

这支曲子写傍晚小山村雨过天晴的秀美景色。雨过天晴,山村映照在落日余晖中;晚霞作衬,雾气轻飏,四周群山像锦绣屏风般的迷人;眼前的草店与村落,与其他景象连成一体,构成一幅和谐清新、恬静秀丽的"山市晴岚"图。"花村外,草店西",暗点题面的"山"、"市"两字,"外"和"西"则将景物描写的境界扩大,说明此曲着眼点不是山村内景,而是山村外景。第三句中的"明"字,恰到好处地表现了雨后晚晴给人的视觉印象和心理感受。下文的描写无不由此字出,此可谓全曲之眼。"四周山一竿残照里"与《西厢记》中的"四围山色中,一鞭残照里"句有异曲同工之妙。山色青青,在淡淡雾气中连为一片,在夕阳晚霞的辉映下,就像屏风立在"花村外"、"草店西"。此曲虽重在写"晴岚",但并非只写晴岚,还有草店、晚霞、酒旗、山色等。真是一笔一景,曲中有画。从这大自然的画工之美中,见出曲家恬淡平和、向往宁静的心态。

马氏的散曲写得清俊,写得清新,颇像苏轼评陶渊明所说的"外枯而中膏,似淡而实美"的作风;又像以淡墨秃笔作小幅山水,虽寥寥数笔,而意境无穷。

〔双调〕寿阳曲

远浦帆归

马致远

夕阳下,酒旆①闲②,两三航未曾着岸。落花水香茅舍晚,断桥头卖鱼人散。

【注释】

①旆:古代旗边上下垂的装饰品。泛指旌旗。此处指旌旗。 ②闲:通"闲"。清闲,空闲。

【赏析】

这首曲是马致远所作的《潇湘八景》组曲中的第二首。

湘水从广西发源,流经湖南零陵,与从九嶷山北流的潇水会合,称为潇湘(今称湘江),流入洞庭。每当黄昏,远山含黛,岸柳似烟,归帆点点,渔歌阵阵,等待归船的渔妇和企盼爱人的女子站在晚风斜阳中,衬托出一片温馨怅望的景象。这就是所谓"潇湘八景"之一——远浦帆归。诗人这首曲子正是表现了如此一幅夕阳水村归帆图:夕阳西下、百鸟入林,在外劳作的人也回家了。酒家也显得宁静闲适,连酒旗都不再飘荡。只有远处的几只船儿还未靠岸,空气里弥满着花香,河水好像也变得香了。当一切都归于无声时,小桥流水旁卖鱼人也溶于夜色之中,一切都浸入了止水般的恬静和宁谧。全曲仅用二十七个字便写出了江南渔村的闲适生活。

马致远素有"曲状元"之称,这支小令可以看出作者不虚此名,主要特色有三方面:

其一,意境优美,情感真切。全曲境界清淡闲远,远浦、酒旗、断桥、茅舍,远景近景,动景静景,相得益彰,显得清疏而又淡雅。描画出水村小镇黄昏归舟的美景,画面疏朗闲淡,颇为宁静,并写出渔人劳作后的轻松及喜悦之情,透露出隐士追求世外桃源境界的恬淡心境。

其二,语言凝练,流畅自然。前三句用凝练的语言,铺排了夕阳西下、酒家旆闲、船未着岸三种景物,像一个个镜头,把水村小镇上的风光连缀成一幅幅画面,有动有静,如诗似画。夕阳西下,晚霞满天;那归航渔船的橹桨拍打着江水,传来阵阵悦耳的声响;还有渔夫,仿佛在归舟上放开歌喉,唱着动人的渔歌;而一"闲"字,写出水村小镇傍晚时分宁静的气氛,似乎使人置身于酒店中,闻到诱人的酒香。

其三,白描景物,富有情韵。写景不刻意地用浓墨重彩去铺陈,而是淡描勾画,才会取得自然朴实的效果。"落花水香茅舍晚,断桥头卖鱼人散。",是对渔船靠岸后的情景描写:桥头渔市已结束,卖鱼人各自回到家中,他们居住的环境是"落花水香茅舍",因是晚上，家家亮起了灯光，灯光映照在水里，花、水、茅舍足以说明这是个优美的环境。有如此美景，其情又若何呢？曲里没有明写，而是隐含在景中，让读者去体会，去感受，去想象。

〔双调〕寿阳曲

平沙落雁

马致远

南传信，北寄书①。半栖近岸花汀树②。似鸳鸯失群迷伴侣，两三行海门③斜去。

【注释】

①"南传信"两句：写鸿雁南来北往传递书信。"鸿雁传书"出典于苏武雁足系书的故事，见《汉书·苏武传》。②花汀树：有花草树木的浅滩边。"汀"：水边平地。③海门：海口。

【赏析】

《平沙落雁》又名《雁落平沙》，是"潇湘八景"组曲的第三首小令，雁是一种春季北飞、冬季南飞的候鸟。因有鸿雁传书的传说，诗人们则常常把鸿雁比作信使加以歌咏，又因有孤雁念群的实况，诗人则用它来象征着失群的孤独者，以寄托自己的情思。马致远来到洞庭湖畔，见到潇湘鸿雁，自然要抒发自己的感情了。

开头两句，概述鸿雁南北书的习性，暗喻自己盼望得到家人音信的心情。第三句进一层描写眼见"半栖近岸花汀树"的景象。鸿雁停靠在有花有草的浅滩边，不但点明了"平沙落雁"之题，又以一"半"字展示出沙滩上群雁有起有落的画面。

后面两句，"似鸳鸯失群迷伴侣，两三行海门斜去。"，一句写孤雁，一句写群雁。两相对比，充分写出了孤雁那似鸳鸯离群的孤独与凄凉。更是将诗人自己离开亲人、漂泊天涯的失意处境表现得淋漓尽致。同时，互相帮助、互相提携、直上云霄的群雁则是表达诗人内心美好的希望，希望自己也能得到亲朋好友的帮助。

从整首小令来看，诗人用白描的手法勾画出了一幅写照传神、境界凄凉的"平沙落雁"图。虽然整首未见一个"雁"字，但字里行间都显现出"雁"的情感，诗人借写鸿雁传书，孤雁迷群，表达自己在"漂泊生涯"中的思乡之情。

〔双调〕寿阳曲

潇湘夜雨

马致远

渔灯暗,客梦①回。一声声滴人心碎。孤舟五更家万里,是离人几行情泪。

【注释】

①客梦:作客他乡的梦境。客,此处系自指。

【赏析】

《潇湘夜雨》是马致远潇湘八景的第四首小令。不同于上一首《平沙落雁》的隐约,这首小令直抒胸臆,写尽其万里漂泊、秋雨添愁的羁旅情怀。

第一句"渔灯暗",瓢泼的大雨使得江面都被雨幕笼罩着,远处渔船上的灯光显得格外幽暗。接着"客梦回"一句,一方面写诗人自己听到雨声,从睡梦中醒来,另一方面就更突出雨之骤,声之大。简单的六个字,由雨及船,由船而及人,由人而及梦,由梦而及回,简洁而又曲折地勾画出作者在雨中船上过夜的景象。

接着顺势而下,由景入情,"一声声滴人心碎。",这一声声打在船舱上的雨滴,就像一下下打在心坎上的重锤,令诗人"心碎"。"心碎"二字,与"灯暗"、"梦回"的暗淡惆怅之景紧密相扣,点出漂泊失意者触景生情,极力夸张其夜雨添愁的心境,成全曲之眼。

"心碎"的理由是什么呢? 接下来的"孤舟五更家万里"则点出了原因。远离家乡的游子在孤舟之中被雨声惊醒,知道自己已离家千里,陪伴自己的只有那盏昏暗的灯。想到自己坎坷的命运,故乡的亲人,这一切怎能不让人心碎。

结语"是离人几行情泪"则用比喻的手法,把大自然的声声雨滴,比作离人眼中滴出的伤心之泪。夜雨无边,人泪如斯,离人"心碎"之深,可以想见。

这首小令,作者紧扣题目中的"夜雨"来写,词中虽无一"夜"字,但"渔灯暗"是夜,"客梦回"是夜,"五更"更点明是夜,读者能明白地感受到夜。同样词中也没有一"雨"字,但分明感得到有雨。作者以夜为背景,以雨为媒介,写的是传统的羁旅题材,却又不落前人的旧套,将雨、泪、情、景融为一体,形象地写出了离人的破碎之心,沉重悲切,动人心魄。

〔双调〕寿阳曲

烟寺晚钟

马致远

寒烟细,古寺清,近黄昏礼佛①人静。顺西风晚钟三四声,怎生②教③老僧禅定④?

【注释】

①礼佛:致礼于所拜的神佛。 ②怎生:怎么样。 ③教:使得。 ④禅定:佛家语,佛教修行的方法,静坐敛心,专注一境,止息一切杂念。

【赏析】

《烟寺晚钟》这首小令是写古寺清幽,古寺老僧的孤寂,借以表现诗人内心的凄苦和寂寞情怀。

"寒烟细,古寺清,近黄昏礼佛人静。",这三句通过一"细"、一"清"、一"静"写出了寒烟的飘渺,古寺的清幽和冷静,黄昏将近,拜佛的人也是一片寂静。寥寥几字,却将古寺的清幽渲染得浓墨重彩,冷清之境清晰可感。

后两句"顺西风晚钟三四声,怎生教老僧禅定?"由古寺转写寺中老僧。西风袭来,已是晚秋,风声中传来了三四声钟声,这钟声能让老僧"禅定"吗?这突如其来的反问,不禁让读者开始思考:老僧几十年如一日地晨钟暮鼓,青灯黄卷,应该早已习以为常,怎么会不禅定呢?倒是作者,在这古寺、晚钟的孤寂和黄昏、西风的凄苦之中,能否面对现实,而达"禅定"呢?正是这一反问,让这首小令的言外之意悠悠不尽。

这首曲写景与抒情相结合,情景交融,在写古寺的清幽、老僧的孤寂心情时,也描绘出现实的沉闷,透露出诗人的愤懑情绪。同时,诗人用不多的笔墨,加以白描的手法,将情与景表现得恰到好处,这也是这首曲的艺术特色之一。

〔双调〕寿阳曲

渔村夕照

马致远

鸣榔①罢②,闪暮光③。绿杨堤数声渔唱。挂柴门几家闲晒网,都撮④在捕鱼图⑤上。

【注释】

①鸣榔:捕鱼时用木条敲击船舷,发出声音,驱使鱼受惊入网。 ②罢:完了。 ③暮光:傍晚时的阳光,即"夕照"。 ④撮:聚合,集拢。 ⑤捕鱼图:指以上所写渔家整个捕鱼的景象,即"渔村夕照"图。

【赏析】

这首小令,是对渔家自给自足、自得其乐这种淳朴欢快生活的赞歌,与《远浦帆归》不同的是,《远浦帆归》更多写的是渔村的娴静,而《渔村夕照》更多描写的是渔家生活的快乐与闲适,以此来表达诗人向往闲适、情系江湖的理想。

开头两句"鸣榔罢,闪暮光。",写渔人捕鱼完毕的黄昏景象。捕完鱼,已是夕阳残照时分了。第三句"绿杨堤数声渔唱",紧承而来,写渔人上岸之后,把船系在绿杨树下欢唱渔歌的情景。"数声渔唱",将渔人无拘无束、一身轻快的心态描写出来了。这一句,在结构上来看,时间在向前推移,空间上也由船上走上堤岸。

第四句"挂柴门几家闲晒网",再进一层次写"渔村"的景象。几家渔家的柴门上,挂着鱼网,晒着。一个"挂"字,使画面具有动态;一个"闲"字,则显示出渔人悠闲自得的情态;"几家"则把渔村家家如是的状况作了全面的点染和高度的概括。正因为如此,第五句"都撮在捕鱼图上",顺势而发,总收全曲,上面所写的"鸣榔罢"、夕阳残照、绿杨系舟、堤上渔唱、柴门晒网等景致,都合起来,就构成一幅捕鱼的图画。这捕鱼图,就是"渔村夕照"图。诗人借这幅图,表露他陶醉其中之情、向往闲适之意。

这首小令最突出的艺术手法之一是诗人赋予画面以动感,巧妙地运用时间和空间的转移,将一幅活生生的渔村生活图景活灵活现的表现在读者面前。至于此,诗人的艺术手法可谓是胜人一筹。

〔双调〕寿阳曲

江天暮雪

马致远

天将暮,雪乱舞。半梅花半飘柳絮①。江上晚来堪画处,钓鱼人一蓑归去。

【注释】

①半梅花半飘柳絮:形容雪花乱舞的形态,一半像盛放的梅花,一半像飞扬的柳絮。"飘柳絮"是从晋代才女谢道韫"未若柳絮因风起"的喻雪名句化来的。

【赏析】

这首小令描绘一个钓鱼人从"江天暮雪"中独自归去的图景,抒发作者情系江湖的幽情。"天将暮"点出时近黄昏,并扣题面"天暮"二字。"雪乱舞"紧扣题面"雪"字,写出大雪纷飞的气势。天色已近黄昏的时候,天空中突然下起大雪,纷纷扬扬,漫天飞舞。第三句"半梅花半飘柳絮",则进一步描写出了雪花飞舞的美景,"梅花"、"柳絮"这两个意象巧妙地将纷飞雪花的美表现出来了。这雪花,其美丽之形有似梅花绽放之高洁,其轻盈之态犹如柳絮飘扬自如。作者如此描绘雪景,其不畏严寒之意,欣赏雪花之情,已经暗寓其中了。

接下来的四、五两句:"江上晚来堪画处,钓鱼人一蓑归去。"由写景转入写人。由"堪画处"领起,突出最值得描画的特写镜头乃是"钓鱼人一蓑归去"。一位钓翁,他身上穿着蓑衣,在暮色苍茫中,冒着漫天大雪,走回家去。诗人为什么钟情于这位身披蓑衣、顶风冒雪归来的钓鱼人呢?因为从唐人张志和写《渔歌子》中那位钓翁以来,渔人便成为了超尘脱俗、高洁孤傲的隐士的象征。诗人正是在宦海沉浮中,经受"漂泊生涯"之苦,心中滋生的不与世俗同流、但求归隐林泉的思想萌芽,正好从这位钓鱼人身上得到启示,这便是他意在言外的隐衷。

全曲以江天暮雪为背景,而以钓鱼人作为这幅"江天暮雪图"的中心,既赞美雪花之高洁不羁,更向往钓鱼人之遗世独立。简单的描写,却将景与情都表现出来了,景中有人,人中有情,情景交融。

〔双调〕寿阳曲

洞庭秋月

马致远

芦花谢,客①乍②别,泛蟾光③小舟一叶。豫章城④故人⑤来也,结⑥末了⑦洞庭秋月。

【注释】

①客:自指是作客他乡的人。 ②乍:暂,刚。 ③蟾光:即月光,出自神话故事:后羿向西王母请不死之药,被嫦娥窃得,骑蟾蜍入月。后因以"蟾"或"蟾光"喻夫妻思别之情。 ④豫章城:即今江西省南昌市,为古豫章郡治所。 ⑤故人:老友。 ⑥结:缔结。 ⑦末了:没完没了。末,无,没有。

【赏析】

这首曲子是马致远"潇湘八景"中的最后一首。从全曲看来,这首曲子写的是他由江西至湖南行役之际游洞庭湖的亲身实感,抒发其"漂泊生涯"的离愁别绪。

"芦花谢,客乍别,泛蟾光小舟一叶。"芦花飘逸,已是深秋,月夜,刚离开的游子,泛着一叶扁舟,飘摇而去。"芦花谢"点明季节,并紧扣题目之"秋"字,离情萦绕的苍凉气氛在这深秋中就格外浓烈。"客乍别"表面上写其暂别芦苇花絮已经零落之事,实际上是表明其作客他乡的别愁萦怀之情。紧接着的"泛蟾光小舟一叶"便自然涌出。泛舟月下的空明画面,与前面秋风萧瑟的离愁相比,诗人更愿意陶醉在洞庭美景之中。"豫章城故人来也,结末了洞庭秋月。"两句,好像是诗人对着洞庭湖发出激情难抑的问候和呼喊,直抒胸臆,豪放至极。"故人"是相对于拟人化之"洞庭"的称呼,老朋友再次游至于此,感此景,进而发出要"结末了洞庭秋月"的感叹。诗人不但重游洞庭,还要和她结下没完没了的感情。作者将其萍踪漂泊的愁绪,一下子转化为对"洞庭秋月"的神往和赞美,其笑傲风月、情寄江湖之志由此以显端倪。以此结尾,画龙点睛,余味不尽。

至此,马致远的潇湘之旅告一段落,经历如此一路的萍踪漂泊,诗人的感情已经与潇湘之景融合为了一体,表面上是描写了潇湘的八景,事实上正是运用白描的手法,将自己的感情蕴藏在这清丽疏淡的美景之中,情调旷逸,境界高远。

〔双调〕寿阳曲

马致远

一阵风,一阵雨,满城中落花飞絮。纱窗外蓦然①闻杜宇②,一声声唤回春去。

【注释】

①蓦然:猛然。 ②杜宇:鸟名,又名杜鹃、子规,传说是蜀主望帝(杜宇)所化,啼声悲切,如"不如归去"之声。

【赏析】

马致远的〔双调·寿阳曲〕是一系列爱情相思组曲。这首小令是其组曲中的两首序曲之一。

开头三句"一阵风,一阵雨,满城中落花飞絮。",经过一场风和雨,满城中到处是落花和柳絮。以风吹雨打、落花飞絮的视觉描写,一方面点明时令已是暮春时节,同时通过"风雨"一次,将流荡在字里行间难言的哀婉和惆怅情愫也表现出来了。春光易逝,美好景物也无法再挽留,这无疑增添了许多莫名的愁绪。

后两句"纱窗外蓦然闻杜宇,一声声唤回春去。"纱窗外突然传来了杜鹃的叫声,它在一声声地叫着"不如归去,不如归去",好像要把春天唤回来。杜鹃尚且如此,人何以堪?如此的听觉描写,让我们不禁联想到独立纱窗、人恨春去的怨情。面对即将逝去的春天,我们虽无法挽留,但是我们总要做点什么,此处正是借这层含义,写女子面对爱情危机时想要有所作为的心绪。

总的来看,这首小令,先是用春之将逝的视觉感受,预示着爱情将要面临波折和摧残,继而用突然传来的杜宇哀啼声这一听觉感受,进一步揭开女子对春归去无比痛惜的内心世界,从而撩起她要写信寄远的急切心情。由此,曲子很好的完成了"序曲"的使命,诗人接下来的曲子正是顺着这个思路进行的,同时,单从这一首曲子来看,是借景抒情、情景交融的出色抒情诗。其语言清丽,纯用白描,自然酣畅,雅俗共赏,为整组爱情相思曲奠定了俊逸谐俗的基调。

〔双调〕寿阳曲

马致远

磨龙墨①，染兔毫②，倩花笺③欲传音耗④。真⑤写到半张却带草⑥，叙寒温不知个颠倒⑦。

【注释】

①龙墨：绘有龙纹的名贵的墨。 ②兔毫：以兔毛为材料制成的毛笔。晋王羲之《笔经》说："汉时诸郡献兔毫，出鸿都，唯有赵国豪中用。时人咸谓兔毫无优劣，管手有巧拙。" ③倩花笺：借助精致华美的信纸。"倩"，请，借托。"花笺"，印花信纸。 ④音耗：音讯。 ⑤真：只"真书"，即正楷字。 ⑥草：即草体字。 ⑦颠倒：颠三倒四，没有条理。

【赏析】

紧承序曲，接下来有七首小令是写女主人公写信的情景，这首曲子是其中的第二首。开头三句"磨龙墨，染兔毫，倩花笺欲传音耗。"，墨已经磨好了，毛笔也蘸上了墨汁，铺了上好的信纸准备写信了。"龙墨"、"兔毫"、"花笺"这几个词都表现出写信材料的珍贵，由此正可以看出女主人公对"欲传音耗"的郑重和一往情深。用心地想要把自己的思念之情都寄于远方的他，可是总是事与愿违。后面两句"真写到半张却带草，叙寒温不知个颠倒。"，这两句接上三句，开始端端正正，认认真真地写，但写到半张的时候，工整的楷书却变成了带有潦草意味的草书体，嘘寒问暖的言辞也不自觉的写得颠三倒四，语不成句。简单的两句话，却将主人公心中那份心神不宁、心存疑惧和又想一下子将心事倾吐净尽的心理活动，写得入木三分，真切传神。

这首曲子通篇都是写女子的心理，可整首曲子未见一个抒发感情的字眼。全曲都是写女子的痛苦、忧愁、怨恨，但没有一句相思之苦，没有一句离愁别恨。诗人正是用含蓄的手法来刻画女子的形象。将句中的余味，篇中的余意都恰到好处的表现出来了。这就是词曲高超的艺术特色。

〔双调〕寿阳曲

马致远

心间事，说与他。动不动早言两罢①。罢字儿碜可可②你道是耍③。我心里怕那不怕④！

【注释】

①两罢：两下里算了吧。　②碜可可：亦作"碜磕磕"，实实在在。　③耍：开玩笑。　④怕那不怕：即怕。

【赏析】

这首小令，作者截取了青年男女恋爱生活中的一个断面进行描写，以一个女子的口吻诉说她的内心忧虑，极富情趣。

"心间事，说与他，动不动早言两罢。"女子对她的恋人爱得非常真诚，把心里话都掏出来告诉他，可是那个男子动不动就说"我俩关系算了吧"。女子的痴情与真情，男子的浮浪轻率、动摇不定，两相对比，将女子的强烈忧虑表现得淋漓尽致。这三句也可以作这样解：" 我"想要写信"说与他。"的最大"心间事"就是，他动不动就对我说"我俩关系算了吧"这件事，这样理解，也能表达出女子对情人执着的爱恋和强烈的忧虑。

接下来的两句更是加剧了女子的这种忧思，"罢字儿碜可可你道是耍。我心里怕那不怕？"情人总是跟我解释说，那是跟我开玩笑。但是，爱情这么大的事情能说算就算，可以随便说着玩吗？"我"心里是真的很担心啊。"怕那不怕"末句语气娇嗔、温存极言女子心中的恐惧，是曲子的画龙点睛之笔，既包含了对恋人的善意责备，不能拿爱情这么大的事情说笑，又包含了对恋人的温情和期望，希望恋人今后再也不要说这样令人担忧的傻话，再也不要开这样的玩笑，让他们的爱情生活永远美好。一方面突出其害怕情人变心，另一方面也表达了希望情人能体谅自己的意旨。

这首小令感情纯朴，用语极俗，人物情态生动，写情极真，心里描写细致逼真，惟妙惟肖，精警传神，篇幅虽小，但涵量极大，读来快人耳目。

〔双调〕寿阳曲

马致远

从别后，音信绝。薄情种①害煞人②也！逢一个见一个因话说③，不信你耳轮儿不热④。

【注释】

①薄情种：薄情郎，此指不念情义的家伙，是气极的愤语。　②害煞人：害死人。　③因话说：照着这样说，就说你负情。　④"不信你"句：民间传说有人念叨你，你便耳热眼跳的说法。

【赏析】

元散曲来自民间，崇尚本色通俗，常用口语、俗语和民俗风情入曲，这首小令正是这方面的出色代表。

小令开头两句"从别后,音信绝。",开门见山,简单明了地把事情的原委交代得清清楚楚,即表现女子对情郎一去无音信的爱恨交织之情,并写出了思妇眷恋之人实在薄情,由此逼出"薄情钟害煞人也!"的怨叹,这句用极其俚俗之语,写尽爱极而恨,但又牵肠挂肚的复杂情怀。这痛楚之声发自思妇肺腑,是她在绝望中对薄情郎的责骂,但也透露了思妇对爱情的渴望、痴心和专一,多么希望自己的情人能有所回应啊!

在这样的摧残打击下,女主人公作何反应呢?"逢一个见一个因话说,不信你耳轮儿不热。"因此,她要逢人便说,见人就讲,絮絮叨叨,不厌其烦,不相信你感觉不到我想你,而迟迟不来信。简单的两句话,一方面表现出思妇痛苦绝望之后,并未就此罢休,她向她所遇见的一切人诉说,诉说她的深切的爱,诉说他的薄情负心,诉说他给她造成的巨大痛苦,一直要说到让他耳轮发热,不得安宁。另一方面也有力的衬托出她对心上人的责怨全出于念念不忘的爱恋。如此为之的目的只有一个,就是希望得到情人的回信和爱情,表现出她对爱情的执着、专一。

这首曲子语言直率浅露,蕴意含蓄深长,不仅女主人公的声口毕肖,而且将其不甘于受人摆布,逆来顺受和不安于命运的摆弄的性格表现得活灵活现,展示出她性格上耀人的光彩。

〔双调〕寿阳曲

马致远

人初静,月正明,纱窗外玉梅斜映。梅花笑人休弄影,月沉时一般孤另①。

【注释】

①孤另:亦作"孤零",孤单无靠。

【赏析】

作为爱情相思组曲中的一首,这首曲子可以理解为其写信之后的孤寂情景。

开头三句"人初静,月正明,纱窗外玉梅斜映。",万籁俱寂,月光正明,她望着"纱窗"之外披着月色的梅花斜映在地。只三句,就描绘出一幅清幽的月夜景色,如此明静清幽的境界,越加衬托出"纱窗"之内的她形单影只,孤零凄绝。她看着梅花映月,婆娑弄影,似在笑人孤独无伴,不禁恼上心头,"梅花笑人休弄影,月沉时一般孤另。"便是对梅花的"斥责":梅花,你不要弄影笑人,因为一等到月落的时候,你就会跟我一样孤苦伶仃。这两句深层刻画出女主人公的微妙心理,她面对明月朗照、梅花弄影的美极清绝的景象,越显出自己的孤独无靠,于是迁怒梅花,进行反讥和奚落,从而力透纸背地表现了她对孤身独处的烦躁和对远方情人的相思。在"梅花"看来,那月夜的一切,不过就是幻影,月落日出,一切都是自然,但正是这自然不过的景象,在女主人公的眼里是如此叫人神伤。现实的寂寞和凄凉,总是萦绕在自己的身旁。

此曲用了拟人和象征的手法,风格清丽,含意深远。以无理之词,写有理之情,着力反衬,深刻动人,读之令人回味无穷,不愧为元曲中的精品。

〔双调〕寿阳曲

马致远

因他害,染病疾,相识每①劝咱是好意。相识若知咱就里②,和③相识也一般憔悴④。

【注释】

①相识每:相互熟识的人们。"每"放在代名词下为多数之称,与"们"略同。 ②就里:其中情况。 ③和:连带,连同。 ④憔悴:此为深忧貌。

【赏析】

马致远的爱情相思组曲分为三个部分,这首小令是其第三部分的最后一首,总写其明知因相思而得病却仍然不能解脱的苦情。

"因他害,染病疾",直接指出是"他"这个"薄情种"害她得了相思病,虽然"害"的什么病没有直接说明,但字里行间已经非常明显,内含的难以抑制的怨恨和谴责跃然纸上。"相识每劝咱是好意",朋友们都来劝她,她很感激,知道友人是善意。头两句是对薄情郎的谴责,第三句是对友人劝告的回答。可是友人的规劝是否有用呢?接下来两句就回答了这个问题,"相识若知咱就里,和相识也一般憔悴。"朋友们如果感受过我所受的痛苦,就会和我一样憔悴了。"相识"之"劝"毕竟不能像她那样感同身受,而是隔开一层,接着加一假设,进一步表明"因他害,染疾病"的深沉和严重。尽管自己已经感到遭遗弃的危险和痛苦,却总也割舍不下她一年四季苦苦等待的衷情,如果"相识"们能知道我其间所受的痴心等待、苦苦煎熬的内情,恐怕你们也会和我一样憔悴了。

这首小令的语言质朴直率,纯用口语,直抒胸臆,和盘托出;又用反射之法,以相识如知道"就里"也会为之憔悴来突出自己的断肠之痛,一个饱受相思折磨、执着忠于爱情的女主人公形象就这样永恒地出现在读者面前。此曲既是第三部分的尾声,也是整个组曲的结局。虽未表明女主人公已被遗弃,但已渲染出浓重的悲剧气氛,预示着其难逃封建时代千万女子共同遭遇的不幸命运,通过女子的遭遇,诗人不忘对黑暗的现实再次加以抨击。现实的残酷,女子命运的悲惨,令人扼腕,为之洒泪,让人不禁发出长叹。

〔双调〕 拨不断（五首）

马致远

叹寒儒，谩①读书，读书须索②题桥柱③。题柱虽乘驷马车④，乘车谁买《长门赋》⑤？且看了长安⑥回去。

布衣中，问英雄，王图霸业成何用？禾黍高低六代⑦宫，楸⑧梧远近千官冢一场恶梦。

菊花开，正归来。伴虎溪僧⑨鹤林友⑩龙山客⑪，似杜工部⑫陶渊明⑬李太白⑭，洞庭柑⑮东阳酒⑯西湖蟹⑰。哎，楚三闾⑱休怪。

浙江亭⑲，看潮生，潮来潮去原无定，惟有西山⑳万古青。子陵㉑一钓多高兴，闹中取静。

子房鞋㉒，买臣柴㉓，屠沽㉔乞食㉕为僚宰，版筑㉖躬耕㉗有将才。古人尚自把天时待，只不如且酩子里㉘胡捱㉙。

【注释】

①谩：通"漫"，徒然，枉自。 ②须索：须得。 ③题桥柱：汉朝一代辞宗司马相如未达时，由四川到长安求取功名，过升仙桥，曾在桥柱上题写："不乘高车驷马，不过此桥。"见《成都记》。 ④驷马车：古代一车套四马之车，乃高官所乘。 ⑤长门赋：《乐府诗集·长门怨》引《乐府解题》说，陈皇后失宠，退居长门宫，闻司马相如文名，以黄金百斤请相如作《长门赋》，以悟上心。汉武帝见赋，果然复幸陈皇后。这句是说，即使有司马相如之才，又有谁来赏识呢？ ⑥长安：汉朝京城，比喻元朝京城大都（今北京市）。 ⑦六代：即六朝，指建都建康（今南京市）的吴、东晋、宋、齐、梁、陈六个朝代，这里泛指许多朝代。 ⑧楸：一种茎高叶大的禾木，供建筑用。 ⑨虎溪僧：指晋时高僧慧远法师。江西庐山东林寺前有虎溪，相传寺中慧远法师送客不过溪，过溪则虎啸。一次，他与诗人陶渊明、道士陆静修边走边谈，不觉过了虎溪，虎大吼，三人相视大笑而别。见《庐山记》。 ⑩鹤林友：指五代时道士殷七七，相传他曾于重阳节在鹤林寺作法，使寺中杜鹃花盛开如春。鹤林寺在江苏丹徒县黄鹤山下，晋元帝大兴四年建，刘宋时改名鹤林寺。 ⑪龙山客：指晋人孟嘉。相传桓温于重九日在湖北江陵之龙山宴客，孟嘉时为参军，随之登山，风吹其帽落地，孟嘉泰然自若，不以为意。见《晋书·桓温传》

附孟嘉。 ⑫杜工部：唐大诗人杜甫，曾官工部员外郎，世称"杜工部"。 ⑬陶渊明：东晋大诗人，隐逸诗人之宗。 ⑭李太白：唐大诗人李白，字太白。 ⑮洞庭柑：产于江苏太湖洞庭山上的柑，很有名。 ⑯东阳酒：又称金华酒，指浙江金华地区所产的酒，当时享有盛誉。 ⑰西湖蟹：杭州西湖所产的螃蟹，肥美异常。 ⑱楚三闾：指战国时楚国大诗人屈原，曾任楚国三闾大夫。 ⑲浙江亭：在钱塘江口。《乾道临安志》载："浙江亭在钱塘江口南，到县一十五里。" ⑳西山：在浙江临安县西，晋代许迈隐此。 ㉑子陵：即严子陵，名光，东汉会稽余姚人。少曾于刘秀（光武帝）同游学，有高名。秀称帝，子陵变姓名隐遁。秀派人觅访，征召到京，授谏议大夫，不受，退隐于浙江富春山，以耕田、钓鱼为生，直至老死。 ㉒子房鞋："汉初三杰"之一的留侯张良，字子房，年轻时曾步游邳县桥上，遇一老人把鞋子掉到桥下，老人叫他下桥捡起，还要叫他为自己穿上，他忍怒下桥取鞋，还长跪着为老人穿上。后来这个老人便传给他一部《太公兵法》，使他终能辅佐刘邦平定天下。见《史记·留侯世家》。 ㉓买臣柴：汉武帝时曾任会稽太守、主爵都尉的名臣朱买臣，幼时家贫，打柴为生，但很好学，常常担着柴边走路边看书。后来汉武帝看他有才，封他为中大夫侍中。见《汉书·朱买臣传》。 ㉔屠沽：屠户、卖酒者，古代用以称从事低下行业者。《汉书·郭太传》载："召公子、许伟康，并出屠沽。"这儿特指汉初名将樊哙。《史记·樊哙列传》称其少以屠狗为业，后随刘邦起义，屡建大功，终以军功封舞阳侯。 ㉕乞食：春秋时楚国人伍员（字子胥），受奸臣谗害，投奔吴国，曾在路上生病，只得"乞食"（讨饭），后来受到吴王阖闾重用为相，封以申地，故又称申胥。见《国语·吴》、《史记·伍子胥列传》。 ㉖版筑：用木板作框架筑土墙。此指殷商名相傅说，相传他曾"版筑"于傅岩之野，殷高宗武丁访得，举以为相，使殷出现中兴的局面。见《尚书·说命》、《史记·殷本纪》。 ㉗躬耕：亲身耕地。此指汉末三国时代的蜀汉名相诸葛亮。早年他曾隐居南阳，"躬耕"垄亩，后来刘备三顾茅庐请他出山，在群雄角逐中屡建奇功，终封侯拜相。见《三国志·蜀志·诸葛亮传》。 ㉘酪子里：暗地里。这是元代俗语，亦见于王实甫《西厢记》、关汉卿《望江亭》等元曲中。 ㉙胡捱：胡乱地捱时间。捱，拖延。

【赏析】

第一首小令是慨叹知识分子的命运，表露出英雄无用武之地的情怀。"叹寒儒，谩读书"，起笔便发慨叹，读了书，却只能仍然是一个"寒儒"，点明文人学士读书再多也无用。接下来三句以汉代司马相如作比，"读书须索题桥柱。题柱虽乘驷马车，乘车谁买《长门赋》？"司马相如曾在升仙桥"题柱"明志，终乘"高车驷马"，功成名就，就连失宠的陈皇后都用黄金百斤请他来写《长门赋》；自己呢，读书亦有"题桥柱"之志，"乘高车"之遇，写《长门赋》之才，可是又有谁赏识呢？既表露其早年热衷功名富贵的流俗意识，又显示其怀才不遇、满腔愤懑之情。醉后以"且看了长安回去"作结，笔触冷峭，意味深长。因为这并非实写司马相如的经历，而是直承"乘车谁买《长安赋》"，抒发自己姑且在京城看看，然后打算回乡隐居的情怀。

第二首小令是慨叹英雄功业，都是过眼云烟。"布衣中，问英雄，王图霸业成何用！"成王成霸，建功立业有什么用处呢？这两句主要是抒情，感叹功业都徒劳。"禾黍高低六代宫，楸梧远近千官冢一场恶梦。"许多朝代的宫殿已成为废墟，长满了禾黍。官僚们的坟冢上都长满了楸梧。这两句表面上是写景，昔日的繁华景象，现在也是一片萧条；曾经的高官，如今也只能落得一个如此凄惨的下场，那这些成王成霸的道路能有什么意义呢？诗人对前朝史事的追忆，以及由此而来的兴废存亡之感，概由此出。

马致远作为风尘小吏，宦海浮沉二十年，醉后终于选择了归隐林泉的人生之路。第三首小令，便是他抛弃小吏生涯，跟龌龊官场决裂之后投入理想的恬退生活的心情写照。"菊花开，正归来。"，作者以自己在菊花开放的秋天开始归隐林泉下笔，不仅点明"归来"的时令，而且用"菊花"之傲霜斗雪暗喻自己品格之高洁。紧接着，用三句鼎足对，一起而下的大写"归来"的乐趣和妙境：跟他交往作伴的，都是虎溪高僧、鹤林道友、龙山佳客那样的高人雅士，过的是如同自己崇仰的杜工部、陶渊明、李太白那样诗酒自娱的生活，在草堂东篱之间自由自在地享用洞庭的柑橘、东阳的美酒、西湖的螃蟹！这样令人陶醉、毫无羁绊的田园生活景象，一经作者精心排比，便组成了一幅隐逸诗人逍遥尘外的画卷。结句"哎，楚三闾休怪。"！直承以上大写归隐之乐而来，语似嘲弄，实乃诙谐，意在语外，妙趣横生。他像是在跟屈原解释说：屈大夫你忧国忧民，鞠躬尽瘁，我很尊敬；我归隐林泉，诗酒自娱，实在是由于元蒙这个王朝不值得我效忠，请你多多原谅。以请求谅解的口气曲折含蓄地表达了自己归隐的动机，言近旨远，值得玩味。

第四首小令，借钱塘江的来去无定与西山的万古长青作对比，赞赏严子陵能于闹中取静的隐居生活，流露自己要向严子陵学习的意蕴。"浙江亭，看潮生"，点明地点。接下来"潮来潮去原无定，惟有西山万古青"两句，诗人不去描绘钱塘江的天下奇观，而是将"原无定"的潮来潮去和"万古青"的西山作强烈的对比，由此引发他与其像"潮来潮去"一样地宦海浮沉，不如寻觅像"西山"一样"万古青"的人生之路的思绪。"子陵一钓多高兴，闹中取静。"，是诗人"看潮"明产生的联想和进一步思索的答案。他想到东汉时期的著名高士严子陵视功名富贵如粪土，坚定选择到富春山隐居垂钓的生活，面对"潮来潮去"的喧嚣声却能像"西山"一样静穆不动，没钓一鱼，多么快活。"闹中取静"便是作者从严子陵能够安然隐居垂钓之中悟出的人生真谛，一句点题，揭示本曲的主旨。

最后一首小令是诗人怀才不遇、半世蹉跎感情的抒发。他一下笔，便连用"子房鞋"、"买臣柴"、"屠沽"、"乞食"和"版筑"、"躬耕"六个古代具有将相之才的名人故事，突出他们都曾经经磨练或隐居不用的事迹，作为自己虽处林泉但期待出山的依据。诗人虽然"参透人间宠辱"，但是"佐国心"并没有完全平息，使他在寄情诗酒时，还不时将所熟悉的名人奇事逐一过滤一遍，发现自己还存在着发迹的希望。当然，诗人还是清醒地知道元蒙统治者实行民族歧视政策、冷遇汉人知识分子的现实，所以最后只能以"古人尚自把天时待，只不如且酩子里胡捱。"作结，聊以自宽自解。而在骨子里，他的愤慨与无奈交织，流露出对元代统治者扼杀人才的不满和期待"天时"改变的幻想。

这几首小令，虽然首首都是写隐逸之事，但是句句都是诗人希望能发挥才能，被人赏识的心里话。表达的是诗人矛盾的内心与怀才不遇的痛苦。

〔仙吕〕赏花时

掬水月在手

马致远

古镜①当天秋正磨,玉露瀼瀼②寒渐多。星斗灿银河。泉澄潦③尽,仙桂④影婆娑⑤。

〔幺〕不觉楼头二鼓⑥过,慢撒金莲⑦鸣玉珂⑧。离香阁⑨近花科⑩,丫鬟唤我,渴睡⑪也去来呵。

〔赚煞〕紧相催,闲笃磨⑫。快道与茶茶⑬嬷嬷⑭,宝鉴⑮妆奁⑯准备着,就⑰这月华明乘兴梳裹⑱。喜无那⑲,非是咱风魔⑳。伸玉指盆池内蘸绿波,刚绰㉑起半撮㉒,小梅香㉓也歇和㉔,分明掌上见嫦娥㉕。

【注释】

①古镜:喻清秋皎洁的圆月,正像一面磨得很亮的古镜。 ②瀼瀼:盛貌。 ③潦:雨后地面的积水。 ④仙桂:传说月亮中有神奇的桂树,代指美丽的月亮。 ⑤婆娑:盘旋起舞。 ⑥二鼓:二更。"鼓"是古代夜间计时单位。 ⑦金莲:形容女子纤美的小脚。 ⑧玉珂:原指马络头上贝制的装饰物,振动则有声。此指女子身上玉制的装饰物。 ⑨香阁:芳香的闺阁,女子的卧房。 ⑩花科:同"花棵",泛指花树。 ⑪渴睡:同"瞌睡",迫切想睡。 ⑫闲笃磨:悠闲地缓步前行。"笃磨":磨蹭。 ⑬茶茶:少女,指年轻的女仆。 ⑭嬷嬷:指年老的女仆。 ⑮宝鉴:玉镜。 ⑯妆奁:放置梳妆用品的镜匣。 ⑰就:趁着。 ⑱梳裹:梳妆打扮。 ⑲无那:无可奈何,没有办法。奈何,急读为"那"。 ⑳风魔:疯癫着魔。"风"通"疯"。 ㉑绰:通"抄"。抓取,抄起。 ㉒撮:用作量词,原表示用三指一次抓取的量,这儿泛指少量。 ㉓梅香:婢女的通称,多见于元明杂剧小说中。 ㉔歇和:凑在一起。 ㉕嫦娥:月神名。神话故事中说她是后羿之妻,窃不死之药以奔月。这儿代指明月,兼有自喻之意。

【赏析】

马致远的这套套曲,描写一个大户人家的闺阁小姐在清秋月夜赏花游园、掬水照影的景象,表现了情窦初开的少女天真烂漫、率意洒脱的性格,及其满怀喜悦、追求美境的情愫,显示出马致远的豪宕胸襟和审美情趣。

首曲描写月夜秋景。皓月当空,像一面磨得很亮的古镜。沾在花草上的露水越来越多了,天气也逐渐寒冷了。星光灿烂,银河横田。泉水清澈,天气晴朗,雨后地面的积水都干了。月亮映照在池水里，象在婆娑起舞。这一曲虽然着笔不多，却创造出一个星河灿烂、泉月辉映这样一个澄澈清绝的艺术境界，为女主人公的出场营造了气氛，做好了铺垫。

次曲全以自白口气，开始转笔写人，展示闺阁小姐月夜游园赏花的情景。"我"为主，"丫环"为辅，以辅衬主，写照传神。"不觉"二字领起，既写时间过去之快，又写"我"顿起游兴之切。"二鼓过"，明点夜已深，暗衬兴致高。由于月色如此大好，"我"被吸引走下楼头，慢移"金莲"，响动"玉珂"，赏花游园，忘乎所以。"离香阁近花科"，虽为点染之笔，实有象征之味。"我"不甘于闺阁的寂寞生活，要在这月色映照下，寻求大自然的美境，以及内心深处被激起的朦胧爱情。"我"正在心驰神往于花树丛中之际，"丫环"大声对"我"说：快困死啦，回去吧！这一结语，纯用白语，奇峰突起，谐趣横生，将"我"之心醉神迷与"丫环"之浑然不解一笔写尽，生动活泼达于极致。

终曲仍以自白口气，紧接上曲，进层深化，大写这位闺阁小姐月下梳妆、掬水照影的情景，揭示其率意洒脱的性格和发现真美的喜悦。丫环紧紧相催，"我"却悠闲地来回徘徊。并吩咐丫环，快去告诉家里的仆人，准备宝鉴和妆奁，"我"要就这月华明乘兴梳裹。"我"就是被这无边明丽的月色激起了对自然美境的神往，不是咱疯癫呢。于是"我"在梳好妆之后，伸出洁白的手指到小小池塘里点拨着绿波，照见了自己美丽的脸容。这一曲将水之清澈、月之皎洁和"我"之美丽融为一体，凸显出"我"之"喜"于自然景色的美好和自我价值的发现。作者赞美之情，向往之意，理想之境，统统溢于言外，令人回味无穷。

此套套曲语言通俗明丽，以雅托俗，雅俗兼融，谐趣横生；情调轻松活泼，爽利清宕，基调积极，乐观放旷，不仅活画出一个纯真美丽、自由奔放、热烈追求美好人生的青春少女的动人形象，还显示出马致远向往快乐人生的美好理想和追求自然俊逸的艺术境界。提高散曲的意境，确立豪放派在散曲中的崇高地位，是马致远对元代散曲创作的最大贡献。这套套曲，正是其成功的一例。

〔般涉调〕哨遍

张玉岩草书

马致远

自唐晋倾亡之后，草书扫地①无踪迹。天再产玉岩翁，卓然②独立根基，甚纲纪③，胸怀洒落④，意气⑤聪明，才德相兼济。当日先生沉醉，脱巾露顶，裸袖揎衣⑥，霜毫历历蘸寒泉⑦，麝墨浓浓浸端溪⑧。卷展霜缣⑨，管握铜龙⑩，赋歌赤壁⑪。

〔幺〕仔细看六书八法⑫皆完备，舞凤戏翔鸾韵美⑬，写长空两脚墨淋漓⑭，洒东窗燕子衔泥⑮。甚雄势，斩钉截铁⑯，缠葛垂丝⑰，似有风云气⑱。据此清新绝妙，堪为家宝⑲，可上金石⑳。二王古法梦中存㉑，怀素遗风尽习㉒。料想方今，寰宇四海㉓，应无赛敌㉔。

〔五煞〕尽一轴㉕，十数尺，从头一扫无凝滞㉖。声清恰似蚕食叶，气勇浑同猊抉石㉗。超先辈，消翰林一赞㉘，高士留题㉙。

〔四〕写的来狂又古㉚，颠又实㉛，出乎其类拔乎其萃。软如杨柳和风舞㉝，硬似长空霹雳摧㉞。真堪惜㉟，沉沉着着㊱，曲曲直直㊲。

〔三〕画一画如阵云，点一点似怪石㊳，撇一撇如展鲲鹏翼㊴。弯环怒偃乖龙骨㊵，峻峭横拖巨蟒皮㊶。特殊异㊷，似神符堪咒㊸，蚯蚓蟠泥㊹。

〔二〕写的来娇又嗔，怒又喜㊺，千般丑恶十分媚㊻。恶如山鬼拔枯树㊼，媚似杨妃按羽衣㊽。谁堪比，写黄庭换取，道士鹅归㊾。

〔一〕颜真卿苏子瞻，米元章黄鲁直㊿，先贤墨迹君都得。满箱拍塞㊀数千卷，文锦编挑满四围㊁。通三昧㊂，磨崖的本㊃，画赞初碑㊄。

〔尾〕据划画难，字样奇㊅，就中浑穿诸家体㊆，四海纵横㊇第一管笔！

【注释】

①草书扫地：比喻草书的威名完全丧失。 ②卓然：卓越不凡的样子。 ③纲纪：法度。此指书法要领。 ④洒落：洒脱不羁。 ⑤意气：意志才气。 ⑥裸袖揎衣：卷袖捋衣露出手臂，形容醉后狂态。 ⑦"霜毫"句：意思是说，白色毛笔频频浸润于清凉的泉水。历历，这里指一次又一次。 ⑧麝墨：带麝香味的优质墨。端溪：代指端砚。唐宋时端州（今广东省德兴县）的端溪出产贵重的著名端砚，唐诗人刘禹锡就曾誉之为"端州石砚人间重"（《唐秀才赠端州紫石砚以诗答之》）。 ⑨霜缣：白绢，古人用以作书画用。 ⑩铜龙：古时铜制龙形的计时漏器或喷水器。这里代指笔管。 ⑪赋歌赤壁：吟唱着《赤壁赋》。这不仅是写其边歌边书的豪情逸兴，还暗示写的是歌颂赤壁的内容。"赤壁"是指宋苏轼的《赤壁赋》。 ⑫六书：此指王莽变秦的八体书为六体书，略称六书，即古文、奇字、篆书、隶书、缪书、虫书六种字体（见《汉书·艺文志》）。八法：指汉字的八种笔画，即点、横、直、钩、策、撇、啄、捺。 ⑬"舞凤"句：比喻笔势飘逸之美。《唐会要·书法》载许圉师赞唐高宗书法："兼绝二王，凤翥鸾回。"宋石曼卿以诗赞陈抟书法则说"鸾舞广漠凤翔空，俯视羲献皆庸工"。 ⑭"写长空"句：形容其草书

气势磅礴,就像大雁在"长空"如字飞行,大雁的"两脚"犹如草书"空"字之下的两点,大雁飞行之迅疾潇洒仿佛草书的"墨淋漓",笔酣墨畅。 ⑮"洒东窗"句:形容草书的挥洒自如,写"窗"字当中"穴"之两点,就像燕子衔泥掠过东窗一样。 ⑯斩钉截铁:形容草书笔势之雄健爽利,刚而重。即宋姜夔《续书谱》所云"是点画处皆重"的"点画处",必须干脆利落,势雄力健。 ⑰缠葛垂丝:形容草书笔势之飘逸绵邈,轻而柔。即姜夔《续书谱》所云"非点画处偶相引带,其笔皆轻"的"非点画处",必须缠绕轻柔,气脉不断。与上句相映,说明其草书笔法刚柔相济。 ⑱风云气:风起云涌、龙争虎斗的气象。唐张怀瓘《书断》评欧阳询书法说:"犹如龙蛇战斗之象,云雾轻浓之势,风旋电激,操举若神。" ⑲堪为家宝:值得做家藏传世之宝。 ⑳可上金石:可以载于辑录金石文字的专书。宋赵明诚即有《金石录》一书。金石,指古代钟鼎铭文和碑碣石刻等文字。 ㉑二王:指东晋王羲之、王献之父子,自唐以后史称"二王"为"书圣"。梦中存:意谓是梦中传授。《书法正传》载汉末蔡文姬述其父蔡邕著《石室神授笔势》事说:"臣父造八分时,神授笔法。"又宋陈思《书小史》说东汉唐综曾经"梦蛇绕身,寤而状之,而为蛇书"。这一句是比喻张玉得"二王"神授草书于梦中,实际在说他梦寐以求"二王"的草书笔法。 ㉒怀素:唐书法家。本姓钱,出家为僧。精勤习书,以"狂草"著称于世。这一句直道张玉岩认真学习怀素的草书风格,尽得真传。 ㉓寰宇四海:整个天下。 ㉔赛敌:比得上的敌手。 ㉕尽一轴:纵任一轴(长幅书卷)。尽,任。 ㉖凝滞:停止流动,不灵活。 ㉗"气勇"句:气势之勇猛简直就像狮子穿巨石一样。猊,雄狮。《新唐书·徐浩传》说徐浩书法"八体皆备,草隶尤工,世状其法曰'怒猊抉石,渴骥奔泉'"。抉,穿过。 ㉘消翰林一赞:需要翰林学士写一篇赞文。 ㉙高士留题:志行高尚之人留一篇题跋。 ㉚狂又古:狂放不羁又淳古高雅。 ㉛颠又实:貌似疯癫又壮实浑厚。以上二句,形容张玉岩深得唐代"草圣"张旭之"颠"、怀素之"狂"而又变化莫测的草书遗风。 ㉜"出乎"句:是说高出于平常之类,超拔与众萃之中,语出《孟子·公孙丑》。"萃":群。 ㉝"软如"句:形容笔势轻快灵动、秀润熨帖,就像柳条随风舞动一样。 ㉞"硬似"句:形容笔锋坚实雄劲,奇壮有力,犹如天空响起炸雷而摧枯拉朽似的。 ㉟真堪惜:真值得珍视。 ㊱沉沉着着:沉着痛快,指书法坚劲而流利。南朝宋羊欣《采古来能书人名》载"吴人皇象能草,世称沉着痛快"。 ㊲曲曲直直:曲直相间,灵活变化。草书最忌横直分明,故云。 ㊳"画一画"二句:写一横之笔势如同军阵上的排云,写一点之笔势犹如怪异特立的大石。韦续《墨薮》载晋王羲之《笔阵图》说"每作一横画,如列阵之排云",又云"夫着点皆须磊落似大石之当衢路"。 ㊴鲲鹏翼:大鹏鸟展开翅膀。张怀瓘《书断》说王献之行草"若大鹏抟风"。 ㊵"弯环"句:形容笔画之弯折圆曲犹如怒卧的恶龙之骨。"偃":仰面倒下。"乖龙":传说中的孽龙。 ㊶"峻峭"句:形容笔锋之险峻峭拔就像用力横拖的巨蟒之皮。 ㊷"特殊异":特别的出众奇异。 ㊸"似神符堪咒":比喻草书笔画像道士念咒的神奇符箓一样屈曲迷离。因为"神符"是用篆籀及星雷文字写的,故云。"咒":祝告。 ㊹"蚯蚓蟠泥":又像泥土中的蚯蚓一样盘旋蜿蜒。"蟠":盘曲。 ㊺"姣又嗔"二句:形容其草书字里蕴含的情态和独到的风格,既娇媚秀丽,又嗔怪奇绝,既怒气勃发,又喜气融合。 ㊻"千般"句:形容其草书风格是"丑恶"和"媚绝"两种审美趣向的对立矛盾统一体。《宣和书谱》评薛存贵草书"变态百出,或妍或丑"。 ㊼山鬼拔枯树:形容其有些字的笔法瘦硬凌厉,就像山鬼拔枯树一样恶气横生。陈思《书小史》载邬彤尝谓怀素说："草书……唯太宗以献之书如凌冬枯树，寒寂瘦硬，不置枯叶。" ㊽杨妃按羽衣：形容其有些字的笔法轻盈妩媚，犹如杨贵妃依照节拍跳《霓裳羽衣舞》一样千娇百媚，风姿翩跹。 ㊾"写黄庭"二句：比喻张玉岩草书可与写《黄庭经》的王羲之媲美。南朝何法盛《晋中兴书》载："山阴道士养群鹅，羲之意之甚悦。道士云：'为写《黄庭经》，当举群相赠。'"《白帖》亦载此事。"黄庭"即指道家《黄庭经》。 ㊿颜真卿：唐代大书法家，书法初学褚遂良，后学张旭，终自成一家，人称"颜体"。"苏子瞻"：名轼，号东坡居士；"米元章"：名芾，号鹿门居士，别号米颠；"黄鲁直"：名庭坚，号山谷道人，又号涪翁：他们三位与蔡襄都是北宋著名书法家，并称"宋四家"。 ㊿拍塞：充斥，塞满。 ㊿文锦：指织有锦绣花纹的丝织带子。编挑：编捆悬挂。四围：四捆，"围"是计度圆周的量词，《释文》引李颐云："径尺为围。"一说五寸为围，一抱也叫围，说法不一。 ㊿三昧：佛教语，原义正定，转指奥妙，诀窍。唐李肇《国史补》载"长沙僧怀素好草书，自言得'草圣'三昧"。 ㊿摩崖的本：摩崖碑的拓本，指唐碑《大唐中兴颂》，元结撰文，颜真卿书写。因刻在祁阳语溪石崖上，故俗称"摩崖碑"。"的本"：真本，原本。 ㊿画赞初碑：即《东方朔画赞碑》，赞文为晋代夏侯湛撰，王羲之书，颜真卿又临王字书刻为碑。 ㊿"据划"二句：按照笔画很难描画，字体奇特。赞美张玉岩草书之笔画灵动，奇特难摹。 ㊿"就中"句：其中融会贯通了诸多名家的各体。赞美张玉岩草书集众所长而自成一家。"浑穿"：完全贯通。"穿"：通。 ㊿纵横：奔放不羁。语出杜甫《戏为六绝句》其一："庾信文章老更成，凌云健笔意纵横。"

【赏析】

张玉岩是一位史籍不载、生平难详的草野书法家，草书又是一种看起来龙飞凤舞、论起来又似乎无长话可说的专门艺术，而马致远却以八支曲子组成的套数，洋洋洒洒、酣畅淋漓地评价、赞美了这位融会诸家各体书艺精华的"才德兼济"的艺术家及其出类拔萃、冠绝一代的草书成就。这里，不但表现了他对这位兴废继绝的书翁同病相怜、必欲使之名垂千古的挚情，而且显露其博洽书艺之才，以至于使得此套成了散曲领域描写书法艺术的绝唱。

第一支曲［哨遍］，总写张玉岩的高尚人品、胸襟才气和卓然独立、醉写草书的情景。从全篇看，这既是序曲，又是总领，成为此套的第一部分。起笔两句，概述草书盛于晋唐、衰于唐后的历史。实是欲扬先抑，以此作为铺垫，接着立即切入题意，凸现全套主旨，着力描述"玉岩翁"是位应运而生、卓然不凡、根基深厚而又独辟蹊径、不拘法度的草书大家，自然便承担起草书兴废继绝的使命。他"胸怀洒落，意气聪明，才德相兼济。"，具有如此之人品、胸襟和才气，岂能不臻于书品、书风、书艺之极致？于是作者现身说法，以亲身目睹"当日先生沉醉"的追忆方式，先用两个合璧对，再用一个鼎足对，生动地描写了书翁不顾礼俗的醉后狂态、操笔蘸墨的潇洒风姿和展绢握笔边歌边书的豪情逸兴。书翁放浪不羁之醉书情态被写得穷形尽相，奠定了全套豪放雄劲的基调，为下文多侧面、多角度、多方位地具体描述，留下了广阔的空间。

全套的第二部分，由［幺］到［二煞］五支曲子构成，从不同方面盛赞玉岩草书的渊源、体势、技法、风格和气韵。

第二支曲［幺］紧承上曲，写作者观赏书翁的草书，着重称赏其渊源流变及磅礴气势。载"仔细看"领起，先赞其草书渊源有自，"六书八法皆完备"；再赞其气韵飞动、笔势飘逸，有舞凤翔鸾之灵动美，并用长空过雁，燕子衔泥的合璧对形容其草书之挥洒淋漓、随意成趣；然后再以"斩钉截铁，缠葛垂丝"合璧对句式，生动比喻其草书之气势雄健而又连绵回绕、刚柔兼济、浑然一体，具有风起云涌、龙争虎斗的气象。由此观察其"清新妙绝"的境界，作者评之为可作"家宝"，可登"宝石"，并且认为其成功妙诀在于既梦寐以求地领会先贤的"古法"、"遗风"，又认真学习，潜心苦练。正因为这样，其草书才能够熔铸众长，卓然于世；追踪晋唐，寰宇无敌。夹叙夹议，比喻迭出，笔酣墨饱，热情洋溢。

第三支曲［五煞］，着重从总体视听感觉上写其声气韵致。看他任一轴十来尺长的书卷，也是从头一扫到尾，气韵流动，毫不停滞。听他运笔落纸的声音，清晰得正像蚕食桑叶般沙沙作响，感到他走笔的气势犹如雄狮穿石一样勇不可挡。作者又用合璧对喻写其亲身感受，然后便直抒胸臆，毫无保留地称誉书翁"超先辈，消翰林一赞，高士留题。"。按道理讲，说书翁能兴废继绝，追踪晋唐，已够卓然名世，而称其"超先辈"，则未免夸大其词，由此可以想见马致远之笃于友情，为书翁之怀才不遇、沉沦草野鸣不平，一时之间竟忘乎所以，不由自主地失去分寸了。

第四支曲［四］，进层赞美书翁草书之风格、神韵。作者仍以现场观赏的口气，用"写的来"领起，称道书翁草字的风格兼融怀素之"狂"、张旭之"颠"、"二王"之"古"和"实"，而能出类拔萃，成为当代独具一格的名家。其字兼有"杨柳和凤舞"的阴柔之妙和"长空催霹雳"的阳刚之美，轻重得宜，浑然一体；沉着痛快，曲直灵动。作者连用对偶、比喻和叠字，称道书翁草字具有卓然独立的风格和刚柔结合的神韵，从而发出"真堪惜"的赞叹，令人想见其对书翁草字的倾心。

第五支曲［三］，突出赞美其笔画技法之奇妙。开头三句连用比喻，以"阵云"喻横、"怪石"喻点、"展鲲鹏翅"喻撇，形象鲜明，又切书法典故，显示作者不仅有艺术才华，又有书学素养。接用两个合璧对，喻其笔画如"乖龙骨"之老健自然，如"巨蟒皮"之奇特有力，又喻其结体似道士念咒的符箓，似盘曲泥中的蚯蚓。全曲八句，连用七个比喻，贴切生动，想象飞腾，从而凸显对其"特殊异"之技巧神妙、变化无穷的极口赞叹。

第六支曲［二］，醉后深化写其字里蕴含的情态。作者仍用旁观体味的口气，以"写的来"领起，生动表述其草书中含有"娇"与"嗔"、"怒"与"喜"、"恶"与"媚"、"山鬼拔枯树"与"杨妃按羽衣"两个鲜明对立统一的情韵美。这种深蕴字中，变态百出的情态，除了那个"写黄庭换取道士鹅归"的"草圣"王羲之，"谁堪比"？言外之意，张氏之草书简直可与"草圣"相提并论，堪称天下第二了。这种过分的推崇，就跟誉之为"超先辈"一样，无非是作者因对艺友草书倾情至极，而为其沉沦草野鸣不平所发出的惊世骇俗的呼声。

结尾两曲遥应首曲，转写张氏收藏历代书法名家墨迹之富及其据以苦练之功，终以张氏融会贯通名贤各体，采众家之长、自成一体而冠绝天下总收全套。从篇章结构来看，则为全篇的第三部分，即尾声。

这篇套曲，全面、生动地描写和评论了张玉岩的草书，并将描写和评论有机地结合在一起，描写细腻形象、评论简洁精警、俨然一篇运用曲体形式所作的充满诗情画意的张玉岩草书述评，并成了一篇散曲领域描写、论说草书艺术的精品。从结构上看，采取先总、后分、终合的方式，以感叹"晋唐倾忘"、"草书扫地"起，以融会"诸家"、追踪"先贤"结,以"卓然独立根基"起,以"四海纵横第一"结;并以"当日"目睹先生醉书的情景领起,再分写其草书艺术的方方面面。条理清晰,层次分明,首尾呼应,组织严密。在表现手法上,既善于铺陈,又精于刻画;联类譬喻,层出不穷;对偶鼎足频用,句式错落有致;雅俗兼融,亦庄亦谐。特别是气势充沛,文情并茂,笔调洒脱,风格豪放,与张玉岩草书相映生辉,亦堪称"四海纵横第一管笔"。

〔般涉调〕耍孩儿

借 马

马致远

近来时买得匹蒲梢骑①,气命儿般看承爱惜②。逐宵③上草料数十番,喂饲得膘息胖肥④。但有些秽污却早忙刷洗,微有些辛勤便下骑。有那等无知辈,出言要借,对面难推。

〔七煞〕懒设设⑤牵下槽,意迟迟背后随,气忿忿懒把鞍来鞴⑥。我沉吟了半晌语不语⑦,不晓事颓人⑧知不知?他又不是不精细,道不得⑨"他人弓莫挽,他人马休骑。"

〔六〕不骑呵西棚下凉处拴,骑时节拣地皮平处骑,将青青嫩草频频的喂。歇时节肚带松松放,怕坐的困尻包儿款款移⑩。勤觑着鞍和辔⑪,牢踏着宝镫⑫,前口儿⑬休提。

〔五〕饥时节喂些草,渴时节饮⑭些水,着皮肤休使粗毡屈⑮,三山骨⑯休使鞭来打,砖瓦上休教稳着蹄。有口话你明明的记:饱时休走,饮了休驰。

〔四〕抛粪时教干处抛,尿绰⑰时教净处尿,拴时节拣个牢固桩橛上系。路途上休要踏砖块,过水处不教溅起泥。这马知人义,似云长赤兔⑱,如益德乌骓⑲。

〔三〕有汗时休去檐下拴,渲时休教侵着颓⑳,软煮料草铡底细㉑。上坡时款把身来耸,下坡时休教走得疾。休道人忒寒碎㉒,休教鞭飐㉓着马眼,休教鞭擦损毛衣㉔。

〔二〕不借时恶㉕了弟兄,不借时反了面皮㉖。马儿行㉗嘱咐叮咛记:"鞍心马户将伊打㉘,刷子去刀莫作疑㉙。"则叹的一声长吁气,哀哀怨怨,切切悲悲。

〔一〕早晨间借与他,日平西盼望你。倚门专等来家内。

柔肠寸寸因他断，侧耳频频听你嘶。道一声"好去"㉚，早两泪双垂。

〔尾〕没道理没道理，忒下的㉛忒下的。"恰才说来的话君专记，一口气不违㉜借与了你。"

【注释】

①薄梢：古代良马名。《史记·乐书》载汉"伐大宛，得千里马，马名薄梢"。这儿泛指良马。骑：坐骑。 ②气命儿：性命儿。看承：看待。 ③逐宵：一夜一夜地。 ④膘息胖肥：指马的小腹两旁肌肉增加了，肋侧薄肉丰满了。息，指蓄息，增长；胖，指里脊肉。 ⑤懒设设：懒洋洋的。"设设"亦作"煞煞"，表程度的副词。 ⑥鞴：上马具。 ⑦语不语：要说（不借）又没说。 ⑧不晓事：不明事理。颓人：即"鸟人"，宋元时骂人的俗语。 ⑨道不得：不是有这种说法。 ⑩尻包儿：屁股。款款移：慢慢地移动。 ⑪辔：驾驭牲口用的嚼子和缰绳。 ⑫宝镫：脚蹬子。 ⑬前口儿：马嚼儿，此指缰绳拴住马嘴的部分。 ⑭饮：动词，给牲畜喝水。 ⑮"着皮肤"句：不要让粗毡子没铺平就紧挨着马的皮毛。粗毡：指垫在马鞍下的毡子，一般为麻制或皮制。 ⑯三山骨：指马的肋骨。 ⑰尿绰：撒尿。 ⑱云长赤兔：三国时蜀汉大将关羽（字云长）所骑的骏马，名为赤兔马。 ⑲益德乌骓：三国时蜀汉大将张飞（字翼德，元人常写作益德）所骑的骏马，名叫乌骓马。 ⑳渲：指刷洗马。颓：指雄马生殖器。 ㉑铡底细：用铡刀铡得细碎。"底"即"得"。 ㉒忒：太。寒碎：寒酸琐碎。 ㉓飐：甩。 ㉔毛衣：马的毛皮。 ㉕恶：得罪。 ㉖反了面皮：翻了脸。 ㉗行：这方面。 ㉘鞍心：即安心，有意。马户：乃"驴"的拆字。伊：他，指马。全句的意思是：故意将马打的人是个马户（即"驴"）。 ㉙"刷子"句：亦用拆字法，意谓他无疑是个"刷子去刀"，即"屌"。 ㉚好去：是安慰马的话，如同今言"走好"。 ㉛忒下的：太狠心。"下的"即"下得了手"。 ㉜一口气不违：没半点违拗，即"二话没说"。

【赏析】

这篇是马致远描写人生百态中独出心裁、充满含泪之笑的著名套曲。他以尖辛泼辣的语言、似含嘲谑的口气、亦庄亦谐的笔调、惟妙惟肖的刻画，极尽喜剧夸张之能事，鲜明生动地活画出一个爱马如命而又饱经世故的下层劳动者可笑、可怜亦复可爱的典型形象，细致入微地展示其不愿借马而又不得不借的那种心疼、无奈、磨蹭乃至明借暗骂的心理发展过程，表达了其对这匹马爱得几近吝啬，以致出语粗俗，但对勤劳、善良、真诚、执着、淳朴的马主人既调侃又同情的复杂心态，从而在元代散曲乃至千古诗坛上开辟了一片未经人道的新天地，显露出一种以喜剧手法观察人生、透视人生的新境界，闪射出借人间琐事展现艺术才华，使得元曲显现出无所不可表现的新光辉。深沉的人生思考和独特的艺术创造，便是马致远"宜列群英之上"（《太和正音谱》）的又一夺目的高标。

第一支曲就介绍了这套套曲的主人公，他应该是元代社会中一个微不足道的小人物，在这首曲中，对他的贫寒身份、买马的不易、爱马的深情、养马的辛劳和囿于世俗面子难以推脱借马的矛盾心理做了总述。这些描写即为他不愿意借马提供了有力的心理根据，又为下文做了铺垫。

从〔七煞〕到〔一煞〕的七支曲子，全承〔耍孩儿〕自语独白的口吻，颠来倒去、反反复复、絮絮叨叨、或正或反地刻画其不愿借马而又不得不借的全程心态。他时而粗鲁恶骂，时而细语叮咛；时而心烦意懒，时而长吁短叹；时而想说不借，时而又怕得罪人；时而护马夸马，时而又要借马盼马。仅其向借马者明确提出的护马要求便有二十多项，还要用"休道人忒寒碎"堵人之口。这中间核心的一点，便是爱马如命，显示其刻骨铭心的爱马情结。末两句，乃是实写：刚说了一声"马儿呀，你就好好地去吧"，马儿还没有去，却已经"两泪双垂"了。

最后一支曲子的前两句是真心话，他在心里骂借马者没道理，太忍心，口里却不得不说："恰才说来的话君专记，一口气不违借与了你。"

对于借马者，除写马主人的心里骂他之外，别无描写。但马主人的内心矛盾是由他引起的，马主人的那么多嘱咐是对他说的，马主人与马难舍难分的种种表情，也是他亲眼看见的。因而越到后来，读者越关注这个人物。他最后是否牵走了马，作者没有写，从而给读者留下了无限的想象空间。

由于作者一开头便令人信服地写出了马主人爱马如命的心理依据，所以下文所写，虽不无夸张，却十分真实。这种夸张描写，是建立在特定的历史真实的基础之上的，并不曾歪曲历史真实，而是在更高层次上表现了那种历史真实。

这首套曲，对借马的场景，进行了集中、深入而又生动的描写。方言俗语，沓而连章；描声摹气，惟妙惟肖；情调谐趣，令人绝倒；笔力恣肆，刻画夸张。特别是在寓庄于谐表现荒唐效果的艺术手法的运用和大小题材均可入曲的艺术创新方面，给其后的元曲作家进行标新立异的创作，树立了榜样，开辟了道路，这也是马致远对于散曲发展的一大功绩。

〔双调〕夜行船

秋　思

马致远

　　百岁光阴一梦蝶①，重回首，往事堪嗟②。昨日春来，今朝花谢，急罚盏③，夜阑灯灭。

　　〔乔木查〕想秦宫汉阙④，都做了衰草牛羊野，不恁么⑤渔樵没话⑥说。纵⑦荒坟横断碑，不辨龙蛇⑧。

　　〔庆宣和〕投至狐踪与兔穴⑨，多少豪杰。鼎足⑩三分半腰折，知他是魏耶？晋耶？⑪

　　〔落梅风〕天教富，莫太奢⑫，没多时好天良夜⑬。富家儿更做道你心似铁⑭，争辜负了锦堂风月⑮。

〔风入松〕眼前红日又西斜，疾似下坡车。晓来清镜添白雪⑯，上床与鞋履相别⑰。休笑鸠巢计拙⑱，葫芦提⑲一恁⑳妆呆。

〔拨不断〕利名竭，是非绝。红尘不向门前惹㉑，绿树偏宜屋角遮，青山正补墙头缺，竹篱茅舍。

〔离亭宴歇〕蛩吟罢一觉才宁贴㉒，鸡鸣时万事无休歇，何年是彻㉓？看密匝匝蚁排兵，乱纷纷蜂酿蜜，急攘攘蝇争血。裴公绿野堂㉔，陶令白莲社㉕。爱秋来那些：和露摘黄花，带霜烹紫蟹㉖，煮酒烧红叶㉗。想人生有限杯，浑㉘几个登高节。嘱咐俺顽童记者㉙，便北海㉚探吾来，道东篱㉛醉了也。

【注释】

①一梦蝶：就像一场变幻莫测的大梦。"一"或作"如"。"梦蝶"用《庄子·齐物论》所载庄周曾梦见自己变成蝴蝶，醒来发现自己仍是庄周之事，比喻浮生若梦。　②嗟：叹息。　③急罚盏：赌酒者赶快把受罚的酒喝完，不然夜尽灯灭就喝不完了。　④秦宫汉阙：秦代的宫殿和汉代的陵阙，这里用来泛指前代的宫阙。"阙"指皇宫门前两边的望楼，泛指帝王居住的宫殿。　⑤不恁么：不这样。　⑥话：故事。　⑦纵：南北向，与下面的"横"（东西向）相应，表示横七竖八、零散杂乱之意。　⑧龙蛇：形容笔势的夭矫灵动。这里指碑上的古文字。　⑨投至：乃至，等到。狐踪兔穴：狐狸出没，野兔穴居之处，指上文的荒坟。《新论》有"坟墓生荆棘，狐兔穴其中"之句。　⑩鼎足：指三国时期魏、蜀、吴三分天下，鼎峙并立的局面。　⑪魏耶？晋耶？：意思是说：魏晋的江山又在哪里？　⑫太奢：过于奢望，指一味地利欲熏心。　⑬好天良夜：好光景，好日子。⑭"富家儿"句："更做道"指就算是，纵使。"心似铁"：意谓有钱舍不得用，悭吝之心犹如硬铁。　⑮锦堂风月：指富贵生活。锦堂，即昼锦堂，北宋宰相韩琦在故乡安阳所建，欧阳修曾作《昼锦堂记》。　⑯白雪：形容白发。　⑰"上床"句：用上床睡觉与鞋相别的谐趣说法，表达一旦睡而不起便与人生告别的严肃寓意。明代王世贞《曲藻》因而评之曰："小语如'上床与鞋履相别'，大是名言。"　⑱鸠巢计拙：相传斑鸠性拙，不会筑巢，借鹊巢居住。比喻人不善经营生计而易安。《诗经·召南·鹊巢》有"维鹊有巢，维鸠居之"之句。　⑲葫芦提：糊涂，乃宋元俗语。　⑳一恁：一向。　㉑红尘：人间俗世。惹：招引，沾染。　㉒蛩：蟋蟀。宁贴：安适，熨帖。　㉓彻：完，了结。　㉔裴公绿野堂：唐裴度在宪宗朝为相，以讨平蔡州吴元济封晋国公。晚年不满宦官专权，便退居洛阳，筑绿野草堂，与白居易、刘禹锡等饮酒赋诗其中，见《新唐书·裴度传》。　㉕陶令白莲社：晋诗人陶渊明曾为彭泽令，后弃官归隐田园，其友慧远法师是庐山东林寺的高僧，集方外与名士多人结成白莲社，陶渊明常去做客，见无名氏《白莲社高贤传·不入社诸贤传》。　㉖带霜烹紫蟹：据《增广本草纲目》载，霜前食蟹有毒，霜后味道鲜美。　㉗煮酒烧红叶：化用白居易《送王十八归山寄题仙游寺》诗句"林间暖酒烧红叶，石上题诗扫绿苔"。　㉘浑：通"混"。　㉙顽童：指侍奉的小童。记者：犹言"记着"。　㉚北海：指东汉曾任北海（今山东益都）太守的孔融，后世称他为孔北海。见《后汉书

·孔融传》。　㉛东篱：马致远自号。

【赏析】

　　马致远的这套套曲，酣畅淋漓地表现了他鄙夷富贵、恬于隐逸的思想感情，并以不事雕琢、泼辣明快而又精警生动的语言，凸显其豪宕奔放的独具风格和艺术成就，从而受到历来文学评论家的推崇。得到"元人第一"、"万中无一"的极高评价，使之成为马致远散曲中具有代表性的杰作。

　　全套以第一支曲子〔夜行船〕总领，概括"重回首往事堪嗟"的主旨，表述人生短促、盛衰无常，与其慨叹不如醉酒的情怀，字里行间已经浮现着对人世变幻的悲慨和对现实社会的不满。由此引发以下六首，从秦、汉、魏、晋的兴亡，说到争名夺利的现实，并由争名夺利的守财奴之可鄙、可悲，说到自己的摒绝名利、隐居田园之恬适、潇洒。由古而今，由浅入深，层层勾画，对比鲜明，既揭露了昏暗、污浊的人间现实，又表现了自己不愿同流合污的高傲品格，结构严谨，意旨集中，境界高远，堪称完璧。

　　若是仔细品味全篇各曲，则又各有侧重，连贯而下。第一支总领全篇，概括主旨。第二支开始分述，由"秦宫汉阙"之兴写到"纵荒坟横断碑"之亡，盛衰对比，沧桑悲凉，王图霸业，全予否定。第三支紧接前曲，写到辅佐帝王的"豪杰"，由创建三足鼎立局面之兴以至魏、晋之亡，而今他们功业何在？无非都成了狐兔之穴。境界苍凉，感叹不尽，否定之意自在言外。第四支曲子由帝王将相进而写到"富家儿"，对秦、汉、魏、晋直至元蒙统治时代的官僚地主、富商豪门的穷奢极欲、唯利是图进行辛辣讽刺，并以鄙夷、憎恶的语气指明他们好景不长的结局。第五支由"富家儿"说到自己处世的态度，既然日月如梭，人生短暂，又何必争名夺利，愁得白头，倒不如守拙，装呆。在貌似平淡风趣的话语后面，流淌着一股难抑的愤激之情。第六支直写自己隐居的高洁心境和美好风光，先以"利名竭，是非绝。"的合璧对抒发其断绝名利，免除祸患之情，再以三句鼎足对（《中原音韵》称做"救尾对"）极写所住"竹篱茅舍"优美惬意之景，与前面所写的帝王、豪杰、富人的富贵无常不露痕迹地形成强烈的对比。最后一支，直接用对比手法写出自己和争名夺利者不同的两种生活，表现其鄙夷功名富贵、恬于诗酒自娱的豪宕胸襟，以总结全套。其中以"蚁排兵"、"蜂酿蜜"、"蝇争血"的鼎足对揭露争名夺利者的恶行丑态和残酷狰狞的面目，以"和露摘黄花，带霜烹紫蟹，煮酒烧红叶。"的鼎足对抒写自己重阳煮酒、持蟹赏菊的隐逸乐趣和自然潇洒，这一切都极尽淋漓酣畅之至。结尾三句，更进一竿，将作者真率诚朴、狂放不羁的性格和形象活画了出来，成为全篇精彩绝伦的结笔。

　　这套套数看似鼓吹消极避世、及时行乐的处世哲学，实际在旷达恬退的外衣下流荡着愤世嫉俗、郁闷难抑的激情。马致远的这套套数也最能显其豪放的风格和艺术成就。他以通俗易晓的口语、散行对仗自然交融的句式、"无一字不妥"的险韵、情景相映的手法抒写其俯仰古今的感慨，凸显其豪迈放旷的性格，表达其超然绝世的襟怀，使得历来诸多文坛名家为之倾倒。

〔正宫〕菩萨蛮

客中寄情

侯克中

镜中两鬓皤①然矣,心头一点愁而已。清瘦仗谁医?羁情只自知。

〔月照庭〕半纸功名,断送关山。云渺渺,草萋萋;小楼风,重门月,应盼人归。归心急,去路迷。

〔喜春来〕家书端可②驱邪祟,乡梦真堪疗客饥。眼前百事与心违,不投机,除赖酒支持。

〔高过金盏儿〕举金杯,倒金杯,金杯未倒心先醉。酒醒时候更凄凄。情似织,招揽下相思无尽期。告他谁?

〔牡丹春〕忽听楼头更漏催,别凤又孤栖。暂朦胧枕上重欢会。梦惊回,又是一别离。

〔醉高歌〕客窗夜永岑寂,有多少孤眠况味。欲修锦字③凭谁寄?报与些凄凉事实。

〔尾〕披衣强拈纸与笔,奈心绪烦多书万一。欲向芳卿行④诉些憔悴,笔尖头陶写⑤哀情,纸面上敷陈怨气。待写个平安字样,都是俺虚脾⑥抵塞,一封愁信息。向银台畔读不去也伤悲。蜡炬行⑦明知人情意,也垂下数行红泪⑧。

【注释】

①皤:素白颜色。 ②端可:意为真可以,与"真堪"是同样的意思。 ③锦字:用的是窦滔、苏蕙夫妻的故事。据《晋书·窦滔妻苏氏传》载,窦滔任前秦苻坚的秦州刺史时,被流放到流沙。苏氏想念丈夫,就织锦成回文璇玑图诗,托人送给窦滔。此指书信。 ④芳卿:指自己的爱妻。行:那边的意思。 ⑤陶写:意为排除忧闷。 ⑥虚脾:即脾虚,这种久病虚弱而引起的病。 ⑦蜡炬行:借用杜牧的《赠别》诗句:"蜡炬有心还惜别,替人垂泪到天明。" ⑧红泪:从《拾遗记》中的一则故事引伸出来的。相传魏文帝曹丕所爱的美人名叫薛灵芸,当她告别父母的时候,泪下沾衣。等到上路出发后,她"以玉唾壶承泪,壶则红色。…及至京师,壶中泪凝如血。"

【赏析】

这篇套数主要抒发羁旅愁情。

首曲〔菩萨蛮〕,写宦游的凄凉,这是一篇的主旨所在。第一、二句开门见山,以"两鬓皤然"和身体"清瘦"统起全篇,表现其衰老疲惫、憔悴不堪的外貌;以只有剩下愁心一点,写宦游毫无所得和精神的空虚,于是从外到内,突出了羁旅之怀的凄凉。

第二曲〔月照庭〕,从旅人和妻子两方面着笔,写欲归不得的苦闷。开头以"半纸功名"照应"羁情",点明他乡作"客"的原因,是为了追求纸上的功名。"断送关山"一句表现出了对这"半纸功名"的绝望。"云渺渺,草萋萋;小楼风,重门月,应盼人归。",几句是主人公想象妻子眼中所见之景。先是以迷茫渺远之景衬托无边的愁情,接着展现闺中思妇的居住环境,和"风"、"月"也盼人归的怀想,暗示家中思妇的思念,来反衬自己的思乡情切。最后两句又归结到征人身上,"归心急"与"应盼人归"遥相呼应,点出了欲归不得的苦闷情怀。

以上两曲总写"客中"的情形,接下来〔喜春来〕、〔高过金盏儿〕、〔牡丹春〕三曲,则具体描写"客中"思乡怀人的情景。〔喜春来〕描写乡音断绝的痛苦,先是表现"家书"、"乡梦"可以"驱邪"、"疗饥"的作用,以及对"家书"、"乡梦"的珍视,暗示书信梦绝。之后写百事不顺、百无聊赖,只能借酒消愁,于是进一步抒发了思乡之苦。〔高过金盏儿〕具体描绘借酒消愁的情景,表现了相思无尽、欲语无人的凄凉之境。〔牡丹春〕具体地描写征人他乡独宿、相思成梦、梦醒成愁的孤寂景象。梦中醒后的强烈对照,更加突出了凄凉孤苦的气氛。

以上各曲是写"客中"的愁情,最后〔醉高歌〕和〔尾〕两曲则转向写"寄情"。〔醉高歌〕开头两句抒写彻夜难眠的愁苦。"欲修"两句,则转向"锦字"、"寄情"的描写,起到了承前启后的作用。〔尾〕曲承接上曲,具体描写"寄情"。"披衣"二句,先写"强拈纸笔"却不能将一腔烦绪诉诸笔端。接着,"欲向"以下三句,用鼎足对的形式概括"寄情"的内容,用"憔悴"、"哀情"、"怨气"总括"客中"的凄凉和哀怨。接着想说"写个平安字样",也不过是虚装门面而已。曲子最后以"蜡烛"也"知人情意"而"垂下数行红泪"结束全篇,拟人化的形象描写,以物态写人情,取得了哀怨无限的效果。

曲子通篇语言本色自然,毫无矫揉造作。作者用平实的描述表现出了一腔仕途坎坷而流离他乡的悲愁,突出了悲凉的气氛。

〔黄钟〕人月圆

赵孟頫

一枝仙桂香生玉,消得唤卿卿①。缓歌金缕②,轻敲象板③,倾国倾城④。

几时不见,红裙翠袖⑤,多少闲情。想应如旧,春山淡淡⑥，秋水盈盈⑦。

【注释】

①消得唤卿卿：消得，即值得。卿卿，原为夫妻间的昵称，这里指对女子的倾慕。《世说新语·惑溺》："王安丰妇常卿安丰，安丰曰：'妇人卿婿，于礼为不敬，后勿复尔。'妇曰：'亲卿爱卿，是以卿卿；我不卿卿，谁当卿卿？'遂恒听之。"后既可用以昵称妻子，亦可用以称心爱的女子。　②金缕：指《金缕曲》。唐代歌女杜秋娘，年十五为浙西观察使李妾，常唱此曲劝酒。词曰："劝君莫惜金缕衣，劝君惜取少年时。花开堪折直须折，莫待无花空折枝。"　③象板：即象牙制成的拍板，是乐器。相传苏轼官翰林学士时，曾问幕下士："我词何如柳七？"幕下士答："柳郎中词只合十七八女郎，执红牙板，歌'杨柳岸晓风残月'。学士词须关西大汉，铜琵琶、铁绰板，唱'大江东去'。"（俞文豹《吹剑录》）"轻敲象板"就是从这儿引伸出来的。　④倾国倾城：西汉李延年妙解音律，歌曰："北方有佳人，绝世而独立。一顾倾人城，再顾倾人国。宁不知倾城与倾国，佳人难再得。"后便以"倾国倾城"指代美人。　⑤红裙翠袖：化用了辛弃疾《水龙吟》中的句子，"倩何人唤取，红巾翠袖，英雄泪？"在这里显然就是指那位歌妓。诗人们往往喜欢用艳丽的服饰指代女子，以衬托女子的美貌。　⑥春山淡淡：形容女子的眉毛弯弯如静静的春山。刘歆《西京杂记》中说："卓文君姣好，眉色如望远山。"　⑦秋水盈盈：比喻眼波清亮。

【赏析】

这首小令抒发了作者对意中人的相思之情，共分为两个层次。

第一层写作者记忆中昔日的情景，着重从美人的风度神态上落笔。"一枝仙桂香生玉"，用了双重比喻，首先以玉之莹润喻桂花的晶莹洁白，"香生玉，"表明桂花的芬芳怡人，再衬一个"仙"字，立即灵气逼人。作者以这样一枝仙桂来比喻意中人，这样美人美丽可爱的容华、超凡脱俗的气质鲜活而出。这样的女子绝对配得上作者的倾慕。"缓歌金缕，轻敲象板"描写美人唱歌时的风韵，也表明了她的歌妓身份。"缓"与"轻"表明美人的性情温和、柔顺。迷人的风姿，动人的歌声，再加上美丽的容颜，足以令人为之倾倒。作者的落脚点放在了对佳人难得的感慨上，虽然女子身为歌妓，但仍将她视为自己的心上人，足见对她的爱慕与深情。

第二层写别后的相思。"几时不见，红裙翠袖，多少闲情。"，作者与这位女子分别已久，故生出许多"闲情"，也就是相思之情。作者对女子思念不已，所以脑海中总是浮现出她娇美的容颜。"想应如旧，春山淡淡，秋水盈盈。"，是对美人容貌的回忆，以春山润泽比喻女子眉毛的秀美，以秋水澄清比喻眼波的清亮，一静一动，更显女子的姣好面容。作者独具匠心，只从眉眼着笔，因为"眉目传情"，所以才会对眉眼印象极深，同时也表现了作者对她一往情深。

这首小令，作者将他对女子的一腔思念和倾慕之情融于对美人的描绘中，从气质风韵着笔，落脚于眉目上，极为生动传神。

〔仙吕〕后庭花

赵孟頫

清溪一叶舟，芙蓉①两岸秋。采菱谁家女，歌声起②暮鸥。乱云愁，满头风雨，戴荷叶归去休③。

【注释】

①芙蓉：荷花的别名。　②起：惊起。　③休：语助词，相当于"了"、"吧"。

【赏析】

这首曲子写女子采菱的一幕场景，歌声惊鸥，风雨突来，于是头顶荷叶急急归去。曲子洋溢出一股浓郁的诗情画意与生活情趣，清新可爱，表达了作者的羡慕和向往之情。

"清溪一叶舟，芙蓉两岸秋。"清清的溪水，一叶叶的扁舟，两岸荷花亭亭玉立，描绘了一幅动人、恬美的金秋的图画。"清溪一叶舟"流露出作者逍遥自在的淡泊心情。"采菱谁家女，歌声起暮鸥。"，一群采菱的姑娘们美艳动人，使眼前的美景更添无尽的韵致。她们悠扬的歌声，惊起了暮色中已经归巢栖息的鸥鸟。

接下来，"乱云愁"笔锋陡然一转，刹那间乌云密布，带来"满头风雨"。突降骤雨，采菱女们没有带遮雨的工具，但是她们从容不迫，"戴荷叶归去休"。她们折下一片荷叶，戴在头上，荡着小舟，踏上归途。前面是风和景明，到这儿景致突然转换，整个画面由明丽转为朦胧，别有一番神韵。

作者出身宋代宗室。元朝统治者以少数民族入主中原后，迫切需要汉族文臣辅佐，作者就是在这样的情形下出任翰林学士的。他对政治斗争的残酷激烈认识极为深刻，虽然出仕元朝，但故国之思和归隐之志始终缠绕着他，片刻不得安宁。曲中的"戴荷叶归去休"，分明透露出他向往归隐生活的内心隐衷。

这幅明朗的采菱画，其中暗含着深层的寓意。面对官场的险恶和风雨莫测，曲中采菱女面对风雨处变不惊的坦荡，给予了作者一种启迪，也或许引发了他政治上的归隐之志，将金秋这样欢快的采菱场景转变成了雨中归隐图。

〔正宫〕醉太平

阿里耀卿

寒生玉壶①,香烬金炉②,晚来庭院景消疏。闲愁万缕。蝴蝶归梦迷溪路③,子规叫月啼芳树④。玉人垂泪滴珍珠⑤,似梨花暮雨⑥。

【注释】

①玉壶:即宫漏,是计时之器; ②香烬金炉:化用了李清照《醉花阴》中的词句:"薄雾浓云愁永昼,瑞脑销金兽。" ③蝴蝶归梦迷溪路:《庄子·齐物论》中说了一则庄周梦蝴蝶的故事:"昔者庄周梦为蝴蝶,栩栩然蝴蝶也。……俄然觉,则蘧蘧然周也。不知周之梦为蝴蝶与,蝴蝶之梦为周与?" ④子规叫月啼芳树:李白《蜀道难》曰:"但闻悲鸟号古木,雄飞雌从绕林间。又闻子规啼夜月,愁空山。"子规即杜鹃鸟。 ⑤玉人:即美女,比喻其貌美如玉。元稹《莺莺传》:"待月西厢下,迎风户半开,拂墙花影动,疑是玉人来。""玉人"原指张生,此则喻女子。滴珍珠:比喻玉人的眼泪像珍珠那样晶莹。 ⑥似梨花暮雨:比喻女子流泪犹如一枝暮色朦胧中带着雨珠的梨花。化用白居易《长恨歌》描写杨贵妃落泪的诗句:"玉容寂寞泪栏干,梨花一枝春带雨。"

【赏析】

这首曲子描写闺中女子寂寞孤苦的伤春情怀。

开头三句"寒生玉壶,香烬金炉,晚来庭院景消疏。",以"玉壶"生寒和"金炉"香烬两组意象,渲染傍晚时候"庭院景消疏"的氛围。两句对偶,"玉壶"与"金炉"相对,说明主人公是一位安享富贵的女子。然而,作者表达十分含蓄,没有直接写女子的情态,而是通过写感觉"寒生"与视觉"香烬",让人体会到时间的流逝,从而说明主人公枯坐已久。从目之所见,到心之所感,都呈现出凄凉的境况,由此暗示主人公内心的空虚无聊。

有了以上的渲染和铺垫,接着用"闲愁万缕"一句,直接道出愁情,颇具分量。那么,女子愁的究竟是什么呢?"蝴蝶归梦迷溪路,子规叫月啼芳树。",用典故道出隐衷。原来女子在思念着远方的丈夫,她设想丈夫在梦中化为蝴蝶,飞回来与她相会,可是却迷失山林溪水之中,而她更是通宵难寐,耳边萦绕着杜鹃鸟"不如归去"的鸣啼,更加愁苦。丈夫归梦难成,于是景物也蒙上了凄冷的色彩,进一步衬托了女子的愁情。

最后两句描摹女主人公的情态和愁情。"玉人垂泪"形象地描写出女子潸然泪下的感伤,"滴珍珠,似梨花暮雨",以"珍珠"和"梨花",更衬托出女子的哀艳动人,惹人心碎。

这首曲子以景融情,语言典雅清丽,鼎足对的运用和末尾的收挽相结合,在流利中显出一种顿挫突兀的独特风致,颇具韵味。

〔正宫〕端正好

美 妓

吴昌龄

　　墨点柳眉新①，酒晕桃腮嫩②。破春娇半颗朱唇③，海棠颜色红霞韵④。宫额芙蓉印⑤。

　　〔滚绣球〕藕丝裳翡翠裙⑥，芭蕉扇竹叶榈⑦。衬缃裙玉钩三寸⑧，露春葱十指如银⑨。秋波两点真，春山八字分⑩。颤巍巍雾鬟云鬓⑪，胭脂颈玉软香温⑫。轻拈翠靥花生晕⑬，斜插犀梳月破云⑭。误落风尘。

　　〔倘秀才〕莫不是丽春园苏卿⑮的后身，多应是西厢下莺莺⑯的影神。便是丹青⑰画不真。妆梳诸样巧，笑语暗生春。他有那千般儿可人⑱。

　　〔脱布衫〕常记的五言诗暗寄回文⑲，千金⑳夜占断青春。厮陪奉娇香腻粉㉑，喜相逢柳营花阵㉒。

　　〔醉太平〕这些时春寒绣裀㉓，月暗重门，梨花暮雨近黄昏㉔。把香衾自温，金杯不洗心头闷。青鸾㉕不寄云边信，玉容㉖不见意中人。空教人害损㉗。

　　〔随煞〕想当日一宵欢会成秦晋㉘，翻做了千里关山劳梦魂。漏永更长烛影昏，柳暗花遮曙色分。酒酽㉙花浓锦帐新，倚玉偎红㉚翠被温。有一日重会菱花镜㉛里人，将我这受过凄凉正了本㉜。

【注释】

①墨点柳眉新：形容女子新描好的眉毛很美，黑黑的，形如柳叶。　②酒晕桃腮嫩：形容女子的腮如醉酒后现出红晕，美如桃花。　③破春娇半颗朱唇：形容美女涂了口红的嘴唇鲜红欲滴，犹如春天里一颗熟透了的樱桃。"半颗"是说她娇滴滴地微启朱唇。　④海棠颜色红霞韵：形容她的面颊象一朵海棠花那样鲜艳，宛如一片红霞。　⑤宫额芙蓉印：形容额饰之美。宫额，六朝时宫中流行的一种额饰，将黄色涂饰于额，以后民间妇女起而仿效，相沿至唐，亦称"额黄"。　⑥藕丝裳翡翠裙：藕丝，彩色名，李贺《天上谣》："粉霞红绶藕丝裙。"古代称上衣为"衣"，下衣为"裳"，"裳"即裙。翡翠裙，就

是装缀翡翠的裙子。 ⑦芭蕉扇竹叶梢：美人手擎竹枝做柄的芭蕉扇。梢，同梢，即枝，这里指竹枝。 ⑧衬缃裙玉钩三寸：缃，浅黄色，浅黄色的裙子衬着三寸金莲。玉钩，原指弯月，李贺《七夕》诗："天上分金镜，人间望玉钩。"这里则形容美人的一双小脚美如一钩弯月。 ⑨露春葱十指如银：春葱，比喻女子纤细的手指，素手纤纤光泽如银。 ⑩"秋波"两句：写她的眉目之传情，眼睛明澈如秋波，八字形的眉毛如春山。春山，指眉毛。八字，古代妇女将眉毛画成八字形，以为美容。 ⑪颤巍巍雾鬓云鬟："雾鬓云鬟"即指女子的鬓发和环形发髻蓬松如云，所以显得"颤巍巍"的。 ⑫胭脂颈玉软香温：美人的脖颈呈胭脂般的红色，又像玉那样光滑柔软，暖香四溢。 ⑬轻拈翠靥花生晕：靥，原指酒涡，此谓女子面部的饰物。翠靥，是指绿色的饰物。女子轻轻地拈着绿色的饰物贴在面部，红扑扑的面颊映衬着翠绿的饰物，益发显得神采奕奕。花生晕，仿佛鲜花开放似的红晕。 ⑭斜插犀梳月破云：犀梳，犀牛角做的梳子，这女子头上斜插着的一把犀梳，宛如新月从云层中探出脸来。 ⑮苏：即苏小卿，见于南宋罗烨《醉翁谈录》。她本是知县的女儿，与县吏双渐相爱，后小卿父母双亡，双渐又正在外苦读求功名，小卿因而流落扬州为娼。 ⑯莺莺：王实甫《西厢记》中的女主人公，作者说曲中的女子是"莺莺的影神"，这是用莺莺的美貌来旁衬妓女之美。 ⑰丹青：泛指绘画用的颜色，后指绘画艺术。 ⑱可人：原指使人满意的人，这里指美人优美温柔，令人怜爱。 ⑲回文：指窦滔妻苏氏织锦为《回文璇玑图》诗以赠其夫的事，这里指美妓暗地里寄诗给作者，以表示倾慕之意。 ⑳千金夜占断青春：化用苏轼"春宵一刻值千金"的句意。 ㉑厮陪奉娇香腻粉："厮"意为相，"娇香腻粉"指女子散发着芳香的柔嫩的肌肤。作者得到这位如花似玉的美妓相陪伴，欣喜万分，庆幸自己在烟花巷里遇到了知己。 ㉒喜相逢柳营花阵：古代狎妓为眠花宿柳，妓院聚集地为柳巷花街，故以"柳营花阵"喻指妓院。 ㉓裯：夹衣。 ㉔梨花暮雨近黄昏：化用宋·李重元《忆王孙·春词》的句意："欲黄昏，雨打梨花深闭门。" ㉕青鸾：即青鸟，代指使者。也许是行人离得过于遥远，连青鸟都拒绝替行人传递消息。 ㉖玉容：意为美好的容貌，即美人，美人既得不到心上人的来信，又无法再见到他，怎能不焦虑伤心？ ㉗空教人损害：意思是她白白地日渐憔悴了 ㉘秦晋：春秋时，秦晋两国世代为婚，后来就称两姓联姻为"结秦晋之好"，这里则指作者与妓女两相爱慕，两情相好。 ㉙酝：原为浓汁，这里指浓酒，曹唐《小游仙诗》："酒酝春浓琼草齐。" ㉚倚玉偎红："玉"和"红"皆指美妓。 ㉛菱花镜：古铜镜中，六角形的或镜背刻有菱花的叫做菱花镜。"菱花镜里人"与"受过凄凉"皆指美妓。 ㉜正了本：即还她本来的面目，也就是从良。本，指本来的面目。

【赏析】

这篇散套的主要内容是怀念所爱的妓女。全套分为两大部分，前四支曲子，写回忆中妓女的美貌和才情；第二部分即最后两曲，对美妓的怀念。

首曲〔端正好〕着重写美妓的面部容貌，从眉、腮、齿、唇、面颊和前额，一一着墨，以绿柳、红桃、海棠、芙蓉等刻画女子的艳丽，以"红梅"比喻风韵的气质，展现了一个有着沉鱼落雁之美和高雅脱俗之风韵的绝世女子。〔滚绣球〕一曲，写全身之美，主要从衣饰打扮和外形方面来描写。作者从"翡翠裙"、芭蕉扇等服饰，写到三寸金莲、纤纤玉指、明眸秀眉、云鬟玉颈的体态，再到翠靥犀梳等装饰，与首曲相呼应，工笔细描出一幅超逸的佳丽图。最后一句"误落风尘"，点明了女子的身份和不幸的遭遇，包含了作者对她的无限同情和惋惜。〔倘秀才〕一曲，以苏小卿和崔莺莺作比，旁衬妓女之美。以"丹青"难绘这"可人"的千万分之一，赞叹了女子之美。此曲用潇洒的写意笔法，力现女子的风采和神韵。

前三曲都是描绘其容貌，〔脱布衫〕一曲则转写其才情和二位相交的情景。"常记得五言诗暗寄回文"，展现出女子才情之富庶，"常记"二字表明以上都是回忆中的内容，同时又暗示了印象之深，难以忘怀，为最后两句写相思情深做好铺垫。最后几句描述了两人相会的情景，表达了作者的欢欣与喜悦。

最后两曲，作者笔锋一转，描述分别后的凄凉和对美妓的怀念。〔醉太平〕一曲，首先从女方的角度，描述她的相思。前三句以"春寒"、"月暗"、"暮雨"、"黄昏"等凄清失望景色，反衬出女子相思的忧伤情怀。然后"金杯"三句，用鼎足对，描写音信阻断、情人难会的苦闷情怀，相思深情，溢于言表。结尾"空教人损害"一句，总挽整体悲情，暗示相思的徒劳无益。最后〔随煞〕一曲，抒发作者的感慨。首先用对偶的句式，将"一宵欢会"和"千里关山"对举，接上"漏永"四句，形象地展示了相思成疾的情景，相思之苦得到了充分体现，由此逼出最后"重会"和"正本"的深切期盼。作者不仅期待着有一天能重新与她相会，而且还希望能替她赎身，这表明作者对她的感情极为深厚真挚，最后作者的心愿将整篇散套的境界提高了一步。

这篇散套采用了赋的手法，竭力铺陈，写美妓形象，极尽妍态，恣意挥洒；写相思情深，亦景亦情，情景交融。通篇用语，华丽自然，为作品点染上一层绚烂的色彩，烘托出美妓的鲜明形象，取得了强烈的艺术效果。

〔中吕〕十二月过尧民歌

别　情

王实甫

自别后遥山隐隐①，更那堪远水粼粼②。见杨柳飞绵③滚滚，对桃花醉脸醺醺。透内阁④香风阵阵，掩重门⑤暮雨纷纷。

怕黄昏忽地又黄昏，不销魂怎地不销魂⑥。新啼痕压旧啼痕⑦，断肠人忆断肠人⑧。今春，香肌瘦几分，裙带⑨宽三寸。

【注释】

①隐隐：隐隐约约，模糊不清。　②粼粼：波光闪动的样子。　③飞绵：飞絮。　④内阁：内室，深闺。　⑤重门：一层一层的门，此重门当指院门与闺门。　⑥销魂：即消魂，失魂落魄的心情和神态。　⑦啼痕：泪痕。　⑧断肠人：伤心至极的人。前面一个

"断肠人"为思妇自指,后一个"断肠人"指被思念者。 ⑨裙带:束腰带。

【赏析】

这是一首"带过曲",由同属于〔中吕〕的〔十二月〕与〔尧民歌〕两支曲子组成,描写闺中思妇怀人。

全篇按写法可划为两层。前六句为前一层,写了女主人公面对春景睹物思人的心绪。句法对仗工整,每句后两字叠用、以衬托情思之缠绵。远山近水,杨柳桃花,香风暮雨无一不勾起女子的思念。视角由远及近,由外及里的转移,实质上是对每日思念的描述,而主人公那寂寞的心情不言而喻。第二层直接描摹女子的相思情态。前四句在写法上是每句重复两三字,有一唱三叹之妙,说明主人公柔肠寸断的相思之意。而这种日复一日折磨的结果就是玉肌消减、衣带渐宽。末尾摹拟一个局外人的口吻询问,更突出了主人公的纯情坚贞。全曲大量运用叠字、叠词,含情脉脉、如泣如诉,情致哀婉动人,是一首不可多得的佳作。

起句中的"自别后"可以说是点明了曲的内容——离别相思之情,为下文定下感情基调。接着作者运用了对仗的手法,展现出一幅凄清零落的景色。山是遥山,水是远水,由远及近,写了杨柳、桃花、内阁、重门。其对仗句中用了"隐隐、粼粼、滚滚、醺醺、阵阵、纷纷"这些叠音词来修饰"遥山、远水、杨柳、飞棉、醉脸、香风、暮雨"起了两方面的作用。一是"隐"和"粼","滚"和"醺","阵"和"纷"押韵,使作品音响联结而成和谐的整体增加了作品的音韵之美,读起来朗朗上口;二是加强了寥廓冷落的感觉,加倍地渲染了使人发愁的景色,间接抒发了闺中女子对心上人的思念之情,表达了一种渺茫的希望,可谓情景交融。

〔双调〕寿阳曲

切鲙①

李寿卿

金刀②利,锦鲤③肥,更那堪玉葱④纤细!添得醋来风韵⑤美,试尝道甚生⑥滋味。

【注释】

①鲙:切得很细的鱼肉。 ②金刀:名贵之刀。 ③锦鲤:指一种色彩很华美的鲤鱼。 ④玉葱:白嫩的葱,也常比喻女子的手。 ⑤风韵:指风度,韵致。 ⑥生:指未成熟未经锻炼。

【赏析】

这首小令，《中原音韵》题作《切鲙》，引此曲不注撰人。《录鬼簿续编》"兰楚芳"条谓此曲系兰楚芳与名姬刘婆惜两人唱合而成。《元曲纪事》云："据《阳春白雪》前集卷三，此曲本李寿卿作"，而今人隋树森也认为兰楚芳时代较晚，《续编》所说未可信。这首曲子表面上写"切鲙"，但实际上描写男女之间的爱慕之情。

开头三句"金刀利，锦鲤肥，更那堪玉葱纤细！"，是说切鱼的名贵又十分锋利，鲤鱼很肥，宰好后熟调，加上纤嫩的葱，味道鲜美无比。这三句是作者随口而歌的，既写"切"鱼，又含对切女子的调笑，语带双关。"玉葱纤细"既指葱，又指人；"风韵美"，既指鱼味，又形容女子。

后面两句，"添得醋来风韵美，试尝道甚生滋味。"，是女子随口应和的，说在烹调鲤鱼时，再加上一些香醋，那味道就更鲜美，请您试着尝尝，那是什么样的滋味！"甚生滋味"既指这样鲜美的鲤鱼以前从未尝过，又指两人的关系是初见，不熟悉。作者在宴席上第一次见到这位美丽的女子，被女子的美貌所吸引，即兴口唱"更那堪玉葱纤细"，表示了爱慕之情；而那位美貌的女子，也报以友善的态度，说尽管是初见，有陌生之感，就让我们尝试着成为朋友吧！

这首曲子前三句语言典雅华丽，后两句极近口语，使曲子活泼生动，明快自然，一改前三句的格调，凸显了情韵。

〔中吕〕 普天乐

滕 斌

柳丝柔，莎茵细①，数枝红杏，闹出墙围。院宇深，秋千系，好雨初晴东郊媚。看儿孙月下扶犁，黄尘意外②，青山眼里。归去来兮③！

【注释】

①莎茵细：细嫩的草地。莎，俗称香附子，多年生草本植物。茵，垫子。 ②黄尘意外：尘俗中的名利之事置之度外。黄尘，指求取功名的路上车水马龙，尘土飞扬，又泛指使人蒙受世俗困扰的污浊。 ③归去来兮：套用陶渊明的《归去来兮辞》的题意。

【赏析】

这首小令，作者通过对自然风光的描绘或对官场名缰利锁的批判，表现了对隐逸生活的倾慕。

从描写春景入手，从细腻的工笔，用柳丝、莎茵等诸般富有特征性的景物，描摹春天景象。秀淡，明丽，远近交映，动静相宜，而生机、情趣，暗寓其中。柳丝如线，莎草成茵,正是春回大地的景象,"柔"与"细"正是春光尚浅的写照。"红杏"两句,是满园春色的又一景。(叶绍翁《游园不值》:"春色满园关不住,一枝红杏出墙来。")句中改"一枝"为"数枝",既免去了孤标独傲,又与"闹出墙围"意境相应。这两句,气氛热烈,是这首小令中唯一的热闹景。着此一景,遂使全曲秀淡之中见绚丽,沉静之中见热烈,增加了色调层次美。以上皆自然之景。

"院宇"以下诸句,虽仍在写景,但笔触已渐渐转写人事,作者的主观抒情成分也逐笔加重。"院宇"两句,写作者理想的居住环境,静谧,安逸。"好雨"两句,再出一层,写作者设想在"好雨初晴"的明媚春光之中,在"东郊"闲看儿孙们月下扶犁春耕。作者写"月下扶犁",主旨不一定在于表现春耕之忙,而是要为全曲增加一层静美。"看"字中蕴含着恬淡、闲适和作者的无限喜悦,这是作者追求的理想境界。"黄尘"三句中"青山"一词是隐者归去之地的代言词,正是这种"青山"对作者有着巨大的吸引力,李卫公在《登崖州城作》中言"青山似欲留人住",使作者自然而然地逗出了"归去来兮"的结句,这就把作者的退隐思想表现的袒露无遗。

这首小令仅仅四十六字,却能以轻浅之笔,秀洁之语,多层次多角度地写景,罗织画面,佳景叠现,如真如幻,而景物之中,皆渗透着作者的主观感情,随景赋情,景愈美而情愈深,目击心萦,无不撩起浩然归志,终于水到渠成,逗出了"黄尘意外,青山眼里。归去来兮!"的结句。可见作者的写景,全是为了抒情写志,这是一种以景见志的极好笔法。

〔中吕〕普天乐

滕 斌

仗权豪,施威势,倚强压弱,乱作胡为。我劝你,休窒①闭。此等痴愚儿曹②辈,利名场多少便宜?寻饥得饥,凭实得实。归去来兮③!

【注释】

①窒:阻塞、不通的意思。 ②儿曹:儿女们,指晚辈的青年。 ③归去来兮:东晋诗人陶渊明讨厌污浊的官场生活和腐朽的士族制度,他退隐归田以示反抗。写下了《归去来兮辞》以明其志。

【赏析】

这首小令是滕斌写归隐之情〔普天乐〕重头小令十一首中的第十首,主要讽刺官场中胡作非为的政客,表达了对官场争名逐利的厌弃,表明了归隐的决心。

前四句"仗权豪,施威势,倚强压弱,乱作胡为。",先写争名逐利之徒仪仗主子的权势,耀武扬威,恃强凌弱,胡作非为。句式质朴工整,在客观的描写中表现出咄咄逼人的语势，寄予了强烈的厌恶和愤慨之情。"我劝你"以下四句，直截了当地表明了对争名逐利之徒"痴愚儿曹"的无情奚落。作者几乎用当面交谈的语气，语重心长地劝谏晚辈们弃邪归真，不要再执迷不悟，到时候得不偿失。"寻饥得饥，凭实得实。"两句，前一句是针对势利小人，是说即使其机关算尽，最终也免不了饥寒的祸患；后一句针对退隐山林、躬耕陇亩的隐士，说其脚踏实地、实实在在，最后可以暖衣饱食，这两句话含有恶有恶报、善有善报的意思。这样就自然引出了结尾句："归去来兮"，借用陶渊明的诗意，一语双关，表明了最终厌弃官场而羡慕田园的隐逸思想。

这首曲子的语言本色当行，极其通俗，并且风格冷峻，从容不迫，构思缜密，达到了水到渠成的效果，表现了一种历经世事而彻悟人生的静穆心态。

〔正宫〕叨叨令

道　情

邓玉宾

天堂地狱由人造，古人不肯分明道。到头来善恶终须报，只争个早到和迟到。您省的也么哥，您省的也么哥？休向轮回①路上随他闹。

【注释】

①轮回：佛教名词，原意为流转，认为众生各依作善恶业因，一直在所谓六道（天、人、阿修罗、地狱、饿鬼、畜生）中生死相续，变化不定，就象车轮旋转不停，故称轮回，也叫六道轮回。

【赏析】

这首曲子强调个人行事修身的后果，用因果轮回的观点，说明生死相续，祸福不定，善恶必报，劝人行善去恶。

曲中所强调的因缘果报、轮回观念的侧重点不是宗教教义与迷信观念，而是突出个人的行事与修身。开头两句"天堂地狱由人造，古人不肯分明道。"，就是说明"天堂地狱"是人造的，祸福也是每个人自己造成的，这样不但突出了人的力量，而且淡化了宗教迷信色彩，所讲的道理就具有了普遍意义。但是古人就是不肯将这一道理说清楚。这是为什么呢？其实，人生中许多的哲理和经验，不依托宗教鬼神，会更加令人感到亲切真实，但是"古人不肯分明道"，恐怕暗含着言多必失的无限苦衷，在一个没有言论自由的社会，最睿智的做法就是明哲保身。这一句寓意深刻，引发读者无限遐思。

紧接着，"到头来善恶终须报，只争个早到和迟到。"阐明作者的观点："多行不义必自毙"，"善恶到头终有报"。生活是复杂的，情况并不那么简单。善不一定有善报，做恶的，也不一定会有恶报。"善有善报，恶有恶报"不过是人们普通的美好愿望，虽然其中也有一定的人生规律在。在元人的压迫统治下，人民敢怒而不敢言。

"您省的也么哥，您省的也么哥？"，为〔叨叨令〕定格，运用了反复和反诘的修辞方式，强调"到头来善恶终须报，只争个早到和迟到。"的观点，引人注意，发人深省。这是向残酷的元人统治者发出一而再再而三的警告。最后一句，"休向轮回路上随他闹"，终结全曲，点明主题。"轮回"一词并非在鼓吹宗教教义，而是通过宗教词语阐明人生道理，警醒世人，不要在善与恶、正与邪、是与非之间无所抉择，任意胡为。

此曲质朴亲切，语言通俗，警世劝善，有很强的感染力。

〔中吕〕粉蝶儿

邓玉宾

丫髻环绦，急流中弃官修道。鹿皮囊草履麻袍。翠岩前，青松下，把个茅庵儿围抱。除了猿鹤，等闲间世无人到。

〔醉春风〕直睡到日斋高，白云无意扫。一盂白粥半瓢虀①，饱，饱，饱。检个仙方，弄般仙草，试些丹灶。

〔迎仙客〕看时节寻道友，伴渔樵。从这尧舜禹汤周灭了，汉三分，晋六朝，五代相交，都则是一话间闲谈笑。

〔石榴花〕想这荔枝金带紫罗袍，刑法用萧曹。鼎镬斧斩身刀，轻轻地犯着，便是天条。金珠宝贝休挨靠，天符帝敕难逃。顶门上飞下个雷霆炮②，不似恁那初及第时节绣球儿抛③。

〔斗鹌鹑〕往常怕树叶儿遮着，到如今和根儿背倒。钟鼎山林④，那一个较好？命不快除是他砍柴的扰。索甚计较？只消得半碗虀汤，那厮早欢喜将去了。

〔红绣鞋〕比着他有使命向门前呼召，唬的早吃丕丕的胆颤心摇。则道是快上马容不得他半分毫。陪着笑频哀告，镇着色下风雹⑤。比这砍柴的形势恶。

〔普天乐〕若是更损贤良，欺忠孝。羊羹虽美，众口难调，只争个迟共早，终须报。正直无私依公道，任天公⑥较与不较。纷纷扰扰⑦，惺惺了了⑧，天理昭昭⑨。

〔上小楼〕寝食处珠围翠绕⑩，行踏处白牙高纛⑪。荫子封妻，五花官诰。若一朝，犯制条⑫，凶星来照，一霎儿⑬早不知消耗⑭。

〔么〕俺只会春来种草，秋间跑药。挽下藤花，班下竹笋，采下茶苗，化下道粮，攒下菜蔬，蒲团闲靠，则待倚南窗和世人相傲。

〔满庭芳〕三闾枉了⑮，众人都醉倒。你也铺啜些醺糟，朝中待独自要个醒醒号。怎当他众口嗷嗷，一个阳台上襄王睡着⑯，一个巫山下宋玉神交⑰。休道你向渔夫行告，遮莫⑱论天写来，谁肯问《离骚》？

〔六么序〕不如俺闲乐，陶陶。木碗椰瓢，乞化村醪，醉得来前合后倒。又带糟随下随高，都是教酒葫芦相与酬酢⑲。归来醉也藜杖⑳挑，过清风皓月溪桥。柴门掩上无锁钥，自颠狂自歌自笑，天地如我这草团标㉑。

〔快活三〕一个韩昌黎贬在水潮㉒，一个苏东坡置在白鹤㉓，一个柳宗元万里窜三苗㉔，一个张九龄行西岳㉕。

〔鲍老儿〕芙蓉国㉖里琼姬伴着子高，他稳跨着青鸾到。月明吹笙对碧桃，煞强如西日长安道。您待凌烟阁上㉗，麒麟画里，有甚功劳？春风锦江，秋云洞天，倒大逍遥。

〔么〕拣择下药苗，玄霜玉杵㉘和露捣。虎龙自交㉙，金乌玉兔依卦爻㉚。婴儿弱，姹女娇，亲怀抱。自调和不数朝，早睹他那玄珠形兆㉛。这的是出世间实功效。

〔后庭花〕闲吟啸嫌喧闹，曾不挂许由㉜瓢。存机要闲玄妙，调二气走三焦㉝。天星曜，地海潮，人山岳，对银蟾彻绛霄。则这的便是玄关一窍，了性命的修真道。

〔随煞尾声〕十五六岁有甚奇，百二十年不是老。则着这铅鼎㉞长温三花灶，七颠八倒，向这玉箫声里醉蟠桃㉟。

【注释】

①齑：碎菜汤。 ②飞下了雷霆炮：比喻的用法，指遇到飞来横祸，那时就不像刚做官时那么高兴了。 ③及第：科举考中。绣球儿抛：指抛绣球乐曲，它是宋代的一种乐舞，在喜庆时玩乐。此指被权豪家女择为佳婿。 ④钟鼎：做官，享受封禄。山林：指隐居山林，过清贫的生活。 ⑤下风雹：是比喻的说法，说明官吏满脸怒色。 ⑥天公：指朝廷。 ⑦纷纷扰扰：纷乱的样子。 ⑧惺惺了了：机智明白。 ⑨昭昭：显明。 ⑩珠围翠绕：象征着官邸的华贵，妻妾成群。 ⑪白牙高纛：指官衙门前高高飘扬的白色牙旗。 ⑫条制：法令。 ⑬一霎儿：形容时间的短和迅速。 ⑭消耗：消息、音信，此处暗指被虐杀。 ⑮三闾枉了：指楚国的三闾大夫屈原，心怀君国，自以为众人皆醉，唯我独醒，虽遭怀王贬黜，仍然心系怀王，行吟泽畔，向渔父诉说心曲，但最后在极度苦闷下只能投汨罗江而死。 ⑯一个阳台上襄王睡着：意思是说襄王不理朝政，与神女欢会。"阳台"典出《文选》宋玉《高唐赋·序》。 ⑰一个巫山下宋玉神交：意思是说宋玉对

襄王言从计随，与世沉浮。神交，梦魂相交会，形容思慕之切，完全一样。意思说宋玉与屈原不同，他对楚王不尽忠竭谏，讨得楚王的宠爱。　⑱遮莫：尽管。　⑲酬酢：主客互敬酒，所以把应酬交际称"酬酢"。　⑳藜杖：藜茎做的手杖。　㉑草团标：亦作草团瓢，圆形的茅屋。意谓把天地之大只看作自己所住的茅屋那么大。　㉒一个韩昌黎贬在水潮：韩愈被贬潮阳，作《左迁至蓝关，示侄孙湘》："一封朝奏九重天，久贬潮阳路八千。"　㉓一个苏东坡置在白鹤：苏轼一生遭过多次贬谪，先贬黄州，后又贬惠州等边远地区。白鹤，指黄州。　㉔一个柳宗元万里窜三苗：柳宗元因参加王叔文为首的政治革新运动，被贬为永州司马，后改为柳州（今广西）刺史。三苗，古族名，其地在今河南南部至湖南洞庭、江西鄱阳一带。此处指永州。　㉕一个张九龄行西岳：张九龄常评论朝政得失，开元二十四年被李林甫所谮，罢相，受贬谪，作《感遇诗》十二首，感事抒怀。㉖芙蓉国：指神仙境界，子高、琼姬是宋代人神恋爱故事中男女主人公。　㉗"凌烟阁"与"麒麟阁"，都是帝王图画功臣、表彰他们功绩的地方。　㉘玄霜：传说中的仙药。玉杵：指裴航为云英捣药用的玉杵。化用马致远〔南吕·四块玉〕《兰桥驿》"玉杵闲，玄霜尽"句。　㉙自交：指雌雄同体的生物，同一个体上的雌雄交配，此处指配制丹药。　㉚金乌：古代神话说太阳中有三足龟，因此金乌代太阳。玉兔：相传月亮中有玉兔在桂树下捣药，此指月亮。卦爻：易经中象征自然现象和人事变化的基本符号。　㉛玄珠：道家以喻大道。兆：预兆、征候、迹象。　㉜许由：相传尧帝要把君位让给他，他逃至箕山下农耕而食。尧又请他做九州长官，他就到颍水边洗耳，表示不愿听。　㉝二气：指阴气和阳气。三焦：指以胸膈部、上腹部及脐腹部的脏器组织分为上焦、中焦、下焦。　㉞铅鼎：锅。　㉟蟠桃：神话中的仙桃。

【赏析】

这篇套数由十六支曲子组成，主要描写官场的险恶和归隐的闲适。

〔粉蝶儿〕和〔醉春风〕、〔迎仙客〕为套曲的第一部分，先写"弃官修道"的闲散心态。"急流中弃官修道"一句，直接道出了追求归隐闲适的原因是为了逃避官场中争名夺利的险恶。作者通过展示"丫髻环条"，草鞋、麻袍、鹿皮袋的展示，"翠岩前"、"青松下"、"茅庵儿"等环境的衬托，以及"弄般仙草，试些丹灶"、"寻道友，伴渔樵"等生活的描绘，鲜活地刻画出"修道"生活的逍遥放诞。

从〔石榴花〕到〔鲍老儿〕，一共十支曲子，为全套的第二部分，承接首曲"急流中弃官修道"一句，将宦海风波的险恶与归隐林泉的闲适进行对比，从而否定前者、肯定后者。〔石榴花〕，写官吏触犯刑律时的惨况。首先写穿身金带紫服的达官贵人一不小心触犯刑律，然后将厄运比作"飞下了雷霆炮"，并与"初及第时绣球儿抛"的得意洋洋进行对比，从而揭露了朝政斗争的险恶。〔斗鹌鹑〕，写隐居山林，进行"钟鼎"、"山林"的对比，提供了事实依据。曲中用了两个设问句，"那一个较好"，两者比较的结果是不言而喻的。〔红绣鞋〕与上曲相对比，说明朝廷下令时，百官胆颤心惊或是笑脸哀求的狼狈。〔普天乐〕一曲，写做了坏事必有天理报应，是对贪官酷吏的警告。〔上小楼〕与前面〔红绣鞋〕内容大致相同，写官场荣达败落无常。中间插入〔幺〕，与上曲相对比，说明弃官修道生活的自在、平静、高雅，与官场的险恶、浑浊、混乱形成强烈鲜明的对比。〔满庭芳〕笔锋一转，写屈原忠君被逸的事迹，借古讽今，感叹朝政的混乱。之后又插入〔六幺序〕一曲，写作者"弃官修道"后的欢乐生活，与上曲又成对比，表现弃官修道生活的无忧无虑,怡然自得。〔快活三〕,写韩愈、苏轼、柳宗元、张九龄等人因揭露时弊,遭到贬斥,与自己弃官修道,无忧无虑形成鲜明的对比。在以上内容的基础上,〔鲍老儿〕一曲,将出世与入世作了总的比较,并以"煞如强"三个字,表明比较的结果,感染力强。

〔鲍老儿〕以下三曲为全套的第三部分,写作者修仙练道愉悦生活。〔么〕写炼丹修道的生活,认为自己采取的道路是有意义和价值的。要彻底超尘出世,忘我修炼,才能顿悟真道。〔后庭花〕一曲写作者精心修炼的过程和奥秘,肯定弃官修道的正确。〔随煞尾声〕一曲以怡然自得的口气结尾,抒发"弃官修道"的愉悦心情。第三部分内容与第一部分相照应,主旨相似,只是描写的角度不同。第一部分主要着笔于情态和环境描写,第三部分主要着笔于更精深的玄言妙道的哲理感悟,两部分相互映衬,并与第二部分对宦海风波的描写形成对照,集中表现了作者"弃官修道"的归隐生活和怡然自得的闲适心情。

这篇套数,纯用口语,形象又夸张,竭力描写了仕途的危险、社会的黑暗、统治者的凶暴,并且描写出"弃官修道"后的轻松自在、闲适自得的生活,对现实进行了有力的揭露,看似信手拈来,洋洋洒洒,酣畅淋漓。

〔中吕〕粉蝶儿

怨 别

王廷秀

银烛①高烧,画楼中月儿才照,绣帘前花影轻摇②。翠屏闲,鸳衾剩③,梦魂初觉。觉来时香汗初消,更那堪绣帏中冷落。

〔醉春风〕珠帘上玉玎④玲,金炉中香缥缈,彩云声断紫鸾箫。那其间恼,恼,万种凄凉,几番愁闷,一齐都到。

〔普天乐〕露浥的海棠肥,霜压的梧桐落,金风⑤渐渐,玉露消消。云中白雁飞,砌畔寒蛩叫,夜静离人添寂寥。越教人意穰心劳,眼横秋水,云埋楚岫,浪起蓝桥⑥。

〔十二月〕夜沉沉明河皎皎,昏惨惨暮景消消。低矮矮帏屏静悄,冷清清良夜迢迢。闷恹恹把情人去了,急煎煎心痒难挠。

〔尧民歌〕呀,愁的是雨声儿渐零零落落滴滴点点碧碧卜卜洒芭蕉,则见那梧叶儿滴溜溜飘悠悠荡荡纷纷扬扬下溪桥,见一个宿鸟儿忐楞楞腾出出律律忽忽闪闪串过花梢。不觉的泪珠儿浸淋淋渌渌扑扑簌簌湿鲛绡。今宵，今宵睡不着，辗转伤怀抱。

〔耍孩儿〕银烛淡淡光先照，瘦影孤灯对着。教人怎不自量度。急煎煎业眼难交，虚飘飘魂迷了枕上蝴蝶梦⑦，笑吟吟喜喜欢欢鸾凤交。相思病难医疗。云收雨歇，魄散魂消。

〔尾声〕怕的是玎铁马敲，病恹恹精神即渐消。从来好事多颠倒，好着我短叹长吁到不的晓。

【注释】

①银烛：闪着白光之烛，唐杜牧《秋夕》"银烛秋光冷画屏"，也是言银烛之冷，白色自然是冷色调。 ②绣帘前花影轻摇：花影摇说明花在动，花摇一是由于风吹，一是由于人行。元王实甫《西厢记》就有"隔墙花影动，疑是玉人来"的诗句。 ③鸳衾剩：绣有双鸳鸯的被子本来是象征情人永远厮守在一起的，而现在鸳鸯双在人不在了 ④玎：形容珠帘上玉环的响声。 ⑤金风：即西风。 ⑥蓝桥：传说其地有仙窟，即唐裴航遇仙女云英处，这里喻他方女子。 ⑦蝴蝶梦：这里运用了"庄子梦蝶"的典故。庄子曾梦见蝴蝶，醒来后发感慨说不知是他在梦中化成了蝴蝶，还是蝴蝶在梦中化成了他。这里极言女子的梦颠来倒去，连梦也做不安稳。

【赏析】

这篇套数由〔粉蝶儿〕、〔醉春风〕、〔普天乐〕、〔十二月〕、〔尧民歌〕、〔耍孩儿〕、〔尾声〕七支曲子组成，有声有色地描绘了思妇在秋夜的离情别绪，作者融情于景，创造了一种凄幽冷艳的意境。

首曲〔粉蝶儿〕，首先展现了思妇居住的环境，渲染了独居冷落凄凉的气氛。〔醉春风〕承接上曲，继续描写闺中环境，但是借助了听觉印象，"彩云声断紫鸾箫"一句，使环境更为开阔，也就使"那其间恼"，"万种凄凉，几番愁闷"拓展得更为深广，使她的凄凉烦恼一齐涌上心头，让人承受不住。〔普天乐〕一曲，由女子身上把镜头拉大，把环境的描写由室内推向室外，通过秋棠、秋霜、秋桐、秋风、秋露、秋雁、秋虫等景物描写，渲染了秋天的萧瑟清冷。

接着，〔十二月〕和〔尧民歌〕继续着笔于对秋夜凄凉冷落的环境的描写，点明是因为"情人去了"，才有了女子的愁苦，照应了"怨别"的题旨。作者连续用了"夜沉沉"、"昏惨惨"、"低矮矮"、"冷清清"、"闷恹恹"、"急煎煎"六个排比式的重迭语，更强调了环境的清冷，更突出了女子凄苦的心情。而"淅零零"、"碧碧卜卜"、"忒楞楞"、"扑扑簌簌"等迭声词的运用，都更添女子心中的哀愁，渲染了"今宵睡不着，辗转伤怀抱"的感情内涵。

〔耍孩儿〕一曲又回到室内，回到了对银烛的描写上，与首曲所写的银烛秋光等景象相照应，并补写出在梦中与情人欢会的情景，其相思成病、魄散魂消的万般苦情，得到了充分展现，渲染出更加抑郁和凄凉的气氛。〔尾声〕以愁人不寐，长夜难挨刻画的这位少妇的心境，以"怨"来作结，体现了"怨别"的主题，含怨无限。

这篇套数着重渲染环境的气氛，构造了清冷空灵的意境，在渲染中体现人的主观情绪，融情入景，情景交融，以凄幽冷艳的环境衬托寂寞孤苦的愁情，更具有感人的力量。另外，语言典雅华丽，造句精整，用字工稳，对仗工巧，大量运用了重迭象声词的排比，制造出一唱三叹、委婉备至的艺术效果，加深了意境的印象，略有豪放之风。

〔中吕〕粉蝶儿

牛诉冤

姚守中

性鲁心愚，住烟村饱谙农务①，丑则丑堪画堪图②。杏花村，桃林野，春风几度。疏林外红日西晡③，载吹笛牧童归去。

〔醉春风〕绿野喜春耕，一犁江上雨④，力田扶耙受驱驰⑤。因为主甘分受苦⑥，苦，苦，经了些横雨斜风，酷寒盛暑，暮烟晓雾。

〔红绣鞋〕牧放在芳草岸白蘋古渡，嬉游于绿杨堤红蓼平湖，画工描我在远山图。助田单英勇阵⑦，驾老子蕢山居⑧，古今人吟未足⑨。

〔石榴花〕朝耕暮垦费工夫，辛苦为谁乎？一朝染患倒在官衢⑩，见一个宰辅⑪，借问农夫，气喘因何故。听说罢感叹长吁，那官人劝课还朝去⑫，题着咱名字奏銮舆⑬。

〔斗鹌鹑〕他道我润国于民⑭，受千辛万苦。每日向堰口⑮拖船，渡头⑯拽车。一勇性天生胆气粗，从来不怕虎。为伍的是伴哥王留⑰，受用的是村歌社鼓⑱。

〔上小楼〕感谢中书部，符行移诸处⑲，所在⑳官司，禁治严明，遍下乡都。里正行，社长行，叮咛省谕㉑。宰耕牛的捕获申路㉒。

〔幺〕食我者肌肤未肥，卖我者家私不富。若是老病残疾，卒中身亡，不堪耕锄，告㉓本官，送本都，从公发付㉔。闪得我丑尸不着坟墓㉕。

〔满庭芳〕衔冤负屈，春工办足，却待闲居㉖，圈门前见两个人来觑，多应是将我窥图㉗。一个曾受戒南庄上的忻都㉘，一个是累经断北瀍王屠㉙。好教我心惊虑，若是将咱卖与，一命在须臾㉚。

〔十二月〕心中畏惧，意下踌躇㉛，莫不待㉜将我衅钟㉝，不忍其觳觫㉞。那思想耕牛为主，他㉟则是嗜利而图，被这厮㊱添钱买我离桑枢㊲，不睹是牵咱过前途㊳。一声频叹气长吁，两眼恓惶㊴泪如珠。凶徒㊵，凶徒。贪财性狠毒，绑我在将军柱㊶。

〔耍孩儿〕只见他手持刀器将咱觑，唬得我战扑速魂归地府㊷，登时间满地血模糊，碎分张㊸骨肉皮肤。尖刀儿割下薄刀儿切，官秤称来私秤上估㊹，应捕人㊺在旁边觑，张弹压㊻先抬了膊项㊼，李弓兵㊽强要了胸脯。

〔二〕却不道闻其声不忍食其肉㊾，刬地㊿加料物宽锅中烂煮。煮得美甘甘香喷喷软如酥，把从前的主顾招呼。他则道三分为本十分利，那里问一失人身万劫无(51)。有一等贪馋啜的乔(52)人物，就本店随机儿索唤(53)，买归家取意儿庖厨(54)。

〔三〕或是包馒头待上宾，或是裹馄饨请伴侣。向磁罐中软火儿葱椒焗(55)，胜如黄犬能医冷(56)，赛过胡羊(57)善补虚，添几盏椒花露(58)。你装的肚皮饱旺，我的性命何辜。

〔四〕我本是时苗(59)留下犊，田单用过牯(60)。勤耕苦战功无补。他比那图财害命情(61)尤重，我比那展草垂缰义有余(62)。我是一个直(63)钱底(64)物。有我时田园开辟，无我时仓廪空虚。

〔五〕泥牛能报春(65)，石牛能致雨(66)，耕牛运土遭诛戮。从今后草坡边野鹿无朋友，麦垅上山羊失了伴侣。那的是我伤情(67)处。再不见柳梢残月，再不见古木昏乌。

〔六〕筋儿铺了弓(68)，皮儿鞔(69)做鼓，骨头儿卖与钗环铺，黑角儿做就乌犀带(70)，花蹄儿开成玳瑁梳(71)，无一件抛残物，好材儿卖与了靴匠，碎皮儿回与田夫(72)。

〔尾〕我元(73)阳寿未终，死得真个屈苦。告你个阎罗王正直无私曲，诉不尽平生受过苦。

【注释】

①住烟村饱谙农务：住在人烟缭绕的农村，熟悉农活。谙，熟悉。 ②丑则丑堪画堪图：相貌虽丑，但可以入画。 ③晡：申时，接近傍晚的时候。 ④一犁江上雨：冒着春雨在江边耕地。 ⑤力田扶耙受驱驰：努力耕田，主人扶把，我被驱使。 ⑥因为主甘分受苦：为了主人心甘情愿受苦。 ⑦助田单英勇阵：帮助田单英勇破阵。田单，战国时齐人，曾以火牛突阵而大破燕军。 ⑧驾老子蓦山居：曾驾车送老子到蓦山上居住。 ⑨未足：不止。 ⑩官衢：大道。 ⑪宰辅：指汉代丙吉。他曾路遇群殴而不顾，却下车查看一头牛为何气喘。 ⑫那官人劝课还朝去：那位宰相视察完各地回朝。劝，奖励。课，考

核。劝课，到各地奖励农耕，考察官员。 ⑬奏鸾舆：向皇帝禀奏。鸾舆，即銮舆，皇帝的车子，此处代指皇帝。 ⑭他道我润国于民：那位宰相向皇帝说我能使国家增加财富，人民富足。 ⑮堰口：堤坝。 ⑯渡头：码头。 ⑰为伍的是伴哥王留：作伴的是农村年轻的小伙子。伴哥王留，元曲中常见的名字。 ⑱受用的是村歌社鼓：享受的是农村的民歌和祭祀土地神的音乐歌舞。 ⑲符：法令。行：行文。移：发文。诸处：指各地官署。 ⑳所在：当地。 ㉑里正行，社长行，叮咛省谕：里正、社长都行动起来，向乡民传达中书省的告示。里正，相当于旧时乡长。社长，相当于旧时保长。 ㉒宰耕牛的捕获申路：抓住宰耕牛的要押送到路里。申，上报，此处作"押送"解。路，元朝的一级地方政府。 ㉓告：报告。 ㉔发付：处置。 ㉕闪得我尸尸不着坟墓：害得我的尸体挨不着坟墓。闪，抛弃，这里是"害"的意思。 ㉖衔冤负屈，春工办足，却待闲居：我满怀冤屈，干完了春耕农活，正想休息一下。 ㉗窥图：图谋、暗算。 ㉘忻：姓氏。 ㉙累经断北：屡次受过判决被流放到北方边疆。王屠，姓王的屠夫。 ㉚须臾：一会儿。 ㉛踌躇：犹豫。 ㉜待：打算。 ㉝衅钟：古代的一种祭礼，新钟制成要涂牲畜的血。 ㉞觳觫：恐惧得发抖。 ㉟他：指牛的主人。 ㊱这厮：这小子。此处指忻都、王屠。 ㊲桑枢：桑树做的门轴，此指牛栏。 ㊳不睹是牵咱过前途：主人装着看不见让忻都、王屠牵着我从他面前的道上走过。 ㊴怏惶：害怕。 ㊵凶徒：指忻都、王屠。 ㊶将军柱：此处借指宰牛的桩子。 ㊷地府：俗称阴间。 ㊸分张：分割开。 ㊹估：计算。 ㊺应捕人：负责缉捕盗贼的衙役。 ㊻弹压：县尉属下负责镇压盗贼的武吏。 ㊼膊项：肩胛部分。 ㊽弓兵：巡军中的弓箭手。 ㊾闻其声不忍食其肉：《孟子·梁惠王上》载孟子语："君子之于禽兽也，见其生，不忍见其死，闻其声不忍食其肉，是以君子远庖厨也。" ㊿刬地：此处是照旧的意思。 ㊀一失人身：佛教认为人若今生作恶，来世要被罚作牲畜。万劫无：经过万次劫难仍恢复不了人身。 ㊁乔：装模作样。 ㊂随机儿：随意。索唤：指顾客招呼店主表示要买什么肉。 ㊃取意儿：随意。庖厨：此处指烹调。 ㊄炆：盖紧锅盖，以微火焖。 ㊅黄犬能医冷：狗肉性热，民间认为吃了能御寒。 ㊆胡羊：北方游牧民族养的羊。 ㊇添几盏椒花露：添上几杯用花椒浸过的酒。 ㊈时苗：汉献帝建安年间任寿春（今安徽省寿县）令，上任时用母牛驾车，后来母牛生了个牛犊。离任时将牛犊留下，说来时并没有它。 ㊉牡：公牛。 ㉑情：情节罪行。 ㉒我比那展草垂缰义有余：我比李信纯的狗铺开草救主和苻坚的马垂缰救生还有义气。展草：三国时，吴地的李信纯养了一条狗，叫黑龙。一天，李信纯醉酒睡在郊外的草地上，猎人放火烧荒，就要烧到李的身边。黑龙跳进水沟，然后跑到李的身边，将李周围的草打湿，李因此获救。垂缰：南北朝时苻坚与慕容冲打仗，苻坚败，滚落山涧，爬不上来，他骑的马跪在涧边，将所系的缰绳垂下去，苻坚抓住缰绳爬上来，因此脱险。 ㉓直：同"值"。 ㉔底：同"的"。 ㉕泥牛能报春：古代习俗，春临塑泥牛以迎春祈耕。 ㉖石牛能致雨：据《广州记》，郁林郡有池，池有石牛。岁旱，百姓杀牛，以牛血和泥，泥石牛背，祀毕天雨。 ㉗伤情：伤心，伤感。 ㉘筋儿铺了弓：用我的筋做弓弦。 ㉙鞔：同"蒙"，用牛皮蒙在鼓桶上做鼓面。 ㉚黑角儿做就乌犀带：用黑牛角冒充犀牛角做官袍围带。 ㉛花蹄儿开成玳瑁梳：劈开牛蹄冒充玳瑁做头梳。 ㉜碎皮儿回与田夫：碎皮子返回农村卖给农民。 ㉝元：通"原"，本来。

【赏析】

这篇套数共有十六支曲子，作者巧用代牛诉冤的形式，摹拟牛的口吻，替广大穷苦百姓发出了激越、悲愤的控诉。作者使用了隐喻的手法，让耕牛自述生前死后的悲惨遭遇，揭露了统治阶级所谓关心农民疾苦的伪善面容，抨击了最高统治者与地方各级官吏和地主阶级实为一丘之貉，对广大农民阶级进行残酷压榨和剥削的罪恶现实。

全曲从内容上大致可分为六个部分：

第一段为第一部分，写牛在太平年间所过的平静生活，暗喻在政治清明的朝代，还可以过上安定的生活。曲子以牛的角度描述了一幅美丽的田园图画，也可以说这是它向往的理想生活。

第二、三段〔醉春风〕和〔红绣鞋〕为第二部分，通过耕牛自述为主人奋力耕田的情况，以及自己曾经帮助田单破阵、驼着老子去隐居的光荣的历史，借以诉说广大农民所作的贡献和艰辛。

〔石榴花〕、〔斗鹌鹑〕、〔上小楼〕和〔么〕为第三部分。作者运用曲折的笔法，揭露当朝宰相和中书省表面关心民生疾苦，实际却是敷衍塞责、装腔作势的丑恶嘴脸。朝廷向地方颁布严禁宰耕牛的禁令，结果地方官吏借机私分牛肉，王法竟也是一纸空文。曲中用了生动的形象、细致的描绘来突出这屠户的卑劣和官吏的丑恶。

〔满庭芳〕和〔十二月〕两段为第四部分。以牛主人贪财忘义将牛卖给了忻都、王屠，结果惨遭宰杀，暗喻了地主阶级对农民无情的迫害。

第五部分从〔耍孩儿〕到〔六〕，写牛死后的悲惨遭遇。牛在〔四〕中又提起光荣的历史，但此时牛已不再是自豪，而是悲愤了。由此可以折射出当时广大农民的种种不幸。

第六部分〔尾〕声，牛大声疾呼：自己寿命未尽，死得真是冤屈，要求主管地狱的阎罗王听它诉说平生的苦难。以牛的无处诉冤隐喻农民受尽冤屈而诉之无门的辛酸。

这首套数是当时社会现实的深刻反映。据元史记载，元统治者入主中原之后，实行森严的民族等级政策，对汉族大肆残杀掠夺，农民所受的迫害尤甚。地方官吏与地主阶级狼狈为奸，欺压百姓，农民的处境空前悲惨，其罪行罄竹难书。本曲最大特点就是运用了拟人化的手法，借耕牛写农民遭遇，这也是一种曲折的反抗方式。

〔中吕〕阳春曲

别　情

王伯成

多情①去后香留枕，好梦②回时冷透衾，闷愁山重海来深③。独自寝，夜雨百年心④。

【注释】

①多情：情人，这里似指小妇的丈夫。　②好梦：指她真的梦见了爱人。　③山重海来深：即山重水深，极言其深重。　④夜雨百年心：唐李商隐有"何当共剪西窗烛，却话

巴山夜雨时"的诗句,从此,"夜雨"成了人们吐露衷肠肺腑的杰出意境。百年心,指无穷无尽的离情别绪。

【赏析】

这首小令写闺妇思念恋人抒发的离情别绪。

开头一句"多情去后香留枕",写闺中少妇的丈夫因事离开了她。爱人离去之后,少妇的思念让她辗转反侧、难以入眠,于是她用尽一切力量去捕捉爱人留下的痕迹。此时他留下的气味都是那样弥足珍贵,最后少妇将目光定格在了枕头上因为昨夜她还与爱人同眠共枕,就在这枕头上,留下了爱人身上特有的气息。现在少妇决定轻轻伏在充溢着爱人气息的香枕上,带着希望进入梦乡,想在梦中与爱人相会。但是"好梦回时冷透衾",梦里的缠绵始终代替不了残酷的现实。无论做了多么美好的梦,总归是梦,还是要醒来的。刚才梦中的欢愉转眼变成极大的失望,不由得浑身直冒冷汗,愈加觉得独眠的凄凉冷落。

下面一句"闷愁山重海来深",由外在的近景转向少妇内心的特写。少妇从梦中醒来,百感交集,记挂着爱人现在身在何方,何时再回来,他会不会别恋他家一去不返?这些恼人的念头始终折磨着少妇,使她心中的愁闷更加沉重,恰似重峦迭嶂的群山,漫无边际的大海。情景交融,渲染出一幅哀怨动人的思夫图。

面对此情此景,少妇万般无奈,只能轻叹一声"独自寝"了。在丈夫远离的日子里,她只能独自垂泪,在家苦等着他的归来。虽然她对这种情况非常不满,但她仍然对丈夫满怀深情,期盼着他早日归来。"夜雨百年心",把"夜雨"与愿意"百年"白头到老的"心"联在一块,塑造了一种极其纯净动人的意象,让人强烈地感觉到少妇那颗忠贞的心。

这首小令言简意赅,但字里行间透露出一片真情实感,令人动容,让人感动。

〔越调〕斗鹌鹑

题 情

赵明道

燕燕莺莺,花花草草。穰穰劳劳,多多少少。媚媚娇娇,亭亭袅袅。鸾凤交①,没下梢②,空耽了些是是非非,受了些烦烦恼恼。

〔紫花儿〕困腾腾头昏脑闷,急煎煎意穰心劳。虚飘飘魄散魂消。他风风韵韵,艳艳天天。日日朝朝,雨雨云云渐缥缈,那堪暮秋天道?似这般爽气清高,那堪夜雨萧萧?

〔秃厮儿〕闷厌厌愁心怎熬,昏沉沉梦断魂劳。秋声和辘辘轳韵敲③,渐零零细雨洒芭蕉,初凋。

〔小桃红〕枕寒衾冷夜迢迢,欹斜人儿俏。往往难成梦惊觉,好心焦。悲悲切切雁儿呀呀的叫。透户牖金风渐渐,滴更长铜壶点点,更那堪蛩韵絮叨叨?

〔天净沙〕厌厌鬼病难消,凄凄心痒难揉。渐渐神魂散却,好教人没颠没倒。意迟迟业眼难交。

〔尾〕想当日焰腾腾烈火烧祆庙④,翻滚滚洪波浸画桥⑤。明煋煋火烧此时休,白茫茫水淹杀未成就的夫妻每到是了。

【注释】

①鸾凤:比喻相爱着的恋人。这里用了战国时候萧史以吹箫赢得秦穆公女儿弄玉爱情,结为夫妇,乘凤凰飞去的典故。 ②没下梢:没结果,意谓他们的爱情遭到了湮没的结局。 ③秋声和辘轳砧韵敲:意思是汲水时转轴的悠长声调与农妇捣衣击砧的节拍伴着秋风秋雨瑟瑟之声远远传来。 ④想当日焰腾腾烈火烧庙:"庙"指拜火教在古代中国的庙宇,其教以火为善与光明的代表,此处借用烈火之焰喻情人之间情感的炽热。 ⑤翻滚滚洪波浸画桥:"画桥"非典故,但民间有战国时一对青年男女殉情于洪水浸没的桥下的传说,两者很近似,作者以此比喻情人间情感的深厚。

【赏析】

这篇套数写男子恋情未果的惆怅哀怨的心情。作品以男主人公内心情感的发展为线索,借助凄凉的秋夜环境氛围的烘托,淋漓尽致地刻画出男子满腔的离愁和满腹的悲怨,缠绵悱恻,哀婉动人。

首曲〔斗鹌鹑〕起笔便运用了十六组叠字,回忆了欢情浓畅的往昔,明媚的春景。娇美的美人,相得益彰,衬托了恋情的快意,也充分表现出恋人容华的娇媚,令人倾倒。然而,这样幸福的生活很快就消逝了,"鸾凤交",承接上文,交代情事,"没下梢",开启下文,生出怨情。在"空耽了些是是非非,受了些烦烦恼恼"两句的忿懑中,道出了横遭物议的不幸,或许这是这一场爱情悲剧的根源。这一曲运用叠字对句,在寥寥数语中勾勒出了这一场爱情悲剧的大致轮廓。

从〔紫花儿序〕开始,上承"受了些烦烦恼恼"一句,重点铺叙主人公的情绪,层层深入描写人物内心的悲情。"困腾腾头昏脑闷,急煎煎意穰心劳,虚飘飘魄收魂消。"三句,用鼎足对的形式写离愁深重,不堪其苦。接着"他风风韵韵,艳艳夭夭,日日朝朝,雨雨云云渐缥缈",连用八对叠字,并暗用巫山云雨之典故,着力描写心中珍藏的情人的风韵,以及欢情的浓烈和不可挽回。心中凄凉的愁情,又与"暮秋"、"夜雨"的萧瑟形成共景,映衬出失去欢爱的悲剧气氛。

〔秃厮儿〕和〔小桃红〕两曲以白描的手法,从心之所感,耳之所闻,多方面、多角度烘托渲染秋声的悲凉和秋景的凄冷,熔情景于一炉。加上"闷厌厌秋心怎熬"的点示和"人儿"入梦的穿插,于是点染结合,自然把景物都蒙上了凄黯的情调,将这悲剧气氛渲染得更加浓重不堪。

以上各曲都是用凄景写悲情,〔天净沙〕笔锋一转,描写主人公相思成病的种种情状,直是惨痛之情语。〔尾〕曲连用火焚袄庙与水淹蓝桥的两个古代男子为情而死的故事,更为这爱情破灭的悲剧染上了一层悲壮惨烈的色彩。

这篇套数最显著的艺术特色是融情入景,烘托渲染气氛。另外,大量叠字的巧用,使全曲显得铿锵流转,增强了情感抒发的感叹力量,与动荡起伏的哀怨之情相和谐,形成了一唱三叹的艺术感染力。

〔双调〕殿前欢

懒云窝① (三首)

阿里西瑛

懒云窝,醒时诗酒醉时歌。瑶琴②不理抛书卧,无梦南柯③。得清闲尽快活,日月似挥梭过。富贵比花开落,青春去也,不乐如何?

懒云窝,醒时诗酒醉时歌。瑶琴不理抛书卧,尽自磨陀④。想人生待则么,富贵比花开落,日月似挥梭过。呵呵笑我,我笑呵呵。

懒云窝,客至待如何?懒云窝里和衣卧,尽自婆娑⑤。想人生待则么⑥,贵比我高些个,富比我忺⑦些个。呵呵笑我,我笑呵呵。

【注释】

①懒云窝:作者自命的居所名,位于今苏州东北隅。取宋代隐士邵雍安乐窝意。 ②瑶琴:饰以美玉的琴。 ③无梦南柯:是说不想去做荣华富贵梦。南柯一梦的典故,典出唐李公佐《南柯太守传》,写淳于棼醉酒梦游大槐国,受任南柯太守,既尊且贵,醒后乃知梦于大树南柯(枝)下。 ④磨陀:逍遥自在地度时光。 ⑤婆娑:这里指逍遥自在、自适自得的样子。 ⑥待则么:犹意待如何,想要怎样。 ⑦忺:宽松,裕如。

【赏析】

古人给自己的住处或书斋取名,一般都用比较文雅,或者寓有深意的词语,比如"轩"、"堂"、"斋"等。作者却自命名为"懒云窝",曲中自述脱离了一切世事和束缚后的逍遥自在的生活以及对于名利、富贵的鄙薄态度,可见他放任不羁、玩世不恭的性格特点。

　　三首小令描写了一种摆脱一切世俗名利欲望后的悠然、散淡的生活，以此来表达对人生的看法。

　　第一首小令描述了作者在懒云窝里一边饮酒一边作诗的情景，有酒助兴，文思泉涌。到沉醉痴迷的时候，便抓起诗笺击节歌咏，表现了作者旷达豪放的态度，期间又蕴藏着文人的悲愤情怀。"瑶琴不理抛书卧，无梦南柯。"两句，正写出作者的这种情怀，表现出作者高洁的志向。作者还是向往云淡风轻、清闲自在的生活。而"富贵比花开落"，说明作者认为富贵是虚幻的，它犹如鲜艳的花朵，终归有凋零的一天。看透了这一点，就不必再费心机为功名富贵奔波劳累。最后"青春去也，不乐如何"，是劝诫世人要珍惜时光，及时行乐。这点也暗含着作者对当时社会的失望。有太多人不理解淡泊名利的生活态度，为了虚幻的身外之物浪费了大好时光，而他们却看不到自身的损失。

　　下面两首小令表达的意思与第一首类似。"想人生待则么，富贵比花开落，日月似撺梭过。"三句，将"人生"与"日月"联系起来，从而显示人生如此短暂，富贵如此虚幻，到底想要一个怎样的人生呢？作者说理看似平淡，实际将机趣寓于率性之中，表达了对功名富贵的蔑视，以及逍遥自在的旷达情怀。第三首小令将作者的旷达豪放一面表现得更进一层。当有客人来访时，作者说不如竟自和衣而卧，独自感受逍遥快乐。这足以表现懒云窝的逍遥自在，不拘繁文缛节，凸显作者的个性。最后几句这点也暗含着作者对当时社会的失望。有太多人不理解、甚至讥笑淡泊名利的生活态度，但是他们为了虚幻的身外之物浪费了大好时光，而看不到自身的损失，这个才被人讥笑呢！

　　作者不满官场上的争名逐利，于是他采取了远离世外、消极避世的态度，表现出一种虚无消极的思想感情。这三首小令在艺术表现上很有特色，语言活泼、俏皮，如行云流水，情绪发挥得淋漓尽致，反映了作者旷达豪放的性格和散曲犀利的特色。

〔正宫〕鹦鹉曲

山亭逸兴

冯子振

　　嵯峨①峰顶移家住，是个不喞嗻②樵父③。烂柯④时树老无花，叶叶枝枝风雨。

　　〔幺〕故人曾唤我归来，却道不如休去。指门前万叠云山，是不费青蚨⑤买处。

【注释】

①嵯峨：山高峻的样子。　②不喞嗻：麻木，迟钝。喞嗻，宋元俗语，伶俐、精细。

③樵父：打柴老人。父，古时对老者的尊称。　④烂柯：烂掉的斧柄，喻时间快。典出《述异记》："信安郡有石室山，晋时王质伐木，至见童子数人，棋而歌，质因听之。童子以一物与质如枣核，质含之不觉饥。俄顷，童子谓曰：'何不去？'质起，视斧柯烂尽。既归，无复时人。"王质回到家，人说已过了一百年。意谓一局棋终，斧柯已烂，喻光阴之迅速。　⑤青蚨：典出晋干宝《搜神记》："南方有虫名蝌，一名蝎，又名青蚨。形似蝉而稍大，味辛美，可食。生子必依草叶，大如蚕子。取其子，母即飞来，不以远近，虽潜取其子，母必知处。以母血涂钱八十一文，以子血余钱八十一文，每市物，或先用母钱，或先用子钱，皆复飞归，轮转无已。故《淮南子·万毕术》以之还钱，名曰青蚨。"古代遂以青蚨代称钱。

【赏析】

　　这首曲子的主人公是一位老樵夫，但不是土生土长、精于采樵之业的樵夫。他中途迁居到此，"是个不唧嚼樵夫"，他对于采樵这项营生并不精通，显得有点笨拙糊涂，但却是一位受人尊敬的长者。

　　他名义上是樵夫，实际上并不从事辛苦的采樵工作，"烂柯时树老无花，"像神仙一样，在深山老林中的亭子上整日下着围棋来消磨岁月，打发时间。当然，老樵夫的生涯并不像神仙那样美好，他没有猿鹤为伍，没有麋鹿为伴，没有山花野果，更没有丹崖壁洞，伴随着他的只是无花老树，落叶枯枝，飘飘在风雨之中。这支散曲中隐居峰顶的老樵夫，自然有不少老朋友仍然在朝廷，得知老樵夫山林生活异常凄苦，便去山中召唤他归来。"故人曾唤我归来，却道不如休去。"老樵夫在去留的问题上仔细权衡比较的结果是"不如休去"。留在山林，固然清苦，而回到朝廷，前途叵测，也许痛苦更甚。"指门前万叠云山，是不费青蚨买处。"，他指门前所望见的万叠云山，对着来山中招隐士的故人说："你看，这里有无限的山林乐趣，不必用金钱去买，而且用金钱也不可能买到。"在他看来，山林之逸乐远远胜过荣华富贵。读到这里，我们便会发现，这位老樵夫的艺术形象渗透了作者的遗时弃俗、泊然外物的思想情操。

　　这支散曲只有八句五十四个字，却刻画了一个生动而丰满的艺术形象，其关键是作者抓住了士大夫隐于樵的形象特征。"移家住"，点明他是中途迁入山林，"不唧嚼"说明他采樵业务之生疏，"唤我归来"，表明他原为仕宦。为了突出这一形象特征，散曲中用了"烂柯山"与"招隐士"两个典故，暗喻了老樵夫的隐士生涯及遗世弃俗的情怀。

　　这支散曲的感人之处，不仅在于语言的精炼生动、丰富多彩，而且还在于给读者以审美感受，为读者树立了一个不满现实而隐遁山林的美好人格。

〔正宫〕鹦鹉曲

荣华短梦

冯子振

朱门①空宅无人住，村院②快活煞耕父。霎时间富贵虚花，落叶西风残雨。

〔么〕总不如水北相逢，一棹木兰舟去。待霜前雪后梅开，傍几曲寒潭浅处。

【注释】

①朱门：指富贵人家朱红的大门，代豪门，紧扣"荣华"。 ②村院：指农夫的住宅。

【赏析】

这首曲子的标题为《荣华短梦》，也就是说荣华富贵像一个短暂的梦，霎时间就消失得无影无踪了，人生何必去苦苦追求，表达了作者淡泊富贵荣华而追求大自然。幽静佳趣的高雅情怀。

曲子开头"朱门空宅无人住，村院快活煞耕父。"，以"朱门空宅"和"村院快活"形成强烈鲜明的对比，富贵荣华如过眼烟云，转瞬即逝；而粗茶淡饭、自耕自给的农夫却能够得到长久的快活让人不禁产生疑问。接着，"霎时间富贵虚花，落叶西风残雨。"一句，是说富贵如虚幻的鲜花，瞬间就会凋零。这两句回答了由上文产生的疑问。作者用"西风残雨"中的"落叶"比喻富贵之花的虚空和短暂，至此，标题"荣华短梦"四个字已被形象具体地描述出来，并且作者那视荣华如短梦虚花的淡泊情怀，也得到充分地展现。

〔么〕曲"总不如水北相逢，一棹木兰舟去。"，体现了作者的志趣，他追求的是邀几个志同道合的友人，乘着木兰舟，去寻求清幽的佳景，追求大自然的美。"总不如"三个字，将上下文进行比较，总上启下，作用显著。"待霜前雪后梅开，傍几曲寒潭浅处。"两句，具体写出了"一棹木兰舟去"的地点，作者要在严寒的季节，在"霜前雪后"，在清浅的水潭边，去观赏傲雪盛放的梅花。兰舟寻趣，寒潭赏梅，充满诗情画意，作者的怡然自乐，也灿然可见。

本曲语言疏淡雅洁，感情真挚，情景流畅，情韵温婉，颇具淳朴自然之美，富有强烈的艺术感染力。

〔正宫〕鹦鹉曲

农夫渴雨

冯子振

年年牛背扶犁住,近日最懊恼①杀农父。稻苗肥恰待抽花,渴煞②青天雷雨。

〔幺〕恨残霞不近人情,截断玉虹③南去。望④人间三尺甘霖,看⑤一片闲云起处。

【注释】

①懊恼:烦恼。 ②渴煞:极渴望。 ③玉虹:虹。《搜神记》载孔子拜告于天,"赤虹自上而下,化为黄玉。"古人以为虹霓主风雨。 ④望:渴望。 ⑤看:观看。

【赏析】

这首曲子写稻子花开时节农夫盼雨的急切心情,字字句句,都由农夫眼中看出,口中说出,这种设身处地,直接反映农家生活与农民思想情绪的作品,在整个元人散曲中诚属不多,难能可贵。

前篇写农夫盼雨。农民对风云雨雪最为敏感,它们一年四季辛苦耕作,总希望风调雨顺,能有一个好收成,而眼下稻苗肥壮,恰待杨花吐穗,偏偏久旱不雨,眼巴巴看着一年的辛苦将要付之东流,农夫怎么能不焦虑欲绝呢?

〔幺〕篇写天公无情,久旱不雨,阴阳失序,只有几片残霞,隔断彩虹,飘然而去。农民盼望的是及时雨,而天公偏不作美,唯见不能作雨的残霞闲云,使人恨悠悠、望也休。唐代使人来鹄有绝句《云》:"千形万象竟还空,映谁藏山片重复。无限旱苗枯欲尽,悠悠闲处作奇峰。"可作本曲"闲云"之注脚。古农谚"朝霞暮霞,无水煎茶"之说,由于诗人对事物观察细致入微,对弄人的情感体会真切,所以状物抒情,无须涂饰,极为真切自然,绝无扭捏作态之迹。

此曲语言质朴,情感真挚自然,歌咏农民疾苦,传达他们的心声。在手法上,作者以对立的两方结构全篇:农夫急切盼雨与天公不随人愿,展示了农夫的愿望与现实的矛盾,读来牵动人心。终年勤苦的农民,本来就承受着社会对他们的种种盘剥,难以维持温饱,遇上灾年,他们又将怎样活下去呢?因诗人体察农夫生活的艰辛,理解他们的心愿,才能对他们有如此真诚的同情,自然也就能震撼读者。

〔正宫〕鹦鹉曲

野渡新晴

冯子振

孤村三两人家住,终日对野叟田父①。说②今朝绿水平桥,昨日溪南新雨。

〔幺〕碧③天边④云归岩穴,白鹭一行飞去。便芒鞋竹杖⑤行春⑥,问底是⑦青帘⑧舞处?

【注释】

①野叟、田父:都是指种田的农夫。 ②说:奔走相告的意思。又通"悦",《左传·僖公三十年》:"秦伯说,与郑人盟"。这里不读"悦"(yuè)音,但含有悦的意思。 ③碧:青绿色,有时用来形容草,如"春草碧色"(江淹);有时用来描绘天,如"长歌楚天碧"(柳宗元)。 ④边:尽,远。 ⑤芒鞋竹杖:草鞋和竹手杖,为古人出行野外的装备。芒鞋,一种草鞋,陈师道《绝句四首》:"芒鞋竹杖最关身"。 ⑥行春:古时地方官员春季时巡行乡间劝督耕作,称为行春。此处为春日行游之意。 ⑦底是:哪里是。 ⑧青帘:酒店门口的青布招子,郑谷《旅寓洛南村舍》诗:"白鸟窥鱼网,青帘认酒家"。

【赏析】

这首小令写作者归隐村居后雨后春游的喜悦心情。

曲子开头"孤村三两人家住,终日对野叟田父。",描写了作者隐居的地点:一处小小的"孤村",只有两三户人家,人烟荒凉,居住的全是种地的农夫。充分对应了标题中的"野"字。但是作者对这一切并不以为然,接下来"说今朝绿水平桥,昨日溪南新雨。",告诉大家其中的原因。这里空气清新,风景宜人。从开头两句的介绍中,可以看出作者似乎已经习惯了这种孤村隔绝的生活,内心平静恬和;如今听村民提起昨夜的大雨,今朝的溪涨,于是出门观赏大自然的愿望便油然而生。

〔幺〕开头两句"碧天边云归岩穴,白鹭一行飞去。"顺势出门所见的春天的景色。欣赏着雨后的美景,作者心旷神怡。抬头仰望,此时碧空万里,天高云淡,一行行白鹭悠悠上青天,令读者眼前顿时浮现出一幅诗情画意的图画。如此美景,不出游岂不辜负了这大好时光!于是作者穿上草鞋,拿着手杖,踏着雨后松软的泥土,信步闲游。他要去哪里呢?最后"青帘舞处"作了交代,他要去乡村小店,喝点小酒,慢慢欣赏这迷人的景色。

曲子语言淡雅清丽,景致充满乡土气息。气势劲健,与作者回归大自然的旷达心情相契合。

〔正宫〕鹦鹉曲

渔 父

冯子振

沙鸥滩鹭䌙依住①,镇日坐钓叟纶父②。趁斜阳晒网收竿,又是南风催雨③。

〔幺〕绿杨堤忘系④孤桩,白浪打将⑤船去。想明朝月落潮平,在掩映芦花浅处。

【注释】

①沙鸥滩鹭䌙依住:沙、滩,都是指水边的陆地。鸥、鹭,都是食鱼的水鸟。䌙,本是古代女子出嫁时所系的佩巾,此处䌙依犹言相依、一块儿。 ②镇日坐钓叟纶父:镇日,即整日。钓叟、纶父,均指渔父。钓、纶,都是渔具。纶是钓丝。 ③又是南风催雨:又是,说明水边暮雨是经常的。"催"字,说明风夹着雨,来得快速、突然。 ④系:捆扎住。 ⑤打将:将,是"打"的动词尾,无义。"打",侧面写"白浪"之大,呼应上文"南风"之急,隐写暮潮之大。

【赏析】

这首小令描写渔父生活,同时寄托了作者的情怀。

小令选取了远离世俗的海边作为背景,描绘了一幅优美和谐的垂钓图:"沙鸥滩鹭䌙依住,镇日坐钓叟纶父。"渔父们每天与鸥鹭相伴,在海边垂钓,这种生活是多么的惬意。《列子》中记载了一个"海上人"与鸥鸟的故事:他把鸥鸟当作朋友,每天都有成百的海鸟亲近他,而一旦他存有捕捉的心机,鸥鸟们便会远远地离去,也就是后来留传的"鸥鹭忘机"这一成语。小令开篇便暗用这一典故,说明渔夫除了操持生计之外,毫无机巧铺谋之心,以至于鸥鹭都与之安然相处,这就把我们带到了远离尘嚣的世外,一个没有尔虞我诈的淳朴之地。"趁斜阳晒网收竿,又是南风催雨。",将渔夫的"晒网收竿"贯穿于"斜阳""催雨"之中,但这一切渔夫早已司空见惯,不慌不忙,一幅泰然自若的样子。这一句同时又暗示了他在人生的风雨中安之若素。

〔幺〕描绘了一幅饶有情趣的场景。"绿杨堤忘系孤桩,白浪打将船去。",渔夫在狂风暴雨面前,虽然从容自若,但还是有些漫不经心,竟然忘了把渔船捆牢,使得渔船消失在滚滚白浪中了。这里表现出了作者对于世俗功名富贵的厌倦与不屑。渔夫丢了船,就是舍弃了功名富贵。"想明朝月落潮平,在掩映芦花浅处。"表明渔夫在失船后的淡然心态,他认为到次日清晨月落潮平,小船一定会出现在艳阳高照的芦花丛边。这一段虽然不见人的踪影,却道出了渔夫顺其自然、随遇而安的心态。

唐·司空曙的《江村即事》诗云:"钓罢归来不系船,江村月落正堪眠。纵然一夜风吹去,只在芦花浅水边。"这首小令的结尾或许是受了他的启发。全曲以富于隐喻性的景象巧妙构思、安排,既形象鲜明,又耐人寻味。

〔正宫〕鹦鹉曲

市朝归兴①

冯子振

山林朝市②都曾住,忠孝两字极③君父。利名场反覆如云④,又要商量阴雨。

〔幺〕便天公⑤有眼难开,袖手⑥不如家去⑦。更峨眉⑧强学时妆,是老子⑨平生懒处。

【注释】

①市朝归兴:市,交易买卖的场所;朝,官府治事的处所,因以市朝指争名利的场所,泛指官场。归兴:根据当前的感受而发的吟咏。 ②山林:指园林,亦指第宅。朝市:即市朝,为声调上的协和而颠倒互用。 ③极:即达到最高的限度。 ④利名场:《战国策·秦策》:"臣闻争名者于朝,争利者于市。"指官场中名利争逐如同做买卖,危恶可见。反覆如云:这里用的是杜甫《贫交行》:"翻手为云覆作雨。"此喻巧弄权术,反覆无常。 ⑤便:犹即。天公,公是敬称,以天拟人,故称天帝为天公。 ⑥袖手:谓藏手于袖,不过问其事。 ⑦家去:方言,回家。 ⑧蛾眉:借为美人的代称。 ⑨老子:骄傲者的自称。

【赏析】

这首曲子是作者根据当时官场发生的事故有感而发的吟咏,对官场争名逐利、变幻无常表示失望和愤慨,对官员卑躬屈膝、阿庚奉承的态度表示厌恶,表现了作者傲然高洁的态度。

曲子开头"山林朝市都曾住,忠孝两字极君父。",简要概述了主人公的人生经历,在家奉养父母尽了孝道,做官奉公守职尽了臣道,忠孝二字已经做到尽头了。有这两句极尽溢美的句子可以看出,主人公并不是作者自己,而作者对这位当事者是同情的。"利名场反覆如云,又要商量阴雨。"两句,用生动形象的比喻,揭露了"争名于朝"、"争利于市"的人世间的险恶,结合作者自己的人生经历,不难看出其对危险污浊的官场的厌恶之情。

〔么〕曲表明了作者的退隐态度。"便天公有眼难开，袖手不如家去。"貌似是在劝说主人公，即使天公有眼，对着这险恶的名利场，也只是视而不见，有口难开；还不如袖起手来，离开这是非之场回家去。"更蛾眉强学时妆，是老子平生懒处。"，表明作者不愿随波逐流"强学时妆"，并且愤慨地表示："老子"一生就懒得这样做，其蔑视鄙夷的态度跃然纸上。

本曲最大的艺术特色就是比喻的大量运用，例如："利名场反覆如云"，"又要商量阴雨"，"便天公有眼难开"，"袖手不如家去"，"更蛾眉强学时妆"等等，生动贴切，将许多抽象的内容描绘得既精炼又形象，同时含有尖锐而又犀利的讽刺。所以本曲既具备散曲的直率泼辣，又具有诗词的凝炼蕴藉。

〔正宫〕鹦鹉曲

赤壁①怀古

冯子振

茅庐诸葛亲曾住②，早赚③出抱膝梁父④。笑谈间汉鼎三分⑤，不记得南阳耕雨⑥。

〔么〕叹西风⑦卷尽豪华⑧，往事大江东去。彻如今话说渔樵⑨，算也是英雄了处⑩。

【注释】

①赤壁：孙权与刘备联军打败曹操之处。 ②茅庐：草屋，指隐士所居。诸葛：指诸葛亮。诸葛亮字孔明，曾隐居南阳卧龙岗。 ③赚：本指骗，这里是请出来的意思。 ④抱膝：用手抱住膝，指诸葛亮吟诗的样子。梁父：指《梁甫吟》，古诗名，诸葛亮喜欢吟诵的诗歌。 ⑤汉鼎三分：汉室天下分为三国。鼎，借指政权。 ⑥南阳耕雨：指诸葛亮在南阳时风雨耕种的生活。南阳，今河南省南阳。 ⑦西风：指秋风。 ⑧豪华：豪气芳华。 ⑨彻：直到。话说渔樵：指渔人樵夫以三国时事作为谈说的内容材料。 ⑩了处：归宿，结局。

【赏析】

这是一首怀古之作，虽名为"赤壁怀古"，但曲中没有出现赤壁之战和周瑜等，而是集中笔墨专怀诸葛亮，以诸葛亮出茅庐辅佐刘备的历史故事为题材，为诸葛亮未能坚守初衷，最后愿望未果之事，深表惋惜与慨叹。

"茅庐诸葛亲曾住，早赚出抱膝梁父。"，是说那一处茅庐曾是诸葛亮住过的地方。诸葛亮早年隐居隆中，吟诗品酒，不问世事。只因刘备三顾茅庐，礼贤下士，才出山帮助刘备打天下，形成曹操、刘备、和孙权三国鼎立的局面。"笑谈间汉鼎三分，不记得南阳耕雨。"，重点不是写诸葛亮辅佐刘备，足智多谋，为刘备蜀国的三分天下立下了汗马功劳，而是写诸葛亮的豪气与才华,为他的出山入世表示深切的惋惜。纵然诸葛亮出山后纵横捭阖,羽扇纶巾,成为风云人物,但他彻底忘了美好的雨中田园生活。行文之中包含着一种力透纸背的强烈遗憾。

〔么〕急转直下,回顾历史沧桑,发出无尽的慨叹。"叹西风卷尽豪华,往事大江东去。",很快凄凉的秋风就将诸葛亮的豪气与芳华席卷殆尽,他的宏图伟志都付诸东流,正如杜甫所评价的:"出师未捷身先死,长使英雄泪满襟。"这可真是"是非成败转头空,青山依旧在,几度夕阳红"!那种力透纸背的遗憾再次宣泄而出。"彻如今话说渔樵,算也是英雄了处。",到如今,他们的英雄事绩还常常被村野的渔父和樵夫传诵,这也算是对他们最好的安慰吧!这是作者的无限感慨,也给予了对诸葛亮式的英雄人物的些许同情。

全曲以善意的嘲讽统领,对于诸葛亮的智慧采取了平视甚至俯视的态度,构思立意奇特而独到,表现了元代知识分子怀才不遇而流露出来的虚无、低沉的情绪。

〔正宫〕鹦鹉曲

处士①虚名

冯子振

高人②谁恋朝中住,自古便有个巢父③。子陵④滩钓得虚名,几度桐江春雨。

〔么〕睡神仙别有陈抟⑤,拂袖华山归去。漫纷纷少室终南⑥,怎不是神仙隐处!

【注释】

①处士:指有才德而隐居不做官的人,即隐士。 ②高人:即高士,指摆脱一切名利不做官的高尚之士,即真隐士,在本曲中与"处士"(假隐士)相对照。 ③巢父:尧时的隐士,相传巢居山中树上而得名。尧要把君位让给巢父,巢父不受,尧又要把君位让给许由,巢父又劝许由隐居。 ④子陵:指严光,字子陵,会稽余姚人。年少时曾与刘秀(汉光武帝)同游学,有高名。刘秀称帝后,严光改姓换名隐居山林。刘秀派人寻访,征召到京,授谏议大夫,严光不受,退隐于富春山。后人称他居游的地方为严陵山、严陵濑、严陵钓坛等。 ⑤陈抟:字图南,自号扶摇子,北宋时隐士,先后隐居武当山、华山修道,每寝处,多百余日不起,故有睡神仙之称。他曾于后唐长兴中举进士不第,后来又多次到朝廷受到宋太宗礼遇,被赐号希夷先生,又赐紫衣,令有司增葺所止云台观,在朝廷逗留数月,太宗屡与之属和诗赋。 ⑥少室、终南:都是山名,少室山在河南,因山有石室而得名。终南山在西安市南,秦岭主峰之一。这两座山都是隐士修道士归隐的地方。

【赏析】

这是一首咏史小令,旨在讥讽那些沽名钓誉而徒有其表的假隐士。

小令起笔"高人谁恋朝中住",高端发问,真正的高人,有谁还留恋在朝中居住呢?发此一问之后,"自古便有个巢父"一句,肯定了巢父不是留恋朝中的,是真隐士。其后列举严子陵和陈抟的例子,继续说明什么样的是真隐士。严子陵年少时曾与刘秀(汉光武帝)同游学,有高名。刘秀称帝后,严光改姓换名隐居山林。刘秀派人寻访,征召到京,授谏议大夫,严光不受,退隐于富春山。在其他诗文中,大多对严光的归隐持肯定的态度,而在作者看来,如果严子陵是真隐士,就应该像巢父那样远避朝廷,而不该应召到朝中去逗留,缺少巢父那种坚决与名利决绝的精神,所以嘲讽他在桐江没有隐居多少日子,只是虚有隐士之名而已。然后作者又列举北宋隐士陈抟的例子,他先后隐居武当山、华山修道,每寝处,多百余日不起,故有睡神仙之称。他曾于后唐长兴中举进士不第,后来又多次到朝廷受到宋太宗礼遇,被赐号希夷先生,又赐紫衣,令有司增葺所止云台观,在朝廷逗留数月,太宗屡与之属和诗赋。因此,作者对这位归隐华山的"睡神仙"也是不以为然的,批评他依恋朝廷,与名利不能决绝,也不是所谓"高人"。

综合上面所举的例子,作者最后感慨道:"漫纷纷少室终南,怎不是神仙隐处!"只要真心归隐,哪里都是隐居之处,何必一定要找那些诸如少室山、终南山那样的名山呢?这就对严子陵和陈抟归隐的实质产生了质疑。作者将巢父与严子陵和陈抟作对比,肯定赞扬了巢父的真隐,讥讽批评了严陈等徒有虚名的隐士,都是作者的有感而发。

这首小令用典较多,借古讽今,以议论开头,又以议论结尾,褒贬明确,对比鲜明,曲子具有真率俊朗之风。

〔正宫〕鹦鹉曲

泣江妇

冯子振

曹娥江主婆娑住,五月五水面迎父①。蔡中郎"幼妇"碑阴,古刻荒云深雨②。

〔么〕夏侯瞒智肖杨修,强说不多来去③。怕文章泄漏风光,谜语到难开口处④。

【注释】

①"曹娥"二句:是歌咏曹娥泣父的史事。曹娥是东汉的孝女,会稽上虞人。其父盱,能弦歌,为巫祝。汉顺帝汉安二年五月五日,在县江逆水涛中婆娑(舞蹈)迎神,不幸溺水而死,不得尸骸。曹娥年十四,沿江哭号十七昼夜,投江而死。其江故名为曹娥

江,原为钱塘江支流,后因水流改道,成独立水系。曹娥泣父的故事在元代颇为流传,元顺帝曾加封曹娥为"慧感灵存昭顺钝懿夫人"这是一首咏史小令,歌咏孝女曹娥的故事,以及蔡邕为曹娥碑题辞,曹操与杨修猜蔡邕题辞隐语的逸事。 ②"蔡中郎"二句:歌咏蔡邕为曹娥碑题辞的故事。蔡邕,东汉文学家、书法家,官至左中郎将,据《后汉书》卷八十四《列女传·曹娥》记载:汉桓帝元嘉元年,上虞县长度尚改葬曹娥于江南道傍,并为立碑。相传度尚先使魏朗作碑文,文成而未出。魏朗与度尚宴饮,度尚弟子邯郸淳督酒,魏朗试使邯郸淳作碑文,邯郸淳操笔而成,无所点定,魏朗嗟叹不已,即毁掉了已作。其后蔡邕见邯郸淳的碑文,就在碑的背面又题八字:"黄绢幼妇,外孙白。"但这碑石早已不存,所以小令中说:"古刻荒云深雨。"现所传的曹娥碑贴是后人手书。 ③"夏侯"二句:说的是曹操与杨修猜测蔡邕题碑的隐语逸事。夏侯瞒,即曹操。据《三国魏志·武帝纪》记载:曹操父亲嵩,是曹腾的养子,有关嵩的原来生世不能审其详。裴松之注说:太祖(曹操)小字阿瞒,又引吴人作《曹瞒传》及郭颁《世说》说曹操的父亲嵩是夏侯氏之子,夏侯淳的叔父。可见曹操原姓夏侯。杨修,曹操谋士。据《世说新语·捷语》记载:曹操与谋士杨修尝过曹娥碑下,曹操看到碑阴"黄绢幼妇,外孙齑白"八个字感到很奇怪,不解其义,杨修一一破译了蔡邕题辞的隐语:"黄绢",色丝也,于字为"绝";"幼妇",少女也,于字为"妙";"外孙",女子也,于字为"好";"白",受辛也,于字为"辞"。所谓"绝妙好辞"也。而曹操行三十里后始解其意,因叹曰:"我才不及卿,乃觉三十里。" ④"怕文章"二句:是对蔡邕题辞的评说,似有微词。

【赏析】

这是一首咏史小令,其中牵涉到一连串的历史人物和事件。

小令开篇破题。"曹娥江主婆娑住,五月五水面迎父。"二句,就是歌咏曹娥泣父的史事。曹娥是东汉的孝女,会稽上虞人。其父盱,能弦歌,为巫祝。汉顺帝汉安二年五月五日,盱在县江逆涛水中婆娑(舞蹈)迎神,不幸溺水而死,不得尸骸。其女曹娥年十四,沿江哭号十七昼夜,投江而死,其江故名为曹娥江。汉桓帝元嘉元年,上虞县长度尚改葬曹娥于江南道傍,并为立碑。度尚弟子邯郸淳作碑文,其辞妙绝。其后大文豪蔡邕见邯郸淳的碑文,就在碑的背面又题八字:"黄绢幼妇,外孙齑白。"三国时,曹操(即夏侯瞒)和杨修曾过曹娥碑下,看到碑阴"黄绢幼妇,外孙齑白"八个字感到很奇怪,不解其义,杨修破译了蔡邕题辞的隐语:黄绢,是有颜色的丝绸,那便是"绝"字;"幼妇"是少女,即"妙"字;外孙是女之子,那是"好"字;"齑"是捣碎的姜蒜,而"齑白"就是捣烂姜蒜的容器,用当时的话说就是"受辛之器","受"旁加"辛"就是"辞"的异体字。所以"黄绢幼妇,外孙齑白",谜底便是"绝妙好词",而曹操行三十里后始解其意,因叹曰:"我才不及卿,乃觉三十里。"曹娥泣父的故事在元代颇为流传,元顺帝曾加封曹娥为"慧感灵存昭顺钝懿夫人"。

这首小令标题作《泣江妇》,但重点不在于歌颂曹娥泣父的孝行,而是引出一桩文坛的趣事,重点着笔于邯郸淳、蔡邕、杨修等人的文思上,对蔡邕题辞"谜语到难开口处",略有微词,而对曹操嫉杨修之才但口头上说自己无才思也略有批判。曲子说不上有多少思想内涵,但能把有关曹娥哭父的历史人物和事迹联缀成曲,典雅富丽,又不失流利酣畅,也体现了作者的文学功底。

〔正宫〕鹦鹉曲

感事（二首之一）

冯子振

　　黄金难买朱颜①住，驷马客羡跨牛父②。石将军百斛明珠，几日欢云娱雨③。

　　〔幺〕趁春归一瞬流莺，万事夕阳西去。旧婵娟④落在谁家？个里⑤是高人⑥省处。

【注释】

　　①朱颜：指青春健壮的脸色，李煜《虞美人》词："雕阑玉砌应犹在，只是朱颜改。" ②驷马客羡跨牛父：此句用司马相如"高车驷马"的典故代指达官贵人，用老子乘牛车隐居的典故代指隐者。驷马客：指乘坐的四匹马拉的车的贵族。 ③"石将军百斛明珠"两句：以晋石崇用百斛明珠买得美姬绿珠的典故，说明富贵如浮云，不能长久，财富会使人丧生的道理。石崇富甲天下，官至荆州刺史，迁卫尉，尝用三斛明珠购得美姬绿珠。百斛，极言其多。孙秀见绿珠绝代佳色，要想得到她，石崇不肯，孙秀就矫诏围捕石崇，绿珠坠楼自杀，石崇及其一家也被杀光，石崇与绿珠"欢云娱雨"的日子也告结束。几日，极言其少。欢云娱雨，指男女合欢。宋玉《高唐赋序》，记述梦游离唐遇神女事，有"旦为行云，暮为行雨"的话，后世就以"云雨"指男女欢合。 ④婵娟：美好貌，也指美女。此处指绿珠。 ⑤个里：个中，内中。 ⑥高人：犹高士，指摆脱名利，不求仕进的人。

【赏析】

　　这首小令题为《感事》，感叹荣华富贵不能常在，流露出一种万事皆空的人生悲感。

　　全曲共八句，开头两句点明主旨，"黄金难买朱颜住，驷马客羡跨牛父。"，感叹朱颜易逝，青春不能常驻，暗寓深沉的人生感喟；进而，用司马相如"高车驷马"的典故代指达官贵人，用老子乘牛车隐居的典故代指隐者，言明达官显贵反而羡慕隐居之士。起首这两句可谓全曲之纲，点明了全曲所感喟的仕不如隐的主旨，起到了提纲挈领的作用。

　　三、四两句"石将军百斛明珠，几日欢云娱雨。"，承接上两句，言石崇虽然富甲天下，曾经以百斛明珠买得美姬绿珠，却未得几日欢娱，抒发了作者的感叹，说明富贵如浮云，不能长久。五、六两句"趁春归一瞬流莺，万事夕阳西去。"，由豪门之富贵推广开去，说世间美景和万事，不过如春归时莺鸟的美妙的鸣叫声和西沉的夕阳，转瞬即逝，于是，对富贵无常的感慨进而引发出万事皆空的人生悲感。最后两句"旧婵娟落在谁家？个里是高人省处。"，是对石崇这一典故的感慨，再一次说明荣华富贵，都不能维持长久，暗暗表明了作者"仕不如隐"的人生态度。结尾与开头相呼应，点明主题。

这首曲子，语言凝练雅洁，结构开合自然，组织严密，浑然一体。格调沉着悲凉，在对历史人物的咏叹中寄予了现实的人生感慨，含意深远，很有感染力。

〔正宫〕鹦鹉曲

感事（二首之二）

冯子振

江湖难比山林住，种果父胜刺船父①。看春花又看秋花，不管颠风狂雨。

〔么〕尽人间白浪滔天，我自醉歌眠去。到中流手脚忙时，则靠着柴扉②深处。

【注释】

①船父：撑船人。　②柴扉：柴门，简陋的门。

【赏析】

这首小令题目为《感事》，然而没有直接写出"事"的具体内容，但可以大致看出是描写官场的险恶和隐逸的悠闲。

开头两句"江湖难比山林住，种果父胜刺船父。"，总领全曲，把"江湖"比作危险的官场，而把"山林"比喻安闲的隐居场所；以"种果父"比作隐士，以"刺船父"比作官场中人。意思是说宦海里的做官者难比脱离险恶官场的隐居者。这个比喻新鲜生动，富有创造性，为下文作好了铺垫。

从"看春花又看秋花"起以下六句，是对开头两句的具体描绘。作者以"看春花又看秋花"，"我自醉歌眠去"，"靠着柴扉深处"等描写比喻隐者的怡然自得，而以"颠风狂雨""尽人间白浪滔天"，"到中流手脚忙时"等比喻宦海中人所处的险恶之境。作者将每组比喻构成鲜明的对比，就在各种形象的比喻和鲜明的对比之中，突出了"江湖难比山林住"的主题，也就是所谓的"仕不如隐"，照应了开头，强化了主题。

这首小令语言通俗自然，明白晓畅，而且句式在严格的声律限制下，仍然变化多样，灵活自如。更妙的是通篇的比喻，令人觉得蕴含有致，韵味无穷。

〔正宫〕鹦鹉曲

钱塘①初夏

冯子振

钱塘江上亲曾住,司马槠不是村父,《缕金衣》唱彻流年②,几阵纱窗梅雨。

〔幺〕梦回时不见犀梳,燕子又衔春去,便人间月缺花残,是小小香魂断处。

【注释】

①钱塘:古县名,秦置钱唐县,至唐代,始改为钱塘,即今杭州,在浙江省最大的河流钱塘江畔。据《史记·秦始皇本纪》记载:秦始皇曾"至钱唐,临浙江(浙江即钱塘江之旧称)"。 ②"司马槠"两句:讲的是贤良司马槠与南齐时的钱塘名妓苏小小人鬼相恋的故事。

【赏析】

钱塘为著名的风景区,山水俱佳,所以一直为诗人墨客所歌咏。这首小令别出心裁,借贤良司马槠与南齐时的钱塘名妓苏小小人鬼相恋的故事来描写钱塘初夏的风光。

据宋李献民《云斋广录》等书的所载,贤良司马槠曾梦见一美人对他说:"君异日守官之所乃妾之居也,幸(希望)无相忘。"并歌《蝶恋花》一首。司马槠梦醒后,记得这首《蝶恋花》的前半阙曰:"妾本钱塘江上住,花落花开,不管流年度,燕子衔将春去,纱窗几阵黄梅雨。"司马槠续写后半阙:"斜插犀梳云丰吐,檀板珠唇,唱彻《黄金缕》,望断行云无觅处,梦回明月生南浦。"后来司马槠果然调官到钱塘,又梦见这个美人,并劝他退隐。并且自此以后,这个美人每晚梦中必来。槠与同僚说及此事的本末,众人说:"官舍后有苏小小墓,这个美人可能就是苏小小。"

冯子振这首小令大量化用司马槠与苏小小故事中《蝶恋花》的词句,并适当串接,于是形成了一篇歌咏钱江初夏风土人情的佳作。曲中所描绘的梅雨阵阵敲打纱窗、江面上燕子翩跹、残花满地之景,正是钱塘春去夏来时的风光,紧扣题目。而恰时遇月缺,更是透露出一种浓重的伤春情绪。再加上人鬼相恋的凄艳故事,更添一笔感伤的色彩。"便人间月缺花残,是小小香魂断处。"两句,将伤春之情与感事之恸融为一体,包含着无限哀痛。

这首小令最大的艺术特色,就在于写景与咏事的巧妙结合,伤春之情与感事之恸融为一体,意境的复合与情感的融合构成了重叠之美,因此加重了曲子的悲凉感伤色彩,增强了感染力。

〔双调〕寿阳曲

答卢疏斋①

珠帘秀

山无数,烟万缕。憔悴煞玉堂人物②。倚篷窗③一身儿活受苦,恨不得随大江东去。

【注释】

①卢疏斋:即卢挚,疏斋是其号。 ②玉堂人物:指卢挚,他做过翰林学士,宋代称翰林院为玉堂,故有此称号。 ③篷窗:指船窗。

【赏析】

朱帘秀是元代著名的杂剧女演员,本姓朱,排行第四,艺名珠帘秀。她不仅能演各种角色,戏路很宽,而且还是一个散曲作家。《青楼集》中说她:"杂剧为当今独步"。当时的文人如关汉卿、卢挚、冯子振等都与她有交往,关汉卿有〔一枝花〕《赠朱帘秀》之作。这首曲子是她存留至今的唯一的一首小令,是为赠答著名散曲作家卢挚而作的。卢挚的原作如下:"才欢悦,早间别,痛煞煞好难割舍。画船儿载将春去也,空留下半江明月。"根据曲意推测,他们俩分明有一段情缘,但最终还是分手了。可能是因为双方的社会地位相差悬殊,感情得不到社会的承认,于是含恨而别。"痛煞煞好难割舍"一句便透出了其中的消息,朱帘秀的这支曲子也充满深情与怨恨,表达了对卢挚的一往情深。

这支曲子以写景起,境界十分开阔,"山无数,烟万缕。"二句,一方面是直道眼前精算,渲染分手时的气氛,一方面也有起兴与象征的意义,那言外之意是说:无数青山将成为隔离情人的障碍,屡屡云烟犹如纷乱的情丝,虚无缥缈而绵不绝延。第三句由景到人,说出送别之人的悲凉意绪,实也反衬出自己的感伤。卢挚曾为翰林学士,而翰林院在宋代以后往往就被称为"玉堂","玉堂人物"自然就指卢挚了。"憔悴煞"云云正与卢作"痛煞"相呼应,表现出卢挚对自己的一片深情,同时也形象地道出了别离的痛苦。

四五句又从卢挚写到了自己,据卢挚原作中"画船儿载将春去也"一句可知,朱帘秀将乘船离去,也许这是一次长久的离别,也许是一去不返,成为永诀,因而双方的心情都很沉重。行舟将发,作者想到等待自己的是寂然一身,独倚孤眠,只有那滔滔的江水与悠悠的离恨与自己做伴,这样的处境实在难以忍受,因而说是"活受苦"。由此而想到了死,一死了之,岂不万事都得到了解脱。"恨不得随大江东去"一句就是这种心愿的表白。至此,作者的感情到达高潮,全曲也在悲慨沉痛的调子中结束。可贵的是,作者以死殉情的愿望不是用哀艳低沉的调子写出,而是以慷慨悲凉的词语表现,这不仅体现了朱帘秀的一腔热情和愿为爱情献身的勇气,而且反映出艺人身处下贱,不愿再留恋人世的悲愤,不妨看做对等级森严的社会制度的控诉。

全曲语言质直,感情强烈,冲口而出,一泻无余。作者是长于歌咏的演员,所以此曲节奏明快,声调高朗,可以想见当日江岸离别之情。

〔正宫〕醉西施

珠帘秀

检点①旧风流,近日来渐觉小蛮②腰瘦。想当初万种③恩情,到如今反做了一场偏偬④,害得我柳眉颦⑤秋波水溜,泪滴春衫袖。似桃花带雨胭脂透,绿肥红瘦⑥,正是愁时候。

〔并头莲〕风柔,帘垂玉钩。怕双双燕子,两两莺俦,对对时相守。薄情在何处秦楼⑦?赢得旧病加新病,新愁拥旧愁。云山满目,羞上晚妆楼。

〔赛观音〕花含笑,柳带羞,舞场何处系离愁!欲传尺素⑧仗谁修?把相思一笔都勾!见凄凉芳草增上万千⑨愁。休休,肠断⑩湘江欲尽头!

〔玉芙蓉〕寂寞几时休?盼音书天际头。加人病黄鸟枝头,助人愁渭城衰柳。满眼春江都是泪,也流不尽许多愁!若得归来后,同行共止,便是牡丹花下死,做鬼也风流⑪。

〔余文〕东风一夜轻寒透,报到桃花逐水流,莫学东君⑫不转头。

【注释】

①检点:回忆、盘点。 ②小蛮:形容腰肢细柔。 ③万种:形容情谊之深厚。 ④偏偬:憔悴,嗔怪。 ⑤颦:皱眉,不快乐的样子。 ⑥绿肥红瘦:指明春花凋谢叶子长大,时光流逝,在美好春光逝去的时刻,最能惹起她无穷的愁思。此处化用李清照《如梦令》中"知否?知否?应是绿肥红瘦。"的语句。 ⑦秦楼:即秦楼谢馆,指妓院。 ⑧尺素:小幅的绢、帛等丝织物,后来代指书信。 ⑨万千:极言离愁之深。 ⑩肠断:极言痛苦。 ⑪风流:指有才学而不拘于礼法。 ⑫东君:指春风。宋·严蕊《卜算子》:"花落花开自有时,总赖东君主。"

【赏析】

珠帘秀,元代著名的杂剧女演员,还是一个散曲作家。很多散曲家如关汉卿、卢挚、冯子振等均有与其唱和赠答之作。她与卢挚有一段情，但无疾而终，传说后来她嫁给一个道士，晚景凄凉。

这首套数，由五个曲调联贯而成，抒发离愁别怨。在这篇套数中我们依稀可以看到情场失意、愁肠百结的珠帘秀的影子。

第一曲开头写女子为情消瘦，回想旧情人，愁肠百结。"想当初万种恩情，到如今反做了一场僝僽，害得我柳眉颦秋波水溜，泪滴春衫袖。"，是对负情汉的嗔怪。当初的琴瑟和鸣，愉快美好如今变得孤独凄凉，实在令人难以忍受，这对女子的打击非比寻常。"害得我柳眉颦秋波水溜，泪滴春衫袖"，写女子峨眉紧蹙、泪湿青衫的楚楚可怜之态。最后三句"似桃花带雨胭脂透，绿肥红瘦，正是愁时候。"，摹写愁的情状，将对春日将逝的惋惜心态与情人远离的失落心情纠结在一起，让人愁上加愁。

第二曲〔并头莲〕写女子内心的疑虑和苦闷。风吹动纱帘，燕子成双都会勾起女子心中的情思。一个"怕"字，表现出女子心思的细腻和敏感，更显出女子的相思之苦。"怕双双燕子，两两莺俦，对对时相守，薄情在何处秦楼？"，作者用了"双双"、"两两"、"对对"，说明飞禽都是成双成对，两两相守，而自己却孤身一人，意在突出"薄情在何处秦楼"。女子遥想心上人是否会流连在外地的烟花之地，思念和猜疑占据了她的思想，离情之上还附和着不安和猜疑，于是就"赢得旧病加新病，新愁拥旧愁。"了。最后两句"云上满目，羞上晚妆楼。"，更进一步表现出女子的心理活动。满目的云山遮挡了她远望心上人归来的视线，而自己孤独一人，也无心去上楼打扮。这两句写出了女子的深情，也表现出了她内心寂寞和幽怨。

第三曲〔赛观音〕写女子的思念和离愁。开头三句"花含笑，柳带羞，舞场何处系离愁！"，运用拟人的手法。鲜花盛放含带着笑脸，柳枝婀娜含带着娇羞，这种喜景更勾起了她无尽的离愁。"欲传尺素仗谁修？把相思一笔都勾！"，说她要把离愁的相思告诉恋人，可写信，又投递无门，只能就把这"万种恩情"一笔勾销，都忘了吧。"休休"，二字叹出音信不通的无奈和饱受相思煎熬的痛苦。而紧接着"肠断湘江欲尽头"，将这种不可言状的断肠之痛都付与无止无休的湘江水，极言愁思的无尽与深沉。

第四曲〔玉芙蓉〕写女子的期盼。"寂寞几时休？盼音书天际头。"，设用句的形式将女子的希望表达地更为强烈，她极力想摆脱这寂寞的生活，盼望天边会传来心上人的书信，然而希望渺茫。女子盼书信不得，于是"枝头黄鸟"、"渭城衰柳"、"满眼春江"全都覆盖上了悲戚的色彩。但女子还是心心念念地盼望着情人的归来，可以冰释前嫌，抚慰心灵，只要能够在一起，哪怕做鬼也是风流的。这里突出了女子刚烈的个性。

最后一曲〔余文〕，写女子的心愿。希望心上人珍惜春光，不要移情别恋，最后回到自己的身边，但表达得十分含蓄。曲中以桃花暗喻薄情寡性之人，劝诫情人不要做逐水桃花之人；借东君的渐行渐远暗喻情人的远离，叮嘱情人不要像春风那样无情，一去不回。

这个套数，将自然景物染上女子的离愁，通过人物的心理描写，将女子的疑虑、思念、期盼与苦闷的复杂情感表达得淋漓尽致。曲中使用了比喻、夸张、拟人、设问等修辞手法，更加细腻贴切，真挚感人。